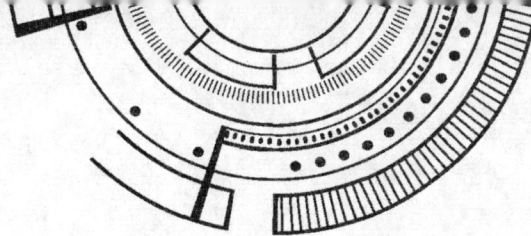

三凡集

冯　键◎著

中国文联出版社

图书在版编目（CIP）数据

三凡集 / 冯键著. -- 北京：中国文联出版社，
2016.6（2023.1重印）
ISBN 978 - 7 - 5190 - 1644 - 9

Ⅰ.①三… Ⅱ.①冯… Ⅲ.①散文集-中国-当代
Ⅳ.①I267

中国版本图书馆 CIP 数据核字（2016）第 129656 号

著　　者　冯　键
责任编辑　邓友女
责任校对　赵海霞
装帧设计　中联华文

出版发行　中国文联出版社有限公司
地　　址　北京市朝阳区农展馆南里 10 号　　　邮编　100125
电　　话　010 - 85923025（发行部）　　　85923091（总编室）
经　　销　全国新华书店等
印　　刷　三河市华东印刷有限公司

开　　本　880 毫米×1230 毫米　　　1/16
印　　张　20.75
字　　数　327 千字
版　　次　2023 年 1 月第 1 版第 2 次印刷
定　　价　95.00 元

情到深处天地宽

——序冯健散文《三凡集》

杨宗峰

　　冯健和我是大学同班同学。恢复高考后的第一次全国统考，命运就将我们拢在一块学汉赋、背古文、吟唐诗、诵宋词等等。凡四个春秋以后，各奔前程。俗话说：好男儿志在四方。十年后，他南下广东汕头教学，一干就是二十多年。退休之际，他将多年撰写的部分散文结集成册，取名《三凡集》，要我写篇序言。说实话，冯健在同学中的突出特点是豁达开朗、潜心治学、博览群书、品学兼优，近四十年的教学研究，桃李满天下不说，教学实践、文学功底、文化底蕴、文艺创作皆不是一般水平，为他作序让我勉为其难。然而，同窗四载多年挚友，邀我作序必是一番美意，自然却之不恭。于是，只能下工夫熟读辨赏，体味品鉴。

　　一般来讲，散文多半都是自由散漫的文字。正如泰戈尔所比喻的，散文像涨大的潮水，淹没了沼泽两岸，一片散漫；用汪曾祺的话说，散文则具有"大事化小"之功能。这就表明，散文在许多时候是拒绝阐释的。面对冯健的散文，我所需要的，也许更多的是做一个读者——一个有闲暇之心的读者，一个不以阐释代替阅读乐趣的读者。相比于小说与诗歌，散文的技术性特征更少，经营的迹象也并不突出，更需要用心才能体悟。

　　近些年来，中国的散文正从专业化的阴影下走出来，它越来越成为一种言说方式，一种个人观察世界、理解生命的视角。我在拜读冯健散文的时候就有这种感觉。他的《三凡集》中的许多文字，与其说是写出来的，不如说是活出来的，活在当下，活在俗世生活中，活在一个有情感生命、有声音色彩的世界里，让心灵有所感受，也让人在天地间有所行动，这或许是冯健散文与其他作者散文的根本不同之处。

正是从这个角度说,我对那些名重一时的所谓名家散文兴趣不大,因为那些散文里的慨叹看似阔达,实则空洞无物。相反,我在读《三凡集》中,却读到了许多新的散文经验——他在世界面前,首先是一个在场者,一个感官世界非常丰富的人。这就是我要强调的,在作品中,作家必须向我们呈现一个活跃的感官世界。读冯健的散文,往往能使我感受到,他的眼睛是睁着的,鼻子是灵敏的,耳朵是竖起来的,舌头也是生动的。所以,我能在他的散文中,看到花的开放、田野的颜色,听到鸟的鸣叫、人心的呢喃,甚至能闻到气息,尝出味道。中国现在的小说为何单调,我想,很大的原因就是作家对物质世界、感官世界越来越没有兴趣,他们忙于讲故事,却忽略了世界的另一种丰富——没有了声音、色彩、情感、生命、气味的世界,这正是心灵世界日渐贫乏的象征。其实,中国整个散文世界的困境也正是如此。一个作家,应该站在写实一边,并且相信内心的真实与具体的世界、事物密切相联的话,他或许就会进入一种眼睛式、耳朵式的写作,因为在我们这个敌视具体事物的时代,有时唯有看与听,才能反抗遮蔽,澄明真实。我读《三凡集》就感到,他的文字,许多时候是与社会、自然、人生等融为一体的。比如他写人的生命成长,让人回味无穷:"人生就是这样,新的生命诞生,旧的生命走向青年、走向壮年、走向老年……万事万物都遵循着不可抗拒的自然规律,人生便这样一代一代生生不息,绵延不断,世代相传。"(《生命的神奇与伟大》)他写宁夏的冬天景观,更是有声有色,富有生命境界:"落光了树叶的树枝依然在在寒风中摇曳着,掩映着远处的居民楼、近处的小山坡。没有植物的绿色,生命何在。"(《宁夏的冬天》)我很期待这种感官话语的凸显,期待眼睛、耳朵与鼻子能在散文写作中重新复活。由此,我在冯健的散文中,读到了一种新的生活趣味,知道了许多新的日常文化生活知识,在这些描绘中,也重新理解了社会与人生之间的情分;而他直接把书名定为《三凡集》,看人,赏人;观人,听人;看书,看戏;名之为"凡",其实解放的是全身感官,又何止眼睛!冯健作为一个虔诚的生活观察者,正因为尊重眼睛,洞贯喧嚣,跌宕性灵,矩矱自持,才写出了如此见性情、重记忆、感念社会、感念人生、感念故乡与自然的文字。冯健没有沦陷于当下时代的喧嚣之中,而是守住了自己内心的一片沉静,接近社会与人生,接近自然,接近故乡,接近亲人、朋友,接近事物和声音,从而也接近了自己生命中那些隐秘角落。他的心灵在散文中不是抽象的,而是在具体的生命世界中生长出来的；他不迷信理念对生活的解释，而是更愿意在细节与经验中重建人与大地、人与人内心之间的那条精神韧带。冯健的散文正是这种有根的写作。

在冯健的散文创作中，除了感官活跃，个体感受的深度也是一个重要方面。比如，《短暂的重逢》《浓浓同学情》《亲情》《怀念曹阳》《怀念海波》《我的大爷》《岳父》《母亲》《思念我的发小》等篇什，皆以人生的体验深透而令人难忘。冯健创作，具有昂扬、迸发、谦逊、沧桑、平凡的美感，这些文字都像是命运的私语，人心的呢喃，灵魂的召唤，且深具中国传统理想主义的光泽。冯健记忆中那些悲欣交集的片断人生，作为一种个人生活史的表达，说出的却是整整一代人的往事与随想。正如他在该书《前记》中所说的，在这个世界里，正是这百分之九十九万九千九百九十九的平庸的人，丰富了这个世界，撑起了这个世界。是他们每天过着的这样那样、千差万别，但毫无例外的平淡无奇的生活；是他们每天都做着的、必须做的，大大小小、多多少少，或红红火火或默默无闻的，但毫无例外的平淡乏味的事；编织出了这个世界经经纬纬，涂抹出了这个世界的红红绿绿，打造出了这个世界的哭哭笑笑，衬托出了这个世界的百万分之一。正是平庸的芸芸众生，创造了地球、创造了世界、创造了人类"。他对这个世界纯真质朴的描绘，对普通人的人格仰慕、钦佩之情的直白表达，对父母、亲朋好友在那艰难岁月里精心呵护自己、养育自己的血肉之情的抒写与记述，读来感人肺腑、令人叹慰。这是冯健对个人生命毫不容情的解析，是关于社会、自然、人生与自己的心灵、身体和欲望，以及精神世界的坦白与实事求是的真情吐露，这里体现的是情真、意真，情美、意美。他还对故乡的许多事物、儿时嬉戏的片段记忆等作了精心描绘，把那些吃过的食物、穿过的衣服、用过的物品，甚至故乡的一草一木、一山一水等化为意境，提炼成审美意象，使"有我之境"与"无我之境"（王国维语）达到了较好的统一。在这些意象里，冯健表达了关于天、地、人的感悟，归结点是在"心"、在"情"、在"境"上。冯健所探求的是心的现状与出路，情的家园与归宿，境界的提升与凝聚。人世的温暖，无不来自对平凡人心的呵护；平凡情感的挚诚，无不来自对平凡精神家园的守望；平凡人生境界的升华，无不来自平凡乡村世界精神与平凡情感生成的协调。所以，冯健把自身看作是心的容器，而在自身平凡躯体的迷宫里，他以一种客观的直觉方式，讲述了个体生命体验及其酸甜苦辣经验的不同路径——个人精微的感受，也在如此的讲述中获得了一种精神重量。

从感官到感受，从感受到心灵实践，这是一个作者必经的心路历程。散文说到底还是在人间的写作，它的困局并非通过一场文化补课就可以解决，如何让灵魂接通感官血脉，让思绪介入生活，让作家为自己的精神人格站在世界面前发言，这才是散文写作重获生命力和影响力的重要途径。纵观冯健的散文创作，我以为他是一位有着自己精神使命、道德力量、人格魅力、职业操守和文化渊源的作者，并取得了带有人生总结性的可喜收获。当然，对于一位饱尽岁月风霜、命运洗礼，经历过冶炼、对人生有着深切体验，又有着心力才智、有着独到丰富的创作资源的冯健来说，我期盼着他潜心发掘，潜心写作，充分发挥他的文学才华，创作出通天地、接心源式的文学作品，创作出更加惊天地、泣鬼神富有人性韵味的散文作品。

2016 年 3 月 7 日

"三平"与"三凡"

——我的未来的或许会有的文集的前记

这个世界上,最多的就是所谓碌碌无为的平庸的人,如我等。据说曾经有人做过专门的研究,说无论古今,无论中外,我等队伍都相当的庞大,是占了人口的百万分之九十九万九千九百九十九!如此庞大的平庸之流,混迹于此中,似乎也没有什么可害臊脸红的,更无需乎自卑自怜自愧自惭了。

平庸的人,来也无声,去也无名。一辈子平平淡淡、平平常常。呱呱坠地时,没有七彩云霞、佛光普照,没有山崩地裂、仙人指路;蹬腿儿闭眼时,也没有万人空巷、天地垂泪,没有黑衣普天、白花儿盖地。

平庸的人,有的整日是风里雨里,干活儿吃饭,劳累奔波;有的则是天天报纸清茶,饱吃恶睡,混吃等死。有的人一生里虽然碰到过磕磕绊绊,有过坎坎坷坷,最后还能平安终老;也有的人平淡的生命里突然遇到了什么过不去的坎儿,便卡在那儿交代了性命。

看来造物主真的很失败啊!浪费了那么多时间、那么多材料,创造了这么多废物。真是神仙有的时候也会打盹儿走神呀!

然而,这个世界还真的少不了——不,是万万少不了我等这些平庸之辈!正是这百分之九十九万九千九百九十九的平庸的人,丰富了这个世界,撑起了这个世界。是他们每天过着的这样那样、千差万别,但毫无例外的平淡无奇的生活;是他们每天都做着的、必须做的,大大小小、多多少少,或红红火火或默默无闻的,但毫无例外的平淡乏味的事;编织出了这个世界经经纬纬,涂抹出了这个世界的红红绿绿,打造出了这个世界的哭哭笑笑,衬托出了这个世界的百万分之一。正是平庸的芸芸众生，创造了地球、创造了世界、创造了人类。

平庸的人们，过着平淡的生活，结构着平淡的故事，就有了平常的文字。平庸的人们，有着平淡的感情、平淡的思想，也要有平常的彰显与宣泄的需要，就有了平常的文学。

于是，突发奇想，我这个九十九万九千九百九十九分之一的平庸者，也想冒天下之大不韪，把平庸的我的这些年来，将平淡的生活故事胡诌成的平常的"文"，弄成一本。一来用以衬托那些大手笔大作家，那些百万分之一的伟大、辉煌；二来也给我等平庸之辈，弄一点儿茶余饭后、赤膊闲聊的牙祭。

于是，我又早早地给我的不知何时才能出世的文集取了个响亮的名字：三凡集——平凡的人、平凡的事、平凡的文！

（几年前，贞如、少全等学子就一直鼓动我把过去的东西结集出版，我一直无动于衷。昨日里突然有点儿感觉，于是先写下这个前记。）

冯 健

2010 年 9 月 2 日

目　录

第八辑 杂情

少年往事

　　老同学邢琳夫妇俩过来汕头了。邢琳是我高中时候的老同学，43 年前那么遥远的老同学了。她们是从遥远的塞上江南的宁夏到海口旅游、办事儿，早就知道我在这天高地远的汕头。于是，在返回宁夏前，专程先是火车再是高铁，海口到广州到汕头，从早到晚，沿途折腾了一天多，辗转 1200 多公里，过来汕头看我。

　　怀着暖暖的心情，揣着满满的感动，那天晚上还不到 7 点，我便驱车赶到了潮汕站，等候老同学的到来。其实，她们的车正点到达潮汕站的时间是 7 点 35 分。

　　站在灯火斑驳、人群熙攘的高铁出站口，看着眼前来来往往、行色匆匆提着、背着大大小小包裹行囊的路人，突然一种沉重的沧桑感油然而生：人生？旅行？一次次出发、一次次回归……一时间，许许多多过去的、尘封很久很久的往事，次第地出现在眼前、堆积上心头……

　　老同学邢琳是我读高二那年，随她父亲调动工作转到我们班的。那时，我们班 50 多位同学绝大多数来自农村，记得只有我和邢琳，还有她哥哥邢利民——也是同班同学，是住在城里的。当然，我们班城市户口的同学也还有新生机械厂的续毅、新生玛钢厂的郝晓琴、刘志琪和新生机砖厂的靳兰萍，不过他们的家距离学校有十几公里，平常都住在学校宿舍。所以，平日里放学回家，我跟邢琳、利民就接触得多，也玩得很好。

　　说起来，邢琳两兄妹是生长在高干家庭的孩子。而我呢？充其量是普通干部、普通职工的孩子，是平民的子弟。但是，他们却没有一点儿高干子女的架子。这或许是那个时代，毛主席他老人家的"全心全意为人民服务"的"公仆"的教导深入人心的结果吧！不光是邢琳兄妹和她们的父母。记得，在他们之前，我读初中的时候吧，还跟几位"支左"部队的团长、政委的孩子丁青军、安武、刘小朋、宋欣荣做过同学，我们在一起也玩得非常好。一起登爬上高，一起骑马打仗,一起弹球儿斗鸡打沙包。那时候,我和另外一位家住城里的同学褚伟华,到这些部队子弟同学家里玩,他们的父母同样像对待自己的孩子一样对待我们。我在安武家还看过一本红色封面印着八一军旗,好像是叫作《中国人民解放军战例选编》的内部著作呢!那时候的干群关系、军民关系,就是一家人一样啊……

又一列高铁进站了,老老少少、男男女女、大包小包出来许多人。

还不是老同学乘坐的那列高铁。思绪又回到了从前:记得高二的时候,每逢放学或周末,我几乎都泡在老同学家里,有的时候她家里改善生活包饺子,她的妈妈,那位至今模样还历历在目,和蔼慈祥,怎么看都不像是县委书记夫人的祥和的李姨,就会让她专门跑到我家找我,去她家尝尝。我记得十分清楚,我喝的人生第一杯白酒还是茅台,也是那个时候,有一次在她家吃饺子,邢伯伯拿出来让我品尝的。

高中毕业后,老同学下了乡。因为她是县委书记的女儿,要带头啊!我和利民呢,却因为腿和眼睛有毛病,所以留在城里。我临时到县城的第三完小当代课老师,利民到县体委当临时工。记得大约是 1973 年的夏天吧,三夏大忙季节,我骑着自行车,跑了十几里地,跑去邢琳下乡的渠口乡的那个生产队,想去给她帮忙。然而,在城里生活了十几年的人,哪里能在收麦打场中插得上手?结果是晚上她和生产队的老乡们,连夜在场上抢时间打场、收获。而我呢,啥也帮不上,只能在她屋里,躺在土炕上听着屋外嗡嗡作响的鼓风机和熙熙攘攘的人声,迷迷糊糊地睡觉了。

后来,化肥厂招工,我和她哥哥利民进了工厂当工人。她依旧在生产队里接受锻炼。

1975 年,是老同学邢琳的父亲,觉得我的腿应该再去治治吧,专门为我联系了他的朋友,区农垦局医院天津来的骨科专家牛津,让我带着他的亲笔信,去找牛津大夫做手术。

那个时候,我们县城里的人都很穷,很少照相,更不要说家里有照相机自己拍照了。老同学家有一台她父亲用平反后补发的第一个月的工资,买的海鸥201 单反相机。于是,我们一起拜县文化馆的她家的山东老乡韩伯伯为师,跟着学摄影:冲胶卷、洗照片……整天在城里城外拍照,然后躲在暗房里自己冲洗。

高铁进站了,老同学夫妇走出来了。我们并不是很久没见面。8 月份高中同学聚会,我们刚相聚过。再往前,2007年暑假,我回宁夏看父母,那天在小区门口陪老爸晒太阳,远远看到她走过来,虽然十几年没见,我还是一眼认出了她。后来,还和续毅去了她家,见了她爱人。我们没有很久没见面,可是当我看到她们走出高铁的时候,我的眼睛还是湿了,看不清了……

故人故事
——老同学郭凡来汕

我的母校宁夏大学的一位老同学郭凡来了。没有前奏、没有铺垫,说来就来、说到就到!

昨天下午,当我驱车在汕头汽车总站左侧的小商品批发市场门口,见到她的一瞬间,我激动得有点儿想哭了……

郭凡并不和我同班,甚至连专业、学系都是隔山隔海!她是宁大化学系78级的,和我仅仅是同一个年级。我们的认识、熟悉,是因为我们当时都是宁夏大学恢复高考后第一支校园文工团乐队的队员,在一起排练、训练、演出有两年多时间。那时她拉小提琴,我吹圆号……

30多年没见,这次,她竟然辗转600多公里,从珠海坐了8个小时的长途客运车,专门来我们这个"国尾省脚"的汕头看我,怎不让我万分感动、万分感慨啊!自从大三以后不干乐队,见面少了,也没怎么联系。然后一毕业就是30多年。在去年张岩她们来汕头看我之前根本没有过任何联系,这么多年过去了,说实在话,去年8月我带张岩她们从南澳返回时跟郭凡通话,我甚至一直想不起她的模样的。这就是老同学,这就是老同学的情感,这就是漫漫几十年过后还浓浓的无法化开的同学情,就是这么的至深、至纯、至诚。

郭凡这些年是在河北一家石油学院工作,学化学的她跨科教学,叱咤讲台,教英语、讲旅管、搞科研、弄培训,50岁还不到的她,早已是教授了。

这次,她是陪她85岁高龄的母亲到香港祭祖还愿,归来途中住在珠海表哥家。她去年就知道我在广东汕头。于是,便千方百计说服了对今天的世道忧心忡忡的老母，一路辗转、劳顿，前来看我。就像她微信里说的那样，机会难得，决定了就走，管他路有多远！不然，下一次不知还有没有机会。

她是个极爽快、开朗、热心的人，认准目标，马上实行，绝不犹豫。原先上大学时是不是就是这样，还真想不起来了。那时她才十六七岁。

来去匆匆，郭凡此行仅仅在我们这个小小的海滨城市待了 20 个小时。仅仅是为了看看我这个 30 多年没见的老同学如今生活得怎样。没有游玩，没时间游玩。她只是自己坐车路过了礐石大桥，目睹了破破烂烂的老市区；我带着她走了海湾大桥，到我工作的地方转了一圈，看了一眼暮色中肮脏的海湾大桥下的大海……和我们老两口、我的小孙女儿简单地玩了石炮台公园。

我们一直不停地谈，一直不停地说。李明、张亦、刘涵、张越、那守弟、王铸芝……多少过去的人、多少曾经的故事，让人怀想、让人思念、让人心跳、让人流泪、让人感慨……

健康生活、补充元素、均衡营养、提前保健、老年养生……许多新的生活理念、生命科学让人新鲜不已、应接不暇。

李明，郭凡的同班，我的平罗老乡。我们在失去联络 20 多年后，第一次用手机这种无线通讯工具，通了话。我俩渊源很深，我可是他的媒人呀！当年为了给他介绍对象，我从平罗县城渡过黄河，专门到陶乐县中学，为他介绍 79 体育系的卢淑红。那天，我开心地跟 2 班的马希刚还有卢淑红等宁大的学弟学妹、老同学，喝酒喝得酩酊大醉。回家时，爬大卡车，竟然把当时唯一的时髦喇叭裤裤裆扯开了线，露着屁股回了岳母家。

电话里得知他因类风湿关节炎已经卧床一年多了，心里实在为他着急难受。于是，赶紧给他介绍固原医院的雷公藤药酒，再三嘱咐他赶紧去就医！

小张亦，30 多年就是这么叫的——那个活泼可爱的物理 78 级的小妹妹，宁大合唱队最小的队员。毕业 30 多年后，我们第一次通了话。她一开口就是冯健哥！一下子把我叫回了风华正茂的大学时代……如今，她已经回母校宁大当老师了！

还有那守弟，我们的老大哥，宁大恢复高考后的第一支校乐队的指挥、合唱队的队长！郭凡说他一直都在写书写书，一直写到退休——那个戴着黑边眼镜、充满智慧、个头儿不高、严谨威严的形象，在我脑海里久久不能磨灭。

　　此刻,郭凡她已经踏上归途。正如她微信里说的:"我轻轻地来了,我又轻轻地走了……"她来了,带来了老同学几十年化不开的深情厚谊;她走了,带上了老同学们彼此间永久的惦念、永远的祝福……

2014 年春节日记

2月3日（大年初四）

　　初四上午忙着给女儿办手机卡。接到卿武的电话,说要过来拜年。又两个多月没见这小子了,挺高兴。卿武算是汕职院读的最长的学生了,中专到大专整整五年。他也是我在学校里交往时间最长、关系最密切的学生朋友之一。能干、忠厚、自立,且尊敬师长、肯于上进的一个小男生。那年我腰椎间盘突出住院理疗,他和钦彬一没课就往医院跑,陪着我度过了 20 多天。后来还一直帮着我给朋友找试卷做作业,毕业后也没断过联系。

　　从"全球通"回到家。卿武和纯纯早已经等在小区院子里。纯纯比卿武早毕业一年,当年是金园校区普通话协会的会长,普通话的忠实爱好者,当然也就自然而然地成了我的小"老"朋友。他们是大清早从潮阳谷饶、金灶相约专程赶来的。

　　寒暄,喝茶,自由自在漫无边际地聊天。不知为什么,跟这些 20 郎当岁的年轻人在一起,从来就没有什么代沟,没有拘束,也没有任何芥蒂,更不要说所谓"师道尊严"了。要知道我们师生间年龄相差 30 多年,大约这就是亦师亦友吧!

　　该吃中午饭了,卿武同班的煜坚、志豪还有煜坚朋友焕杰也过来了,于是我从家里带了点小酒——过年嘛!我们一起在古港裕记小聚了一餐。卿武抢着买了单。

　　初四下午 5 点左右,澄师 94(1)班——我来到广东潮汕带的第一个班——的仅有的五位男生烈灏、汉丰、逸升、育杭、志刚,还有(2)班的楚壁一块儿来家里给我拜年。看来大年初四是个拜年、串门儿的好日子。

　　烈灏他们已经离开校门 17 年了。当初的毛头小伙子,如今早已经出落成成熟、睿智、经验十足的中小学骨干教师。他们中间有的当了中心小学的校长,有的当了镇教育组的专干,有的是学校的主任、出纳。看着这些嘴上长出了毛茸茸的胡须,脸上多少刻下些岁月沧桑的老学生、老朋友,我的心里有说不出的感慨!其实,他们都很忙。有的要在学校值班,有的还要准备利用仅有的假期带家人出游。尤其是志刚,家在海岛南澳的深澳镇,过一次大陆要好几个小时,很不容易。他是刚刚下的船。但是,他们还是相约着来看我、给我拜年!我当然知道,他们这也是来给我汇报的——汇报他们这些年的成长、汇报他们的成熟、汇报他们的成绩!看着他们,听着他们聊天,我感到的是满心的喜悦、满心的骄傲和满足。

老学生来了,那是一定要喝几杯的。为了喝得畅快,喝个无拘无束,烈灏、汉丰他们建议,不去饭馆儿,就在家里喝。就这样他俩和楚壁跑到易初莲花,买来了各种各样下酒的小菜,志刚也拿出带给大家的小鱿鱼崽、鱼干,我们老少7个爷们儿,就在客厅里喝着茶、看着电视,聊着侃着喝着。好温暖、好温馨的马年初四之夜。

大约喝到8点多钟,我的干女儿瑜贤和她的爱人也从家里跑过来拜年,她俩是把宝贝儿子扔给她妈跑出来的。自从瑜贤坐月子有一年没见她了。看到他们夫妻恩爱,听到她们的宝贝儿子健健康康,真为他们高兴。

马年初四夜晚的师生小酌,一直进行到快12点。在我的再三叮嘱下,烈灏他们返回了澄海。一直等到他们安全到家的消息,我才躺下。

2月4日（大年初五）

"大年初五俗称破五,意味年就算过完了。今年春节,天降吉祥,整个大中华都过了一个温暖祥和的马年春节!这不,年刚过完,天就变了。今早起来冷风飕飕,真有点儿回到冬天的味儿了!"有感于马年春节难得的好天气和出了春节就变天的不测风云,想到探亲返程、旅游回家途中的人们,于是借助微信、微博、qq等现代网络手段,怀着满腔的热诚真诚地编了长长的一段话,发了微信、微博和qq说说:"……天冷了,祝所有旅游归途的亲人朋友、所有假满返岗的朋友亲人,多添衣衫,注意保暖,健康安全,走好马年!"

初五中午,跟烈灏同班的晓虹,履行了她的约定:昨晚她听说志刚从南澳过来,也是十几年没见的老同学,晓虹决定今天设小宴招待志刚,并和大家小聚。正在母亲家吃"破五"饺子的我，也接到了晓虹的邀请。聚会规模很小。烈灏和汉丰都带家人出去旅游了，2班的楚壁也没来。小聚只有逸升、育杭、晓虹、志刚，还有我。师生五个人，虽然人少点儿，但久别重逢的师生小聚确也是情意浓浓。

初五下午4点左右，我从澄海回到市区。已经是特警支队指导员的实验高中第一届老学生，其实这些年已经成了我的忘年朋友的阿璟，和他的爱人阿璇专门从家里过来给我拜年。虽然，一年里因为有事儿找他，也见过几次，但过节时相见，还是分外高兴。有很多家长里短要聊，一聊就到了傍晚6点多。

晚上8点多，结束了春节小长假的女婿拉着女儿和宝贝外孙女儿从老家回来了。看着过了一个马年，又长大了一点儿的我的小彤宝宝回家的开心样子，老头儿我也好开心！

2月5日（马年正月初六）

远在千里万里之外塞上的我大学老同学马大姐，在现住在广州番禺女儿家的王大姐陪同下来汕头陪我过年了，年过古稀的老姐夫也一同来了。两位年近70的老大姐和老姐夫是在汕头少有的寒风中，在这个斜风细雨的傍晚，来到汕头的。晚上，我和女儿一家在金乐为老同学简单接风，老同学相见，又有小辈掺和，显得格外热闹。离开酒店结账时，女婿却抢了先。算了，自己儿女，就让他孝敬了。

马大姐是带着病来的。看着她不停地咳嗽还坚持来汕头看我，我心里很不是滋味。老同学虽然这几年少有见面，但是能在过年的时候，大老远专门过来在一起待几天，这又是多么开心的事情啊！

2月6日（正月初七）

因为马大姐她们在汕头逗留的时间只有短短3天，而颇有特色的海岛县南澳又必须一游，所以我6号一大早，就驱车带着她们走马观花地游览了南澳。我们早上7点10分乘坐头班轮渡，登上长山尾码头。然后先是沿海公路观海亭看茫茫大海，再是观宋井溯古老历史之源，接着是到青澳湾听太平洋的涛声、品东方夏威夷之风姿。一路走，一路看，一路转。直到中午时分，我们才赶到深澳。

这次来之前，我告诉了老学生——深澳中学的志刚，所以我们还没到，志刚就已经等我们了。在志刚的陪同下，我们游览了"一府辖两省"的深澳总兵府，午餐是志刚请我们吃的海鲜大餐。下午4点多，我们赶回了长山尾。我们是快6点到达澄海市区。像去年张岩她们一样，几位老同学也去专门看望了我的老父母。

2月7日（正月初八）

我们是学中文的，唐宋八大家韩愈为首。潮州古城因韩愈8个月刺史生涯而山水姓韩，老同学到此绝无不去之理。所以，正月初八，我们蜻蜓点水地游览了潮州古城。

为了避免遗憾，我们在简单看了泰佛殿之后，便登上了湘子桥（广济桥）。半年多前，我带着张岩她们来到这里，只远远看了一眼，以为是一览无余了，没想到这湘子桥不愧中国四大古桥（还有赵州桥、洛阳桥、卢沟桥）之一，在这近千米的长桥上，竟蕴含了这么多文化和历史。感叹之余，信手编了段顺口溜：

> 游览湘子桥，感慨真不小。
>
> 去年怕花钱，江边看一看，
>
> 到此一游过，拍照做纪念。
>
> 此次豁出去，门票竟免减。
>
> 喜登古长桥，一路常感叹，
>
> 古人多智慧，潮汕俊杰展。
>
> 坊桥建筑美，勾连思路巧。
>
> 楹联书法绝，古桥金光闪。

让我无法忘怀的是，我们在游览古桥时"教授识字"的小插曲。我们走到一处书有"民不能忘"的廊门前，看那"忘"字，上面一个"人"，下面是竖折，底下一个"心"，似忘非忘。不敢辨认之余，我说了声："这是'民不能愚'还是'民不能怂'啊？"马大姐看了一下，说："应该是'民不能忘'吧！"我突然大声用宁夏话说："不对！是'民不能怂'啊！"然后不无戏谑地边笑边大声叫道："民一怂，钓鱼岛就没了！"于是，老姐夫、王大姐、马大姐都哈哈大笑起来。这之后我们在辨认古桥上的一幅幅楹联书法时，也时不时弄出笑话，惹得两边的老少游人都驻足观看这 4 个岁数加起来都快 300 岁的老男人老女人,竟然在"教授识字"呢。

韩文公祠我因为脚疼没有陪大姐、姐夫们上去。从她们出来后在门前拍照留念的"英姿飒爽"的神情看,应该游玩得很开心。离开时,我们走了韩山师院一边的侧门,意外地看到了百多年前潮州师范的校道门牌,于是唏嘘一番,为古潮州悠久的历史文化而感叹不已。

潮州归来,马大姐重感冒想吃点儿面。我们顺道到沃尔玛买了菜、面。晚饭是马大姐洗菜、王大姐做的面卤子。她们心疼我开车累了,不让我动手。于是,我便和老姐夫就着肉脯、油炸蚕豆、豌豆喝起了小酒。

晚上 10 点差一分,向平来电话了,她也是我 36 年前的大学同班老同学,知道两位大姐到我这儿来了,专门打电话过来问候。自打 32 年前毕业,我跟向平一直没见过。电话从大洋的那头,隔着万水千山漂洋过海,从美国打过来的,毕业不久她就去了那里。清晰的声音,洋溢着老同学无限想念之情,让我感动不已。两位大姐因为身体不爽,已经躺下,我没有惊动她们。就这样我和向平轻声交谈着,平静亲切的声音拍打着我的心,勾起了多少回忆……

2 月 8 日（正月初九）

大姐来汕头的第三天,我们没有走远,马大姐感冒不见好,天气又太冷。我带着大姐她们游览了汕头大学。我们在汕大后面大山脚下辽阔的水库边停留,在那几尊似人非人的铸铁雕像前沉思,在亚洲第一大图书馆前的巨人雕像前猜想,在刚刚竖起的高高的大吊钟前琢磨……

下午,我们驱车走海湾大桥,览汕头东区现代化城市概貌,到我工作的学院本部,踏汕头游泳跳水馆,参观白尖塔大庙,过礐石大桥,看汕头百年埠头老城区的斑驳骑楼的断壁残垣……

2 月 9 日（正月初十）

早上 9 点多在汕头金园客运站,老同学们结束了几天的汕头之旅,就要启程回去了。看着她们踏上汽车的背影,我的眼睛湿了——都是 60、70 岁的人了,这一别,何时再见……

马大姐刚在车上发来了微信,读着我哭了——"再见了,可爱的汕头!再见了,可爱的老同学!我们在这里只停留了三天,但已领略到海滨小城之美,感受到你热情的款待,看到你和谐幸福的大家庭以及学生友人对你的尊敬和喜爱。在这里,我度过了身体上最难受而心理上最开心的时光,感谢你,老同学!我很佩服你豁达乐观的生活态度,它也将成为我晚年生活的榜样。我们为有你这样的同学而骄傲。"

2 月 10 日（正月初十一）

正月十五没过,春节就没算过完,这是老理儿。

初十一的晚上 8 点钟吧,我曾经工作过的由澄海师范转制的澄海实验高中 2001 级(也就是第二届的)而今已经离开学校 10 年光景的老学生筲铭、林昱、黄鸿、锦浩、实双几个小伙子,专程从澄海开车过来看我拜年。不久前,筲铭通过黄鸿加了我的微信,有了联系。好几回,他都在微信里约我,什么时候回澄海,大家聚聚。快放假了,我一直没有时间和机会。结果这几个小子借着过年放假给我拜年,自己过来了。看到他们几个还是当年那样年轻,敢说敢想,充满活力,真的让我很开心!他们能专门来看我,更让我很感动!

想当初,这帮年轻人在学校里可不是等闲之辈,他们天不怕地不怕的,就是怕学习,有点儿像"混世魔王"。那时候我在当学校的政教处副主任管学生,他们哥几个可没少让我劳神费力。当然,也没少挨我批评、训斥。可就是这样,他们却跟我这个半大老头儿挺近乎的,毕业后还成了朋友。记得他们毕业后开始几年,年年过年都来给我拜年。有一年国庆吧,还专门邀了我,到澄海华侨宾馆一起唱歌喝酒。我清楚地记得,那次我们老少爷们儿玩得好开心,喝得好痛快!

2006 年我学习汽车驾驶,要考驾照,半坡起步总是不过关。我找到黄鸿,他家的轿车是自动挡的,最后是筲铭开来了他家的小货车,坐在我的旁边,陪着我练了整整一个下午。

后来,为了工作、生活方便,我搬到了汕头,联系起来不方便,也少了交流。可我知道,我没有忘记他们,他们心里肯定也惦记着我呢!这不是,一有了联系,他们就过来了!

真快!10 年了,毕业!就这么一转眼!如今这几个小伙子,各个都成家立业了。他们都在做玩具,当了小老板,在社会上都有了自己的地位,各个成了能顶起家业、顶天立地的汉子！真是感叹社会造人啊！

我家茶几上现成有酒，泸州老窖，不够，又开一瓶。没什么下酒菜，几个杏仁儿，一袋肉脯，一点儿油炸蚕豆和豌豆。锦浩不喝白的，我给他开了一小瓶啤酒。就这样，我们老少6个爷们儿，欣然小酌起来……在马年初十一乍暖还寒的晚上。

聊着喝着，时间过得很快，两个多小时就过去了。林煜他们听说季老师明天一早要过女儿那带彤宝宝，怕影响我们休息，10点多就打道回府了。

因为他们喝了酒还开车，我很担心，一直等到他们一个个都安全到家的微信，我才睡觉。

对了，林煜他们临走约定，星期六（正月十六）晚上澄海北国再聚——相信大家一定还想知道那天的情况吧！马年春节已经结束，春节日记也该停笔了。不过，我可以告诉朋友们，正月十六的聚会非常开心，除了他们六个，东升也来了。酒后我到筲铭家喝茶，见到了他的父亲和妻子儿女。一切都是那么美好！一切都让我感到欣慰！马年，小伙子们，老师祝福你们吉祥顺利！

老同学游汕头之接风宴

说来十分惭愧，我老同学的接风宴，做东的却不是我，是我的干儿子锦雄。

那是大约六七年前吧，一次，我的那位一见如故，如今已经去了另外的世界的老友、前汕头劳务学校校长老曾，在海滨路北国为我过生日。当时，我老婆、女儿还有几位干儿干女儿都来了。老曾的两位副手，年轻有为的副校长楚龙、锦雄也来帮着张罗。酒过三巡，当锦雄得知在场的有几个是我的干儿干女的时候，突然，他端起酒杯站起身来说："冯老师，您还收不收干儿子，我也算一个。"看着这位英俊、能干的小伙子，我是打心眼儿里喜欢，又白捡一个儿子，能不要吗？我二话没说，欣然接受。于是，我喝了锦雄敬我的酒，从此，多了一个帅气、懂事、能干的干儿子。

这次老同学到汕头来看我，游玩儿。北京来了张岩、萧赛她们4人，广州王丽云大姐也过来，一共是 5 人。想到我的车连我只能坐 5 个人，我就想找一辆 7 座的商务车，或者再借辆车。要去南澳、到揭阳、游潮州，总不能带着老同学冒超载的危险吧！找谁呢？想到了锦雄。没想到电话一通跟锦雄一开口，他不仅答应把他的丰田吉普借给我，还当即决定由他为我的老同学设接风宴。当时，我也觉得过意不去，想推脱，可是雄儿说："老爹的老同学就是我们的叔叔、阿姨，我代您给他们接风理所当然的。"看孩子这么坚决，我也就没有再推。

接风宴设在中炬大酒店的 688 房。25 日傍晚，天下起了大雨。我是开车冒着瓢泼大雨拉老同学们来到这里，锦雄和他的好友坚雄早已经等候在这里。我向老同学们介绍了干儿锦雄，大家都夸雄儿帅气、英俊，我的心里美滋滋的。一会儿，锦雄专门为陪客人请了他的老师黄毅斌一家三口，我女婿仲彬都到了，接风宴正式开始了。

豪华宽敞的包间，硕大的宴会台，柔和温馨的灯光，一切都显得十分和谐。大家好像多年未见的老友，又像是一家人团聚，慢慢地吃着、聊着。锦雄为了让我的老同学品尝真正的海鲜，点的菜都是虾呀、蟹呀、鱼呀，还让酒店从马来西亚空运来了一种生吃的鱼——大大的一条船型盘，上面堆满了冰，一片片生的（我没记住名字）鱼片，整齐地放在上面，夹一块蘸上芥末往嘴里一送，哇塞！真爽！

老同学们边吃边讲着现实、过去，侃着国家和京城的消息；听说锦雄是怡宝水的代理商，便饶有兴趣地向他询问有关纯净水、矿泉水有什么区别、哪种水好呀等问题，因为怡宝纯净水在北京也很有销路。

那天为了助兴，雄儿还专门带了一箱 12 瓶装的小拉菲红酒。除了萧赛不能喝，仲彬、坚雄、毅斌要开车不能喝，大家都尽可能放开情怀地饮着。锦雄因为兴奋，喝得脸红红的。我呢？平生就好这口儿，当然也不会少喝。几位女同学大约知道红酒不仅能软化血管还能美容吧，所以，基本上来者不拒，敬酒就喝、倒上也喝。

差不多 8 点多钟吧，大家都吃喝得差不多了。于是，我叫来了服务员，让她为我们拍了合影留念。是啊！老同学千里迢迢来汕头，我雄儿给老爹撑脸面办接风宴，这是多么难得呀！

老同学游汕头之王大姐坎坷到汕头

王丽云和马丽珠是我们班最年长的两位大姐。张岩她们这次要到汕头来看我,得知王大姐现住在广州女儿家。于是,让我给大姐打个电话,通报一声,邀请她一块儿过来聚聚、玩玩儿。王大姐其实在两年多前就跟我说过,很想到汕头来玩玩儿,只是苦于只身一人,没有同伴儿。所以,这次一接到我的电话,大姐十分开心,欣然接受。当即就问及如何从广州到汕头的问题。在我的建议下,决定24日一大早,乘坐大巴过来跟张岩、萧赛她们会合。

后来,张岩她们机票改签,考虑到王大姐来得太早,我半夜去接机没人陪她,就又把行程改为25日乘坐早班大巴来汕头。

虽然,王大姐已是花甲之人,一辈子风风雨雨走南闯北也是见多识广之人。但是,在广东境内坐大巴长途旅行,她还是头一次。于是,她经历了坎坷、颠簸、辗转、周折,历时7个多小时的大巴之旅。

25日一大早,大姐从番禺坐地铁赶往天河客运站。广州的地铁,地下坐车的时间短,上下地铁、寻找出口、买票换乘的时间长。还好是大清早,一切还算顺利,9点左右王大姐已经到了天河客运站。第一次在广州乘大巴出行,王大姐出了天河地铁站,还没有找到客运站售票处呢,就被野鸡车黑牛党给拉住了。

"80元,到汕头。"在揽客生拉硬拽,尤其是十分廉价的车票叫喊声中,王大姐被拉到了天河客运站对面的大巴停车点——一间脏、乱、小、杂的房间里。这儿屋里屋外已经坐着站着很多人。于是,王大姐也就放下紧张的心,夹杂其中,待了下来。

大约过了20分钟吧,小房子里唯一一张破办公桌后坐的小伙子喊了一声:"到汕头的买票了啊!"那些站着坐着等候的人,陆陆续续到里面交钱买票。王大姐大概是最后几个进去买票的吧,卖票的人收了她170元,给了她一张乘车卡。虽然,跟拉她来这里的人喊得价钱相去甚远,但是,听说在汽车站买一张去汕头的票要180元,王大姐也没说什么。

车还没有来，继续在门外等候。这时一个学生模样的姑娘大约看出王大姐是个有文化的外地人吧，主动跟大姐搭讪起来。聊着聊着，王大姐发现人家买一张去汕头的车票只要八九十元，这才知道上当了。于是，她马上跑到里面，要求退票。那个买票的一看骗不过了，这才退了大姐80元，留她下来坐车。

车终于来了。王大姐上了车。然而，原来说好的10点开车，这车却一直开着没有离开广州，一圈儿一圈儿地转呀，直到差十分钟11点了，这大巴才慢悠悠地离开了五羊城。

有了先前的经验，王大姐越发觉得心里没底。好在我一直都用短信电话联系着她，不断地提醒她要问清楚几点到汕头，在汕头哪个站停车等等。就这样，王大姐坐在大巴里昏昏沉沉了7个多小时，终于在25日下午快6点，才到了汕头汽车总站。

而此时，我和萧赛已经在这里转悠来转悠去一个小时了。

老同学游汕头之 "有朋将自远方来，不睡觉乎？"

自打那天——大约是7月17、18号吧，我在我们班的"大学老同学"群里得知北京的老同学张岩、萧赛他们几个要来汕头旅游，当然也是为了看我，而后又收到张岩确定的短信后，我的作息时间，特别是一直以来自认为还不错的睡眠规律，被彻底打乱了。

我开始到了晚上睡觉的时间——我一般都是晚上10点半上床睡觉，因为书上、报纸上、网络上都不止一次地说过，科学家们认为最好、最健康、最科学的睡眠时间，是晚上11点前入睡——不想上床睡觉了。而且，就算是勉强准时上了床，躺在床上，也是满脑子思考，无法入眠。

我开始细细考量着、思谋着，我的这些贵客——毕业31年了的老同学们，此次大老远从京城来关心我，来我已经生活了19年的汕头旅游，我该怎样安排他们的行程，才能使他们觉得不虚此行；我该用什么样的方式接待他们，才能使他们感到我们汕头还不错,觉得我在这里,虽然远离内陆,孑然一人,特立独行,但是,过得还行。

那几天晚上,我一直都在想着,张岩他们在汕头的这几天,都带他们去哪些城市,去看哪些景点;我一直反复想着,先带他们去哪儿,然后去哪儿。还有,他们这些天的住处安排、交通工具的问题等等。就这么想啊想啊想的,每个晚上都从头想一遍。晚上本该歇息的大脑细胞,变得越来越活跃,越来越兴奋,结果形成了惯性。每天晚上躺在床上,都是在反反复复想着不知道已经想了多少遍的方案,就是不想睡觉。

孔老夫子曾经说过:有朋自远方来,不亦说乎?我成了有朋将自远方来,不睡觉乎!

记得,有一天晚上,想着到了极兴奋时,竟然到了凌晨3点多,在qq群里,把张岩、萧赛他们这几天的行程,一天一天地都写了上去,好像是先通报一声,又像是征求一下他们的意见。结果,在张岩那儿冯老师变成了"冯导"。

大家都有这样的体会,失眠,晚上睡不着觉,是一件多么难受的事儿,往往一个晚上失眠,第二天全天人都会无精打采。可是,我就怪了,三四个晚上天天整晚失眠,或者只是在天快亮的时候,潜睡上一两个小时,我却没有什么痛苦的感觉,而且第二天依然是精神十足。我想,这大约就是人逢喜事精神爽的缘故吧!

几十年的老同学,几十岁的老人们,就要在几天之后,在你生活的地方与你相聚了。他们是专门为你而来的,不是因为你在这里,他们不知什么时候才会知道有个汕头,并且想到汕头来一游。贵客临门,同学感情,这是一种怎样的美事儿啊!失眠几晚算什么,能让大家玩得开心、看得开心、吃得开心、买得开心、住得开心,几晚睡不着觉,值得啊!

短暂的重逢

这次到海口开会,第一想到的,便是我终于有机会与老同学老朋友老兄弟建国相见了。

建国姓杨,高挑白皙,英俊潇洒,谈吐优雅,性情随和。这当然是 30 多年前我们刚刚相识时他给我的印象了。

建国是从宁夏地质队进入宁夏大学中文系 80 级的学生,我高他两届,是他们当然的大师兄。记得当年在宁大读书时,他进校没多久,因为他们班里好动、好奇、好交往的曹阳,经常跑到我们宿舍来摸我的圆号,没多长时间,我便和他们宿舍的建国、建苏、郑伟、王志强等小师弟混熟了。在大学的最后两年里,我跟建国他们班同学的交往,甚至超过了跟自己班同学的交往。那时候,我们一起吃饭、喝酒、聊天、玩乐器、看电影、郊游。久而久之,他们也真的把我成了他们的大哥哥。

说到我跟宁大中文系 80 级的关系,还有日记本为证呢!我毕业就要离校的时候,中文系 80 极的 5 位女生还专门买了一本非常漂亮的缎面儿日记本,签了名字送我留念。从平罗到石嘴山,从宁夏到广东,几十年里我换过很多城市,搬过很多次家,这本日记我一直没有丢,尽管封面已经褪色、变形,尽管签名的同学们早已杳无音讯。

日记本扉页上 5 位女生的名字:刘晓艳、姚银枝、何永丽、廉洁、冯莉。时间是:1982 年 7 月。

在前往海口的火车上,我给建国打了电话,可是他没有接。预料之中的,因为我只有他在上海的号码,电话是通的,想必还在用。我知道他好像又回到海口了。于是,我给他发了信息,我知道,只要他在海口,只要他能看到我的信息,他一定会跟我联系。尽管最近几年我和建国联系上了,是建国无意进入我的和讯博客,找到的我。但是也仅仅是逢年过节,一年一两次电话或者留言。他忙,我也忙。

大约是下午,看到我要去海口开会的短信,建国非常开心,我想一定是这样。他第一时间打电话给我,说他要到火车站接我。我告诉他,会议安排了接车,于是,他让我把会议下榻的酒店发给他,他告诉我在酒店等他,晚上给我接风。

那天,火车晚点一个多小时;那天,会议并没有安排接我;当我乘坐的士到达海口乌兰温泉酒店的时候,已经是晚上快 8 点了。就在我踏进酒店到报到台前签到的时候,我的肩膀被温柔地拍了一下,一声遥远而又熟悉的"冯健",我感到了建国就在身后。还是那么高挑，并没有他前两年说得那么胖，白皙的圆脸依然那么真诚、亲切。只是，他老了，两鬓斑白，面颊上很多粗细不一的皱纹。其实，都一样，我不是也老的连自己都不认识了？

建国和廉洁没有吃晚饭，一直等着我。廉洁是建国的夫人，也是中文系80级的同学，当然就是我的师妹喽！她念念不忘的就是，当年我的那一句：廉洁，不要犹豫了，建国很不错！那晚，建国夫妇开着奔驰轿车，拉着我到海口有名的海鲜大排档为我接风。我们吃着聊着，虽然久别重逢，但是并没有太多的感慨唏嘘。我们平静地慢慢地吃着建国专门为我点的大虾、肥蟹，喝着建国从家里带来的名贵红酒。我们缓缓地温馨地聊着，聊着昨天、今天，聊着过去、现在，聊着已故的曹阳、失踪的建苏、当了官的郑伟……当然，讲得更多的，还是他这30多年来的风雨人生。

海南建省，便下了海，买地盖房经营房地产；朱镕基一句话，银行撤资，房地产破灭，长时间在家做寓公；改行收藏古董，无数次上当受骗，终于修炼成为行家里手，成了当下屈指可数的古玉收藏家；有过稍纵即逝的承包矿山、荣登上市公司老总宝座的经历；更有过莫名的被人整被人害，糊里糊涂的各种磨难；养育了一双出色的女儿，近年来，舞文弄墨，成为了亦商亦文的大商儒，长篇小说代表作登上当年中国畅销书榜。如今，闲不住的他，又操起了房地产，开始了新的创造。

海口开会待了4天3夜。建国从工地上正在浇注混凝土的忙碌中，抽出时间陪我观看了他正在建的澄迈县的楼盘工地，陪我吃了独具海口特色的牛肉火锅。离开海口那天，原本说太忙了顾不上送我的他，还是抽了几个小时，专门送我到火车站。在前往火车站的路上，建国拿出一块老玉送给我，是战国时期的饕餮纹玉牌，和田玉材质。开始我不想接受，毕竟他是专门收藏这东西的，找到一块也不容易。但是看到他那样真诚的样子，我还是收下了，这毕竟是老同学的情谊呀。

在离开海口的火车上，我给建国发了下面这条短信：

建国啊！这次海口之行，虽然时间很短，但因为见到你，觉得非常开心高兴。感慨你这些年来的起伏人生，感悟你一路走来后的豁达与感恩，感叹你事业上的成功，无论是房地产还是作家。当然，还有感谢：感谢你，还有廉洁，在百忙中抽出宝贵时间陪我。谢谢了！愿你保重身体，开心快乐，事业好上加好！

红枣儿寄深情

打开刚刚从中铁快运取回的纸箱，一股温暖的近乎温柔的甜香便缓缓地飘进我的鼻翼，慢慢地流入我的心房，倏的，我的心颤抖了一下，一股温热的，不！应该说是滚烫的热浪，击打着我的心房。

我仿佛看见憨厚朴实的他，脸上挂着汗珠，在大西北盛夏的、强烈的、明晃晃的阳光炙晒下，眯封着眼睛，阻止着就要流进眼里掺和着浓重盐碱成分的泪水，小心翼翼地从生满芒刺的枣树上一颗一颗采摘着那红里透黑、闪闪发亮、鲜脆欲滴的大枣儿，手背是一道道划伤的血痕，手指上是被刺的一个个血点儿……

我仿佛看见，下课铃刚响，他便骑着自行车，车后面驮着一个大大的纸箱，里面装着他亲手一颗一颗摘下来的30多斤红黑油亮、鲜活脆甜的中卫大红枣儿，兴冲冲地向中卫市邮政局驶去。而后不久，他又面带失望地离开邮局。然后，依然是兴冲冲地骑往火车站的货运室。同样是满怀希望而去，同样是面带失望而归。就这样，他跑遍了中卫城的大大小小所有的邮政局（所）、快递公司，公路的、铁路的、空运的。遗憾的是，这箱鲜枣依然没有离开过他的自行车，他没能够把它们寄出去、托运出去……

我仿佛又看到，他和她的爱人顶着塞上9月的骄阳，在自己家的院子里，抑或是阳台上吧，摊开了那箱谁都不给邮寄、不给托运的鲜活无比的红里透黑、黑里透亮的中卫大枣儿，强烈的日光映照在这一大片红儿黑、黑而红的大枣儿上，熠熠生辉，煞是壮观……只见他和爱人手里拿着大大的芭蕉扇，一边儿扑打着那些嗅着枣儿香，从远处飞来的苍蝇，一边儿用毛巾擦抹着源源不断从额头和脸颊滚淌下来的汗水。或许是这样干，太劳神太费力了。生性爱动脑筋的他从家里找出了纱网，盖在了枣儿上。然后，老两口安心地回到屋里，批改起作业……

他，叫黄聪业，是我大学同班的老同学，宁夏中卫中学的一位德高望重的老教师。他这么专心致志地忙乎这个枣的事儿，说起来我还真是很抱愧，因为这事儿还真的怨我。

8月初，我们这帮宁夏大学78级中文(1)班的老同学，在毕业离校各奔东西30周年后，带着满头霜华、满脸沧桑又一次聚到了一起。那天，我们从六盘山旅游归来，中途在中宁县枣园堡吃土鸡饭，顺便等黄聪业、张铁军两位无法参加聚会的中卫的老同学前来相见。上卫生间时，我看到路边儿到处摆着在卖当地的特产枸杞和红枣儿，于是，顺便打听了一下当地红枣儿的特点、药用价值，还有价钱什么的。当时发现那些塑料袋儿里的枣儿颜色有点儿黑，一问才知道是去年的枣儿。

这一幕细小的镜头被细心的聪业看在了眼里。在和我们一起去银川的路上，他给我详细地讲了中卫大枣儿的种种好处。记得当时不知我是顺口说了一句，还是聪业自己主动说的，他跟我说，等今年的枣子下来了，我给你弄一箱寄过去。

回到汕头后，先是忙着给劳务学校的华师大函授本科班上课，接着又是安排社会人员普通话测试培训，家里的、学校的事情一大堆，聪业的话，早就忘记得一干二净了。

忽有一日，大约是9月中旬吧，聪业来电话要我的地址，说要给我寄枣儿。过了一日，他又来电话，抱愧地说新鲜的枣子人家都不给寄，说是晒干了再寄给我。当时，我就被他的真挚、专注感动得心头发堵。这不，国庆节第三天，我就收到了这箱饱含着聪业的一颗心、沁透了老同学无比深厚情感的大红枣儿。我清楚地知道，聪业是想让我在中秋节吃到这来自中卫的，由他亲手采摘、亲自翻晒的大红枣儿的。邮寄日期是9月26日嘛！只是中铁快运名不副实，中秋枣儿变成了国庆枣儿。呵呵！

聪业啊，几十年没变的性格，做人朴实、敦厚，做事认真、专注，说到感情，三十年的同学之情，深而又深，纯而又纯！

久违了,迎宾楼的羊肉泡馍

　　羊肉泡馍虽说并不是宁夏的特色小吃,但是,作为西安近邻的银川却一直都有,而且逐渐形成了自己的特色,已然成了大家认可的地方传统小吃。

　　每次回宁夏探亲,好好吃几顿羊肉,都是我附带的目的之一。因为,在我的印象中,再没有哪里的羊肉能比得上宁夏的羊肉好吃了。据说原因很简单,宁夏的滩羊都是吃盐灵台地的含盐碱的水长出来的草长大的,这种羊肉肥美而无膻气。不过每次回来,迎宾楼的羊肉泡馍却从没有被我想起来。大约是在平罗岳父母家住的多吧。

　　这次回宁夏参加大学毕业30年聚会,一样也是没有想起来去吃吃迎宾楼的羊肉泡馍。是高中的老同学邢琳,有意无意地让我又一次品尝到久违了的带着浓浓的老同学情谊的羊肉泡馍。

　　这次回来,我没有挨着告诉高中的同学,只是临行前跟续毅打过电话。邢琳是从她大姑子姐苏惠,也是从我的大学同学那里得知我回银川参加30年聚会的。好像是听到我回宁夏消息的当天吧,她就发短信给我,说她和老公苏伟宁正在西宁祁连旅游,说她不在银川,很为高中的同学不能聚聚感到遗憾。后来她问我什么时候走,知我10号中午离开银川时,她马上告诉我,说她10号早上7点多的火车回到银川,并且约我10号早上8点半到迎宾楼,她要请我吃早餐——羊肉泡馍,主要是见一面。她还说她会叫上她哥哥利民。利民也是我的高中老同学。

　　能在离开银川前又见到几位老同学,并且还能再次尝尝羊肉泡馍,真的好高兴。要知道,邢琳兄妹是我高中时期为数极少的好朋友好同学。她们的父亲当年是我们那个县的县委书记,十分平易近人的邢伯伯。高中毕业时,我因为腿不好,利民因为眼睛高度散光,我俩都没有下乡,开始我在城关三小代课,利民在县体委帮忙,后来一起招工进了化肥厂。邢琳在渠口公社插队。记得夏收时节,我还专门骑车跑到渠口公社,住在村子里,帮着邢琳割麦子呢!1975年我的腿做手术,还是邢伯伯给我联系的大夫。

10号一大早,我早早离开小妹家,背着相机,迎着塞上盛夏初生的朝阳,乘201路双层巴士赶往银川老城的迎宾楼。上次见到邢琳和她哥哥利民应该是2007年的春节。那次好像是李森林、靳兰萍、续毅我们几个高中同学在新华街上的一家火锅店,吃了两只用稀饭炖的鸭子,很好吃,就是叫不出菜名。一晃又是5年半没见了!日子过得真快呀!不知他们又变了多少。我早早地就赶到了迎宾楼,找了个座位靠窗坐下。

等了不到5分钟,利民也赶到了。本来他就在银川,应该早就到了,只是因为邢琳给他的短信表述模糊,他还以为我是今天从平罗回到银川,而邢琳她们呢是早上7点多才从西宁上车。所以,8点半在迎宾楼吃羊肉泡馍他就以为是晚上8点半。唯一觉得不解的是:冯健大老远的回来一次,怎么不吃大餐,却要吃羊肉泡馍?你说说这家伙!不是邢琳一大早又打电话叫他,他还真以为是晚上呢!

利民还是老样子,几乎和高中时差不多,黑黑的稍微显得有点儿瘦的脸颊基本上没有什么变化,是个老头儿了,但绝对看不出是就要60岁了。他从来都不会激动,从来都不会着急。上中学时这样,如今已然这样。他听我说他这些年没什么变化,表示不同意。我便半开玩笑地说:"你上高中那会儿就已经老到位了,所以,这些年你真的没怎么再老,再老也老不到哪儿去了。"他听了这才释然。邢琳和老公是让她女儿从车站接回家去,然后简单洗漱了一下赶过来的,大约是8点50分吧。邢琳还是5年前的样子,黑里透红的肤色,显得健康而充满活力,像过去一样,还是那么爱说爱笑,开朗健谈,根本不像56岁的人。

邢琳46岁那年就退休了。退休后她参加各种老年活动,生活过得很充实。前些年她还到四川边远落后的藏区当了半年多义教老师,要不是脚摔断了,她说她会每年都去一段时间的。和利民兄妹俩见面时间很短,聊得很多的都是老同学们的近况,还有马文汉他们搞的每月一次的由同学轮流当庄的聚会。当然,我们也聊起了彼此的父母家人。邢琳的父母都是老革命出身,过世很久了。女儿在重庆干了几年最近回了银川,好像还没有结婚。

她们兄妹知道我12点多的火车要回广东,所以我们边聊边吃,大概九点半,吃完了这久违了的极富银川特色的羊肉泡馍后,就互道再见,依依不舍地分了手。

大聚中的小聚

大学毕业 30 周年的大聚会,在老同学们的恋恋不舍、依依惜别中结束了。8 月 9 日,在宁夏的最后一个晚上,高中的老同学续毅、郝晓琴、靳兰萍约我在东港自助火锅城聚聚,叙叙旧。这次从汕头回银川前,我就告诉了续毅,他是我高中时期最要好的同学、朋友。

一晃,到明年 1 月 13 号,我们高中毕业就整整 40 年了!不想没感觉,一想吓死人。40 年,这不就是一个人的大半辈子吗?在烟雾缭绕、热气腾腾的火锅城里,看到 40 年前的老同学,一个个走进来,走到我的身边,走到我的面前,真是感慨万千啊!尽管,我们并不是太久没有见面。

续毅显得瘦了许多,瘦高的个子,背驼了许多,脸上的皱纹好像又比三四年前多了些。因为这几年生意不太好做,他这个专门挣中间差价的皮包公司的经理,基本没什么钱挣。看得出来,他是老婆在养家,底气不足,所以老同学见面,他话很少。

郝晓琴上高中时就是班里的大姐,因为她个子高,人也漂亮,而且是天津大城市长大的,见多识广。这个比我们大两三岁的大姐姐,今年虚岁 60 了,俗话说女人六十老妈妈,可是郝晓琴却真不显老,除了人有点儿虚胖带来的一点儿臃肿,脸上甚至看不到皱纹,给人感觉上也就是 40 多。郝姐家庭生活并不美满,30 多岁就开始带着儿子自己过了,20 多年就这样一个人带着孩子,竟不老!令人感慨万千。要知道几年前她还得过一场大病,动过大手术啊!问及青春永驻的原因时,她笑哈哈地用带着浓重天津味儿的普通话说:我这人没心没肺呀!她还告诉我们,她好多年了一直都吃枸杞,"守着产枸杞的地方,不吃才傻"。她说她用枸杞泡水、炖汤、煮稀饭、干嚼。每天都吃它三四十粒,60 岁了,现在竟然眼不花,发不白,能吃能睡。

靳兰萍样子也没有大变,只是脸上增加了许多细细的皱纹,人也稍微有些发胖。她应该是我们这些同学中过得最安逸、最充实的一个吧！她告诉我们，她在读老年大学，学习一些历史、人文、养生、瑜伽之类的课程，就像我大学同学张岩参加老年人合唱团一样，就是为了有事情做，为了充实自己的晚年生活。

老同学见面，除非就是谈一些儿女成家了没有呀、自己这些年都怎么过的呀，当然，更多的是谈我们的同学。从他们的嘴里，我知道了他们这一年多来，经常在家住平罗的老同学马文汉的张罗下聚会，后来竟然规定每月一次，每个同学排了队轮流主持。由于相聚的时间太近，每次聚会都没有多少同学间的新鲜事儿，结果每次都是马文汉这家伙自吹自擂或者挨个儿数落在座的老同学的不是。这个"马小飞"马"特务"呀！

老同学还说起来参加同学的儿女婚宴的事情，对个别老同学请了自己的同学来参加儿女婚宴，好像就是为了收贺礼完事儿，竟然都不跟老同学敬个酒点个烟、唠唠家常，对此很有意见。我听了，也觉得这样很不好呀！听着老同学讲聚会讲他们经常见面，我的心里很是羡慕。可是当说起今年底明年初就是我们高中毕业40年，大家请马文汉组织大聚会，马文汉却推脱不肯时，我的心里又觉得很不是滋味。其实同学聚会主要是为了联络情感，互通信息，相互帮助，本没必要一月一次这么经常。年轻时几年一次，岁数大了一两年一次，但是毕业40年了，真的应该有个大聚会了。

吃着自助火锅，随意地喝着红酒，聊着老同学的家长里短，回忆着过去的流金岁月，时间很快过去。我也乘兴拿出手机把我的宝贝外孙女彤彤的照片给大家看。除了续毅早就抱了外孙子，郝晓琴和靳兰萍的孩子都还没结婚也就没有生孙子。大家看到我们可爱的彤宝宝，都交口称赞她长得漂亮可爱，夸得我心里美滋滋的。呵呵！我们的彤宝宝本来就是漂亮嘛！郝晓琴有点儿着急，有点儿遗憾，她的儿子已经32了，还没有对象，她挺想抱个孙子，享享天伦之乐的。可是儿子并不理解母亲的心啊！兰萍的女儿也还没有成家，心里也难免着急，不过她选择了读老年大学消磨时光也还不错。

平静的相聚，平静的分别。当晚上9点的钟声响起的时候，我们几个老同学互相道了珍重，悄然消失在街灯黯然的银川街头。

聚会余韵

8月7号下午4点半,宁大中文系78(1)班大学毕业30周年聚会结束的第二天,当年全班年龄最小出了高中就进了大学校门的、如今经过30年的打拼磨砺,已然是西北汽车大亨的身板儿强壮得像一头北极熊的席春明,满怀着老同学的深情厚谊,用专车把近20位刚刚参加完班里的聚会,还没能从聚会的热闹氛围中醒来的老同学,接到他的独立王国——长城汽车城。举办私家聚会——延续毕业聚会的温度,延续老同学的情谊。

这个席春明啊,不仅在生意场上叱咤风云、呼风唤雨,在生活上还十分细腻,特别浪漫。在他的汽车王国里,不仅到处都是崭新的各种型号品牌的汽车,更有着自己的绿色农场——或者叫作庄园吧! 这家伙利用汽车城大块的空地,自己种菜,自己养猪、喂鸡,自己养鱼,自己种植水果。而且,全部都用农家肥,生产的果实都是真真的绿色食品。

一到席春明的地头儿,他便二话不说带大家去了他的庄园。然后,他告诉老同学们,这里的蔬菜、这里的水果、这里的鸡鸭猪鱼,大家拣喜欢吃的摘、拣喜欢吃的抓。摘好了、抓好了,交给他的大师傅,现给大家做。

哈哈,别有趣味的私家聚会,别有风味的快乐农场。老同学们一下子把头一天在夫子家想放开了大摘一把却没能达成的愿望,全部投到了席春明的农场。大家瞪大了眼睛,不住吞咽着想象中的美味佳肴提前预支给大家的涎水,七手八脚、争先恐后,揪着、摘着、挖着、拔着自己喜欢吃的瓜菜;扑着、追着、打着、捞着自己喜欢吃的鸡鸭猪鱼。

就这样,就地取材,不一会儿晚宴的菜蔬、鱼肉就准备停当了。老同学们叽叽喳喳、嘻嘻哈哈分享着简单劳动的喜悦,把这些劳动果实交到食堂大师傅的手中,然后,把采摘来的水果洗好端上来,便开始在席春明的"职工之家"里,唱起了卡拉OK。

大约是应了"饱吹饿唱"的原理吧,头晚上在毕业30周年最后的狂欢会上一展歌喉的张岩和曾繁荣，在期待着丰盛的绿色晚宴的情感的包围下，唱了一曲又一曲，曲曲婉转，曲曲动人，赢得了老同学一阵阵掌声、喝彩声。

六点半左右吧，别说，席春明的大师傅们手脚还真够快的。一盘盘、一盆盆全天然？不准确，应该是全绿色的红烧猪肉、红烧鱼、黄焖茄子黄焖鸡、酸辣土豆丝儿醋熘白菜、麻辣豆腐拍黄瓜、爆炒豆角儿、辣子炒鸡丁儿……全端上来了，餐桌上霎时变得五颜六色、姹紫嫣红，在灯光的映照下油光光、亮晶晶，弥漫着淳朴的、诱人的香味儿。哇塞！太美了！太好了！太香了！！

老同学们扔掉麦克风，拿起了筷子，急扯白脸、争先恐后，风扫残云般挥舞着筷子，吃着席春明的环保绿色美食宴，喝着永远也喝不够的老银川白酒。喊着、叫着、吆喝着，举着酒杯，嘴里搅拌着食物、念叨着保重祝福的话语。

……

其实，上边的一切，都并不是我亲身参加或者亲眼所见，而是，我最后到达这个私家聚会后，瞥了一眼餐桌上的残羹剩菜，演绎出来的。呵呵，不过应该是八九不离十吧！

那晚，我因为回平罗看望岳父母，直到晚上8点半，才打的赶到席春明的汽车城宴会厅。当时张岩和曾繁荣正在简易的音响前，举着麦克风，唱着"美酒飘香""牡丹之歌"吧？二张桌子上大盆小盘的已经剩下鱼头、鸡屁股和一点儿盘子底儿了。大家睁着惺忪的醉眼还是依依惜别的泪眼，依旧喝着酒、碰着杯、唠着磕儿、聊着天儿，续着30年来的不老的同学情。当时，老安和杨发看我到了，不管三七二十一，就弄了两杯酒，说我来晚了，非要让我喝。是啊！应该喝，必须喝！因为，不知道什么时候，还能再和老同学们举杯畅饮。老同学的情意在这里又一次掀起高潮。

大约晚上10点左右，聚会结束了，铁军开着他的越野拉着王大姐、潘忠和方蒙，曾繁荣的司机来接他，顺路捎了张岩、静怡和我，剩下的同学坐着席春明的商务车，一起离开了宁北汽车城。大家又一次离开了宁大中文78(1)班……

毕业30年聚会之最后的狂欢

大学毕业30年的聚会,在银川唐渠大酒店的最后的大聚餐大狂欢中落下了帷幕。8月6日晚上7点多钟吧,在一起浓情蜜意地朝夕相处了三四天的老同学们,从宁夏大学故地重游,中途辗转平夫子家浏览了"览山""阅海",参观了夫子家的别墅、践踏了他的菜园后,又一次聚集在这里、聚集在一起。这是毕业30周年聚会的最后的聚餐了,因为今晚的聚餐之后,才刚刚相聚在一起还有太多的话没说、还有太多的情没诉的老同学们,又要各奔东西,回到自己的城市,去过自己的生活了。

没有什么仪式,也没有什么特别的主持词,聚餐一开始,老同学们便纷纷高举起满载深情厚谊、满载祝福和希望的酒杯,互相碰着杯、劝着酒,串着桌子、祝福着。每个人都情不自禁,每个人都前所未有的积极主动。因为大家心里明白,这30年的聚会得来的不容易,今后还有没有这样的聚会、还能不能跟大家聚在一起实在不得而知。

这些年经营房地产生意,变得越来越豪爽、越来越能喝的铁军拿着大玻璃杯,装着满满的白酒,走在三张桌子之间,和一个个老同学逐一地碰着杯;刚刚荣升自治区新闻出版局局长的杨宏峰,一扫领导干部的拘谨,在老同学面前放开量端着酒杯,跟每一位同学碰杯,为每个同学祝福。

这次聚会,马大姐总有点儿遗憾,原因是4号纪念会后的毕业30年留念的集体照,几位家属也在其中,马大姐觉得既然是老同学的毕业30年纪念照,应该都是同学才好。于是,为了解开马大姐心头的结,国安、静怡他们专门在最后的聚会中,插进了拍集体照。晚宴开始不一会儿,趁着同学最齐整的时候,大家就在大餐厅的空地上,坐的坐、站的站,拍了一张这次聚会老同学人数最多、没有旁人的集体照。拍照之后,大家又重新入席,酒席间霎时又喧闹了起来。

酒过三巡后,老同学们的雅兴大增,像30年前一样,很多老同学争先恐后登台,为大家一展才艺。退休后参加了老年人合唱团的张岩、一直喜欢唱歌的曾繁荣领先上台一展歌喉,《红灯照》《牡丹之歌》一首接着一首,尽情歌唱着曾经的青春年华和同学情意;万晓峰夫人也是好嗓子、好声音,她和曾繁荣唱起了《沙家浜》里的智斗,那动作、那眼神,真有点儿当年的阿庆嫂呢;肖赛、杨发、刘晓洁,一个个能歌的歌、善舞的舞,甚至还表演起小品,说起了相声。哈哈!就好像是我们又在开迎接新生的晚会!

性情沉稳、不大善表达的老孙,激动地拿起自己的相机,逐一地跟大家合影留念。

这天晚上,老同学人到的最多、最齐,除了春明有急事,7点钟我们刚到他就先走了,有 29 位同学参加啊!

这次聚会,除了没有联系到的陕西铁路局华县铁中的赵宗濂、在美国经商的李永廉、退休后不知所终的李顺民,还有不知什么原因有些回避大家意味的胡铭锡、王振营,联系上的、能来的都来了。

在美国的买向平和韩玉姝没有回来,因为她们没有放假无法赶回来。然而,买向平、韩玉姝在这次聚会的几天里,一直惦记着老同学们,不停地从大洋彼岸打电话过来,跟老同学们叙旧,倾诉思念,表达衷肠。

原来一定说要来的现在烟台市开发区中学的曲绍利,因为临行前学校要利用暑假给高三学生补课脱不开身没能来;还有我们的老大哥石沛文,因为保卫自建房屋不被拆,或者争取多一点儿拆迁费,离不开阵地没来。对了,还有我们张岩老公小谢,他可是为这次聚会立了汗马功劳呢!他提前从北京到了银川,为聚会制作了背景PPT,只是因为要带学生去西藏写生,不得不提前离开了,没能参加这次聚会。真的!算起来这次聚会到的人还真不少!

大约晚上快 10 点的时候,中午 1 点多从中卫中学赶到枣园堡与老同学见面,被我硬拉着上了铁军的车一起到银川,不得不调整了三节课的黄聪业,因为放不下学生,放不下第二天的课,与大家难舍难分地握了手、拥了抱,赶夜班火车回中卫了。

晚上 10 点多快 11 点,老同学们才恋恋不舍地拉着手拥抱着互相道着珍重,结束了这次聚会——大学毕业 30 周年的聚会。特别是几位不能参加第二天席春明主办的私家小型聚会的同学,更是依依不舍。

宁夏大学中文系 78(1)班毕业 30 周年聚会的大幕在 2012 年 8 月 6 日夜

晚 11 点钟,在银川唐渠大酒店门前的一片昏黄的灯光下,在一句句声音哽咽的"保重""再见"的唏嘘声中,在一个个老同学的朦胧泪眼里,谢了幕。

聚会花絮

大学毕业 30 周年的聚会,已经离开我们越来越远了。宁大中文系 78(1)班的下一个相聚,也不知会是何年何月。然而,这次令人毕生都不会忘记的聚会,还有许多花絮、插曲,并没有为每个老同学知晓,有必要简单地记上几笔,以备岁月沧桑的无情打磨,不会完全吞噬了他们。

"大食客"的接风宴

我们这次 30 年聚会,原定是 3 天,8 月 4 日早上—8 月 6 日晚上。从 7 月底开始,不断地接到一批批老同学从祖国的四面八方赶回来的消息,银川的老同学,专门筹备这次聚会活动的马大姐、丽云大姐、国安和苏惠心里非常高兴。为了使多少年没有相见的老同学们,到时候见面时,不会觉得太突然、太激动,她们非常周到地考虑了接风宴,在正式聚会的头天晚上安排了为外地刚回来的老同学接风。

接风宴安排在银川的"大食客"。当我在这里看到了 30 年从未曾相见的孙静波、万效峰黄海、葛会芬、邓宪生一个个走进来时,心里别提是什么滋味儿了:高兴?当然!感慨?必然!激动、兴奋、想哭想笑想喊想叫,那是一种很复杂的情感,一种难以形容的感觉。大家虽然变化都不很大,毕竟是老同学,尽管几十年没见,但是几十年前的样子,都刻在心里头。相见之前早已经把他们在心里过了好多遍,所以,怎么看着都变化不大。不过都老了。

接风宴大家喝得很痛快,聊得也彻底。30 年没见的、十几年没见的、几年没见的,都扯开了量喝;远的近的、家里的学校的单位的社会的,嘻嘻哈哈地说着笑着聊着,时间悄悄地就过去了。

对了,那天晚上国安、静怡、黄海还有我都不约而同带了相机,于是,左一张右一张,喝着聊着拍着照,好像要把岁月流逝的镜头都给补回来似的。

聚会幕后的劳作

我是 3 号中午赶到马丽珠马大姐家的。因为张岩一个电话接着一个电话,催我早点儿赶到,好排练一下主持词。

在马大姐家,除了吃了一顿绝对家常、绝对简单,又绝对可口、绝对温馨的午饭,我看到了马大姐、丽云大姐、苏惠和国安她们几个银川的老同学,为筹备这次聚会所付出的努力和汗水。

为了构建一个充满老同学情谊的聚会氛围,她们精心地制作了聚会的背景 ppt。她们几个到处搜集老照片,动用了很多办法。开始,马大姐她们还不知道这个动画怎么搞,正好谢继胜要带学生去西藏写生,路过银川。于是,就让无法参加聚会的小谢教授,亲自动手制作了聚会的背景动画。

因为聚会请来了我们当年的老师,为了郑重其事,国安还专门撰写了聚会的主持词,并且是一改再改,边念边改。

那天午饭后,张岩从马大姐的电脑里复制了最后定稿的主持词,跑到门口的小店里打印了两份,我就跟静怡和张岩到了张岩在宁夏的家,撂下行李,便一本正经、认认真真地排练起主持词来。一遍又一遍,那个劲儿,就像当年在学校,小姜还给我们拍了花絮。我当时的感觉,有点儿像李咏……哈哈。

重归母校点滴

8 月 6 日下午 3 点多,从六盘山回到银川,我们按照事先的计划,首先驱车回到了 30 年前读书的母校宁夏大学。母校变得更大更漂亮了!虽然,我们进校时上课的大红楼早已拆了,但是,男生最开始住的小红楼,女生一直住的拐角楼,大三后读书的教学楼还在,老同学们驻足在这些建筑门前,唏嘘感叹,合影留念。在拐角楼里切着自己带来的西瓜,拿着自己带来的兵乓球拍子,在走廊的球案子上打起了双打,仿佛一下子回到了 30 年前。

老同学们在母校的校园里走着、回忆着、指点着、讨论着:瞧! 这不是后湖嘛,当年我们上体育课学滑冰不就是在这儿吗? 对了,当时冯健不就是在这里穿着冰刀,推着椅子,为我们女生服务的吗? 哈哈!

呀,肖赛,还记得吗?当时咱俩练习吹号,怕吵着同学们,下午、早上你提着小号我拿着圆号,不就是在这儿练习吗?

你们快看、快看,这些树、这些树,不都是我们当年种的吗?这儿、这儿,我和黄海种的?对吧?其实,那些树都很细,绝对不是 30 年前我们种的,不过树坑嘛,可能是我们当时挖的。要知道,在宁夏要种活一棵树,不知道要种多少年呢!

大家在校道上走着,聊着,拍着照片儿。很快,怀念母校游在恋恋不舍中结束了。

相会枣园堡

六盘山之旅结束后,在返回银川途中,我们要在半路上吃午饭。马大姐、苏惠她们原先考虑晚上要狂欢,要大吃大喝,所以安排的是在中宁县吃面。可是繁荣、方蒙等几个了解本地情况,知道这里土鸡非常好吃的老同学一听说在中宁吃午饭,就非嚷着叫着要吃土鸡。于是,几位大姐一商量,说没问题。就让司机开着汽车辗转把我们带到了中宁县的枣园堡。

枣园堡是个不大的小镇,兴许是我们没有走到镇中心吧,这里显得很落魄、很沧桑。不够宽广、不够平坦、不够笔直的积满黄土的道路,没有什么建筑,也看不到多少行人,更没有什么高楼大厦这种带有现代气息的东西。不过很显然,这里是个吃饭的地方、是个吃土鸡的地方。只见公路两旁,大大小小排列有好几家土鸡饭馆,足见这里的土鸡饭远近闻名了。

说句实在话,对于这次聚会,马大姐、丽云大姐和苏惠她们几个,真的是费尽了心思。我们去六盘山的一路上,新鲜的大西红柿、翠绿而爽口的黄瓜、一咬满嘴流水儿的大桃子,都是她们大清早上跑市场背来的。这不,一到枣园堡的土鸡饭馆儿,事先买好的、跟我们走了一路的大西瓜,又切好上来了。嚯!这像着了火似的大热的天气里,一口气儿坐了 3 个多小时的车的人们,看到这红沙瓤儿的大西瓜,别提有多开心,多爽了!

奔波了一个上午的老同学们,一边儿捧着西瓜,一边儿开心地聊着。大盘的土鸡上来了,整个饭厅里充满了香味儿,大家争先恐后从盆里舀着大块儿的鸡肉,盛着鲜美的鸡汤。真的名副其实哎!这里的土鸡真正非常好吃!已经炖了许久的鸡肉,肥而不腻,烂而不糟,有嚼头、有滋味儿!绝对不是那种用饲料加激素喂养的速成鸡所能比的。用土鸡加上佐料文火炖出的鸡汤,更是鲜美可口,吃不够啊。哈哈,我们这个桌子,竟然连吃了3大盆。

老同学就是老同学,车停在中宁吃饭的当儿,大家自然就想到了这次聚会因为家中或者学校有确实无法抽身的事情而不能如期而至的家住中卫的铁军和崇业,因为中宁枣园堡离中卫县城只有几十公里,很近。于是,马大姐、黄海、肖赛等,便纷纷打电话联系他俩,看看他们能不能抽空利用午休,赶过来和老同学见见面。毕竟是太久太久没有见了。

或许是铁军和聪业对于没能参加这次聚会也是耿耿于怀吧,得知老同学们就在距离自己不远的地方枣园堡,刚从太原回来的铁军二话没说,答应立刻联系聪业,马上开车赶过来。这样,我们在枣园堡的土鸡饭馆儿,就有了新的意味——等待着与老同学想见。就这样,大家一边儿吃着土鸡,一边期待着铁军和聪业的到来。

可能是聪业还没有下课,抑或是下了课还有学生围着问问题,或者是他俩距离远不太好找,我们在枣园堡等了一个多小时,一盆接一盆的土鸡都吃完了,还没有看到他俩。天气非常热,大家也都很累了。但是,想到又要见到两位30年没见的老同学了,大家都耐心地聊着,等着。

终于,铁军开着他的高级豪华二手越野赶来了。当聪业和铁军一前一后前后走进饭馆儿,马上出现了4号早上在出版大厦16楼那一幕幕:大家一个接着一个和两位老同学拥抱着、寒暄着、打骂着。

铁军的确与30年前大不相同了。当然,据说他如今已经是中卫比较成功的房地产商了嘛!上学时的小偏分,变成了如今的大电烫;当年白净、细腻、瘦削的面容,如今已经黑里透红,胖得快认不出来了。岁月就是这样无情地打磨着每一个人呀!聪业变化不大,长相、胖瘦、肤色还和大学时期差不多一样。唯一不同的,脸上多了许多皱纹,头上多了许多白发。大家说着、笑着、激动着……

嗯?怎么聪业对张岩这么亲热?竟然热烈地拥抱在一起?原来,读书时张岩是聪业的追求对象、梦中情人呀!几十年过去了,看来初衷不变!

　　车要开了,大家要继续赶路回银川了。聪业因为下午还有 3 节课,无法跟大家一起走。他恋恋不舍地跟苏惠等握手告别,手里拿着课程表,眼里含着惜别的泪水。

　　一看这种情形,我灵机一动,决定把聪业"绑"到银川。于是,我和老班长英奇,拉着聪业一起上了铁军的车。上了车就跟聪业说,让他打电话给学校的同事,让他们帮忙把课调一下,然后踏实跟我们一起去银川,参加聚会的最后狂欢。兢兢业业、老老实实教了大半辈子书的聪业,开始显得有些为难。后来,在我们的百般劝说下,他终于下了决心,打了几个电话,把下午的课有的安排学生写作文,有的调整给其他老师先上。然后,踏踏实实地跟我们一起踏上了返回银川的路。

　　我们的大学毕业 30 周年聚会就这样又多了两位老同学。

岁月无痕

　　这次参加大学毕业 30 周年的聚会,竟然能在探望了岳父母后,从平罗回银川的公交车上,碰到 45 年前的我的小学同班同学,竟然我还能认出他来,竟然我还能知道他的姓……

　　8 月 8 日下午一点多我从岳父家里出来,准备去银川做离开宁夏的准备。上车后因为车上人太少,司机便把车停在路口等人。等了大约 10 分钟的样子,上来一个人,个子高高的,脸白白的,梳着光亮无比的大背头,看上去保养得很好的样子。是谁?我觉得他有些面善,我觉得我应该认识他,看着他从我的身边走过,向车的后部走去,我突然想到他很像我小学时的一位姓龚的同学。叫龚什么来着,我拼命地想着。

　　"龚春来!"我脱口而出喊出声来。已经从身边走到车后面的他,回头看了我一眼,很平静地走了回来,然后,坐在我身边的空位子上。"你是我的小学同学龚春来吧!"我十分自信地问。"是姓龚,但不是龚春来,我是龚志强。"他依然很沉着地说。"啊,对对对,龚志强。"我为自己叫错了同学的名字,有点儿愧疚。"你是？"然后他仔细盯着，在我的脸上寻找着什么，而后疑虑地问。"认不出来吗？我是……我是冯健呀。"有些着急的我，兴奋地说。"冯健？噢！真的是冯健。"他先是努力地思索着什么，然后依然平静地说。"多少年没见了？"他还是很平静地问。"整整45年了啊！自从我们小学毕业，我们就再也没见过！"我万分感叹地说道。"哦，对呀！是啊！45年了！"他终于好像有点儿动容。

"小学毕业后，我就跟我老子回农村种地了，后来，大约1975、1976年吧，我进了县铁合金厂当工人，再后来我换了好几次工作，最后到了银川监狱搞后勤直到现在退休。"没等我问，他便像是自言自语地介绍起了他这几十年的大概情况。

"你不是在党校当校长吗？"接着他问起我的经历。我告诉他，我早在18年前的1995年，就携家带口调到广东工作了，现在在一家高职大学里当老师。他恍然大悟说，难怪这么多年都没有见过你。

简单地聊完了彼此，我们又聊起了小学里的其他同班同学，提到煤机厂的白光明，银川的李树义，还有张万林，女同学郭竹琴、刘宁枝。他说这些同学他都几十年没见。他告诉我，只是去年过年跟现在自治区工会当巡视员的阎华通过电话，才知道李树义在银川。

他很平静地告诉我，因为在监狱工作，很少跟外界联系，一切都生疏了。后来，他还提到了于海云，小学时叫于惠生。他说他也退休了。再后来，我们彼此又有一句没一句地谈起来了各自的家庭、儿女、父母等情况……

再到后来，我们没话了。他平静地在汽车的摇晃下，沉默着昏昏睡去。我也慢慢地平息了心中的激动，闭着眼睛。然而，我却睡不着。

我在心里想着：这便是同学吗？这便是45年前一起学习、一起玩耍、一起哭叫、一起打闹的小学同学吗？太久太久的没有见面，太长时间的没有联系，甚至是没有彼此的消息。岁月悄无声息地流逝着，已经无情地冲淡了曾经有过的那种纯纯的同学感情，几乎没有留下什么痕迹。

岁月在使人变得平静的同时，也不知不觉地使人变得冷漠，岁月就这样把最纯真的同学感情磨尽吞噬了。

或者，是因为大家都老了？

往事点点

前两天，我的大学老同学、我的三年的上铺、我们的藏族同胞吕国安从银川打来电话，再一次告知我毕业30周年聚会的具体时间、地点。近来，因为要聚会，不时有老同学的电话、信息，最早是马大姐两个多月前的短信；而后是和黄海通电话，知道他准备提前过去；再后来是孙静波两次电话，还给我寄来了他出的书，说他飞机票已经买好；还有张岩的电话短信。所以，如今有了老同学的电话短信，我已经不像先前那样，那么激动不已了。人，心，又趋于平和、平静了。

国安在电话里对我说，你是主持人，主持词我都给你写好了！呵呵，"主持人，好遥远又好熟悉的称谓！"老同学就是老同学，几十年了，还记着我这点儿特长，天南地北的，还忘不了给我发挥展示特长的机会！我的心仿佛又回到了30年前。

1979年元旦吧，那时候大学校园里到处兴着跳集体舞、交谊舞。那是我们入学后的第一个元旦，班里决定在教室里举办舞会，由我来主持。那晚，我们在教室里用皱纹彩纸拉起了一道道彩带，把日光灯管儿用彩色纸缠起来，别说，还真是有点儿霓虹闪烁、节日气氛浓浓呢！可是，当同学们都到了，录音机里邓丽君的柔美歌声已经响起来了，我才发现，我们班竟然没有几个人会跳交谊舞。记得，当时大概最积极、最大胆的是班长李永濂，没法子呀，他是班长，必须以身作则，那时，他好像是用双手拉着陈幼京还是买向平的手，在那里踩着音乐，自己想象着随意地跳着，女同学都觉得挺别扭。我们班本来就男生多女生少，比例严重失调。记得全班41个同学，只有8个女生，在加上大家都不会跳、不敢跳，舞会很快冷场了。

就在这时，我突然发现在教室门上的小窗户上，几个女同学的影子一闪。说时迟那时快，我一个箭步跳到门前，拉开门喊了一声：别跑呀！原来是体育系的3位女生：丰庆、张凤琴、巫超英。我赶紧抢上前去，不管人家乐不乐意，就连拉带推地把她们请到了教室里。要知道，人家是学体育的，跳舞都是高手。我像是找到了救星。

"同学们，我给大家介绍一下，这三位是我们学校体育系的舞林高手，我们请她们当教练，教我们大家跳舞好不好？"我兴奋地向同学们大声嚷道。"好啊！好啊！"大家齐声附和。舞会终于有了生命活力。在三位教练的指导下，越来越多的同学开始学跳，教室里彩灯闪烁、舞曲悠扬、青春洋溢。

1980年10月的迎新晚会吧，好像也是我主持的。那次，我可是够忙的，不仅要主持，还要表演节目。记得我是为我们同宿舍的蒙古族兄弟曾繁荣的独唱《牡丹之歌》进行手风琴伴奏。那天我记得我报完了繁荣的独唱节目，就赶紧跑下来抱手风琴，结果一慌，竟然给背反了，急得我满头大汗，赶紧取下来重新反过来抱上，跑上台去。拉过门儿的时候，气儿还不匀，手还发抖呢！这首《牡丹之歌》是曾繁荣大学四年的保留曲目，他不论什么时候唱，不论在哪里唱，都是我用手风琴给他伴奏。

记得那时候我们冬天上体育课，就是学习滑冰。老师总是让我们领了冰鞋，简单地跟我们说一下滑冰的要领就由我们自己在冰上摔了。我开始还学着滑了几次，不过总觉得左腿使不上力，拼命在冰上摔跤，实在力不从心。后来，我就不学滑冰了，我不自觉地蜕变成了滑冰场上的组织者、主持者、志愿者——穿着冰鞋，推着一张椅子，上面放着、挂着同学们的衣物，看到谁滑累了，就喊他休息一下，把椅子推过去，让她坐一会儿；谁的冰鞋松了或者不想滑了，我就把椅子和他需要的东西送过去。大学上了两年滑冰课，我始终没有学会滑冰，但是，每逢体育课，我都特别开心！

1991年在石嘴山市委党校，我兼职做了工会主席。大家都知道，工会工作大多就是组织职工们开展各种文娱体育活动。所以那两年我又操起了大学时的行当，经常当主持人，而且把个主持人的角色
扮演得越发精致、老道。记得为了活跃气氛，那年我主持春节晚会，竟然反串了李铁梅的《都有一颗红亮的心》，尖着嗓子，女生女气的，竟然也博得了大家的满堂彩……

毕业 30 年了!

2012 年 8 月 12 日早上 8 点半过一点儿,在我们大学毕业,离开学校整整 30 年后,我们这群已经年过半百、鬓发花白,俨然已经是老头儿、老太太了的宁夏大学中文系 78(1)班的近 30 名老同学,还有何姐夫、刘晓杰、万夫人、路嫂子等几位家属,在宁夏出版大厦的 16 楼——宁夏人民出版社博物馆大堂内,在万世师表的圣人孔老夫子像前,举行了大学毕业 30 周年纪念聚会。

30 多年前,曾经倾心尽力为我们上过课的恩师、当过我们的辅导员班主任的老师们——李增林、刘世俊、郭雪六、谢保国、韩正西、唐骥,出席了我们的聚会。

当白发苍苍、步履蹒跚,30 年前是那么的激情四溢、学识飞扬,而今却已年逾古稀、老态龙钟的老师们走进会场时,马上掀起了又一个情感宣泄的高潮。就像几分钟、十几分钟前,曾经同窗四载、熟悉无比,现在已经感到或多或少有些陌生的老同学,一个一个走进会场时,会场里先到的同学马上迎上去,又是拥抱又是握手又是寒暄又是问候一样。看到恩师的同学们一个个激动不已,纷纷跑到老师跟前,毕恭毕敬地叫着"老师""先生",一个个与老师们拥抱,向他们问好。

参加聚会的同学们是从四面八方赶回来的。他们有的几天前从北京、广东、上海、四川、浙江、江苏提前回到银川;有的是从山东,昨晚才赶到。30 年,在时间的长河里,可以是微不足道,稍纵即逝,然而在一个人的生命旅途中,却是那么的举足轻重、弥足珍贵!30 年,同学们的变化太大了,好几个同学在和同学们见面时,拉着手,竟然想不起来对方是谁、叫什么来着。特别是那些自打 30 年前毕业离校,就一直未曾蒙面也从来没有联系过的老同学。

最可笑的是刘路,看到他和夫人走进来,我一眼就认出是刘路,于是马上迎上前去,叫着他的名字。跟他握手时,他竟然像 30 年前一样的憨厚地笑着说:呵呵呵,席春明啊! 大款啊! 当时弄得我是哭笑不得,真想给他一拳。虽然,是30年没见,那我也不可能跟席春明长得一样啊!席春明当时上学的时候,就因为身材高大丰硕,赢得了"小熊"的雅号,因为有个比他更丰硕的李顺民是"大熊",所以,他只能屈居第二。而当年的我,绝对是苗条的可以呀!

当我跟其他老同学调侃与刘路的这段"张冠李戴巧相见"的段子时,站在旁边的黄海说话了:刘路不认识你了你不稀罕!张定海竟然连我都不认识了。啊?有这等事情?大家各个惊诧。黄海和张定海是4年的同宿舍、同组、前后桌。可以说,他们谁睡觉"咬牙放屁吧唧嘴",谁是香港脚还成天不洗袜子,甚至彼此屁股上有几颗"黑子"都应该是清清楚楚呀!怎么会不认识?事实上,除了定海明显老了许多、黄海多了一点儿沧桑,这两个人都没有太大变化呀!黄海跟我说,定海一进门,30年没见面的黄海十分激动地迎了上去,拉住了定海的手。定海竟一脸茫然地问:"你是谁?"弄得黄海十分尴尬,缓过来劲儿黄海揶谕地说:"我是黄崇业呀。"啊!黄崇业啊,你好你好!"张定海竟然信以为真,真诚、热情地拉着黄海的手,摇着说着,显然很激动。黄海是又气又笑,摔开老张的手,说:我不跟你握手了,我不认识你了!我是黄海。你呀,4年的同宿舍、同组的同学,你竟然不认识了!"啊!老张这才恍然,抱歉地再一次拉起了黄海的手。

30年过去,弹指一挥间啊!然而30年又是漫长的岁月,不断冲刷着人们的记忆。

纪念会就在这样的一片激动又一片沸腾中开始了。像在大学的时候一样,张岩和我做主持。首先,我们播放了筹备这次聚会马丽珠、吕国安等同学精心编辑制作的用照片汇集成的浸满浓郁同学之情的PPT。然后,是感谢恩师的环节,我们给每一位与会的老师们送上了精心准备的纪念品。这之后是请老师们、同学们每个人都讲一句今天你最想说的话。

话筒在传递,久别重逢后的心情在传递,浓浓的师生情、同学情在传递。有的同学介绍了几十年来的生活足迹,有的同学说起了自己的工作,有的同学送给大家深深的祝福,有的同学希望下一个30年再相会。身在大洋彼岸美国的无法赶回来参加聚会的买向平、韩玉姝,在纪念会的整个过程中,不断打来电话,问候每一位老师和同学,为每一位同学送上她们真真的祝福。我们大一时的语音课老师,现在河北大学任教的张安生,不仅打来电话祝贺我们的聚会,还发来了热情洋溢、言辞恳恳的长得像一片抒情散文一样的短信,问候老师,问候同学们。

时间在交谈中、在刷刷的纪念册签字中、在一群一伙儿拍留念照中，飞一样过去。纪念会结束时，到会的全体老师、同学，还有同学们的家属都拉起了手，举得高高的，在我和张岩的带领下，异口同声地喊出了此时此刻我们最想说的一句话：我们是同学！

聚散喜忧

晚饭吃到一半儿，彤宝宝站在沙发下面的海绵垫子上尿了。于是，连忙放下手中的面，拿起专门用来给宝宝擦尿的毛巾，一遍一遍地擦起来。就在这时，手机响了，心里想着："真不是时候，这满手都是尿，怎么接呀！"一看，是老同学、北京的张岩打来的。

"老同学啊，怎么想起打电话了？"我用大约可能没有沾上尿的食指，按下免提，调侃地问。大学毕业30年了，跟许多老同学都断了联系，甚至很多同学30年来音讯全无。唯独张岩，通过"开心贴吧"、中国人校友录，大约在10年前就联系上了。之后，2007年末回宁夏接父母，我还假道北京，专门跟张岩、谢继圣、姜静宜、李方蒙、肖赛、饶恒久等在京的老同学，聚了一回；对了，还有2010年6月吧，为了给学院弄那个公开发行的学报刊号，我去了一趟国家新闻出版总署，借机会在宣武门外地铁站旁的如家酒店跟张岩、谢继圣、肖赛夫妇，又小聚了一次。

"8月4号毕业30年聚会你知道吗？"还是以前熟悉的声音，张岩在电话那头儿问道。"知道啊！早就收到马大姐的短信了。我也给她回短信了，一定到！"一听是毕业30年聚会的事儿，我的心头一热，赶紧答道。"你是提前回去吗？最近好久没有看到你在校友录上露面，怕你不知道？"张岩又说道。"我准备8月1号起身，4号一准参加。对了，孙静波半个月前给我打过电话，他也会去。"突然想起半个多月前，我正在易初莲花买东西，接到了家住舟山的老孙的电话。当时，他对是不是参加聚会还拿不定主意。想问问我去不去。记得当时我跟老

孙说，毕业 30 年了，好不容易有个聚会，多难得呀！一辈子没几次，趁这个机
会，看看老同学吧！老孙被我说动了，答应到时候相约而行。

挂了手机，重新端起面碗。我的心情却不再平静。

人生真的太快了！不知不觉地，我们大学毕业都已经整整 30 年了！我们是
1978 年恢复高考的那年暑期进的校门。至今还清楚地记得，到学校报到那天，
我和后来一直是我的上铺的藏族同学吕国安到得最早。或许是因为离开学校
时间太久了，抑或是这上学的机会得来太不容易了。放下行李，收拾好床铺，我
和吕国安就跑到学校门口接新生的地方看热闹。在翻看班里的新生名册时，无
意间看到一位同学名叫"买向平"。"哈哈，买橡皮！"我俩感到有趣，开玩笑地
说。谁会想到，这个"雅号"就成了这位女生的称谓，一直在男生中使用到毕业，
铭刻成一个永远的记号。

30 年，在人的一生中，绝对不能算短了！30 年前一起哭、一起笑、一起争
吵、一起打闹的风华正茂的同学们，在经历了人生风雨 30 载后，在经历了各自
的或一帆风顺，或磕磕绊绊，或平淡无奇，或大起大落，或健康快乐，或多灾多
难的人生旅程后，会变成什么样子呢？步履蹒跚、满脸皱纹、弓腰驼背的小老头
儿、小老太太？玩世不恭、嘻嘻哈哈、无所事事的嬉皮士？唠唠叨叨、磨磨唧唧、
满腹牢骚、咳声叹气的苦主？还是……岁月原本就是最伟大的雕塑家，它可以
把任何人雕刻得面目全非。不敢想，不能想。但有一点是肯定的：我们都老
了！

我们那个时代的大学生，跟现在学校里的大学生有太多的不一样。年龄差
别大：一个班的同学，大的 30 多岁已经是三四个孩子的爹妈，小的 16 岁才刚
出中学门儿；上学的目的性强：不管怎样，都是为了改变命运拼命挤进来的，记
得我们那届文科学生是 28 个人才录取一个，你瞧这个挤劲儿！还有就是大家
都非常珍惜这个难得的学习机会，没有谁是想混或者是混了 4 年的！

如今 30 年过去，那些一直没有联系的老同学们，都还好吧？大家应该都得
到了聚会的消息，都能来吧？在美国的李永廉、买向平、韩玉姝也都该回来了
吧？想到就要见到 30 年前一起生活了 4 年的老同学们，心里真的非常激动，有
满肚子的话要跟老同学说，有 30 年积累起来的问题要问老同学们。

幼京、海波听说大家要聚会，一定也会为我们高兴吧！想到老同学聚会，我

不能不想起已经永远离开了我们的两位老同学。命运总是这样的不公,谁会想到多才多艺的幼京和为人和善、谦恭的海波这么早就离开了我们呢?

30 年前毕业分手,大家各自为前程奔波,似乎没有感觉到当时有多少难分难舍。是岁月的拉扯,让老同学们在人生路上走了很久很远以后,才越来越多地想知道彼此的情况。

"相见时难别亦难",突然又想到这 30 年后的聚会结束后,我们还将各奔东西,去走完自己的人生旅途。于是,心中难免又提前有了些忧郁和茫然。

也罢,人生原本就是走在聚散之间的,相聚的喜悦,分别的忧愁,也必是自然而然的了。

同　学

"同学"这个词,可以说是汉语词汇中被用的最多、最频繁,几乎人人都在用、都用过、都会用到的太平凡、太普通的词语。然而,这个词究竟代表什么意思,意味了什么,很少有人认真想过。这也难怪,词典里都说了,同学,就是在同一个学校里学习的人,干吗还要想它。

其实,于我看来,同学这个词却着实的不简单。不然,何以或大或小、或长或短的在一起读过书、上过学的人,亲也好、爱也好、仇也好、恨也好的,从此,就如血管里流着的一样的血、同一块草坪上缠着挤着长大的草一样的人们,紧紧地粘贴到了一起,不,是心烙印在了一起。无论天涯海角,无论近在咫尺,无论有无音讯,无论是否相见。或许,年幼在一起的时候,这种感觉还显不出来。然而,随着年岁的逐增,距离的阻隔,同学,会变得越来越重,同学情,会变得越来越浓。

何也!"同"好理解,一同、一道、一起、共同而已;"学"便渊博喽。同学不仅一起学习知识,更重要的,同学还一起度过了或童年或少年或青年,哪怕是几天十几天的培训班、学习班,同学也度过了长短不等的岁月。那是人生的几分之几、十几分之几、几十分之几、几百分之几,是和同学一起走过了。在共同的学习生活中,同学们一起学会了爱、学会了恨。学会了看世界、待他人,学会了困难一起闯、幸福共同享,学会了追求、憧憬、理想、尊重,学会了感恩、帮助、宽容、呵护。于是,同学这层关系,便变得超出寻常、与众不同。

正因为如此,同学的幸福健康、同学的进步升迁、同学的富裕发达、同学的远息近况便无形地联系在了一起。为同学的仕途通达一起举杯,为同学的家庭和睦一同叫好,为同学的孩子考上好学校一道喝彩,为同学的爱情美满一块儿骄傲。当然,也为同学的生活不顺、命运多舛、夫妻离异、家庭破裂而遗憾惋惜,更为同学的病魔缠身,甚至英年早逝而哀伤流泪、悲痛伤感。

今年春节,因为要接年迈的父母到汕头生活,我回了趟宁夏,感受到的就是这样的浓浓的同学情。听说我们几个在外地的老同学平廷玉、张崇儒、饶恒久、谢继圣还有我,要回宁过年,先是马大姐、吕国安在毛家饭店张罗了有 14 个同学的聚会;接着余兴未衰,武耀东、苏惠两口子第二天又在凯达酒店组织了第二次牛年春节同学聚会,内蒙同学聚会最积极的曾繁荣,远在吴忠、永宁的潘忠、杨发都在银川汇合了,还有已经退休在家的老班长张英奇、刚刚动过手术的安国栋。

酒美、菜香,比不上老同学见面的开心和兴奋;蒸腾的热气、宜人的暖气微风,比不上老同学见面的热气腾腾和无所顾忌的旺盛的谈兴。说来奇怪,一样的白酒,一样的喝法,一样的数量,和老同学在一起,竟然是酒不醉人。同学们谈着天南海北、过去今天、在岗退休、儿女媳妇、幸福平安、生老病死,喝着永不醉人的"黄金酒""老银川",好像有喝不尽的酒,说不完话……

和大学同班的老同学聚会以后,我又和初中同学安武、刘小朋,高中同学续毅,还有大学78(2)班的刘涵、李述、喻通、李青等小聚了好几次。都是老同学,关心的都是老同学这些年来的生活、身体、家庭、工作,分手时留下的都是对老同学明天的暖暖的、真真的祝福。

这便是同学,让我们用心珍惜这个再普通不过的称谓吧,祝福天下所有的"同学"!

2009 年 2 月 28 日

拾起遗失的岁月（曾经的故事）

拨通佟静的手机时，我的心是平静的。

几年前，王柄护偶然上了我的博客。他大概是在百度里搜索有关他的信息，无意间看到了我回忆当年我们大家一起爬华山的随笔吧，他找到了我，在博客里留下了联系电话。

我们重新联系上之后，从他那儿得知，佟静前些年曾经到过天津，他们有过联系。当时我的心就像当时在博客里看到柄护的留言马上就给他打电话一样，也是着实的激动。你想啊，这把年纪了，几十年前曾经一起爬过华山，也算是共过生死的老朋友，终于有了消息，能不开心激动嘛！尤其是这些年，我带着妻儿，从西北跑到海边，开始时缺朋少友的，后来有了些深交的同事、学生等新朋友。但是，那种能在漆黑的夜里，在峻峭的山路上互助攀援、互相呵护、不问前路，大有生死与共的哥们儿义气、英雄气概的，能前后内外、上下左右无所不谈的朋友，能有几人。如今终于有了老友的消息，岂能无动于衷？

记得当时给柄护打电话时，就要过佟静的电话。柄护说，没带在身边，回头给我。也就是从那个时候起吧，我就开始隔三差五不停地问柄护讨要佟静的电话。遗憾的是柄护他老人家，终日忙于事业，每次问及此事，他不是在天津开往北京的高速路上，就是刚回天津，正在停车。佟静呢？又是好几年前到过的天津，分别后他们二人各忙各的，似乎也少有联系，联系方式当然就没有经常带在身边。你说人家柄护每次都在电话里一脸歉意地说：哎呀，又忘了，今天回去我马上给你找。你还能催？这种时候，你好意思逼人家立马给你找电话号码吗？呵呵，加上我们大家各有各的一地鸡毛，时间一久，偶尔打个电话联系一下，有时也就忘记问了。这不，一拖竟然又过了两三年。

其实，这几年我也在一直在网上找过当年的华山朋友，我知道佟静还在大连，还在辽师大，只是网上没有联系电话；古世平现在重庆工商大学，他也上过我的博客，留过言，不过他没有留下电话号码；李重平2000年、2001年还有过电话联系,她还说要带着老公和女儿笑笑到汕头看我。始终没有成行,这几年联系也断了,她应该退休了吧!信洪林还在中共一大博物馆,去年在凤凰卫视上见过他,满头花白头发,一脸老旧书生气。两位年长的老师林丽光、张子英应该早都退休了,已经很难找到她们了;吉林的田越英、哈尔滨的张耀民,还有宁夏的谭宁,暂无下落……

前天中午,突然接到柄护的短信,发来的竟是佟静的电子邮箱、QQ 号码和手机号。真是让人喜出望外!这家伙,兴许是害怕再一次欠账过年吧!竟然在蛇年来临之际还账来了。开心激动的我,随手给柄护发了一句:哈哈,你终于想起欠我的账了啊!你是怕我过年讨账呀!然后,我就赶紧将佟静的手机号码存入我的手机通讯录,并且马上给佟静拨电话,期待着电话那头的熟悉、遥远,兴许已经会陌生了的声音。

可是,柄护辗转通过他的同学——佟静的同事,从国外弄回来的手机号码,竟然是佟静过期了很久早已不用的!当然,我打过去的时候,人家说的是:你拨打的电话已关机,请稍后再拨。我还以为佟静放假在家睡懒觉呢!

中午两点时分,柄护突然又发过来佟静的一个手机号码,是电信的,并且告诉我马上打。两点钟? 佟静不会在午休吗? 我这样想着,又给柄护回了个信息。5 分钟、10 分钟过去,柄护没有回信。"马上打",想起柄护短信里的嘱咐,我于是不再犹豫了,再一次拨通了佟静的新号码。

终于,电话那头响起了仿佛很久远但依然很熟悉的声音:冯健哥哥,你是冯大哥!是她,佟静,28 年前那位开朗、活泼,爱说爱笑,心肠大、胸怀阔的,敢作敢为,还有些大大咧咧的年轻的大学历史老师。

听到佟静这与当年完全一样真诚热情的声音,我平静的心被感染了!

我们无拘无束地聊开了,就像打开了话匣子,好多好多年没有联系,彼此都沉淀了好多好多各自的故事,都累积了好多好多的话。1985 年爬华山、1986年聚大连,而后有过华山信札的联络,逢年过节有过书信、贺卡的往来。一直到1996、1997 年吧,初到陌生的工作生活环境,很想尽快打下基础、站稳脚跟的我,似乎有些无暇顾及这些老朋友。加上佟静她们都到了孩子上学、事业发展人生最忙的时候。如她所说加上她在交朋友上比较被动,我们彼此失去了联络。

就这样,我们在电话里聊着,从电话里,我知道了佟静这些年过得很好、很顺。大心肠的人总是很少有烦心的事嘛！如今她的宝贝儿子已经大学毕业在银行上了班。她老公和她各司其职，都稳定安逸，而且事业有成。最值得庆幸的是，她们身体都非常好。而且，有时间会经常到处去旅游。我真心为这些老朋友如今能美满幸福的生活由衷的高兴、开心。

我们聊到了其他的华山朋友，彼此交换自己了解的那些华山朋友们的远情近况，当然，肯定是我这边儿消息更多一些。

聊着，听着佟静如数家珍般讲着她的工作、家庭、生活，我的眼前仿佛又出现了 1985 年 8 月我们一起爬华山时风华正茂的佟静，穿着拖地的大花裙子，在凌晨四五点钟，攀岩在鹞子翻身之上的飒爽英姿；眼前仿佛又出现了 1986 年 8 月，几位华山之友大连相聚时，佟静拎着一大塑料桶啤酒，煮了各种各样的虾蟹鱼蚌热情款待我们的灿烂笑脸……

人呀！到什么时候就得做什么事儿。到了五六十岁了，这人呀，就是想找回那曾经有过的，然而却在漫长的人生路上，因为各种各样的原因，不经意间遗失了的东西。有人管这叫怀旧，我说这叫拾起遗失的岁月！

至纯至真至恒久

又一次来到清远，算起来这是第三次了。当时选择清远职院作为学习取经之地，当然是因为他们的评估、整改都搞得好，堪称我们的榜样，我们两院关系比较好。还有一个原因，只有我自己明白，这里有我的老同学好朋友。

车快到清远时，我曾经犹豫过，要不要告诉赵燕、翠坚她们，还是悄悄地来、悄悄地回。回想前两次到清远，她们对我非常热情的接待和关心，和我的尽情忘形的抛显自己开怀畅饮，给她们带来的麻烦，我真想不再打扰她们了。但是，我也知道，如果她们知道我曾经来过清远却没有找她们，那，我们十二年的感情，或许……

于是，我还是给她们发了信息，告诉她们我将到清远，由于行程紧，想看她们一下就行了。我明明知道，她们肯定要招呼我要破费，我于她们是打扰定了。

接下来的事情都在我的预料中。翠坚当晚请我们吃了清远的特色宴：清远土鸡宴，赵燕知道我好高度白酒，专门把春节回老家带来的两瓶 52 度的"黄鹤楼"贡献了出来。浓浓的同学情，烈烈的烧酒意，老友新朋在一起推杯更盏、互相祝福，当时场面的热烈开心就不必细说了。本想老友见了、酒喝了、鸡吃了，第二天在清职院学习结束，就不再打扰赶紧走。可第二天中午还没到呢，赵燕就打电话，借她老公要见乡亲之名，又要在江边酒店请我们吃河鲜、喝洋酒。盛情难却啊，当时答应她时，就想干脆我们回请她们吧。可事实上到了酒店，也只能是说说、装装样子。因为在她们的地头上，人家于是怎么会让我们掏腰包。只好反复再三地邀请她们去汕头，重复着说来让我们当回东道主请她们的话来解嘲了。

和赵燕、翠坚的友情已经十二年了。我们都是第三期广东省省级普通话测试员培训班的学员，1998 年的 4 月，我们在一起同过十几天学。那时候我是班长，她们是班员。后来，2005 年 3 月吧，在省的骨干测试员新大纲师资培训班上，我们再次同学了三天。就是这么前后两次短短的十来天，让我们成了永远的同学、朋友，让我们的友情一直延续到今天，而且一定会直到永远。记得当年的翠坚还是二十刚出头的小姑娘，好像是班里最小的学员。而今她已经是做过清职院的中层领导，三岁孩子的妈妈了。赵燕呢，当初是刚刚结婚，还是刚有小孩儿，记不清了，反正知道她是清远一中的老师。如今她早已经是孩子上了中学，自己也调到市委校，成了专门教领导干部的老师了。

从清远回来的路上，我一直在想，人间有感情万千种，爱情友情亲情乡情同学情同胞情……为什么唯有这同学情最让人心动，最让人回味，又最让人放不下？而且，无论是十数年的同窗共读，还是稍纵即逝的短短几天培训。后来，我想到了一个理由，因为同学情是世界上最纯、最真、最没有功利性的。所以，哪怕是曾几何时做同学，有过年幼无知的矛盾、摩擦，等到长大了、成熟了，只要有机会，人们都依旧会去拾起这纯纯的感情——同学情。

浓浓同学情

身处南海之滨,在这冬去春来的日子里,是无论如何躲不开这样的风景的……很好听的名字"回南天":一觉醒来,暖暖的湿湿的空气中,荡漾着春天的味道,比牛毛还细的小水珠,从弥漫着灰色的天空中温柔地飘洒下来,似雨非雨、似露非露、似气非气……总之是她存在着,她飘洒着,短时间里,她不会打湿你的衣服头发,一点点一丝丝,凉爽快意。远景是注定被淹没了的:昔日葱郁的山湛蓝的海姹紫嫣红的花,全都拢在一片浓雾中。能见度,我也用一个科学的名词,不到 50 米……于是,开车的人开始小心翼翼、大声抱怨:这该死的天! 观景的人则死命睁大双眼埋怨,这是什么地方啊,还南方呢,破天气! 有时候,我也一样。不过,此刻站在楼顶,远眺这混沌世界,我又想:如果南国的一年365 日,日日蓝天白云天朗气清,是不是没了对比显了乏味,会不会一切都太过美好太过理想,而使人安逸过头,便身在福中不知福呢? 我又想,眼前这平日里一览无余的美丽山水,此刻静默在雾气之中,确实很遗憾了。可是,你难道不想知道,这雾气之下的山是怎样的另一种青绿,这雾气淹没了的大海,此时是什么颜色?浪有多高,浪花是不是又堆起了"千堆雪"呢?我们是有思想的,迷茫的时候,看不清的时候,我们可以想像啊,雾气笼罩的世界会不会更奇幻更美妙?待雾气散去,那将又是一个怎样脱胎换骨的美丽世界呢……

转眼 3 月 1 日了,还有不到一星期就开学了。早上从学院值班回来,原本想带着小孙女去玩儿,结果女儿自己带着搭公车去了丹樱生态园。在家没事儿干,拖了拖地,便一边儿看正在追的《好大一个家》,一边儿整理一下过去的影集。这不是就看到了 24 年前的那个羊年 3 月的这些照片和物件儿。1991 年 3月,36 岁的我有幸跟当时还是宁大政治系学生的冉钟、王少林,还有宁夏警备区通讯处的士官王霞一起组成宁夏回族自治区代表队,参加了在北京中央电视台由国家民委国家电影电视部举办的首届"全国民族知识大奖赛"。赛前在宁夏警备区军官招待所封闭备战了一个月,那段紧张、刺激、充满激情的日子,令我至今还历历在目。为了丰富我们的民族知识，自治区民委专门给我们请了区社科院、宁大民族学界的教授、专家，找来了几十年的"民族画报""民族月刊"和几十部民族词典、字典专著，一边让我们博览，一边儿给我们整理出了一千两百张问题卡片，让我们要记熟背会。那时的我已经36岁啦！要背这么多东西，简直就是挑战我的记忆力！我们每天除了吃饭睡觉，就是记忆背题看书浏览，长见识啊那段难忘的日子！到北京参赛，我们住在牛街国家民委招待所里，第一场笔试，来自26个省市自治区、新疆建设兵团、解放军、武警和各大部委的39个代表队117名队员（每队3名选手）坐在北京民族文化宫宴会厅布置的考场里，每个代表队坐一纵行，前后各一名监考，试卷是8开大纸24张订在一起的厚厚的一本，足有半斤重……那场考试，从早上8点开始，一直考到中午12点半，记得我当时走出考场，眼睛都睁不开，腿都软了。过后，我曾戏谑地说，我们那次考试，是创造了好几项吉尼斯世界纪录！最大考场、最多考生、最多监考、最多试题、最重考卷……在京参赛的日子里，我认识了很多少数民族兄弟姐妹，交了很多朋友：广西队壮族莫绚丽，新疆维吾尔族扎伊尔、阿依古丽，俄罗斯族娜塔沙，云南白族杨军，还有安徽队达小敏、秦蔚，黑龙江队陈福静、胡和……最令我终生难忘的是，大赛结束聚餐，我与司马义·艾买提副主席碰了杯，然后我喝醉了，从此成了"敢在民族文化宫醉酒的人"。

老话儿说：一日为师终身为父，说的是学生对老师的尊重。而我们潮汕学生的尊师，愣是把它给变成了一次课一节课为师，也终身为父了！今天，轮到我到院本部值班，一上午就有几个只听过我一次讲座的初中毕业生，借到汕头游玩的机会，专门转了三次车跑到达濠东湖学院本部来看我。三年前，应我的干儿再林的请求，我曾到潮南仙城中学，给他们的文学社开了一个讲座。一个多小时的讲座，让这些天真无邪求知若渴的初中生认识了我这个好为人师的老头儿，也使我认识了赵莉、晓雯、思玲、泽敏等小学生。如今这些当初的小姑娘，现在已经在深圳潮南工作了三年多。大老远第一次到汕头来，还来看只给她们上过一次课的我，又是在我一个人守着偌大的校园值班的当儿，我是怎样的高兴、开心啊！我开车带她们转了学校，然后带她们到礐石公园门口吃了饭，送她们到公园去游玩。我还给了她们一个建议——一边打工一边继续学习，报考电大。

　　来潮汕这么多年，家里没有客人的时候，还是喜欢喝大杯茶。晚饭后，我要沏茶时，老母亲拿出来的竟是大约两年前老同学张岩来汕头看我时，送给她的特级龙井。这老太太，一斤龙井，竟能喝一年半多，虽然说大碗儿茶，一次就用一点儿，也不能喝得这么省啊！我们的老辈啊，俭省惯了。碰上好东西，那就更舍不得了啊！打开茶叶桶，一股西湖龙井特有的淡淡的茶香，沁人心脾，令人精神为之一振。思绪自然而然想到了老同学张岩她们。还是张岩啊马大姐啊知道老太太的需要，一盒高级龙井、一盒上等枸杞，老太太就像宝贝一样，慢慢地享用慢慢地品尝，就像几十年来慢慢品尝着人生一样。淡淡的茶香，浸透着浓浓的情谊，洋溢着纯纯的同学的真情厚谊……我慢慢地细细地品着……

澄师祭

　　公元 2002 年 8 月 7 日上午 10 时 30 分左右,随着市教育局新任的党委书记卢楚德一声"这是与时俱进的需要,是教育发展的必然"的还算铿锵有力的话语(很显然,和 7 年前宣布澄海师范复办时他的讲话相比,少了一些掷地有声,多了一些难以割舍或者留恋、惜别的情感——这一点谁都能理解,他毕竟兼了 7 年澄师的校长,更重要的是他为了澄师的复办跑上跑下也着实耗尽了心血),澄海师范学校这颗镶嵌在南海之滨、潮汕平原的,曾几何时是那么璀璨耀眼的教育战线上的明珠,熄灭了她那迷人的光辉,又一次结束了她的历史使命,被宣布撤消了。然而,和以前几次上上下下停办复办所不同的是,这一次,她是永远的结束。从此,澄海师范学校这个名字将在澄海市教育发展的历史进程中永久地被抹去。当然,随着时间的一天天逝去,她也将在澄海人民心中被逐渐淡忘。历史本来就是如此。但是,有些人却是永远也无法忘记她,无法忘记她在两个千年之间走过的这风风雨雨的 7 年,无法忘记她在这 7 年中所经历过的人和事……

　　他,陈俊义——常务副校长,他,最是不会忘记。1995 年 8 月 23 日上午,当他承载着市政府、市教育局领导和澄海市 80 万百姓的重托,在那年的 12 号强台风刚刚掠夺过的,到处是金凤树断枝残叶的市教师进修学校教学楼 3 楼某一教室里,接受任命,并向会场上来自全国 9 个省、市、自治区和澄海本地的 60 多位澄师复办的开山元老们宣布了他的办校方略的时候,这个 40 多岁当过兵扛过枪的汉子,他的荣辱毁誉便和澄师紧紧地连在了一起。从此,他的脑子里装满了澄师的现状和发展,装满了如何平衡师范、进修、电大、函授、高中不同教学人员的工作量和收入,装满了澄师的基建和绿化,装满了怎样能多创收点儿,给教职员工多一点福利……2001 年 10 月 28 日,这一天应该说是澄师的灾难,学生闹事事件平息后的当晚,他站在宿舍楼 7 楼的走廊上,点燃一支烟,望着灯火映照下的整齐、宽阔、葱郁、美丽的校园,感慨地说道:"谁会想到7年后的澄师会这么美呢?"他是个没有私心的人,所以,他不会忘记自己曾经为之奋斗过的澄师,当然,澄师有知,更不会忘记他。

陈文玲副校长,这个科班出身的教育行家,虽然是在澄师复办后的第二年才调来,然而她一来,便全身心地投入到澄师的创业之中,她对澄师有着太多无法割舍的感情,她怎么能忘记澄师?澄师也不会忘记她。幼师班的同学们不会忘记她悉心教学的身影,高中班的同学们也不会忘记她那和蔼可亲的循循善诱。中央一声号令,小学教师要大专化,中师生毕业后必须参加高职考试后再读两年大专才能上岗,她以别人所没有的洞察力,加大了师范生毕业前的备考力度,最终造就了澄师1999、2000、2001、2002连续4年高职高考升学率在全省50所师范中名列前茅的新的辉煌。

曾经和复办后的澄师共同成长的人中,有30多位并不是澄海人,却离乡背井志愿前来建设,这些来自遥远的宁夏、陕西和广东近邻的湖南、湖北、贵州、江西的男男女女们,忘不了"澄师一条街"的亦苦亦乐的生活。如今的学生宿舍楼A栋2楼,当时还在一起打闹嬉戏的来自四面八方的老师的孩子们,今天有的考上了大学,有的上了初中、高中,有的说着一口地道的潮汕方言,俨然成了一个澄海人。他们的爸爸妈妈,大概不会忘记刚搬到"一条街"时,到公路边上打井水洗澡、做饭的情景,不会忘记教师宿舍楼前一家负责种一棵香蕉树的集体劳动,不会忘记刚来时特别好客的蚊子,不会忘记在他们的呵护下成长起来的澄师学子们。他们永远不会忘记澄师,澄师会忘记他们吗?

别人会忘记澄师,他们是不会轻易忘记的,尽管他们走进澄师时,才刚刚走出校门,还是那么年轻。杨晓勇、曾锐、陈焕生、黄文继、蔡馥菁、向阳珍、林煊……他们把自己生命中最最宝贵的青春年华都献给了澄师的事业。如今,他们多已年近30,但个人问题却还是一个大大的问号,澄师甚至被他们看成是自己的第二生命,能忘的了吗?

澄师转轨,兼办高中,于是更加深了他们两个人对澄师的记忆。黄立显、冯健,受命于澄师转轨的历史关头,被任命为澄师高中部的教务和政教的负责人。如何才能不辱使命、不负众望?如何才能使刚刚诞生的还没有人给它正名的澄海市实验高中,一如既往地继承澄师的辉煌,两个已过不惑之年的书生,确实是绞尽了脑汁。为了从一开始就使高中生有一个良好的行为习惯和严明的纪律,在校长们的支持下,高中部对第一届学生采取了半封闭式的管理,单独的教学环境为形成学生良好的学习习惯打下了基础;与中师、大专学生相隔离的内宿生活,一定程度上减少了职业教育对普通教育的影响,减少了同处一个校园所带来的各种矛盾。在高中4个班主任和全体科任教师的共同努力下,澄师转轨走出了稳健的一步。现在,澄师已不再是澄师,高中部也已经真正成了澄海市实验高中,然而,这些最先"吃螃蟹"的人们,怎么能忘记了澄海师范呢?

还有一大批忘不了,应该说永远也不会忘记、不敢忘记澄师的人,他们是谁?他们就是这7年里在澄师的摇篮里一天天长大、成熟,最终脱颖而出的近两千名澄师的学生,在他们中间,有的曾经趟过澄师的黄土路、沐着风端着碗,在风沙中吃过饭;有的曾经在食堂2楼的临时舞台上参加过学校第一届艺术节跳舞、唱歌、朗诵、讲故事的比赛;有的硬是在脚踏琴、电子琴上学会了演奏钢琴;有的从最早的电脑室的DOS上学成了小电脑专家。当然,更多的同学是在澄师一步步成长壮大中,在现代化的教育教学条件下,完成了学业。如今,他们有的已经做了基层学校的领导,有的已成为学校或者镇、街道的教学骨干。俗话说:吃水不忘挖井人,这些从澄师的羽翼下丰满起来的雏鹰们,又有几人敢忘记澄师呢?

老沈现在在九泉之下怕是还在惦记澄师吧!这个40多岁,还有那么多的心愿没有达成,就被病魔夺去了生命的热血男儿,为了澄师美术班的事业,也算是鞠躬尽瘁了吧!今天新的澄海市实验高中也办起了美术班,他的事业终将是要继承下去的,他大可安心了。对了,不要把澄师被撤的消息告诉他吧,不要惊动了他的酣眠!

毫无疑问,忘不了澄师的,还有许许多多原本就家居澄海的老师、职工们。为了摘掉澄海教育落后的帽子,他们舍弃了原有熟悉的生活,来到远离闹市的冠山,来到澄师创业,如今流逝的岁月,在他们的面颊、两鬓留下了无法抹去的痕迹,他们会忘记澄师吗?

7年,在茫茫宇宙中不过沧海一粟;7年,在一个人的一生中也是稍纵即逝。但是,如果这短暂的7年,你是用心、用血、用汗、用情感度过的,那么它便是充实的、无怨无悔的,是永存的。请记住吧,澄师的师生们在 7 年中,用自己的方式写就了澄师的历史,铸造了澄师的辉煌,因而也造就了澄师人和澄师的灵魂。

澄师魂不死! 澄师当与澄海千秋万代的教育事业共存!

2002 年 8 月 10 日深夜

一生无悔

小的时候,就常听到老人们念叨"家有三斗粮,不当小孩儿王"的俗话。长大了,上了中学,正赶上"史无前例"的年代,老师们一夜之间都成了"臭老九"。后来,有一天,从被红卫兵抢剩下的学校图书馆里,捡来一本撕得没剩几页的发黄的老书,看到里面有"八娼九儒十丐"的字眼,才明白为什么老师是臭老九。也就是打那时候起,我就压根儿没打算长大以后当老师。

要问我的理想是什么,还真够远大的。记得六岁那年,父亲突发奇想带我到天安门看了一回升国旗,当我看着几个国旗班的解放军叔叔,那么神气地把一面红旗升上蓝天, 我幼小的心里就有了一个秘密——长大后当一名解放军战士。

上高二那年,同班的两个同学要报名参军,我也跟了去,这一去我才知道,我得过小儿麻痹,军旅生活已永远和我无缘。要知道当时我是多么难受,很长时间我对生活都失去了信心。眼看就要高中毕业了,我还是整天无精打采的。班主任知道了我的心事,她找到我,给我讲了许多道理。她告诉我社会上有各种行业,干哪一行都能为国家做贡献,都有出息。要知道我是最佩服我的班主任的,她不仅课讲得好,而且特别负责。我上高中的年代正是"读书无用"泛滥的年代,老师却从来没有因为社会潮流而敷衍学生们。有一次,老师的独生女儿要到农村去插队,临走时到教室找妈妈辞行,老师只跟她说了一句"到了来信",就又给我们讲起课来。现在,老师来开导我,我当然不能辜负她,我暗下决心,一定要振作精神,在毕业考试中取得好成绩。不知为什么,这时候的我,突然觉得老师也是那么令人亲近。

高中毕业后，由于身体的关系，我被免于上山下乡。正巧县城的一所小学找代课教师，父母就叫我去试试，没想到就是这一试，我便和教师结下了不解之缘。我从心里爱上了教师这一行。恢复高考，我考上了师范大学，毕业填志愿，我毫不犹豫地填了到中学任教。后来因为需要，我被分配到县委宣传部工作，可是，当教师的梦总是在我心头萦绕。国家搞在职干部马列主义正规化教育，我自愿调到党校当教师，本想这下可以实现自己的理想了，可是，面对那些干部，我总也找不到老师的感觉。

一个偶然的机会，我从报纸上知道了在祖国的南海边，有一个"海滨邹鲁"，知道了这里需要老师，于是我毅然决然地踏上了南下的列车……

时间过得真快，转眼来到潮汕教书已经快六年了。在这儿，我终于找到了当教师的感觉。六年来，我一直担任班主任工作，我学着当年我的班主任的样子关心我的学生，爱我的学生。为了了解每一个学生，了解他们的家庭，他们的生活，他们的成长环境，我骑着自行车，走了一个又一个学生的家。从市区到农村，从澄海到汕头到南澳，我走了我所带的四个班的230名同学的家，走遍了几乎汕头的每个街道、镇、管理区。这六年里，和我一起来汕工作的许多老师都先后调到了"珠三角"，有的好心人也动员过我，让我和他们一起去。我告诉他们，我已经深深地爱上了这片土地，深深地爱上了我的学校，我注定是要做一个讲普通话的潮汕老师。去年回家探亲，一位曾经和我一起在党校工作的朋友问我：后悔吗？放着党校的办公室主任不当，跑那么远做一个普通老师？我只是笑了笑，没有回答他，因为就算我告诉他，他永远也不会理解。

现在，我已经送走了四个毕业班。看着一个个学生走上了小学教师的工作岗位，或者考进了高一级学校继续深造，我的心里就有一种说不出的满足……这几年，学校的领导也给了我很多荣誉，先后评选我为学校、汕头市和广东省的"优秀班主任"，我把这些都看成是前进路上的加油站。

新的世纪再有几天就要到了，我时常在想，作为一名教师应该以一个什么样的精神面貌出现在新世纪的讲台上，面对日新月异的信息社会，教师怎样才能无愧于时代，无愧于责任。我想这大概也是每个热爱教师这一行的人，都在考虑的问题吧。不管怎么说，我对我选择了教师无怨无悔。我要对即将到来的新的世纪说:明天,我会更加努力!

我和我的《希望的摇篮》

或许真的老了。最近,我总是爱想过去的事情,闭上眼睛,很多过往的事,竟会清晰可见、历历在目;有事儿没事儿我还爱倒腾过去的东西:什么老照片、上大学时的日记本、当班主任时的纪念册旧文档什么的。

这不是,今天中午我捣饬抽屉,竟然从抽屉的角落里,找到了它——15年前澄海师范第四届艺术节的节目单。打开一看,是署着我和96(1)班的全体同学的"澄海师范第四届艺术节节歌"《希望的摇篮》。看着那火红的散发着青春气息的节目单,我的记忆又一次打开了闸门。

那是1999年春夏之交,是澄海师范复办后红红火火、如日中天的年代。那年的艺术节比前几届增加了新的内容:征集艺术节节歌和节徽。于是,我也开始琢磨着想写一首节歌去应征。可是,不知是灵感不来还是江郎已才尽,总是觉得没有感觉,写了几个开头,都没有写下去。原本打算就这么算了,不写了。无奈之间,突然我想起两年前曾经给94(1)班写得那首《澄师——希望的摇篮》。

1997年吧,学校第二届艺术节,活动内容有一个班级大合唱比赛。当时还是94(1)班班主任的我,不知哪儿来的冲动,就在被称作"澄师外省老师一条街"的学生宿舍楼二楼206房间——我们初到澄海的简陋的家里,在没有什么乐器可以伴奏的情况下,边吹着口琴,边记录着音符,写了这首歌曲。后来,我请江西籍的音乐教师韩玉澎老师为这首歌配了和声。再后来,我和94(1)班全体同学一起登台演唱,还得了一等奖。

就是它了。我想着,凭着记忆从一堆用过的备课本里找到了几乎被撕破了的手写油印的歌谱。我按照艺术节节歌的要求把歌词做了一些必要的修改,然后,我在夜自修上给96(1)班的全体同学念了一遍歌词,算是集体创作征求意见吧! 就这样作为艺术节节歌征稿送到了政教处。结果在我意料之中,这首歌评了特等奖,正式定为澄师第四届艺术节节歌。在后来澄海师范每年的艺术节上,这首歌被定为大合唱比赛必唱曲目。记得很清楚的是,2000年澄师兼办实验高中之后,艺术节上高中部的同学也要参加合唱比赛,也要唱这首歌。还是我挨着班给他们教唱的呢。

说起来,我也真的很胆大,不是学音乐的,更没有学过作曲,可这辈子竟然也冒天下之大不韪,写过4首歌儿呢!

20岁的时候,我在化肥厂当工人,赶上县里要举办国庆文娱汇演,被厂里抽出来排练节目。我跟当时也是初生牛犊的吹得一手好笛子的刘文柱合作写了一首《化肥工人之歌》,还排成了舞蹈。

1991年七一前,为纪念党的生日,我参加了市机关工委的征歌活动,写了一首《党啊,我对你说》。作词作曲都获了奖。我还亲自在市直工委举办的"七一"庆祝汇演中,在市党校四位女老师的伴舞下演唱了这首歌,得了表演奖。这首歌还发表在《石嘴山报》上。

在这首艺术节节歌之后,在女儿考上大学的第二年,她20岁生日时,我还写过一首《快乐成长每一天》的歌,专门送给女儿。那是还账的,女儿很小的时候,我就说过要写首歌儿给她,却一直没做到。听女儿说,她把歌儿带回了学校,在宿舍里拉着手风琴学唱的时候,引得宿舍的同学好牛羡慕啊!

我的胆子够大吧?敢在音乐人碗里夺食儿……眼下、此刻,这一切都变得很遥远了……不过,澄师的人们,你们还记得这首艺术节节歌吗?你们还会唱吗?

"在那广袤的潮汕平原,无际的南海边,翠绿的花果山下,一颗五彩的珍珠镶嵌……啊,母校——澄海师范"……

我的大学

收拾书柜,不经意间看到了里边的书柜最下面的这摞尘封许久、颜色各异、大小薄厚不同的日记本。噢!这是我的大学生活日记,是我4年大学生活的真实记录啊!望着眼前的红黄蓝白黑的,满是汗渍、油渍,沾满历史的日记本,我眼前开始模糊了,似乎又回到了我的大学……

我的大学:1978年10月到1982年6月……已经参加工作5年多的我,由社会回到校园,重新回炉。

我的大学:一件藏蓝色的中山服,一直从大一穿到大四毕业,穿到第一次相亲,穿到袖口和衣角都有了毛边儿。凡自认为是庄重的、该穿的场合都只穿它……

我的大学:三点一线,看似枯燥紧张单调,实则充满激情、充满希望、充满新鲜刺激挑战竞争,那是"一万年太久,只争朝夕"的如火如荼的生活。宿舍——食堂——教室(图书馆),宿舍不只是睡觉的地方,课堂上老师的启发、图书馆苦读的收获、作业本里写着写着的思想升华,都会在这里争论、交锋,甚至火拼;食堂也不仅仅是填饱肚子的地方,有时候读不完的书、完不成的作业,就是在食堂排队打饭中、在左手拿着馒头右手挥着笔的过程中完成;而教室和图书馆呢?当然是我们吮吸知识的营养最重要最最重要的地方。但是,偶尔,我们也会在这里联欢,也会有节日的彩灯,也会有《青春圆舞曲》在这里奏响。

我的大学:充满理想和希望,洋溢着青春的热血,当然就不会没有爱情!不过,我们那个时候,大学里不允许公开谈恋爱,尽管我的同班同学里,有许多是早已经成了家有了孩子的大哥大姐,他们的爱情都快转化为亲情了。我们那时大学生的爱情,只能在学校围墙外,只能在"地下",只能用"接头暗号",催生、发芽,一点点壮大。

我的大学:也有色彩斑斓的业余生活,也有各种各样的学生社团活动。我就曾经是学校第一届合唱队队长、学校文艺演出队的圆号手呢!对了,我还记得我们班黄海组织了"三原色书画社",还记得他曾经用了很长时间,用泥巴雕塑了一个雕像,很高很大,跟真人一样!那时的我们会挤出饭后睡前的一点点时光,释放一下自我,享受一下个人的爱好。萧赛、我还有二班的吴耕,我们仨有一段时间,就每天小号、圆号、手风琴吹拉上半个小时,将使不完的年轻精力释放一下。

我的大学:很忙很忙,特别是头两年。每个人都一样!大家比着学习,比着读书。看不完的书,写不完的文章。我呢!就更忙!合唱队要练新歌儿、文艺演出队要和新曲子、文工团要参加大学生文艺汇演……要强、追求完美的我,决不允许自己把功课落下。所以,我必须抓紧时间,更抓紧时间!大一时现代文学的考试,如今还历历在目。一边是首届大学生文艺汇演,学校乐队要一遍一遍地为政治系女生李宁的独唱《我爱你中国》排练伴奏,要精益求精呀!一边是两本文学史三本文学作品选要看要记。我把张老师、朱老师讲课的重点,做成了100多张问题卡片。那一个月,我躺在床上的时候,都是枕头左边放着书,右边放着厚厚的一摞卡片,我是侧到左边睡就翻书看书,侧到右边睡就读卡片背答案——那紧张而又充满刺激的生活哟!

我的大学:也有值得炫耀的时候,因为经常排练节目为大家演出,尤其是每次排练了新节目,都首先慰问食堂师傅们,结果,学校从领导到老师到炊事员,几乎都认识我们,每次买饭,我都会比别的同学多半勺儿菜,多几片儿肉。你说骄傲不?

我的大学:也有过属于自己的爱情生活,然而,昙花一现,来去匆匆。始终如一地陪伴我的,只有这些日记本。就是本子里一天一天如实记录下来的,我的大学生活。那个时候,几乎每天都要写日记,哪怕是从教室图书馆回来晚了,宿舍已经停电了,也要借着窗外透进的婆娑月光,摸着黑儿在日记本上写上几笔:忙碌了一天,困了累了停电了,没有太多可写的,就写这些吧!才能踏实地睡去。

哦,我的大学!没有网络、没有电脑、没有手机、没有 appd。我们到底有的是什么?

聆听米兰

因为我腰椎突出的缘故,最近一段时间,每天早上我总是要提前一二十分钟出门上班,去坐车前,先到小区的儿童游乐场里锻炼一下身体,活动活动老腰。

我先是沿着游乐场的外围,倒着走上两圈儿,然后在孩子们玩耍的铁杠子上拉一拉、吊一吊,心里默数着,坚持上三四十秒钟吧!然后再倒着走两圈儿,再去拉一拉、吊一吊，如是循环，往返三个来回。

这是大夫、护士们的建议。我问过的所有医院的大夫、护士，北方的、南方的，家里的、外边儿的，中医院的、中心医院的，几乎都这么说。记得最先告诉我要这样做康复锻炼的，还是中医院的小护士慧彤呢！或许是大家都这样说，自己心理上也这样认定吧，每天锻炼这么一下，感觉腰真的似乎舒服些许。

就在我每天早上倒着沿着游乐场走的时候，好像走到一个拐弯处，总是会有一缕温馨的、悠长的、淡淡的、似有似无的甜香，沁入我的鼻翼，注入我的心房。这是什么香味儿？香得这样温暖，香得这样知心。开始，我以为是那些孩子的妈妈、那些年轻的女人们头上、脸上、身上涂抹的新式化妆品的味道，又或者是孩子们身上用的沐浴露、润肤霜残留的香味儿。可是不对，很多时候，我大清早上锻炼时，游乐场上还是空无一人呢！但是，依然会闻到那淡淡的令人想念、令人陶醉的甜香。

到底是什么东西发出的香味儿？我开始留意起来。啊！原来是她！当我又一次倒着走到那个拐弯处，我终于看到了她：茂盛了一整年，似乎已经显得有些疲惫不堪褪去了光泽但依然茂密的绿叶中，拥簇着一小簇一小簇淡黄色的非常细碎的像北方的黄米一样的小花。

啊哈！是她，是米兰！是米兰发出的淡淡的甜香。哦，这小小的谁都瞧不上眼的米兰呀，竟然能够发出如此甜美的香味，在这秋末冬初的清晨里，给我们的小区，给每一个人送上如此和谐温馨幸福的气息。我想着。

按照习惯的认识，米兰花真的算不得什么花。从来都是绿叶衬托红花，而米兰花呢！是挤在密密的绿叶当中，脉脉地突出着绿叶。米兰花极小极碎，她压根儿就没有牡丹的富丽堂皇，没有玫瑰的火热灿烂，没有百合的硕大张扬，没有睡莲的静谧安详。但是，她却用淡淡的、平静的、无私的、不求回报的香味儿，吸引着人们，熏陶着人们。

突然想到了一首歌儿：老师窗前有一盆米兰，小小的黄花藏在绿叶间……噢！我终于明白了，这首歌曲的创作者为何要把老师比作米兰的用意了。米兰默默无闻地开在小区的某个角落里，不鼓噪、不显摆、不张扬，恰到好处地为人们的生活添上一抹淡淡的清香。老师们呢？一生默默地守候着五尺讲台，执着于清贫的生活，用手中的三寸粉笔，在黑板上日复一日、年复一年地耕耘,淡淡地、静静地、平平凡凡地、无怨无悔地,一生就这么走过去了。无奇无异、无欲无求,不大张旗鼓,不轰轰烈烈。这形象、这做派、这意境,难道不就是米兰吗?我似乎终于恍然了,对于米兰,当然也是对于自己大半辈子以来所从事的这份教师的职业,有了一些更加深刻的理解和认识。

米兰的花儿,极小极碎,如果你不留心看,甚至都看不到她的长相。如果你把鼻子凑近一朵小小的米兰花嗅一嗅,你会发现她什么味道都没有,你根本闻不到米兰的甜香。然而,这许许多多细碎的米兰小花儿,一簇堆在一簇上,紧紧地抱成了团儿,就会给我们的小区,给我们的生活,送上绵长的、沉静的、淡淡的、清幽的甜香。

从这一点看,米兰花不是也更像老师所从事的教书育人的事业?一个老师办不成学校,他只能给孩子某一方面的知识和影响。只有许许多多的老师相互协作,形成合力,才会成为巨大的教育力量,才能带着我们的学生徜徉在知识的海洋里,使他们健康地成长。不是吗?

看着淡黄细碎的米兰花,我想说:我爱你,米兰!我爱你,像米兰一样的老师们!

陨　落

用这样的词语来描摹曾校长的离去,似乎太不合适了。他既不是伟人、领袖,也不是名人、巨星,似乎承受不起。然而,当我反反复复在记忆深处,搜觅了很久之后,当我反反复复把他和他的学校 30 多年来所走过的路、所做的事思考了若干遍之后,最终还是决定用了这个词语。

那天,大约是 18 号上午吧,当接到楚龙发来的唁电短信时,我的心只微微颤抖了一下,66 岁,太年轻了!这个消息在意料之中,也在意料之外。要知道,暑假的时候,我和耀文、小鸣等几位同事,还在他一手创办的对外劳务学校帮忙带过 10 多天课。那时见到他,他虽然已经重病在身,却依然坦然处之,谈吐自若,表现着对生命的豁达。但是,他的病入膏肓,他的对酒的情有独钟,甚至嗜酒如命，都让我们心里明白，离开是早晚的事情。

我和老曾的交情不算太深。大概是2005、2006年吧，因为他的学校的一些学生要参加普通话水平测试，需要培训指导，也是机缘所致吧！他当时的副校长，年轻干练的楚龙找到了我，于是，我认识了老曾，认识了他创办的这所学校。

第一次见到老曾，除了惊讶于他那稍稍带着京味儿的，却依然还有些许潮汕味儿的普通话的流畅清楚外，便是与他的年龄并不相仿的相貌。或许是因为东奔西走、办学操劳，亦或是经年累月地大量饮酒，使得他有点儿显老。至于，第一次走进老曾的学校，一眼望去，真的不敢恭维，学校小且破烂，简单的两层小楼，寥寥无几的几间教室，简陋非常的教学设备。不过，当我逐渐了解了老曾这30多年来的办学经历，看到他办公室墙上记载着的学校从小到大，一步步走过的风风雨雨的历史的印记；了解了这个曾经学业优秀的老高中生，后来的海南军垦农场的农友，以一介草民的身份自创学校，如今已成为一个为汕头教育有所贡献的教育人，我的心底对这个执着的兄长，产生了敬佩。

30多年，老曾和他的学校，跟华师大等许多大中专院校，联合办中专、办大专、办本科，函授的、脱产的、在职的，期间经历了多少困难和挫折，如今已经有5000多名合格的大中专毕业生，从这里走了出去。在老曾的努力下，他的学校还走出了一条军地联合办学、培养军地两用人才的崭新的办学之路。他和汕头驻地海军、空军、炮兵搞军民共建，从他的学校培养出来的军队学员、军地两用人才，也有成百上千了吧。对了，老曾办学，还很喜欢培养年轻有为的青年人，在他的学校里，他放手让年轻人唱前台，自己甘于幕后，先后培养出了近十位二十郎当岁敢作敢为、充满活力的副校长，像楚龙，像锦雄。他们或许还有些稚嫩，但是，老曾和他的学校，给这些年轻人的今后打下了基础，做了铺垫。

不过，谁都想不通的是，老曾办了30多年的学校，竟然没有留下什么。没有家，原来有后来散了；没有自己的房产，一直睡在租来的宿舍里或者办公室的沙发上，一睡就是几十年；没有钱，甚至他的学校最后还有几位老师的课酬没有付。人们不禁要问，那老曾办学校图了什么呢？不知道，或许从此永远没有人知道了。

老曾最大的喜好就是喝酒。坦率地说，我见过无数的喝酒的人，没见过他这么爱喝、能喝的。早上、中午、晚上，几乎顿顿都喝，而且，每次喝一定是四两或半斤,要喝够。一杯矿泉水放在手旁,一杯酒一口水的喝。我也见过能买酒的人,但是没见过老曾这么买酒的。记得1986年7月去老伴儿的老家烟台,见过她小表哥一次用麻袋背回来几十瓶蓬莱阁白酒,那是人家小卖部要关门,减价处理捡便宜。可老曾买酒,经常是用汽车,一次就是几十箱四特酒,码放在办公室里,摆满一面墙。

老曾有两句口号,给我留下的影响成了永远。他经常在集合起来的学生们面前,大声地喊:天大地大! 学生会异口同声地喊:老师最大! 他又喊:爹亲娘亲! 学生一起喊:解放军最亲! 作秀也好,真心也罢,我记住了!

一个人用大半生的经历,做了自己想做愿做的事情,而且,做出了成绩,做出了结果,这个人算不算是成功呢?

老曾走了,像颗陨石,他和他的学校。身后留下的,是4000多毕业的学生,熟悉他的部队首长们的唏嘘,还有太多的圈圈点点……

告 别

2010年12月12日——一个普通的不能再普通的星期天早晨。汕头市区的百姓们,像往常一样,卖菜的、遛弯儿的、晨练的,喝着功夫茶闲聊的……过着他们一如既往的悠闲的幸福生活。

汕头职业技术学院金园校区——原先的教育学院实验楼一楼的会议室里,30多个来自市区和澄海、潮阳、潮南十几所大、中、小学校的老师们,脸上洋溢着平和的笑颜、叽叽喳喳地,迎来了人生的又一次告别——汕头市的最后一场人工的普通话水平测试,或许这也是全省乃至全国的最后一场人工测试。从2011年1月1日起,普通话水平测试不再使用测试员与考生的面对面的原始的人工测试,而统一改为计算机辅助测试。

从1994年在部分省市试点,到1998年汕头市开始在校大中专师范生中开展测试,再到2001年对全市在职的1万4千8百名大中小学、幼儿园教师进行大面积测试,再到2004年下半年对近万名申请教师资格的社会人员的测试，汕头市的普通话水平人工测试一路走来，测试员队伍从无到有、从小到大，走出了自己的一道亮丽风景。来自不同地方、不同学校的测试员老师们，在持续了12年的自己所热爱的测试工作中坚持着，不断成长、成熟、成家、结婚、生子，很多测试员当了主任、校长，他们在这原本并非本职的测试工作中，成就着自己的人生，同时也建立起了测试员们彼此的真挚而又深厚的友谊。

想到今后的测试不再需要测试员集中到测试现场，想到以后与测试员朋友们再没有多少见面的机会了，心中难免有些惆怅。曾经经历过的、生命中的有关汕头普通话测试的点点滴滴，由远而近，在心中逐渐清晰了起来。

想起1998年夏天，一山带着我们到潮阳和平潮阳师范学校对潮阳师范的学生们测试，第一次感受到这所学校浓浓的学习、使用、推广普通话的氛围，从不少学生普通话中的些许"京味儿"，亲身感受到了逸玲、淑敏、海英、昂真、瑞云、盛春等测试员在学校里，为培训学生的普通话所付出的艰辛努力。那天还专门到了后山，走访了逸玲家，她儿子当时好像才二三岁吧，如今应该上初中了。

2001年年末，全市1万多名在职教师需要测试，当时仅有的40几位测试员集中到了一起，展开了一个月的全脱产大规模流动测试。测试员们日夜兼程，从市区到潮阳，再到峡山、澄海，转战于和平、谷饶、西胪、凤翔、金平等乡镇街道，先后在潮阳实验、澄海师范、潮阳师范、峡辉学校、汕头实验等十几所学校摆开战场。尽管，测试员们吃住在潮阳迎宾馆、峡山喜来登、莱芜金叶山庄，泡过温泉，吃过海鲜大餐，受到了地方教育主管部门的热情招待，但是，由于工作强度太大，天天乘车前往测试地，旅途奔波劳顿，我们的测试员经受了极大的磨炼和挑战。

仿佛又看到了，由于休息不足，年少体弱的钰冰晕倒在电梯里的情景；又听到了"晕车大王"少银，每天出发上车前都必定会发出的"嗷嗷"的呕吐声——说起少银的晕车，那真是我们测试员队伍中的奇闻。她不像我们一丝不苟的模范测试员晓晖的晕车，不是车开了才会晕，不是上了车才开始晕，而是一听到：明天我们去某某地测试就开始晕，或者远远地离车还有十几米她就晕了；想到这里，好像我又开始在那里分发纸质的测试卷，然后，测试结束，在学校的外面漫天烟火地焚烧用过的试卷了。

那一次的测试，我们的测试员在潮阳实验学校第一次尝试在教师的宿舍里备考测试；第一次把学生宿舍当作测试室；第一次经历了考场上考生送红包的考验；第一次见识了姐姐怀孕妹妹代考，被抓出后，教委办的工作人员和学校的领导帮忙说情的"惊险"。当然，测试员们也被考生和测试员彼此的精神所感动着——即将临盆的考生，被丈夫抱到测试室参加测试；佩琅、云燕、华冬等老测试员因为学校上课离不开，便有课回校上课，没课就坐公交车赶来参加测试，不辞辛劳来回跑。那一个月的测试，我们都得到了锻炼。

测试员们当然都记着2005年底的海岛之行——赴南澳岛的学习测试。2004年10月，国家修订了普通话水平测试大纲，汕头的测试员要组织学习和培训，正好南澳有200多位老师需要测试，于是，便有了一次测试员集中的海岛测试和培训。那天早上，潮阳的测试员因为没有赶上第一班船，为了不耽误测试时间，不得不乘坐飞艇赶到海岛。这些测试员来到考务办公室时，脸色煞白，打着哆嗦，浑身都湿透了，静莹、静纯、壮洪、伟真一个个惊魂未定地讲述着刚刚发生的一切，仰虹、冬梅、俊燕拍打着湿漉漉的衣裤，讲着飞艇和海浪……他们没有迟到，她们没有休整就准时投入到测试中。那次，我们有了一次正规的集体学习培训的经历——倾听了资深测试员伍老师的教诲；有了一次尽情地海边烧烤喝啤酒，海阔天空毫无顾忌地神聊的记忆；有了一次夜晚集体在海边放烟火狂欢的快乐。海边沙滩上，似乎还留着测试员们的楷模陶老与晓红漫步的身影；空旷的海的夜空，似乎还回荡着奕群、海燕、林孜、少青、丽蓉极度欢快的喊声、笑声。

如今，随着普通话计算机辅助测试的全面推行，我们终将要与人工测试告别了。今后，测试员不再需要集中，只要坐在家里对着计算机就可以完成测试任务了。测试员们从此也没有了集中见面的机会。我们彼此也要告别了。

其实，人的一生，会有很多次告别。小时候背上书包去上学，是告别父母告别孩提；考上大学、到外地工作、当兵，是告别家乡告别父老。我们的告别呢？应该告别的是落后的、不尽准确的人工测试，而不应该是与我们测试员的深厚友谊告别吧。

临时受命

那天行政值班，晚上泡在勇哥家喝酒聊天儿，11点多才回办公室里躺下，结果凌晨5点过一点儿就醒了。在竹板折叠床上翻了一会儿，没了睡意。反正也睡不着，想着手头那些事，就爬起身来，打开电脑。然后，一鼓作气，写完了"城市语文迎评"的工作方案、日程安排、领导动员讲话、经费及开支方向……四五个文档、文件、讲话稿和表格一气呵成。这是我几天前刚又接到的新活儿："迎评"办主任——学院迎接广东省二类城市语言文字工作评估领导小组办公室主任，即将开场的活儿。

几个月就该退休了，临退了临退了，又接受了这样的活儿。有人肯定会说，你傻不傻呀！马上要退休了，就不想着舒服几天吗？可我没这么想。相反，我觉得很合适。你想啊，这20年来，除了上课教书，我一直做的不就是推普吗。10多年前来到汕职院，干的师范生专业技能工作小组长，组织师范生们开展"三字一话"的训练，不正是做语言文字工作吗？我熟悉学院的语言文字工作，了解它的过去和现在，我应该干呀！

当然，这个"迎评"办又是个临时单位，几个月后随着"迎评"工作结束，它就会消失得无影无踪，就像7年前学院曾经如火如荼开展的"高校人才培养工作评估"和它的"评建办"一样，如今还有谁想得起来那两年的风风火火日日夜夜？说来也奇怪，在我这几十年的工作履历中，先先后后就是个科级是实职，而其他的尽是些没名没分无级无别却又是时常会统领全局的临时领导：工会主席、技能工作小组长、评建办副主任……就算是当了学生科长、系党总支副书记，也因为"评估"基本没咋干事，弄得主管领导经常拿我说事儿，说我屁股多，不知坐在哪里才好。终于有一天学院有个部门给我管了，却还是临时负责人，而且一个临时就从55岁临时到了即将退休的60岁。

我这绝不是在发牢骚，我也从没想过发牢骚。因为我始终觉得这样挺好。为什么？我还有用啊，而且领导能看到我有用并且用我啊！所以，即便是这些大大小小长长短短的临时差事,我都会乐此不疲,全力以赴。就像几年前给学院跑刊号两年里坐大巴跑了七八十趟广州,腰椎间盘都给坐突出了。突然又想起当年在党校搞工会联欢活动,为了活跃气氛,不至冷场,我还男扮女声登台唱京剧《沙家浜》,大家笑得前仰后合,在教工饭堂里……

总记着陶行知的那句话:人生为一件大事而来,为一件大事而去。知道那是伟人名人大人物的人生,绝不敢同日而语。当然,也就常常为自己无法为一件大事而来去尔,感到遗憾懊恼。不过我等小人物、凡人,却也不能因人小位卑,做不了大事就不做事了,我们也得做点儿小事凡事啊!

其实,人啊,不必太纠结能不能做成大事,更不要总是琢磨我做了这事儿能得到多少。最重要的,是你有用能用而且愿意让人家用。这便是体现了你的人生价值,也就没必要遗憾和后悔了。

永远的财富

省二类城市语言文字工作"迎评",时间紧、任务重,必须日以继夜,上下联动,才能如火如荼,以期顺利达标。这不,半个月来,我的神经紧绷,思考量大增,忽而一个想法,无论开车还是酣睡中,都立马停车起身,用手机记事本记录下来。对于记录着过去,尘封已久,散落四方的语言文字和工作的各种资料,我更是单位、家中、测试站库房,翻箱倒柜,穷尽其中,极力寻找,不放过过去工作的任何痕迹——师范生专业技能小组活动、"三字一话"各种比赛、10 余年普通话人工测试的过往、高校人才培养评估档案……无意中竟然翻出了这张东西:2008 年到 2010 年间我配合科研赵兄办的申请院刊公开刊号工作的印记——一份没有归档的旧文件。像所有与这件工作有关无关的人都早已忘却了这一切一样,我几乎也已经忘却了……当我突然看到这张 5 年前遗留下的文件时,我的心陡得一颤,一股莫名的热浪从胸中涌起,眼睛有些湿,嗓子有些堵。曾经的记忆又重新拾起。

为学报争取一个公开发行的刊号,这本不属于我的本职工作,但却让我往返汕头省城七八十趟,耗去了我人生中两年多最宝贵的岁月。也正因为此,这份闲差,就这么在我的生命深处刻下了无法磨灭的不朽印记!

城院铁院教育主管、出版期刊新闻署司……办事员的白眼,八方领导们的训诫、调侃,好心人的帮衬,好事者旁观者的讥讽……火车汽车出租车,长途短途和公交……更有早上离汕半夜归,列车盥洗池蹲半天,一个公章跑5趟,腰酸背疼落下椎间盘……当然,我也因此登了殿堂见了京官,生猛海鲜开了洋荤,男女老幼见识了诸多人等,经历了许多大阵势大场面……

而今这一切早已变成了过眼云烟,留下的除了慢慢淡去的记忆和尘封渐久满是灰尘的发黄的旧文件,还有什么?身后的大海青山、头顶的白云和那蓝天?当然,那还会是一大笔厚厚的永远的人生财富,存着放着等着,留待我在今后的岁月里,戴上老花镜,在无眠的深夜里,一个人慢慢地品尝,慢慢地翻看……

东莞四日行

——纪实小说

冯健　旖旎

（一）

此刻他站在广州火车站 33 路公共汽车的终点站牌下，望着眼前的人山人海和不息的车流，心里显得有些茫然。

已经 51 岁的他，今天早晨的穿着，显然有些"驴唇不对马嘴"，明明是初春的江南，明明人们都穿上了春装，明明车站上人来人往、你拥我挤、大包小包。可他呢，还穿着毛衣毛裤。而且，外面还套着一件平时冬天骑摩托上班时穿的棉袄。他左肩挎着一个小包，没有吃过多少苦的白皙的脸上，夹着一幅近视镜，书生气十足。由于天热心急，满是皱纹的额头上爬满了汗渍。

他是为了女儿到东莞求职应聘，连夜从汕头赶过来陪她的。坐了一夜又臭又破的卧铺大巴，他并没有感觉到难受、劳累。看着眼前乱糟糟的世界，心里倒还有点儿欣慰。因为，他毕竟说服了自己那犟得要命的女儿，同意了让自己陪她。

"怎么还不来呀？"看着眼前一辆辆 33 路汽车，满着来，空着走。原本就不放心的他又开始着急了。开始说好了，女儿从大学城坐地铁到火车站碰头。为此，他下了长途车就进了火车站的地铁，听说广州火车站地铁的出口特别多，他得事先选一个离流花汽车站近的出口，通知女儿在那儿碰头。走进地铁，他傻眼了。自认走南闯北见多识广的他，曾经无数次地坐过北京、上海的地铁，还从来没有见过这么复杂的地铁。这广州火车站的地铁出口太复杂、太多了。不仅东、南、西、北有出口，还有东南出口、西北出口、东北出口、西南出口，还有……正在着急不知该怎么选呢，女儿发来了信息，告诉他没坐地铁，坐的是 33 路汽车。

"可明明说的是从大学城发出的第一班车，怎么过去 10 来辆车了，还不见女儿呢？"他越想越着急。的确，这世道没法让人放心。到处是杀人越货、坑蒙拐骗、明夺暗抢。"怎么能让人放心呢？还是毛主席那会儿好，毛主席那会儿有雷锋、王杰、刘英俊，有路不拾遗、夜不闭户；就是没有黄、赌、毒，就是没有拦路抢劫（"文化大革命"时期例外）。一个人出门放心哪！"得了，不管怎么说，得赶紧给女儿打个电话，尽管异地用手机打电话漫游费很高，尽管他挣钱不多，是靠会过日子省几个钱才基本过上小康。

"爸，你怎么又打电话了？"电话一接通，就传来女儿埋怨的声音。女儿也是个知道节省、会过日子的女儿。上了快四年大学，连生活费算上还没花上她老爸 2 万块钱，她当然会心疼这电话费了。

"不是说 6 点多就出来了吗？这儿都过去 10 来辆 33 路了，你怎么还没到？"平日里爱发火的他，想起出门前老伴儿让他不要和女儿发火的嘱咐，耐着性子问道。

"哎呀，那些都是区间车，不是从大学城发出来的，就快到了，别着急。"说完女儿那儿便挂上了电话。

心总算是暂时放下了。果真，没过 10 分钟，女儿坐的那辆车到站了。

看来她是有准备的，手中的大旅行包说明了这一点。只见初六刚返回学校的她，依旧是离家时准备剪的短发，挂着眼镜的圆乎乎满是娃娃气的脸上，又添了几个青春痘，不知是愁毕业论文愁的，还是想工作想的。有点疲惫，但还精神。

今天是正月十五，是中国传统的春节的最后一天，是阖家团圆的日子。他们就要在这一天踏上为女儿寻找工作的路。想到这儿，他看了看女儿，想起独守在家的老伴儿，心里酸楚楚的，眼睛上蒙上了一层泪水。

没费什么事儿，父女俩就登上了流花车站开往东莞的高速大巴。女儿从旅行包里掏出三个还是初六离家返校时带的蛋糕，递给老爸两个，自己拿了一个。出门匆忙，父女二人都没吃早饭。

"你吃两个吧，我昨天晚上在鲘门吃过了，不饿。"他对女儿说，顺手还给女儿一个蛋糕。

"你吃吧，我还不知道你。"女儿心疼地看了他一眼。

他们无心观赏公路两旁崛起的东莞风光，怀着满心的希望，想着各自的心事。

车很快，一个小时左右，就进了东莞市区。就在这时，手机响了，是何为佳。事先联系好了他到车站来接。

"你们到哪儿了？什么，东站？好，你们从正门走出来，看到一辆黑色的广本，就是我的车。"话语中透着些许款气，有点儿炫耀。

同样年代的人，同样的大学毕业，同样的职业，差别就这么大。你么汕头的高校教师，却只能开摩托车风吹雨淋；而他呢，东莞的中学老师，26万的小车，风雨无阻。

"东莞是个好地方，老婆还在做饭，趁这个机会，我带你们到各处转转。"老同学老朋友了，没有什么寒暄。一上车，为佳就开始滔滔不绝地介绍起了东莞。尽管，这父女二人各怀心事，但还是被眼前巨大变化的东莞给迷住了：整齐干净的街道，高大气派的建筑，特别是城市的绿化和广场建设，还有几处富有文化气息的科技馆、博物馆、活动中心，令人目不暇接，叹为观止。

中午时分，他们回到了位于大塘头的为佳的家。有朋自远方来，为佳夫人非常客气。尤其是上了大学的儿子胖墩儿，对这父女俩的到来更是欢天喜地。又是倒茶，又是端水果。毕竟是乡亲嘛！

生活显然十分宽裕，住房不大不小，既有教师之家的典雅，又有富家的贵气。不过，从为佳夫妻二人的言谈中，他们似乎感觉到了为佳老婆的不满：不满为佳的忙，不满他的不顾家，还有……

下午，为佳有空儿，于是拉着他们父女俩还有为佳的儿子，开始了东莞求职的第一站。

在来东莞之前，做老爸的他已经找到了一个叫"东莞市教师招聘信息网"的网站，整理了招聘教师的学校一览表。所以，他们第一个要去的是可园中学。

"可园中学，我来了快十年了，怎么没听说过。是不是很差？"为佳说。

"不要管人家好还是差，现在是你找人家。"他说。

"对了，是不是在可园附近？"儿子问。东莞有一处风景是广东四大名园之一，就叫可园。

小车在为佳娴熟的驾驭下，七拐八弯，终于找到了新可园中学，可是跟门卫一打听，校长不在这边，在可园旁边的老学校。于是，又是七拐八弯。他们终于在可园旁边的一个短小破旧的小巷中找到了旧的可园中学。

"我们不去了，你和胖墩儿去吧。"他说。他怕人家学校看到父亲陪着女儿来找工作而怀疑自己女儿的能力。其实，他对自己的女儿是十分满意的。可以说女儿是他和老伴儿的骄傲。从小学到初中到高中,从来没有因为学习让他们操过心,也从来没有因为请家教花冤枉钱。就是考大学,虽然女儿发挥失常,没能考进一批院校,但是在广州大学的这四年,由于她的努力、勤奋,年年拿奖学金,连续几年被评为广州大学的优秀学生、优秀团员,最近,还受到人文学院优秀毕业生的奖励,入了党。很多大学生怕的英语四六级考试、英语口语考试,还有普通话等级考试,她都是一次通过,而且是成绩优良。

可是,一想到这应聘,他又担起心来。人家到底需要什么样的人呀!

不到5分钟,女儿和胖墩儿回来了。

"我看就是推皮球。那边说校长在这里,这边又说明天才开学,校长在那边。"女儿嘟囔着嘴,边说边上了小车。很显然,出师不利让她多少有点儿失望。

"没事,明天再来。"为佳说着打着了小车。"下边儿去哪儿?"他问。

"去光明中学。"女儿手里拿着老爸整理的一览表回答道。

"光明中学好像是个私立学校,对了,我们实验退休的副校长在那里当校长。"一边开车,为佳一边说道。

"不要管是私立还是公立,只要人家能要咱。"他说。

汽车在平坦而又宽阔的马路上飞奔着。由于不知道学校的具体位置,好几次开过了头。

"爸,你看这条信息。"突然,坐在后排的女儿把手机递给他,手机上写着:"我是梁大成,现在东莞面试,手机没钱了,请买100元大众卡,充到我的手机中。"

"怎么回事?"老爸有点糊涂,回头问女儿。

女儿有点激动,"肯定是梁大成手机被抢了"。"因为,第一梁大成给我发信息用不着介绍自己;第二他的手机是联通的,他却让我们买大众卡;第三……"女儿正说着,她的手机又来了二三条信息。

"谁的?"女儿她老爸问。

"玉球和华哥,他们也收到了同样的信息,问我是怎么回事。"女儿皱着眉头回答。

"梁大成是谁?玉球和华哥呢?"为佳问道。

"玉球和华哥是我同宿舍同学,大成是历史系的同学。"女儿回答。

"是男朋友？"为佳又问。

他和女儿都没有回答。他不反对女儿身边有一两个男同学做朋友,因为社会治安太乱。有时离开学校有个男生在身边放心点儿。这不是,上学期女儿他们在大学城里的 84 中实习,有一天她和一位女生去家访,下午回来的路上,就被抢了。手机、小灵通、校园卡,尤其是第二天要上课的全部教材和教案统统被抢走。弄得女儿一夜没睡,重新备课。

"梁大成现在在哪儿？"为佳问。

"本来他是到番禺面试,可昨晚他在网上发了一份简历,我提醒过他要问清单位地址、电话,小心上当。结果还是上当了。"女儿显得有点儿生气。

"那他也来东莞了？"老爸问。

"是吧。"女儿没有把握地说。"他要是聪明就知道怎样找到我的手机号码,我们宿舍的电话他知道,加一个数或减一个数,就可以从两边的宿舍同学那里找到。"女儿还没说完,手机响了,果然是梁大成,在东莞东城一中门口。

于是,已经快到光明中学的他们又调转车头,向东城一中方向驶去。

10 分钟后, 他们找到了显然还没有从刚才的噩梦中醒来有些落魄的梁大成。只见他身穿一身米黄色休闲装、弓着腰、耷拉着脑袋,手里还提着个黑色提包。上车后梁大成从糊涂状态中走出来,讲了这次求职被骗、被抢的经过。

"上午 10 点多钟,我在番禺收到了这家公司的电话,说让我 1 点准时到东莞来面试。我到了要去的地方,没有公司。只见一个骑摩托车带头盔的人,说是老板让他来接我。我上了摩托车后,他要我的手机说给老伴说一声接到了,我就给他。他把手机塞进头盔里,一边打电话,一边整理手中的发票。不小心一张发票被风吹走了,我就好心好意地下车去捡,结果那人就骑车跑了。"大成说完了他的遭遇,长长地叹了一口气。

"报警了没有,摩托车牌是多少？"为佳急切地问。

"没有车牌,无法报警。"大成无可奈何地说,"路边的老人说,这样的事一天能碰到上百起。"

"算了,吃一堑长一智吧。"老爸劝了一句。他知道梁大成家境不好,暗想等这次东莞之行结束,就把自己的手机送给他用。

就这么一路说着,他们到了光明中学。因为有漂亮的广本开路,门卫没有为难他们。凑巧的是一进校门就碰到了曾经和为佳同过事的那位校长。一行人满心欢喜地迎上去,没想到这位身材矮小、其貌不扬的校长官气十足,只是随便打发他们去找校长助理和人事资源部,就扬长而去。

不管怎么说,既然来了就得去碰碰。几经周折他们找到了负责招聘的黄老师。还好,因为打着校长的旗号,因为有为佳和他两个大人在场,这位黄老师挺客气、挺耐心。他们留下了自荐信,得到了三四月份通知考试和试讲的允诺,离开了光明。

这是不是希望,算不算成功?谁都说不清。

接着在为佳的带领下,又来到了离光明中学不远的另一家规模更大的私立高中——东华高中,可惜下班了。找到了一位宁夏老乡,答应给打听一下是否要人。

东莞之行的第一天在一片灯火中结束了。

晚上为佳在哈尔滨餐厅为他们父女俩,对了,还有梁大成接风。请来了老乡、同学兼副校长的哈英方,还有另一位宁夏老乡。又是同学校友又是老乡,异地他乡见面,免不了大鱼大肉、猜拳行令一番。

"你们班的夫子在上海你知道吧?"酒兴正浓,哈英方突然问他。

"知道,春节他给我打电话找过你的电话。"他端起一杯小糊涂仙,透过酒杯,不解地说。

"你真应该把女儿的简历给他一份。听说他在上海,年薪虽然只有五万,可是家教收入了不得。他每周有 190 个学生,分 5 组上课,每次课每人收 60 元,一个月就是四万多,一年是五六十万哪!"哈英方不无羡慕、眉飞色舞地说着。哈英方是为佳同班同学。开始为佳听说实验中学要老师,曾经给过他一份女儿的简历,英方说实验要一批的毕业生,已经在东北师大签约了。后来他说有个侄女也要来,一块儿给联系了长安实验,还没有消息。

"搞那么多家教?我们才不搞家教呢!"为佳喝了点儿酒,粗着嗓门叫道。

"你们不搞家教,是因为一不缺钱,二也没有时间。"他说。

"在汕头 11 年,我也从来不搞家教。汕头教师工资低,有的老师把课堂上要讲的内容,放到家教上讲,这已经够不怎么样了!一个星期带 190 个学生,哪还有精力上课嘛!本职工作还能干好吗?"酒喝多了牢骚就多不平就多。在他看来,选择教师就是选择清贫。他常把"一支粉笔,两袖清风;五尺讲台,一生清贫",用来告诫他的学生。要不怎么算"太阳底下最光辉的事业"?

喝五吆六、迷迷糊糊中,他耳边似乎响起了母亲很久以前跟他说过的话:家有千间房,每天只睡一张床;人有万担粮,每顿只端一个碗。这样知足常乐或许会导致不思进取,可是人啊,多少才算个够呢!

后来又喝了多少,到哈英方家又喝了多少,他都不记得了。只是迷迷糊糊中觉得有人架着他从楼顶上到了为佳事先给找好的住处——学校招待所。

(二)

第二天一早,剧烈的头痛把他从醉梦中痛醒。他睁眼一看,这一晚上他是穿着在汕头到广州那又破又臭的车上滚了一夜的衣服睡的。

"爸,醒了。你昨天晚上可睡好了,我给你盖了一晚上被子。"女儿有点儿撒娇又有点儿怨气地说。"昨天晚上回来时,你一路上都在说:没有你,就没有他们的今天。"女儿接着说。

"我是这么说的?"他警觉地问。尽管这话说得没错。1995年他在宁夏某地委党校当理论研究室主任,从光明日报上得知广东面向全国招聘人才,就事先南下联系好了汕头,然后一个个介绍为佳等20多个同学、朋友到汕头面试、调动。这是事实。可尽管如此,也不能挂在嘴上啊,这让人家多不好意思,自己明白了也不好意思呀。"唉,喝酒误事呀!"他想着。

"爸,该出发了,今天怎么走?"女儿充满信心地问。

"你为佳叔叔的摩托还没有借到,咱们打的吧。"还为昨晚说的话脸红,晚一点儿见到为佳也好,他想着说。

就这样,他和女儿还有梁大成在学校门口简单地吃了点儿早餐,又踏上了东莞求职之路。

"到东华高中多少钱?"拦了一辆的士,他问。

"打表,要不给30。"司机试探地说。

"20元。"他很果断地砍出了价。教师挣得少,要量体裁衣、量入为出。多少年了,他已经能像妇女在市场上买菜一样地跟各种各样的人讨价还价。

到了东华,在昨天见到的那位宁夏老乡小侯的引领下,他们从东华高中到东华初中走了一遍。令人失望的是，初中不缺老师，高中要的是有教学经验的老师。

"什么是有经验的老师，怎样才能成为有经验的老师？难道没有初出茅庐，就能有经验？"女儿从打东华一出来，就愤愤不平。她是一个眼睛里揉不得沙子、遇事认死理的人。

"昨天英方叔叔还说他们实验只要一批的。难道一批就没有渣滓，二批就没有好学生？我们这些二批院校的学生，没有一批学生的优越感，不会骄傲，只要努力，当老师绝对不会比一批的差！"女儿气得有些说话哆嗦，脸涨得红红的。

"这就是社会残酷的现实，人们讲的是浮华，没有多少人懂得务实。要名牌就是为了门面。你要学会适应。"他劝女儿说。

"的士。去可园中学。"带着渐渐增加的失落，他们又踏上了新的征途。

他们又一次走了可园中学的新旧两个学校。梁大成中途下车回学校了，他必须赶回去用密码挂失他的手机卡，不然手机里的 300 个号码，都要不停地收到要求充值的信息，受到这骗人的陷阱的威胁。

女儿只身一人去见可园中学的新旧两位校长和一位主任。门卫很帮忙，主任也非常认真地看了她的简历。赶上新老校长交替，用人方略也不同。老校长一贯主张用新人，而新校长却倾向调老教师。不管怎么说，人家留下了简历，并说了研究后再答复的话。这给女儿又多少增添了一点儿希望。

接着，父女俩又按图索骥地乘东莞城巴跑到了万江二中，找到了万江三中。不巧的是人家中午休息。为了节省时间，他们马不停蹄乘车走了后街竹溪中学和虎门五中。来回几十公里，中午饭随便对付点儿，下了城巴坐摩托，下了摩托上城巴。女儿大一体育课上跌伤过尾骨，没有喊疼；父亲从小就小儿麻痹，左腿没劲，没有喊累。他们心中只有一个信念，多跑几个学校，多递几份简历，多留下些希望的种子。

后街竹溪中学被门卫挡了驾，压根儿没有进去。但是，门卫是个好心的外省人，他说出了这里的一些实情：有的学校只要当地的毕业生，有的学校要找熟人花钱走后门。

"连见面的机会都不给，怎么竞争？这些当年享受国家分配待遇的校长们，哪里会懂得我们这代人求职的艰辛。"女儿心里发堵，声音颤抖。

"是啊,不过他们,当然也包括你爸爸,他们的人生没有你们精彩,因为你们见识得多、经历得多、摔打得多。这也是一种获得。坚强些,女儿!"他还能说什么,只能用连自己都说不服的道理来试着说服女儿、说服自己。他是老中文生,最擅长的是"精神胜利法"!

寻找虎门五中让他心里确实受到了惊吓。虎门五中在一个村里,国道、省道、乡道错综复杂。他和女儿分别乘坐一辆摩托车前往,结果拉着女儿的摩托路熟跑得飞快,他坐的车几次被拉下很远,前边的车连影儿都看不到了。他一边催自己的摩托司机一边想,要是碰到一个坏人怎么办?刚才怎么没有记住他的车牌。就是经历了这样 10 多分钟,却感觉十分漫长的忐忑不安,父女俩找到了虎门五中——一所很大,正在扩建中的乡村中学。

门卫没有为难女儿,履行了登记手续就进去了。望着女儿稚嫩的身影,蹒跚在坐落在山坡上的办公大楼的身影,他感到了女儿的孤单、无助;也真实地感到了自己的无能。这是五十多年来第一次,因为他从来都是那么自信,那么坚强。1985 年和一群全国党史讲习班的朋友爬华山,许多人爬到回心石,就不上了。他照样拖着病腿攀上了这自古华山一条路,一上一下 40 里的险峰。这回……

大约有半个小时光景,女儿出来了。他发现女儿的眼睛红了,

"怎么了?又碰钉子了,哭了?"向所有父母关心自己的儿女一样,他急切地问道。

"……没,没有。"女儿说着侧过脸去。

"觉得委屈,要想哭,就哭出来吧,哭出来好受些。"还能说什么,面对这样的境遇,就是活了几十年的老人,也难以承受。何况是还没有迈出学校大门的小女生。他不知道该说什么、能说什么。

"找个工作怎么这么难啊!"女儿转过身来,满眼含泪,拖着哭腔,喊出了这么一句。他的心猛地一震,这是女儿的声音?这是全中国多少毕业生的声音啊!可能,他们父女俩所经历的比起有的求职学生,并不算难。但是,这毕竟是真实生活的第一课呀。

"对于一个前来求职的学生,竟然有这样的校长,不言不语,黑着脸,满脸的不高兴,就像谁拉走了他家的猪没有给钱似的。要不要,行不行,你是长辈,我对你礼貌,你起码应该回应一下。"女儿稍稍平静一点儿后,讲起了她在虎门

五中的遭遇。

原来,女儿费尽周折找到校长时,他正在和几个老师闲聊。

"您们好!请问哪位是校长?"走进门,女儿非常有礼有节地问。

房间里一片寂静。每个人的脸上都是麻木和无理。

"请问您们学校搞教师招聘工作的是哪位老师?我是来应聘的学生。"女儿又问。

一位老师面无表情地用手指了一位年龄50岁左右的老教师。女儿连忙客气地递上简历,彬彬有礼地说了自己的求职愿望……不说话,还是不说话,直到女儿离开跟他们打招呼,还是没有说话,那人就是校长,黑着脸,像是碰到了债主。

东莞求职的第二天,在城巴上、在摩托车上、在两条腿上画上了句号。

晚上在实验中学的招待所里,父女俩连说话的精神都没有了。为佳送来了摩托车钥匙和行驶证,望着无奈、无望、无所收获的父女俩,没有说什么就走了。

晚上睡觉前,他和女儿同时看了各自手机上的信息,有好几条。其中一条是很长很长,是女儿的小姑从宁夏遥远的大西北发来的,告诫女儿交男友要慎重,除了心眼儿好,也应该看看其他条件,不要跟父母闹逆反,她说她自己就是很好的教训。这或许是这个已经当了省厅某处处长的小妹的心里话。四十而不惑嘛!她就要四十五了。

"小姑真的很关心我,已经给我发了好几条信息了,都是为了我好。"女儿不无感慨地说。

"是啊,这就是亲情,人生最不能少的东西。"他也由衷地说。他想到今年又没有回去和年迈的父母一起过年,心里很不是滋味儿。11年前来到广东,只回去过了一个春节,这大约会是永远的遗憾。

"你妈也担心着我们俩呀!"他说着,指着手机。他老伴儿眼睛不好,小灵通字小每次发不了几个,而且文不加点,只有女儿和他能看懂。只见几条短信写着:老公辛苦了,休息好!路上要注意安全!出门在外不要心疼钱!你和女儿要注意身体!25年的夫妻了,真正关心他们的还是亲人。就是在这浓浓的亲情的抚慰下,这父女俩忘记了一天来的坎坷和酸楚,渐渐地进入了梦乡。

睡觉前,女儿把父亲的脏衣服都给洗了。这是她第一次给老爸洗衣服,看着女着女儿忙前忙后的身影,他感到女儿真的长大了。

(三)

骑着摩托车去应聘方便多了。第三天的东莞求职,是他骑着为佳给他借得一辆黑色光洋 125 女装车带着女儿开始的。虽然不是东莞人,虽然对东莞的道路一无所知。凭着陪女儿求职的热切心情和梁大成临走时留下的一张东莞旅游图,他觉得足够了。

第一个要去的是昨天没能完成的万江三中。趁着清晨的清风,父女俩很快来到了万江区的莫屋,昨天乘 7 路城巴是在哪个路口拐弯的,弄不清楚了。停车一打听,很快弄清了方向,还无意间看到了一所华江初级中学。不管三七二十一,见庙就进,见佛就拜。他已经不管那张招聘学校一览表了。

这是一所民办的学校,规模不大,校园建设和绿化还不错。通过门卫没费事。女儿进去后他和门卫攀谈了一会儿。从这位梅州大汉的嘴里,他知道了这所所谓的初级中学,其实是从学前班到小学到初中,一共有千把学生。教师待遇很低,小学教师 1200,初中 1400。这里的老师没有建立档案,校长聘用,随来随去,变动频繁。

为了了解更多的东西,在征得门卫同意后,他走进了学校。这所学校一共有三幢建筑,一幢是小学教学楼,一幢是初中教学楼和办公楼,还有一幢是教师宿舍楼。走到办公楼三楼,看见一位年轻女教师在打课程表,一问才知道,她来自湖南第一师范——毛主席的母校,教数学的。听她说其实初中教师也拿不到 1400 元。她建议不要到这里来教书。走近教室,几个初中班都在讲评试卷、发课本,班里乱糟糟的,根本不像个学校。

他心里很失望,这样的学校,一切都没有保障,看来是绝不能来的。冥冥中他觉得这所学校肯定会要他的女儿。

走出学校大门,碰到一位刚刚走出来的女生,她告诉他,女儿很快就出来。说学校让她们下星期一,就是 2 月 20 日过来试讲。看着这位风尘仆仆的姑娘,他告诉了这位唐山师院毕业的姑娘这家学校的实情。

在华江初中耽误了很多时间。等这父女俩到万江二中时,离中午放学只有 10 分钟了。他快速停下摩托车,让女儿赶紧跑进去找校长。门卫很好说话,也没登记就让女儿进去了。这家学校没在招聘一览表里,根本不知道要不要老师。

几分钟后,女儿出来了。

"这家学校不差语文老师。"女儿告诉父亲,声音中不无失望。

"那赶紧去三中。"他边说边发动了摩托车。

像昨天一样,等他们来到万江三中时,学校已经放学20分钟了。为了节省时间,父女俩从地图上找到了距离最近的石碣镇,招聘信息网上说,那里的石碣崇焕中学需要老师。他俩顾不上吃午饭又上路了。人家说看山跑死马,其实看地图有的时候也能跑死人。这石碣看着离万江不远,可是跑起来就是差不多一个小时,东问西问,七拐八弯,终于找到了崇焕中学,时间是下午2点。之前,他们跑到了四甲,在那里的四海打工学校耽搁了一会儿。在校门口的小吃店简单吃了碗米粉,女儿就进了崇焕中学。不过进去的快,出来的也快。人家已经在年前就招满了。

父女俩已经顾不上感叹、唏嘘,又登上了万江方向的历程,万江三中还得去!熟车熟路,老马识途,一路狂奔。很快女儿就进了万江三中的校长室。这次也是不大工夫她就出来了。不过和前面几次不同,女儿是带着满意的笑脸走出来的。

"他们已经招够了。"边骑上摩托后坐,女儿边说。他有些不解地望望女儿,心想:人家已经招够了,女儿怎么还在笑?

"不过这里的校长和管招聘的主任,都非常客气,很理解我们应届生的心情。看简历也非常认真。还主动留了一份,说要有需要就通知我。"听着女儿的话,看着女儿渐渐从失望低落的情绪中走出来,他心里留过了一丝笑意。

看看时间,还不到四点。信息网上说东莞体校、青少年活动中心都需要教师,去碰碰。想着,说着,他们又向城区驶去。

可能是直属单位的领导素质高,门卫训练有素。反正虽然在两个单位都只是跟有关人员简单交谈了一下,留下了简历,并没有什么结果,但却没有影响女儿的心情。不过体校那位女校长只要男老师的原则,让女儿着实苦恼了一会儿。

加了一箱油,跑了两个镇、两个市区、7所学校、150公里路。这东莞求职的第三天也结束了。这天晚上,他和女儿在一家川菜馆儿,要了三菜一汤,美美地吃了一顿安稳饭。

算一算,三天下来,临来时带的11份简历,已经递出去了10份,明天要跑,还得复印几份。

吃完饭回到招待所,父女俩都累了,本来说好找为佳复印简历,可是谁都没有动。

(四)

第四天一大早,这父女俩就到实验中学医务室找到了为佳的爱人,因为为佳忙着上课,让他爱人帮忙复印简历。忙里偷闲,父女俩先到学校门口的小店吃早餐。就在这时,女儿的手机响了,一接是华江初级中学的校长,他说他看了女儿的简历,非常满意,已经决定要她了,这学期就可以来上班。

"果然不出我所料。"他顺口说到。

"嗯,不过,我还想找找别的学校,谢谢您校长!"因为女儿已经知道了这所学校的实际情况,早已不打算去了,所以婉言回绝了。

回到医务室拿简历的时候,为佳爱人的同事,一位中年女医生正在翻看女儿的简历,看到他们进来对他说:"你女儿很优秀啊。可惜不是名牌,不然工作很好找的。"

他没有说什么,只是礼貌地笑了一下,说了声我们走了,就带着女儿踏上了新的求职之路。

这一天,父女俩骑着摩托,从东莞东城出发,先石牌,后企石,又横沥,再东坑,再大朗,经寮埗,回东莞。历时7个小时,穿梭了6个镇,走访了石牌中学、企石中学、大朗职中、大朗一中等10余所学校,留下了3份简历。

一览表上有的和没有的学校,能跑的都跑了,能进去的都进去了,能留简历的都留了。还有一所东莞中学松山湖学校,还有长安、樟木头、常平、凤岗等几个镇没有走到。他们不想走了,实在太累了,身体累,心也累,心的累远远超过了身体的劳累。

途径松山湖学校路口的时候,他放慢车速,回过头来问女儿:"去不去?"

"算了,人家不是说这个学校要求更高吗?我又不是名牌,没法给他们装门面,不去。"女儿用十分复杂的情感说。

回到实验中学,停下车,他突然感到四肢无力,眼前发黑,两条腿像灌了铅一样抬都抬不起来。咬着牙锁上车,女儿顺手拿起他带的头盔,那是胖墩儿借别人的。他明白女儿的意思:把头盔还了,东莞我们不再跑了。

父女俩拖着万分疲惫的身体,回到招待所。他便一头倒在了床上,他在发烧,头痛、嗓子疼。很少生病的他,这次真的病到了。

"爸,我想回学校了。我不放心毕业论文。"女儿试探地说。本来他们第二天中午还要和为佳一家吃饺子,为胖墩儿开学送行的。

"那不送胖墩儿了?"他含糊不清地说。

"那又得耽误一天。"女儿必须在 19 日注册时,向指导老师交毕业论文的提纲。

"您身体不舒服,留下送胖墩儿。"女儿接着说。

他在床上动了动,然后掀开被子,艰难地爬起来,

"我也应该回去了,19 日开学,课表还没有见到,不知道有没有冲突。"他同时在三个校区兼课,就怕时间重了。当然,这只是一个借口。更重要的是他要看着女儿上车。

"你都病成这样了,还能走吗?"女儿又气又关心地问。

"能行,上了车睡一觉就到汕头了。不能再给人家添麻烦了。"他从来就是一个只愿意让人来麻烦,不到万不得已绝不麻烦别人的人。

就这样,他们给为佳打了电话,拿了为佳爱人给他的退烧药,离开了住了 4 天的东莞实验中学招待所。

出门时,胖墩儿一个劲儿要打电话让他老爸开车送他们到车站,他婉言谢绝了。他知道为佳太忙了,不能再给他添乱了。

"出门就有的士,我们打个的,很快就到了。"他无力地笑着摸儿胖墩的头,掏出 200 元钱,

"明天伯伯不能送你了,这个给你,路上买点儿吃的。"说着,就把钱往胖墩儿手里塞。

"不用,路上带的吃的够多了。"说着胖墩儿躲到一边儿。几经退让,胖墩儿就是不接钱,于是他只好苦笑了一下,把钱装进裤兜。

他们没有打的,还是舍不得钱。5 元钱坐城巴到汽车总站时,已经是 5 点 20 分。他很快给女儿买了到海珠客运站的票,目送她上了车。女儿匆忙上车时,回了一下头,他感觉到,那眼神中是一种对东莞又爱又恨的复杂心情。

等到回过头来买去汕头的票时，最后一班 5 点 30 分的车已经开了。

他想等从广州回来的他来的时候坐的 60 元的车，可是，女儿临上车时再三嘱咐他，一定要坐高速大巴，早点儿到家。他也确实无法经得起长时间的旅途劳顿。还好有一趟加班车，7 点的。

就这样，在候车点买了两个蛋糕，喝了十几杯纯净水，吃了两粒为佳爱人给的退烧药。在一片暮色中，他上了东归的旅程。

昏昏沉沉中，他看到车窗外面是一片重重的浓雾，仿佛就是女儿，不，是许许多多和女儿一样的，在忙着求职应聘、寻找工作的学生们脚下的路，看不到远近，摸不清深浅，长路漫漫。真的只有这样吗？随着车身的摇动，他又看到了隐约在浓浓的雾色之中，显得有些疲倦的灯光。

"噢，还有光明，有光明就有希望！"

手机

（一）

女儿正式参加工作，第一次拿到政府累积了三个月的工资后，第一想做的，就是给她老爸我，买一部高级手机。有这个想法已经有一段时间了，她不知从哪里得到的信息，说用山寨机——我用的是一部山寨机，辐射大对身体不好，充电时电池会爆炸。再三商量的结果，是我妥协了。女儿大了，知道孝敬父亲了，我不能无视女儿的孝心呐。其实啊，女儿早就在默默地尽着孝心呢！每天抢着做饭、烧菜、拖地不算，半年多前还用自己边上学边打工挣的钱，给我网购了一双远足气垫皮鞋。因为她知道她老爸脚底有不治的鸡眼老茧，硬底鞋走路脚痛。我对她要求是，买新手机不能超过 800 元。

但是，当她和男友钟彬把手机送给我的时候，却是一部诺基亚 E66，一部 1880 元的高档手机。我还能说什么呢！

（二）

手捧着装饰精美、配置着真皮机套、质感厚重可靠、做工精致细腻的新手机,我的脑海一下子掠过许多和手机有关的往事,眼前浮现出许多手机的影子。

我是什么时候有的第一部手机?记不太清楚了。不是1997年就是1999年吧,那年暑假师范新生要面试,我没有和老婆、女儿一起回宁夏探亲,而是自己晚走了几天。完全是和电视小品中黄宏一样的心情,为了回到宁夏让大家看到我南下淘金的成果,其实就是炫耀,显摆,我一咬牙一跺脚,花1500元买了一部爱立信二哥大(我给起的名,因为它只比大哥大小一点儿),连同联通的入户费。我终于如愿以偿地有了手机。

这部爱立信的二哥大,我用的基本没什么感觉:不能收发信息,因为它是英文版的,充电十分麻烦。每次充电,都要先取出电池,放在笨拙的充电器里,一充就是十几个小时。更讨厌的是信号极差,常常是电话来了听不着,想打电话打不出。

爱立信的二哥大用了不久,一两年吧。一次测普通话,市教育局的老朋友一山看到我用的手机,马上拿出他准备淘汰的,一部蓝色的翻盖儿的爱立信递给我说,你的手机太烂了,扔了。不嫌弃这个给你了。

于是,我有了第二部手机。这以后我还用过一部西门子,是学生朋友俊岳不用送给我的。一部摩托罗拉,也是一山淘汰的。一部诺基亚,是测试员朋友奕群弟弟不要的。而我用的最近的手机,就是刚淘汰的当时花650元通过同事腊姣买的山寨三科。

大大小小、形形色色的手机,代表着一个个不同的时期不同的年代,表示了社会的发展,世界的日新月异。对于我呢,变化的手机还饱含着朋友们浓浓的情谊,学生们深深的爱护,女儿的真真的孝敬老爸的心意!

我大爷

如今生活好过了,时光总是在不经意间悄然逝去。最后一次在医院看到大爷的情景还时不时在眼前浮现着,一转眼他老人家走了已经整整一年。我大爷就是我的伯父,中国大,称谓杂。大爷是我父亲唯一的哥哥。

那个时候,因为上海和宁夏距离实在太遥远了,所以,我和大爷其实见得次数很少,我对大爷的认识并不多,或者说少得可怜。据我父母说,我第一次见到我大爷,是1961年。父亲自愿报名参加去西北整风整社,要带着我们离开生活了很多年的北京,前往宁夏那个未知而渺茫的塞外工作生活。临行前先带着我们到上海探亲,看奶奶和大爷。可惜,那时我只有6岁,一个什么都不明白也记不住的小屁孩儿。如果说对这次上海之行还有点儿印象,那是因为我们全家在上海跟我奶奶、大爷大妈照的一张合影。

真正认识大爷,是1969年。随着年龄一天天大了,我的腿又开始成了父母的心病。趁着"文化大革命"学校停课闹革命的空闲时间,父亲带我回到上海,想给我把腿病治一治。在上海的一个多月时间里,大爷托关系、找门路,领着我和我父亲,跑了好多家医院。记得有一家是第六地段医院,有一家好像叫长风医院。后来因为几家医院的大夫都说,我的腿在当年的两百多万患者中,是最幸运的、最轻的,言下之意没有必要做手术,这样看病成了走亲戚。

大爷的身材高高大大,至少比父亲大一号。丰腴而白皙的面颊,宽宽的额头,头发整齐地向后梳着,胖胖的脸上几乎没有什么皱纹,看上去就像是寺庙里的心慈面善的主持和尚。大爷讲起话来从来都是慢条斯理,轻声细语,娓娓道来,而且总是在讲道理,讲得让人心服口服。

听父亲说,大爷解放前是在法国餐厅做大厨的,做得一手好西餐。所以在上海奶奶家,每天都是大爷做饭炒菜,大爷炒的菜真的好吃极了。他最拿手的菜就是条子肉:一块块肥猪肉,经过大爷的烹调,便香甜美味,肥而不腻。将一条一厘米薄厚,四五厘米宽窄的,猪皮炸的焦红的肥瘦相间的条子肉放在嘴边,吸溜一下吃进嘴里,啊!那种美,至今想起还令我垂涎。

上海解放后,大爷进了工厂,在一家叫做大龙机床厂的单位当一个普通干部。

大爷是个极其乐观的人,一家三代六七口人,很多年就住在万航渡路1163号里弄里一个二层的十几平方米的木楼里,从来没有见过大爷愁眉苦脸,从来没有听过大爷唉声叹气。

大爷喜欢小孩儿,喜欢跟小孩儿开玩笑。1969年到上海看腿,日子长了跟里弄里的小朋友逐渐熟了。有一天跟楼下的"汤团"哥哥玩儿,他说要教我说上海话,然后就让我说"阿拉是戆豆",还告诉我说,这句话的意思是:我很聪明。我怕忘了,回家的时候就一路念着"阿拉是戆豆"跑进家门。大爷看到我的样子,笑得前仰后合,一个劲儿用手指着我说,你呀,真是个小傻瓜。还有一次,我跟里弄里的两个女孩儿坚纯和芳妹妹玩捉迷藏,在芳妹妹抓我的时候,我一下子摔倒了,脸朝下趴在地上向前滑行了一米多,左面的大门牙磨掉了一个缺口,一吸气就钻心的酸疼。就在我照镜子看我的牙时,大爷在身后说,糟了阿健,这下可漏风了,吃不了东西了,找不到媳妇了。1983年春节,我旅行结婚到上海,大爷看到我拿着北京舅妈送我的铁盒儿装着的外国烟,60多岁的他,竟然像小孩子一样,拿出他珍藏的几盒凤凰、牡丹要跟我换。

大爷待人非常宽厚,从来没有听他说过别人的不是。父亲50年代初进京工作,60年代后又携家小远离家乡在外工作,我奶奶一直跟大爷住在一起,大爷承担了赡养奶奶的全部,直到1985年奶奶去世,没听过大爷抱怨,没听过大爷问父亲要一分钱的赡养费。

大爷一辈子平凡普通,知足快乐,无欲无求。我大妈大约在我大爷40多岁的时候就去世了。大爷再也没有续弦,或许是为了儿女,又或许是为了奶奶。

去年11月听说大爷状况不好,我专门回上海,见了大爷最后一面。只见印象中高大伟岸的大爷,半躺在病床上,变得那么瘦小。原先慈善富态的面颊,已经遍布皱纹变得很小。大爷已经不认得我们了。

大爷走了。留下了他的乐观、宽厚、孩子气和知足快乐、无欲无求。就这样走了。

2014年春节日记——亲情篇2则

2月1日(大年初二)

自打女儿出嫁,每年春节我都会在初四、初五,去揭阳给老亲家拜年。今年春节老亲家知道我是一个人在家过节,几次叫女婿用微信邀请我过去。想想今年女儿女婿初五就要回来上班了,就想早点儿过去。

大年初二一起来，就琢磨着，干脆今天就去。按照习俗初二是嫁出去的女儿回娘家的日子。可我们家情况特殊，一年到头都和女儿一家在一起过。只有过春节她们才回去几天，中途再回来回去的倒麻烦、不实在。还不如我过去，既看了女儿、女婿、小孙女儿，也给亲家拜个年。

年前就听说汕揭高速泰山路口通车了，想着从泰山路口上高速，一溜烟50公里就到了。可是怎么也没有想到，我竟然会找不到路？我在火车站附近的几座立交桥转了几圈、找了半天，就是不见汕揭高速泰山路口。一看里程表，自负的我已经白白多跑了十几公里了，再这么瞎闯，怕12点也出不了汕头。不得已只好到长平加油站打听，结果，高速路口在泰山路的那头儿，324国道过去水果批发市场那里！可惜聪明一世的老冯啊，竟然只知道在这头儿转悠。

走汕揭高速泰山路口，真个是一溜烟，40分钟多一点儿，我就到了老亲亲家。完了，没赶上中午饭。亲家母又是热菜又是煲汤，忙活着招待我一个人。亲家公拿出了陈年五粮液招待我，我婉言谢了。于是，他开了一瓶红酒，我是自斟自饮，品尝着春节的美味佳肴。特殊待遇，挺不好意思。

吃完午饭，热情的亲家又照着潮汕人招待亲家的惯例，给我端来了甜汤——两个荷包蛋、一碗汤圆。哎哟，我以为都是老亲家了，这个可以省了。所以，刚才吃喝的饱饱的，没留余地。没成想这个年年一样，不能省！这儿还有一碗甜汤等着我！没办法，必须得吃。

中午喝了点儿酒的老亲家，口口声声晚上要我留下，好好喝喝酒。害怕晚饭真的得喝酒留宿，干脆在午饭后不久，就跟刚从媳妇家回来的我女婿的哥哥，还有他的堂弟、堂嫂，提前坐在凉台上剥花生、喝红酒、聊大天、晒太阳、观风景，一个马上六十的老头儿和几个二三十岁的年轻人，竟然也是你一杯我一杯，两瓶红酒就下去了。乡下的空气鲜鲜的，冬日的太阳暖暖的，亲戚间的感情浓浓的……无需山珍海味，无需豪华酒店，眼前的感觉，朴实的人想哭——惬意无限呀。

2月2日（大年初三）

10年前在澄海实验高中教过的老学生陈烨，是我的得意门生，后来她的父母都成了我的好朋友。陈烨的弟弟逸楷今天中午在老家新婚摆酒，我是应邀欣然前往。去年中秋，老朋友来家里坐，对我女儿出嫁没有告诉他们表示极为不满。所以，这次就是再有什么事儿都得准时参加。其实，老陈夫妇早早就让陈烨在微信里邀请了我，并且年前年后几次打电话提醒我。丰盛美味的乡村婚宴，没有大酒店的奢华、排场，然而却非常丰富、实在，而且统统绿色环保，乡村厨子，没级没等，做出的饭菜，色香味一点儿不亚于四星级的澄海花园宾馆的菜肴——潮汕美食，处处有大家呀！

酒足饭饱之余，和陈烨、逸楷夫妇，还有他舅舅家的几个年轻人一起聊天喝茶，合影留念。我是上午 10 点半到的，一直到下午 3 点多才离开。参加逸楷的婚宴，给了我非常欢畅开心的马年初三。

马年前后（凌乱的思绪）

马年春节就要到了，回望即将过去的一年，林林总总、琐琐碎碎、仓仓促促、喜喜悲悲、吵吵闹闹、离离合合……太多感慨，太多沧桑，想对年轻人说，想对孩儿们说，于是在 qq 里写了这样的"说说"：

孩儿们，家，永远是你们温暖的避风港湾；门，永远为你们敞开着。逢年过节回家来，这里有你熟悉的爱和呵护！遇到困难、受了委屈回家来，这里可以疗伤，这里帮你坚强。记住：你们还有家！

春节，喜庆的日子，少不了祝福。不想转来转去都是人家的东西，有感于中国 2013 的最让人振奋的地方，期待着 2014 中国梦圆梦的到来，编了一副对子，写下了自己的马年祝福——昨晚，先后回复了 400 多条祝福短信，都是用我的专属祝福；qq、微信亦然。

金蛇狂舞，舞动 2013 反腐风暴风云岁月；骏马奔腾，跃出 2014 中华复兴锦绣春光。亲爱的朋友，值马年来临之际，拙作此联，权做恭贺，衷心祝福您和家人，马年吉祥，马到成功！

马年春晚，昨晚没有看完，也没有看全。早上 6 点多看到微博上的评论，感从中生，写了如下微博——

其实春晚已经成为中国人的一种新年俗。不要用好不好去评判，也无法用好不好来评价。从来众口难调，从来阳春白雪下里巴人无法同声。加之网络发展资讯畅达，人们的需求欲望已无止境……春晚，就是看看，热热闹闹过个年！

醒了，睡不着了！这是马年的第一个早清晨——当然，不是我生命中的第一个马年了。一个人在家的除夕夜——一个人起身的初一晨？想说？想写？于是，有了下面这段微博、说说：

> 蛇年已去，马年如期而至。大约留恋岁月，抑或感叹暮年？昨晚凌晨1点安寝，今晨6点醒来便不再有睡意了。回首过去的50多年，淡忘的、模糊的、不堪回首的、令人唏嘘的……竟都斑斑驳驳，展现眼前。思绪是混乱的，情感是游离的？我在想什么？我想要什么？人啊！人生啊！！

不到9点，贞如——我的干儿子之一——就来了。给我送茶壶的——年前新买的茶壶炸了——在潮汕，没有零度以下的低温，玻璃茶壶也会炸？想不通。贞如怕我过年来人需要，这不大年初一一大早就送过来了。打开欣赏的眼光了，你就发现，原来春晚的节目不错！很好！

尘封的信息

又是很久没有在空间或是博客里逗留了。这倒不是因为我的生活不丰富、不精彩，也不是自己对身边每时每刻变换着、发生着的一切没有感觉，不受刺激。说起来，倒是因为生活长河源源不断地流动，一刻不停地激起的大大小小、琐琐碎碎、无穷变化、应接不暇的生活浪花，令我眼花缭乱，无从选择和取舍，结果索性就搁笔不写了。呵呵，又是一个多好的为自己偷懒开脱的借口。

可不是吗？甚至就连张岩她们几位大学老同学来汕头的游踪——《老同学游汕头》"连环篇"（我给起的名字）都没有能够接着写下去，写完它。老同学们后来的潮州行——畅游牌坊街、澄海游塔山民间文革博物馆、陈慈黉故居，饱餐林展在盐鸿专门给我们开设的薄壳米宴，还有烈灏为我的老同学们准备的潮汕卤味大餐，还有职院游、品尝东湖炒饭等等，我都没有去写。可以说是想写的太多，欠账太多，无从写起了！

可是，今晚我却又忍不住要写几句了。为什么呢？因为我那80岁老母亲的一个电话。

我和我母亲每天一早一晚都要打个电话。早上都是我打过去给我母亲，主要是看看两位老人头晚睡得怎样，有什么事儿没有。晚上呢，本来也是我打的。我打过去，然后老母亲告诉我明天的天气预报，尽管我根本不需要。可是最近吃晚饭后事儿多，结果总是忘了打电话，老母亲就看完天气预报打过来。

今晚大约8点吧，我母亲打来了电话，说了几句家常，我把我小妹给老母亲打钱的事儿说了，就挂了电话。结果没过十分钟老太太又打过来电话，说还有两件事儿。一个是刚才忘了说天气预报了，然后说了最高气温多少度最低气温多少度。接着问我，明天是什么日子？我想了想说我的生日呗。于是老母亲就告诉我，我是9月初五生的，明天是我58岁生日。然后，又告诉我，我是下午16:20分，在北京中央第六直属医院出生的，给我接生的是一位姓张的，从国外回来的男大夫。母亲说，当时她还不好意思。人家护士长说，张大夫技术好，而且人家大你一轮都不止，有什么不好意思，别封建了。然后母亲又问我，在学校中午怎么吃饭？我说在校门口的小吃店里吃。老母亲就再三嘱咐我，让我明天要吃一碗果条，当是长面。北方有过生日吃长寿面的讲究。而后，母亲还说，要是能吃饺子最好，我姥姥常说，吃了两头儿弯，活到九十三。

听着老母亲的电话，开始我还觉得她啰嗦。是嘛，天天都打电话，天天都说天气预报，天天都是开车千万别喝酒。可不是有点儿烦。然而，当老母亲告诉了我58年来我从来不知道的，关于我出生的事情：我在哪个医院出生的、什么时辰落地的、哪个大夫接的生……我的心有点颤抖，我的眼开始潮湿了。
这便是母亲，这便是母爱！

无论世界怎么变化，无论时间如何飞逝，儿女在她的心中总是第一紧要的。很多事情都会随着时间流逝而淡忘，唯独儿女的事儿，哪怕琐碎得很！尘封再久，都是簇新的，都是历历在目的家珍。

岳 父

"同志们冲啊！""缴枪不杀！""打倒蒋介石,解放全中国！""解放了！解放了！"……这是我的老泰山,我的行伍出身的老岳父,最近这几天,在他生命弥留之际一直不停呼喊的胡话、呓语。这位 89 岁的老人、老革命、老战士,在卧床了两年多之后,似乎就要走完他的人生旅途,走到他生命的尽头。然而,此刻,他的脑海里呈现最多的,竟是? 老婆一直没有告诉我这个严重的情况。今天突然听她说到老人家已经不再喊叫了,而且,连水也喝不进了。我的心一下子感到特别的堵,眼泪一下子充满了眼眶。有关岳父的故事,星星点点,斑斑驳驳,现在开始逐渐清晰地出现在我的脑海里。年轻时的岳父可算得上是高大伟岸,英俊潇洒。1955 年接受解放军授勋时,穿着将校服拍照片,那个年轻威武、英气勃勃的校官形象,成了我心中的永远。听岳父说过好多次了,他是 1945 年下半年解放军路过他家大季家村时,就入伍的。可是时间不长,不知是因为刚开始不适应军旅生活,还是日本鬼子投降,庆祝会上喝酒喝多了,得了胃病吐血了,只得离开部队回家修养。1946 年,身体复原却找不到自己部队的他,第二次入伍,投到彭德怀的麾下,成了三野的一名战士。那时,他 21 岁就扔下了新婚不久只有 15 岁的岳母踏上征途。从此,他转战南北,征战西东,参加了三年解放战争,跨过了鸭绿江,参加了抗美援朝。直到 1958 年才回国。他的足迹遍及晋察冀、中原、东北、西北、江苏、浙江、福建。炮兵出身的岳父,由于在朝鲜指挥炮兵营屡建战功,回国后,他还在唐山炮校当过两年教官。不过,没读过几天书的岳父,只会自己打炮打得准,却教不来别人。不久,他这个不称职的炮校教官就回了野战部队,转战到了甘肃。后来在野战军大减员中,岳父离开了野战部队,被派到了地方人民武装部,来到宁夏。岳父先后在青铜峡小坝、银川郊区、陶乐县、平罗县等地当武装部长。岳父为人实诚、厚道,虽然,是个大老粗没多少文化,仕途不达。但是,他从不抱怨,更不会踩着别人的肩膀往上爬。当然,一辈子没害过人。所以,他的老好人的做派,受到了远近、部下、大家的赞赏和拥戴。大约就是由于岳父的为人厚道,在"文革"开始时保护过很多好人吧,三结合的时候,岳父被推选为平罗县革委会副主任。大约是1971年末吧,因为县委武装部里有人眼热岳父的地位和好人缘儿,便到处说他没有文化,是老好人,不配当这个革委会副主任。岳父这个脾气耿直的山东大汉听到了这些风言风语,连想都没想,就给军区打了报告要求复原。一个月后,岳父母依然带着一儿两女回了老家蓬莱。据说,当时岳父的老部下、宁夏军区的一位副参谋长,曾经一个劲儿地劝自己的老首长留在军区干休所,说:"老首长,你就在这里退休,军区养着你。"可倔强的岳父,却一副此地不养爷,自有养爷处的架势,一点商量余地都没有。因为,岳父的好人缘儿,平罗县革委会专门派了吴生明和另外一名干部,全程护送,一直把岳父母一家送到烟台大季家,安排好了才返回。1979年,改革开放,一些老同志的问题逐步得到甄别。几位关心岳父一家的老同志、老部下,也打电话给他出主意,让岳父一家先回宁夏。就这样,在过去那些老人儿的帮助下,一年后,岳父的问题得到解决,按照副厅级享受离休待遇。几个儿女也都相继找到了工作。岳父一辈子老老实实做人,踏踏实实做事,不贪不腐不谋私利,正统的连芭蕾舞都不正眼看。唯独有两个嗜好,伴随一生,一是喜烟二是好酒。记得岳父50多岁时,一次因高血压住进医院,大夫对他说:"季部长啊,你想不想好好地活着?"岳父说:"当然想啊!"大夫说:"那你就必须戒烟戒酒。"岳父还真听话,真的戒了烟酒。只是时间不长,一个星期后,他又开始喝起啤酒;两个星期后,又开始抽烟了。值得我们晚辈学习的是,岳父一生嗜酒,却从未醉过。不对,应该说解放后这些年来从未醉过。战争年代,他曾经喝醉过。那次因为醉酒,不能骑马。他的警卫员牵着他的烈马回营房。不知深浅的小年轻,也想驯服这匹烈马,可是却从马背上重重地摔在地上,再也没有爬起来……也就是从那时起,岳父就没有再喝醉过。如今,岳父他老人家躺床上,已经不再关心他的烟、他的酒了,他在静静地思考着、回忆着,他的人生、他的过去,他的眼前似乎到处飘动着的是全国解放的红旗……

大蒜中嚼出的幸福

一杯一两左右的金奖白兰地,五瓣儿已经放的长出了芽儿(平日里都是在女儿家开火做饭,这几头蒜大约还是清明的时候女儿一家回了揭阳,我和老婆煮冻饺子吃买的吧)的大蒜,六个从附近广兴市场那条小巷子里的浙江温州人开的包子铺买来的肉包子,还有一包从冰箱里翻出来的涪陵榨菜。当然,还伴着电视机里的大陆和香港明星们混搭合演的、看了半天也看不大明白的电影《大搜捕》——这,就是我今天的午餐,简单的不能再简单了吧!

比人家那些山珍海味,七个碟子八个碗,有干有湿,有荤有素,汤汤水水,粗细搭配的所谓营养午餐,那是绝对无法同日而语的,更不要说那些大酒店里的,动辄几百、上千的什么鱼翅、鲍鱼、马爹利、名仕、蓝带等等的美酒佳肴了!

然而,这简单的不能再简单的午饭,我却吃得津津有味!真的是津津有味,绝对的满足:咬一口包子,嚼半瓣儿大蒜,抿一小口不算太冲,也有38度的金黄透明的国产张裕白兰地,再用手捏一两条风味儿别样的涪陵榨菜,仰起脖子,潇洒地往嘴里一扔。眯缝着开始老花的眼,瞅一眼电视,啧啧地咂摸着嘴,回味着滋味儿。那动静,那样子,绝对不亚于那些金碧辉煌豪华宴会上的食客们,为了权力、为了生意、为了……反正是一定为了什么吧,凑在一起,或满脸堆笑虚情假意,或阿谀奉承面红耳赤,或猜拳行令吆五喝六的样子和声音更让人满足,更叫人陶醉了!

我,就这么享受着,满嘴都充满了大蒜的味道;整个房间里,到处弥漫着白兰地的酒香。电影《大搜捕》里,此刻,黑社会们正在火拼——

立式风扇,摇摆着硕大的脑袋,任劳任怨地、呼呼地吹着这30多度的空气。光着膀子,歪着脑袋,左手端着酒杯,右手轮番地拿着包子、捏着大蒜、掐着榨菜……就这样,我度过了我的午餐时光。

在我的周围,像我这样的年纪、这样的身份(其实我也真没什么身份,只是有些人认为我有身份,呵呵)、这样的比上不足比下有余的生活境况的人很多很多,但是,把午饭吃得如此简单,近乎简陋,却又吃得如此的惬意、如此的享受、如此的自然而然,大约真没有几个人了吧!

我咀嚼着,品味着。现如今人们对幸福的追逐越来越甚,也是啊!人生在世谁不想活得快乐幸福呢!

突然想起了我已经故去两年的舅舅,一个生在北京,活在底层的小工人!每每晚饭过后,光着膀子,扇着大蒲扇,坐在床头,滋溜滋溜,一壶又一壶喝着颜色越来越淡的茶水,然后,倒在床上呼呼睡去。昏暗的灯光下,是他那满脸满足而又享受的表情,他熟睡后舒展开来的肢体和眉头。

对了,还有那次,好像是 1977 年暑假吧!舅舅用板儿车帮我把在北京买的双人床送到货运站,发回物资匮乏的宁夏。回来的路上,在一个小饭馆儿里,一碟儿蒜肠儿,一碟花生米,一扎啤酒。舅舅第一次请我这个外甥喝酒。当时他老人家端着啤酒杯,夹着蒜肠儿,那满足、享受的面容仿佛还在眼前。

这大约就是人们都在追逐的幸福??

究竟什么是幸福,怎样才算是幸福,什么样的幸福才会长久呢?

蛇年初一

大年初一应该是最无聊的。照例是家人团聚吃吃饭、走亲串友拜拜年、逛逛花市和公园、唱唱 OK 聊聊天。要说写点儿什么的话,好像根本没有什么好写的。

可是,我就是有一股冲动,还是想写!无聊呗。

中午饭是在宁冠园我妈那儿吃的,和老爸、老妈、大妹、外甥一起。吃的当然是饺子。"初一的饺子、初二的面"嘛!风俗如此。不过,今年还多了煎的、炸的,好朋友年三十专程送来的、自己做的鼠壳粿、萝卜糕。这是潮汕人过年一定要做、要吃的年节食物。18 了,从过去每年过年、过节学生朋友们送来后,我们不会吃、吃不惯,然后送掉、坏掉、扔掉;到现在懂得用油煎煎或者隔水蒸蒸再吃,而且越来越觉得好吃、很好吃、吃不够、不够吃。人呀,所有的习惯,都是会改变的,这大概就是入乡随俗吧!

好像记得昨晚收到的祝福信息里有一条,说是初一他们全家请我吃饭唱歌儿。也是在老妈这边儿待着没什么事儿干闲得慌。一吃完中午饭我就借故回家了。

到了家才知道,原来平常偶尔也喜欢一个人静待在家的我,此刻一个人在家过年,还真是够孤单、够冷清!老婆自打跟我到了潮汕,从没有在家陪着岳父母过过年,今年回家过年了。女儿、女婿和彤宝宝当然也是回女婿家过年了。

鱼缸亮着灯,水泵轻轻响着循环水声,8条廉价锦鲤无拘无束地游动着,两条奇丑无比的清道夫沿着鱼缸玻璃游着,吃着苔藓,尽着职责。女儿新近买的两只虎皮鹦鹉在鸟笼里跳着、叫着、调着情,给几乎无声的世界带来点儿动静。凉台上两只巴西龟,这个季节原本应该冬眠的,可能是今年的春节暖和吧,不时地从墙角爬出来,沿着墙壁爬动着,时不时弄出"咕咚、咕咚"的不规则的敲击声。

顺手打开电视,重播江苏卫视的春晚已近尾声。随便换了几个台,不是央视春晚的重播,就是看了不知多少遍的连续剧《楚汉传奇》《隋唐演义》《爱情公寓》《绝杀》《民兵葛二蛋》《亮剑》,要么就是没完没了的广告,卖药的、卖健身器的、卖化妆品的。真是奇了怪了!现在都数字电视了,能收到上百个台了,竟然总感觉没什么可看的。百无聊赖,有点儿困,昨晚睡得晚,今早起得早嘛。想着,睡会儿午觉吧,就躺下了。可是,不知怎么回事儿,就是睡不着。外边太安静?没拉窗帘儿屋里太亮?

翻来覆去,胡思乱想,过去现在。直到3点多,实在躺不住了,才爬起身来。

干点儿什么呢? 看电视,没有喜欢的节目,白费电;上网聊天儿,人家都过年去了,没几个人,就算有挂着的,也懒得理你,白浪费表情。

突然想到凉台上两个塑料抽屉立柜。那天在易初莲花无意发现,这东西竟然一个要三四百元。自从把它们从宁冠园搬过来3年多了,一直放在凉台上乱七八糟的,风吹日晒雨淋的。简直是暴殄天物!干脆把它们清洗出来,搬回客厅放东西吧!说干就干!我脱衣卷袖,拿了抹布、洗洁精,在凉台上就干开了。

湿抹布洗一遍擦一遍,再用蘸了洗洁精的抹布擦一遍,然后再用清水抹布擦洗一遍。一个抽屉又一个抽屉,一个柜子又一个柜子。有事儿干,时间过得真快！当我清洗完了两个塑料立柜，把它们搬进客厅安置好，时间已经是下午 6 点 20 分。

没有人打电话约我吃饭，短信没有了下文。其实，我原本也没有抱多少希望，大年初一家家团圆，人家不过是三十拜年说说而已，客气一下。可是，一想到我的晚饭怎么办，我犯愁了。今年过年一个人，基本是什么也没有准备。家里有的、能吃的，就是挂面和方便面（其实还有冻饺子，是女儿回婆家前拿来的，忘了）。挂面没菜，还得做，没法儿吃。开始，我想就烧点儿开水煮方便面吃算了。但，转念一想，大过年的，吃方便面，太亏待自己了。于是，就想上街看看，碰碰运气，看看有什么吃的。

小区的侧门都锁了，保安过年放假人手不够。从后门出了小区，街上冷冷清清，嵩山南路的店铺都大门紧闭，唯独凯德药店开着门。福合呈的牛肉粿条是吃不上了，小区后面的隆江猪脚饭也没指望了。我抱着侥幸的心情，走进了广兴市场那条小巷。嘿！还真有人过年也不忘赚钱的！一个大排档开着，一个小杂货铺开着。于是，我在大排档炒了 10 元的鸡蛋粿条，花 11 元在小杂货铺买了一个油炸鳕鱼罐头。

晚饭是喝着三十晚上打开的轩尼诗干邑白兰地，就着油炸鳕鱼罐头，吃着鸡蛋炒粿条，看着没滋没味儿的电视过的。一个人，依然孤独冷清。不过有酒、有茶、有鱼、有鸟儿、有龟、有电视、有电话、有短信、有 QQ，陪着、伴着，倒也不失温馨、惬意。

大年初一之夜，洗洗涮涮之后，10 点 45 分便倒在了床上。累的？孤单的？酒的作用？我没等听到 11 点手机自动关机的震动声，就已经沉沉睡去。有没有鼾声不知道，蛇年初一就这么过去了。

生命的神奇与伟大

看着可爱的小孙女儿彤彤一天一天的变化，一点儿一点儿的长大，越发为生命的神奇和伟大而感叹。

2011年4月18日晚上8时许，汕头市妇女儿童医院3楼产房前的铁椅上，我和老伴儿，我的亲家、女婿仲彬的爸爸和妈妈，还有专门载她们从揭阳风尘仆仆赶来医院的他们的义子，坐立不安地等待着。紧张、焦灼、担心、激动、期待、兴奋，混杂在一块儿，写在大家的脸上、写在大家的眼睛里——女儿正在里面生产，一个新的小生命即将诞生。

9点23分，我刚刚上完卫生间，正在洗手，手机响了。我来不及擦干手上的水，便赶紧接听：嘈杂的说话声中，有一个强有力的、清脆悦耳的婴儿的哭声，传进我的耳鼓，这哭声有点儿旁若无人，有点儿不顾一切，她好像是在向世上的人们宣告：大家都不要吵，我来了！

"冯老师，这是你的小孙女儿在哭，一切顺利，记住，就是这个时间。"护士长的声音，使我从迷迷糊糊中一下子明白了是怎么回事儿。啊！我的小孙女儿诞生了！

我赶紧看一下手表：2011年4月18日9时23分。

夜里11点多钟吧，做完了产后处理身心疲惫然而脸上还挂着自信和胜利的笑意的女儿——要知道，在现如今凡生孩子都害怕疼痛，大都选择剖腹产的时代，女儿坚强地完成了顺产，她应该自信、应该有胜利感——还有我们那刚刚出生的小孙女儿，从产房出来了。像迎接凯旋的将士，我们赶紧迎了上去。

瞧，多可爱啊，襁褓中的小孙女儿，粉粉的、嫩嫩的小脸蛋儿，长长的眼线告诉我们：我有一双大眼睛。棱棱的鼻子，小小的、红红的小嘴，柔软、细腻、黑中有些黄色的头发，小小的、支棱着要马上倾听世界的耳朵，握着拳头、举过头顶的小手，小小的、袖珍般的小脚丫……造物主真是太伟大了，生命真的太神奇了。一个小小的胚芽，在妈妈的肚子里经过了10个月的孕育，竟变化成一个如此可爱的小生命，这小家伙儿呀。

这种感觉，我女儿出生的时候，似乎好像没有过，或者根本来不及有？28年前？只是记得，那天中午，在产房外守候了很久很久的我，突然从门缝中听到了女儿的哭声——一样的强有力，一样的像是在宣告着什么。担心、紧张了一天一夜的我，便顺着墙坐倒在地上……后来呢……

没有过多久，小家伙儿便迫不及待地睁开了眼睛。瞧呀，大眼睛、双眼皮，左边脸蛋儿一个可爱的小酒窝。于是，围在身边的奶奶、姥姥、姥爷等老家伙，爸爸、妈妈等大家伙们，便开始讨论小家伙儿像谁的问题了。七嘴八舌地探讨了好几天之后，人们终于得出了大概一致的结论：大眼睛双眼皮像爸爸和爷爷、可爱的小酒窝像姥姥、小巧无比的小嘴像妈妈、隐隐约约的两弯眉毛也和爸爸的一模一样。造物主真是伟大，生命真的神奇。无论时空远近，只要是一家，这小家伙儿一出生，便向世人们昭示着她和亲人们千丝万缕的血脉渊源。

小孙女儿彤彤的到来，使我还有我身边的许许多多的亲人，身份一下子提高了，应该说是辈分。十几、二十啷当岁的叔叔、姨姨、舅舅、姑姑；三十几、四五十的舅姥爷、姑姥姥、姨姥姥、大姥爷、小姥爷；七八十岁的太姥姥、太姥爷、太爷爷。我呢！当然是顺理成章地做了姥爷。

这小家伙儿的出生，好像一下子在我的生命里注入了活力。过去，虽然，女儿家和我们同住在一个小区，但是一年里，我也就去过两三次，7 楼啊，每爬一次都是气喘吁吁，两腿灌铅似的。可是，自从有了我们可爱的小彤彤，我每天都要至少跑一趟 7 楼去看她、抱她，有的时候一天上下好几趟。说也奇怪，一样还是 7 楼啊，现在我是一口气就上去了，而且，没有什么累的感觉。告诉大家一个秘密啊：我甚至为了一边看着小彤彤，一边看电视，竟然从我们家，下 3 楼，上 7 楼的，把一台 21 寸的彩电搬到了女儿家！哈哈！可爱的孙女儿的到来，给了我新的快乐、新的力量！

不过，就在我屁颠儿屁颠儿、快乐无比地当姥爷的时候，闲暇时，想到自己现在也是爷爷辈儿了，我突然觉得我老了。不，是我应该老了，不管乐意不乐意。

人生就是这样，新的生命诞生，旧的生命走向青年、走向壮年、走向老年……万事万物都遵循着不可抗拒的自然规律，人生便这样一代一代，生生不息，绵延不断，世代相传。

这便是生命的伟大之处了！

我的舅舅

此时此刻，我的舅舅正躺在北京友谊医院的病房里。几天前的一个晚上他刚刚做完了一个大手术。而我,他的长外甥,却因为学校刚开学、汕头市社会普通话测试等乱七八糟的公事私事,没有办法守护在他的身旁。我觉得心里很难受。几天来脑海里尽是舅舅的音容身影、舅舅的故事——耳闻的、目睹的、亲历的。

我的舅舅是地道的北京人。他对北京的热爱程度,我很少从别的北京人身上看到。他从不离开北京,除了十四五岁去保定学徒和 60 多岁的时候跟舅妈回了趟舅妈的老家山东,他哪儿都不愿意去。他常说的一句话就是:北京是什么,是首都,哪儿也比不了北京好。

舅舅的父亲,当然也是我母亲的父亲,我的姥爷,上个世纪 30 年代是河北军总司令刘汝明的副官,叫赵启昌。这么说起来,他们是出身在大户人家。可是听母亲说,舅舅从小就不喜欢读书,经常逃学,或是上课的时候,把书立在桌子上趴着睡觉。登爬上高、见什么拆什么是他最喜欢的。母亲曾告诉我,舅舅小的时候,有一次爬到房顶上放风筝,竟然从房上掉下来了。是我姥爷硬逼着,他才读完了小学 3 年级。

但是,舅舅却极其聪明,可以说是心灵手巧。在我眼里他是无所不能的,什么车、铆、焊、铣,什么木工、瓦匠、电工,什么闹钟、无线电修理,他都是拿得起、放得下。我小的时候,就见过他用买来的一块金刚石自己动手做的 10 把裁玻璃的刀子,还见过他自己制作的称东西的提秤。对了,上个世纪 60 年代,我老姨从北京外贸中专毕业,分配到广州交易会工作,临行时,舅舅用家里的旧木板,花了好几天时间,又锯又刨又凿又胶,做了一个非常漂亮的衣箱。他还从街上买来金属包角,给箱子包上黄铜的包角、包边儿,油上漂亮的油漆。当时,我就在舅舅家,目睹了衣箱制作的全过程,我真的佩服舅舅的高超手艺。

解放后舅舅家几十年里就住在北京朝阳区建国门外头道街丙 23 号(后来改成了头道街 54 号)的大杂院儿里。房子虽然是小小的两间半旧房,可是,却早早地实现了电气化、机械化。从钟表、半导体,到风扇、冰箱、洗衣机、电视机,舅舅家的每一样电器或家用机器,都是他从旧货市场、地摊儿、废品站买来的旧的、坏的东西,自己再买来零件捣鼓来捣鼓去修好的。舅舅用铁皮自制暖气片,用煤球儿炉子烧暖气,用汽油桶改装太阳能淋浴,在走廊里建起小浴室,这些都是我的勤劳智慧的舅舅的创举。舅舅、舅妈都是普通工人,根本没有钱买这些来享受,但是,靠着舅舅聪慧的头脑和勤劳的双手,他们早早的在大杂院里、在旧平房里实现了这样的现代生活。

舅舅读完小学三年级就辍学了。不久，就到保定学习钳工。北京解放后，他一直在东城区房管局当水暖维修工。他可是见多识广的人。因为他所负责的管片儿，都是外交部、公安部那些大首长，他到过前外交部长乔冠华的家修理漏水的暖气，他给陈慕华家修过下水道。他曾经亲口告诉我，官越大，对待这些普通工人就越和气、亲切。他说他抽的最好的烟、喝的最好的茶，都是在这些中央领导的家里维修的时候，首长们招待的。

舅舅待人极好。他和舅妈带着三个表弟表妹还一直赡养着我姥姥，家里的住房小，生活很紧张。但是，他们的家却一直是我们在外面工作的几家人的"驻京办事处"、旅店、中转站。无论是家住长沙的我姨一家，还是从 1961 年就下放到宁夏的我们家，甚至还有上海我父亲的哥哥、我的大爷以及我大堂姐，几十年里，几乎年年都有人或路过，或出差，或探亲，或看姥姥，或旅行结婚，来到北京，挤在舅舅家原本已经够挤得小房子里，跟舅舅一家分享每人每天五毛钱的猪肉馅儿。舅舅、舅妈从来没有过怨言，从来都是热情地有什么拿出什么来招待大家。记忆中光是我，就不知叨扰过舅舅几十次？至今我都怀念舅妈作的过水面、炒得素炒青椒。

舅舅脾气不好，但心眼儿极好，从不打我。记得文化大革命的时候，我妈怕宁夏武斗，把我和大妹妹送到舅舅家。有一天，我跟院里的山明、小三儿、小五宁、宝平、继宝几个去扒火车，钻火车时，把姥姥给我新作的制服褂子划了个大口子，舅舅非常生气，因为从火车底下钻来钻去，那是非常危险的。于是，舅舅拿着秤杆，指着我，罚我每天背五条毛主席语录。

舅舅喜欢喝酒，喜欢喝最便宜的二锅头。1977 年暑假，我第一次用自己教书挣的钱，给家里买了双人铁床和小衣柜，是舅舅骑着三轮车拉着我和家具，到广安门车站去托运。记得回来的路上，碰到一个小酒馆儿，舅舅便要了一盘儿花生米、一盘儿蒜肠儿、一升啤酒，让我陪他一起喝。那时舅舅第一次把我当成了大人，第一次让我喝酒。当时舅舅喝酒时满足的情景，现在还能想起来。不过，那年的八月中共十一大召开，晚上天安门广场举行广场晚会，我悄悄地带着金栋、金明两个表弟，走了好几站，跑到人山人海的天安门广场去看热闹，舅舅担心地一直在街口等我们到夜里十一点半，一看见我们回来了，就说："小建啊,你明儿不到三十岁就别来了!"我还是成了没长大的孩子。

舅舅是给我影响最大的人。我曾经学着舅舅做过木活儿,我做的第一个家具就是一把歪歪扭扭的椅子。我还学着舅舅的样子修理半导体收音机,直到结婚后还拆过一个闹钟,当时发条弹了出来,好好的闹钟成了一堆零件。我没有舅舅的灵性,没有他的钻研劲儿,更不如他聪明,所以,什么也学不成。

不过舅舅发明创造节省空间的各种挂物钩儿,我还是学下了几样,现在我的家里,就有一些我自己用粗铁丝折成的挂物勾,很方便,很好用。

现在,舅舅老了,病了,躺在病床上。

我,想念我的舅舅,我想去北京再看看他老人家……

知足才是最幸福

每天从早到晚,忙了学院忙家里,忙完学生忙爹妈,最好的休息莫过晚饭后守着电视泡一泡功夫茶看两集连续剧了。就那两个小时,很惬意,很满足。

不久前,中央一台播出了 39 集电视连续剧《老大的幸福》,每晚两集连播。尽管有几次出差,没有看完整,但我还是努力地泡着功夫茶,把它基本追完了。

这个戏写的是一位家中的老大——傅大哥,在父母过世后,牺牲了自己的幸福,拉扯供养 4 个弟妹一个个成人成家成业,而自己呢,一直还是单身一人。于是,弟妹们把他接到北京,要给他创造一个幸福生活。可是由于他们对幸福的理解差异,结果呢,直到电视剧的结局,傅大哥还是孑然一身。不过,傅大哥并没有感到不幸福,因为,他不断地从帮助弟弟妹妹获得幸福的过程中,得到了自己的幸福。

"得到是福,舍得是福,知足才是最幸福。"

看完这部连续剧,总觉得我和傅老大之间有点儿什么关联,或者是天下的家中老大们,都跟傅老大有点儿相像吧。虽然,我的父母至今健在,作为老大,我也并没有担负过抚养弟妹的重任。但是,身为老大,尤其是父母都是干部职工家中的老大,我从小就必须帮助父母分担一点儿带弟弟妹妹的任务,分担一些忧愁。

记得我 6 岁多的时候,我们全家在第一次开发大西北的声浪中,从首都北京来到了偏远的西北小镇。从那时起,我就每天要牵着妹妹的手,和她一起去幼儿园。后来,大约是我 11 岁的时候,我开始学着做饭了。因为,做营业员的母亲下班总是比我们放学晚。记得第一次和面、擀面条,煮到锅里都成了糨糊。

"文化大革命"时,学校停课闹革命了,于是我每天就带着院子里的孩子们,当然还有我的弟弟妹妹们,登爬上高,骑马打仗,当起了孩子王。后来,17 岁高中毕业我当了代课教师,后来又进化肥厂当了工人,每月三四十元的工资,除了一点儿必须的生活费,我都全数交给了母亲,用来贴补家用,也算为抚养弟妹出过一点儿力吧。

一个弟弟 79 年参加高考落榜,母亲说,你在学校给想想办法。读大二的我第一次怀着忐忑、惴惴之心到体育系,为他找辅导老师。第二年考试面试时,我专门请了假回家乡小城去接待体育系招生的领导老师,甚至义务做检录员。弟弟终于如愿考进了大学,可是,进校前三个月体检时,身体又出现了麻烦。害怕弟弟被退回去,我和大学同窗好友,大着胆子把弟弟的体检表偷了出来,一直到一年以后,平安无事了才悄悄地放回学校的医务室。

一个妹妹中专毕业分到县城第一小学工作,因为是小学她很不开心,于是,我去找了当时的县教育局长,红着脸求情,把她调到姚伏中学。那时,几乎每个星期妹妹去学校,都是我骑车去汽车站送她,然后给她说很多诸如一边认真教书,一边创作儿童歌曲,将来出歌曲集,成名成家的鼓励的话。妹妹后来又考上大专。毕业的时候,想留在首府工作,我就去找首府教育局中教科科长,我的大学同学、哥们儿。对了,记得一个弟弟毕业时,开始分配到黄河边上的一个小地方,一个人口不足 5 万的小县城,听到消息后,母亲让我赶紧想办法,于是我连夜赶到首府,赶到学校,到处找人说情,终于将他分回了家乡。还有另一个弟弟考大学时,我陪着母亲到首府,托人打听找到招办的——我父亲在银行的同事的女儿,为了能够录取一个好一点儿的学校。弟弟吃药伤了肾,医院诊断有误,报了病危。母亲电话打来,我所做的就是请假、飞回去、把自己的一个肾给弟弟,因为他太年轻了。还好老天有眼,只是误诊。……从西北那个小城到广东,从小的时候一直到现在,无论是骑着自行车到飞机场去接送妹妹,还是拖着残缺的身躯给上了一天课、疲惫不堪的妹子打洗澡水，为弟妹们做点儿事情，我都是心甘情愿，全心全意。

想一想，为了弟弟妹妹们，求人服软，托关系走后门，或者是出力流汗，我好象真的很能干，很有勇气和智慧。相反，让我为了自己、为了老婆和女儿去求人，我却总是显得很无能，很胆怯。每每看着弟妹他们各个如愿以偿，我就像傅老大一样，感到由衷的幸福和开心。

"让我们牵着手，去寻找幸福，你幸福我才幸福。"

老大就是老大，老大就是承担，老大就是付出。承担了，付出过的老大，就一定会得到幸福。所以，我现在真的感到很幸福，因为我承担过，付出了，而且我很知足。

母 亲

上大学的时候，我的文学老师们，无论是外国文学老师还是中国古代文学、现当代文学老师，总是爱说一句话：战争和爱情是文学的两大永恒主题。似乎这就是一个颠扑不破的真理。然而，随着年龄的增长、履历的增多、见识的增强，我越来越觉得，其实文学也好，文章也好，写的数量最多的、质量最高的、最动情的，是写"母亲"的文字，所以真正应该撑起永恒主题名号的，应该是"母亲"。

任何一个人都离不开自己的母亲，是母亲孕育了我们，养育了我们；是母亲给了我们生命，给了我们人生。正因为如此，我们从开始读书就学着写"母亲"，正因为如此，古今中外的文学巨匠们笔下总是流淌着无尽的对母亲的爱、对母亲的歌颂之情。孟郊的《游子吟》、高尔基的《母亲》，无论诗歌还是小说，无论长篇巨制还是寥寥数句，都因写母亲、颂母亲而万古垂名！

因为历来抒写母亲的文字太多、太优秀，尽管我曾经有很多时候，有过一种冲动，也想写写自己的母亲，但终究觉得无法写好而放弃了。

不过，我还是拿起了笔。虽然，我的母亲和世上许许多多的人的母亲一样普通、一样平凡,虽然,我的笨拙的笔可能并不能完美地描述出自己母亲的伟大和与众不同,但是,我还是想写写她。

我母亲年轻的时候很漂亮,真的!很多见过母亲年轻时照片的同学都这样说,许多没有见过母亲年轻时的照片,只是现在见过母亲的人,也这样说。她原本在北京中央财政部印刷厂工作,上个世纪 60 年代初,随父亲参加到第一次开发大西北的队伍中,带着我和两个妹妹来到了宁夏,一待就到了现在。如今,她已经 75 岁了。因为我这个老大在 1995 年带着大弟弟和大妹妹来到广东汕头教书,小弟弟一家跑到北京发展,现在母亲和 80 岁的父亲还有小妹妹一家待在宁夏银川。

母亲是个极爱干净的人,上世纪 60 年代,我们住在宁夏一个小县城的县委家属院里,尽管是土墙、土炕、土地面,母亲总是打扫得干干净净。黄土高坡灰尘大,母亲总是在不停地擦,连炕头的砖都擦得油光油光的。当时,我已经能干一点儿活儿了,但是,每次扫地,都会挨母亲的骂。因为我总是只扫看着的地方,犄角旮旯儿总想偷懒。

和千千万万个母亲一样,我母亲也是一个勤劳的人,不,绝不是简单的勤劳,是极其勤劳勤快!从来没有看到她闲过。只要下班回家,她总是忙里忙外,好像有忙不完的活儿。退休了,上了年纪了,她依然是这样,总是这里搬搬,那里扫扫,这里擦擦,那里蹭蹭。总之,没有闲下来的时候。

母亲干工作极认真。从北京来到宁夏,开始当地政府觉得母亲普通话说得标准,让她去幼儿园当老师。母亲嫌孩子闹得慌,更是怕干不好,没有答应。也是呀,已经有我们三兄妹了(老四、老五是后来出生的),哪儿有那么多耐心呢!后来她就干起了营业员,成天的钱进货出,日复一日。一笔笔经济账母亲算得清清楚楚。

记得,我 11 岁那年,有一天我放学早,正在家里擀面条儿,母亲下班回来了,一进门就唠叨个不停,嘴里一直念着:怎么会多找人家一块钱呢!念着念着,把正在切面条儿的我给念烦了,没好气地一边儿切面一边大声说:"不就一块钱嘛,至于这么唠叨嘛!"话还没说完呢,刀就落在手指头上,嗖地一声,血就冒出来了。母亲一看,急得!对了,忘了告诉大家,我母亲认真、勤快、干净,所以,这脾气就是一级急。母亲看到我的手指头血流不止,赶紧三步并两步,跑到院里叫来了比我大几岁的马卫平大哥，背起我就往医院跑。这事儿都过去四十年了，一想起来，还跟发生在眼前一样，母亲那一脸着急、一脸后悔的表情，永远都刻在了我的心上。

母亲辛苦了一辈子，养活了我们姊妹5个，却落下了一身的病痛。生老五的时候，正赶上文化大革命，月子没有做好，留下了类风湿性关节炎。吃药打针喝蛇酒，几十年过去了，一直也没有见好。一到冬天手脚的关节就肿、就痛，母亲挺着、熬着，却从来没有停止过操劳。现如今，母亲的手脚已经被这个病弄得变了形，但是，她还是一刻也不消停地操劳着。

由于儿女多，母亲养成了勤俭持家的习惯。要知道这一点对她来说，也是非常不容易的。我母亲的父亲，也就是我的姥爷（没见过，解放前夕病故了），抗日战争时期，是大军阀刘汝明的中校医官，据母亲说，当年她们家院子对面就是大军阀吴佩孚的院子。要说母亲也是大小姐出身呢！因为打理7口之家，走过了三年自然灾害时期，走过了文革物质极端匮乏时期，所以，母亲面对今天这样的丰衣足食的生活，好像有些无法适应，还是像过去一样，精打细算，舍不得吃，舍不得穿。这不是，连父亲因为湿疹住院几天，她也为住院费高、定餐买饭贵、医保报销什么的念叨个不停。

现在，母亲和父亲都已经是高龄老人了，或许是人老了都爱挑剔，小妹在身边不时关照一下挺好的，母亲总是不大满意。我和大弟、大妹远在4000公里外的汕头，再说什么孝顺，都是空话。我还没有退休，还端着公家的饭碗，想随时回到老人们身边尽尽孝心，都无法实现。本来这个暑假想好了要回宁夏一趟的，结果呢，学院搞评估加班，还是回不去。咳！现在只有一个想法，能说服母亲，让小妹把她们送到我们这里，让我们也能经常陪在母亲、父亲的身边，跟她们拉拉家常，帮她们解解闷儿……

基　石

夜里做了一个梦，梦到父亲正在艰难地爬着一个楼梯，我看到他一次次忍着剧烈的疼痛抬起他那因骨质增生而变得十分僵硬的腿，顽强地一点儿一点儿升高……醒来之后，突然想到自己离开宁夏，离开父母到澄海工作已经两年多了，真的应该回去看看她们老人家了。

我的父亲是一个平凡、普通而又踏实、忠诚的人。他原是中央财政部的一名干部，六十年代初，主动放弃在北京工作、生活的优越条件，自愿报名，带着我们全家，来到当时几乎是荒原、没有自来水、没有电、没有柏油马路的宁夏某县，搞整风整社。据说当时部里一位十分器重父亲的司长曾劝他不要走，说：你入党的事司里正在考虑，而且根据你的表现，部里也有培养你的意思。你放着中直机关的干部不当，一下子跑到塞外的小县城，图了个啥？父亲没有说什么，也没有回头。

那些年人们的工资都低得可怜，不过每月几十元。所以每次碰上涨工资，人们都是你争我抢，毫不谦让。可是我的父亲却不然，他从中财部下来时拿的是行政十九级的工资，每月 88.50 元。这在当时的小县城，除了一位三十年代参加革命，建国前曾经担任过陕北人民政府副主席的 7 级干部，和一位每月拿 97 元的县长外，就要算父亲的工资高了。所以，每次调整工资，他都毫不例外地让给了别人。结果，成十成百的人的工资都超过了他，而他一直到 1985 年工资改革，在他到宁夏工作的第 25 年，才第一次增加了工资。

父亲原来是上海人，1950 年以优异的成绩毕业于上海某速成会计学校。当时中央需要大批干部，他便和二十多名上海青年，一起调进了中央财政部。当时的工资制度采用供给制的办法，每月的工资是按小米多少斤计算的。父亲和那些上海来的叔叔、阿姨们，每月的工资是 700 多斤小米，已经超过了财政部的处长、司长。后来上边说，你们上海来的年轻人工资太高了，如果想保留高工资，就调你们回上海，不然，留在北京就要降低工资。同来的二十几个人都先后调回了上海，只有父亲和另外三人降低了工资留在北京。那一次就减了 300 多斤小米呀。

父亲不重视名利金钱，只忠诚于自己的工作。无论是干什么工作，从来都是踏踏实实、认认真真、一丝不苟。他曾经换过许多单位，县银行、县革委会计划组、化肥厂筹建组、供销科、县财政局、审计局，然而不论走到哪里，都是有口皆碑。

　　记得父亲退休前,也就是在县审计局工作的那几年,一次,他到一所有名的中学搞财务审计,发现学校用预算外资金给每个教师买了一件呢子大衣。这在今天的人们看来,应该是小事一桩。因为教师的生活的确很贫寒,用创收的钱给他们搞点儿福利,似乎在情在理。父亲却不这样认为,事实上这样做确实违反了国家的财政制度。尽管那位校长还是我的中学班主任,尽管学校为此还找了许多人说情,甚至想送给父亲一件大衣把事情摆平,父亲还是丁是丁、卯是卯地按照有关违纪规定作了处理。

　　这便是我的父亲,一辈子踏踏实实地做事,平平凡凡地做人。正是由于有了他和许许多多像他一样的人,才筑成了我们共和国大厦的坚实基础。或许是因为我的血管里流淌着父亲的血,我走进了大学,选择了教师;或许是受父亲的影响,我放弃了舒适的、熟悉的党校教育工作,带着妻子女儿离开了年迈的父母,来到了广东,来到了澄海师范,踏踏实实地当起了教师。

　　我在想,我是不是也应该像父亲和许许多多像父亲一样的人们那样,做一块平凡、普通的基石呢?

正月十五闹花灯

　　明天便是羊年正月十五——元宵节。按照华夏民俗,正月十五要挂灯笼、闹花灯、猜灯谜……然而,来汕这些年,可能是总待在学校,冷淡了外面的世界,少了见识;又或许是我们潮汕,有更多的更丰富多彩的春节期间的庆祝方式:游神、赛会,冠山赛大猪、盐灶神欠拖、乔南烧龙……

　　从大年三十开始,一直延续到正月末二月初。是这边游完那边贺,你登罢台我出场,一天的正月十五闹花灯,被淹没在整月的喜庆之中,显得微不足道了。甚至,记忆中在搬来汕头前,竟没怎么见过冠山和宁冠园正月十五挂灯笼的……

　　6年前搬进了汕头市区,第一个春节就发现小区里有几户人家,在凉台上点起了大红灯笼,从年三十一直点到正月末。于是,第二年我也买来了大红灯笼,挂在女儿家和自己家客厅和凉台的门口。不过,因为没来得及接电灯,就只挂着红灯笼。今年春节前,女儿女婿她们回去过年早,加上我一个人守在家里没事儿。于是,专门跑到五金电器门市买了电线、灯泡、灯头、插头,给两家的灯笼通上了电装了灯泡。

明天,就是正月十五了。我提前点亮了灯笼。望着大红灯笼发出的柔和的红光,不禁万分感慨:如今的生活真是好了!可以不用自己动手,就能买来灯笼挂了。想想八九十年代在西北,因为没有如潮汕这般多的年俗活动,十五闹花灯便显得十分的隆重。每年的正月十五都要举办大型的灯谜晚会、花灯比赛,还有焰火晚会。那时候大家都没有钱,买不起现成的灯笼,我们就自己动手扎花灯。找来破旧的竹门帘,拆下一根根细竹条,或者是用细铁丝,扎成花灯架,然后用各种颜色的皱纹纸,裱糊起来,做成一个花灯。那个时候,日子虽然清苦平淡,但是,每到春节扎花灯赛花灯猜灯谜,都能给我们的生活增添那么多温馨、和谐、喜庆、幸福……

记忆中,每年的县文化馆的花灯比赛、灯谜会,我都会得几个会响的胶皮玩具、毛绒娃娃等,作为给女儿的节日礼物。对了,那时候我们做的花灯啊,不仅五颜六色,而且是各式各样:马年我们扎马灯、龙年我们扎龙灯……

我觉得那时的我,真的好能干好聪明,动手能力好强啊!如今,已入花甲的我,生活是好了不知多少,安逸、满足自不必说。可是,却再也找不回曾经的、年少时的那些感觉了……

看着羊年正月十四这点亮的红灯……

2015 羊年春节生活拾零 (年三十——初十)

2月18日(大年三十)给老父母包饺子守岁过年

2015 羊年春节,由我这只老大羊陪老父母过三十守岁。过年吃饺子是必须的,老母亲开始说吃速冻饺子。我却坚持要自己动手包。原因是最近我连续包了几次饺子,自我感觉手艺已经练得差不多了;更重要的是,虽然这么多年我极少独立包饺子,每次包饺子都是给老婆女儿手,但记忆中都是给朋友给亲戚给学生包的,好像我从 11 岁开始学擀面做饭到现在,还从来没单独给父母包过饺子呢。所以,今天我一定要自己动手给父母包顿饺子。尽管中午为送廷发(护工)回家没顾上吃饭,原想送回来吃,结果汽车发动机出了故障,修了车回到父母家,已经 4 点了,吃了块蛋糕,就直接开始和面洗韭菜切韭菜拌馅儿擀皮儿包饺子,一忙竟然不饿了。此刻,今晚的饺子早已下肚,初一的饺子,待会儿看着春晚再接着包吧!羊年春节,60 岁的老羊包着饺子看春晚,用我们潮汕话说,够"浪险"啊!

2 月 18 日晚 10 点半:澄海回汕头

入夜,驱车在街市上,随着璀璨的节日华灯,我用疲惫的目光,送走汕头羊年大年三十的夜晚。清晨 6 时许,呼吸着新的一年无比清新的只有海滨城市才有的新鲜空气,沐着乍暖还寒的晨风,我又用精神百倍的眼神,迎来了 2015 羊年的第一个黎明……驱车往返在城区之间的高速路上,虽难免劳顿,心,却那么坦然、那么宁静……

2 月 19 日(大年初一)早饭:羊年第一杯

2015 羊年的第一杯酒,大年初一早上 8:31 朋友刘艳芳老板送的三沟。小老头儿不知何时好上了这杯中物,过年当然少不了喝上几杯。昨晚是三十,老母亲怕我开车,愣是只吃了年夜的饺子,却没有喝酒。这不是,大年初一——大早,吃饺子就花生,赶紧喝两杯……过年喝酒,越喝越有,饺子陪酒,长长久久……

2 月 19 日(大年初一)下午:蔡瀚一家三口来拜年

下午四点多钟,澄师的老学生蔡瀚——其实毕业这么多年,也早已是我年轻的老朋友了,和她老公、上初一的宝贝帅儿子,一家三口来给我拜年。她们原本是准备到汕头市区我家的,因为在微信里得知我还在澄海父母家,便直接赶来宁冠园了。日子飞快,转眼蔡瀚她们已经工作 17 年了,都是老教师了。瞅瞅她们的孩子,个头儿比他妈还高呢!可是,为什么我看不出她们有多少变化?感觉不到她们已经在向中年人靠近?我虽想不起她们 17 年前在学校的模样,但是,总感觉她们还是那么大、那么年轻……在潮汕这些年,逢年过节,总有蔡瀚一样的已然成为好朋友的学生来看望我,给我的有时稍显冷清的生活,增添许多斑斓的色调:热闹的氛围、情感的交流、信息的沟通……生活便因此而生机勃勃、魅力无穷。

2月19日傍晚：映红来拜年

送走了映红，我便又踏上了归程。映红是我在澄师时96英语的老学生，喜欢朗诵、演讲，因此逐渐成了我的得意门生。那些年她曾经在我的指导下参加过澄海、汕头甚至广东省的演讲朗诵普通话比赛，得过很多奖励。有一次，在海军舰艇上参加汕头市大中专院校成人节演练比赛，她击败了汕大、教育学院的选手，得了第一名，可以说映红是我能够骄傲的优秀学生。我还引导她走进普通话测试队伍成了一名测试员。她毕业十六年了，我们也早已成为师生好朋友。这不是年前好几天，映红爱人景宇就打电话约我，说要来"尊师"，今天傍晚她知道我在澄海便赶紧过来看我了……快十一点了，汕头的街道依然灯火通明，开着车看着眼前的夜景，心中充满满足的喜悦。不过，这美丽的夜晚也有不尽如人意，在长平泰山交界路口，刚刚发生了一起车祸：一辆摩托车倒地，两辆轿车打着双闪停在左侧，一辆拖车上托着一辆飞渡，几个人围着一辆警车。羊年初一，人们都喜气洋洋过大年的时刻，这样的事情，真是堵心啊！重新回到自己的车跟前时，突然看到地上我的投影：好高大？然而好虚幻？

2月20日(初二)中午：跟老朋友金放小酌

羊年的大年初二，三个老人的春节，还挺忙活的。年俗说：初一饺子初二面，初三锅贴往家转……今天中午得吃面。吃面就得有面卤子，北方人叫臊子。本来很简单，前几日，小妹从宁夏寄来了20包羊肉臊子，打开一包加点儿土豆块儿萝卜块儿，一炖就行了。可是老父亲不吃辣椒，而且羊肉吃了也皮肤瘙痒。所以，必须给他单做面卤子。一个鸡蛋、一些土豆丁胡萝卜丁、青椒丁，大火烹炒、文火慢炖……太硬老父亲牙嚼不动。做好了老爸的卤子，加工好我和老娘的羊肉臊子，然后开始煮面。老父亲吃不了市场买来的机器压得面，先给煮一包方便面，我和老娘再煮机器面。这顿饭等吃到嘴里，竟然用了一个半小时。哈哈！老妈找出大妹夫放了十来年的一瓶老洋河，提醒我说，你不是要请金放来喝两口吗？对呀，年二十就跟人家说好的。金放是我多年的老邻居好朋友，也是教师。自打我搬去市区，父母这边有事儿经常麻烦他。我又赶紧炒了四个鸡蛋，一盘手撕包菜,拍了一盘黄瓜,加上一盘花生米,一个罐头牛肉,一小盆小西红柿,凑了六个菜,六六大顺嘛!12点过几分,金放过来了,就这么聊着碰着,一杯一杯,过去现在,学校家里,喝到两点多,竟然大半瓶落肚了……金放走后,洗碗刷盘,带着几分酒劲儿躺倒床上……

2月21日(初三)早晨:心境

送走渐渐褪去的黑暗,迎接慢慢展现的黎明。这个羊年过大年的每个清晨,我都是这样开着车由市区往澄海,从黎明前的黑暗走向曙光渐露的光明……此刻,我已经给老父亲换好纸尿裤,擦洗了下身,在可能发生溃烂的地方涂上了药膏。待透气半小时后,就扶他下床到客厅来。从老父亲全天离不开人开始,大半年多来,因为有护工,我这还是第一次连续几天重复这样的工作,过去只是每月护工休息的两天里,跟大弟轮流看护一天,所以,这一次感慨颇多,很想跟上有老人的朋友们说道说道。朋友们可千万别笑话我啊!我是个爱干净、好整齐的人,当初还没找到护工,准备我和大弟轮流侍奉时,我是准备了围裙和橡胶手套的。那时候,每次给老父亲弄完了以后,我都会一遍一遍用香皂洗手,总觉得还有味道。随着时间的推移,随着打理老父亲次数的增多,随着我对老父母的理解,我慢慢不再讲究了。习惯了气味,习惯了工作,习惯了程序……重要的是,真正明白了做儿子的责任。这几天,老父亲特别听话,特别配合我,我感到了满满的父子情,满满的感动!我知道他也不愿意麻烦自己的儿子,是没办法啊!每天早上仔细给老父亲擦洗脸手,都能感觉到老人那种享受的满足;每晚给他换纸尿裤,有时让他抬屁股,他力量不够抬不到位,目光中会充满抱歉和无奈……

这就是老人,这就是我们的老父母,这就是生我们养我们的人。我们终究都会有这么一天。所以,我们只能尽心尽力!别让他们觉得活着是拖累了我们啊!我这个人脾气不好,不,应该说对自己家里人脾气不好。这些天,我也努力地克制着自己,不要嫌弃老母亲的唠叨,老母亲在我干活儿的时候,总是会指导你:这样好、那样不行……我们母子总会因此而拌嘴、嚷嚷。这几天,我也慢慢地适应着理解着,尽量不要跟老母亲矫情。老母亲年轻时十分能干,要强得很。现在做不了了,就让她说说吧……她说她的,你做你的。亲爱的朋友啊,人都是会逐渐老去的,让我们一起学会懂得我们的父母,用心陪伴他们慢慢老去……

2月22日(初四)邢琳托老伴儿带来一本书

我的老同学、好朋友邢琳托老伴儿从宁夏带给我一本书,打开,竟然是纪念张贤亮先生的朔方杂志珍藏版,简直令我喜出望外!贤亮先生是我最敬重的中国当代文学大家,前半生的命运多舛,为他积累了无尽的创作素材,对生活和生命的无限热爱,给了他创作用之不竭的激情。晚年创办西部影视城,先生文人商贾的气质与智慧更是得到了淋漓尽致的挥发……作为身在塞上宁夏的后学晚辈,我第一次见先生,是23岁上大一,与同学们一起聆听先生关于文学与人生的谆谆教诲。其后,有几次参加自治区文联、影协会议,又几次目睹过先生的风采。只是,先生伟岸,我只高山仰止。去年末,惊闻先生鹤归,甚是感慨,为中华文坛巨星陨落感到惋惜。记得老同学马大姐曾在微圈里告知先生追悼会消息,也想去却未成行。今天,得纪念先生之文集,弥补了我的些许缺憾,令我深感欣喜。感谢老同学好朋友的新春馈赠!也愿贤亮先生文学精神能薪火相传,永远发扬光大。

2月23日(初五)走访亲家家

正月初五,俗称破五。今天,我拉着老伴儿驱车几十公里,来到揭阳老亲家家拜年。自打女儿成婚,只要没回北方,我们都会在春节里,找个时间,到亲家家看看、坐坐、聊聊、吃吃喝喝,是我们唯一的潮汕亲戚啊!女婿老爸比我大一岁,是老兄,镇上的退休干部,为人谦逊和气,最大的特点,衣着正规整洁,绝不像我穿衣随便闲散。亲家母是非常开朗乐观的家庭主妇,说话聊天总是笑哈哈的,在她身上永远看不到生活中不愉快的痕迹!她是典型的勤劳贤惠的潮汕女人的代表,烧得一手好潮菜,每每来到,我们都能品尝到她的新菜式,想尽口福之乐。在老亲家家总是让人感到温馨和谐,无拘无束。来潮汕这么多年,就喜欢潮汕这种人与人之间和睦相处、互相谦让、与世无争、与人为善的生活方式。如今,落户潮汕,我已经陶醉于这样的质朴厚实的民俗民风中了!

2月23日傍晚,走在高速路上……

此刻,刚刚完成了七八十公里的高速行驶,回到自己家中。然而,激动的心情却无法平静,由衷的感慨却无法一下子消退。如今社会发展的日新月异,仅仅从如今交通的便捷、高速公路的四通八达,就能一目了然!6年前从汕头去揭阳,颠簸的破烂的国道五十多公里,顺利的话,一个半小时,不顺利就难说了。后来有了机场高速,月浦上云路下,虽然两头儿市区道路和国道也时时堵车,但是,终究是通畅了许多。再后来汕揭高速连接了泰山路口,再再后来汕揭高速和深汕高速在外砂接通,哇噻! 汕头到揭阳通达到了一脚油门的距离。今早从汕头市区到揭阳,今晚从揭阳莆田路口到汕头,来回一百三四十公里的路程,一个小时的时间里,我始终沉浸在深深的满足、欣喜和享受之中……现在,我依然还想说些什么,但有很多很多要说的却不知说什么才好! 不过,我还是要说一句:亲爱的朋友们! 生活如此美好,生活越来越好,让我们好好热爱它! 好好享受它吧!

2月25日(初七)上午游龙泉岩杂感

大年初七,天阴沉沉的。学校还没开学,女儿一家回婆家过年还没回来。38集的电视连续剧《长大》昨晚刚追完,尽管脑子里还在惦记着周明的手术是不是成功? 叶春萌和周明是不是结婚? 小谢追到美国是不是追到了林念初……可老两口大白天的,总不能大眼儿瞪小眼儿,老待在家里瞎琢磨吧! 用手机一百度,市区边儿上有个龙泉岩,龙泉岩上有个龙泉寺。于是,上午我们老两口便来到这儿游玩儿。海边儿的山,叫山其实就是个小石头堆。然而,就是这么个小山,老伴儿爬了一半儿,就气促胸闷爬不上去了。想想2010年夏天,我们去张家界,游袁家界登天子峰走金鞭溪,三天两夜,竟不知道累? 真是年龄不饶人啊! 在龙泉岩半山腰,我们看到了一块刻着"孔子庙"三个字的石碑,原来这里正在募资准备修建一座孔子庙。不过,或许是资金不够吧,至今还没有看到庙的影子。游龙泉岩,没爬到山顶,有点儿余兴未尽的感觉! 更让人心里不舒服的,是满山遍野的随手丢弃的垃圾。南国潮汕,绿水青山,风景宜人,可就是有那么多的人只享受她,不热爱她,不珍惜她……

2月25日(初七)由看到"合胜百货"想到的

上午开车拉着老伴儿去龙泉岩,路过天山路与黄河路十字路口,突然看到一座新起的大厦耸立眼前,四个大字:合胜百货。看来汕头又要多一个大型的百货大楼了。眼前景不禁使我联想起20年前刚到澄海的情景:因为一个80万人口的城市里找不到一个像样的百货商场,习惯了转百货大楼的老伴儿跟大妹弟媳们,全看不到潮汕人家家经商、户户开店,其实买东西十分方便的现实,不止一次地唠叨,这是什么地方啊,连个百货大楼、大商场都没有!的确,没有北京王府井百货大楼、东单商场,上海南京路中百一店,天津劝业场这么大的百货商场,也罢了!竟然连银川鼓楼百货大楼、新华百货大楼这样的百货商场都不趁。没多久偶然一次去汕头市区,发现金砂东路上有一家天虹商场,她们就像看到了救命稻草,只要有时间我们就骑单车、坐公车,到市区逛逛天虹。好像汕头人那会儿都喜欢在家门口儿的小店消费,不喜欢逛大商场吧!没两年,天虹商场就倒闭关门了!

不知又是几年后,时代发展? 大批外地人流入? 海洋文化和内陆文化的融合? 澄海有了好邻居,汕头有了万客隆、沃尔玛……美佳、信佳、大众,百货大楼、大型商场、连锁超市,终于雨后春笋般地出现在汕头、澄海的大街小巷里……女人们逛百货、遛商场的欲望得到了极大的满足……

不过,我还是又要担心了! 如今网络商业已经如火如荼发展了起来,越来越多的人,更加喜欢足不出户就走人把可心的物件儿送到家门口的生活方式,这满大街越来越多的超市、百货大楼、商场将会是什么样的命运? 像汕头的天虹? 澄海的好邻居? 人类社会已经进入了瞬间沧海变桑田,弹指河东变河西的时代啊……

2月26日(初八)下午,老了,想做饭了

可能真的是老了该退休了!我发现最近越来越喜欢做饭了。是怕将来没事儿干,还是怕被家庭生活给淘汰了? 这个年不厌其烦地包了好几次饺子,这不? 明天初九,护工请假回去,我过来服侍俩老。一进门,老妈就说吃方便面。放从前,我肯定是咋省事咋来。可现在不一样了,我说吃什么方便面啊,袖子一卷就

干开了。青椒炒蛋、素炒莲花白、炒双丝儿,给老父亲蒸个火腿末儿鸡蛋羹,连洗带涮,连切带炒,不到一个小时,一顿饭做好了。看着,没吃呢,就有了成就感。人嘛,到什么时候,就干什么事儿吧!

2月26日晚澄海伺候父母　喝茶杂想

来潮汕这么多年,家里没有客人的时候,还是喜欢喝大杯茶。晚饭后,我要沏茶时,老母亲拿出来的竟是大约两年前老同学张岩来汕头看我时,送给她的特级龙井。这老太太,一斤龙井竟能喝一年半多,虽然说大碗儿茶,一次就用一点儿,也不能喝得这么省啊!我们的老辈啊,俭省惯了。碰上好东西,那就更舍不得了啊!打开茶叶桶,一股西湖龙井特有的淡淡的茶香,沁人心脾,令人精神为之一振。思绪自然而然想到了老同学张岩她们。还是张岩啊马大姐啊知道老太太的需要,一盒高级龙井、一盒上等枸杞,老太太就像宝贝一样,慢慢地享用慢慢地品尝,就像几十年来,慢慢品尝着人生一样。淡淡的茶香,浸透着浓浓的情谊,洋溢着纯纯的同学的真情厚谊……我慢慢地细细地品着……

2月27日(初九)傍晚南澳94(1)老学生专程来汕头看我

下午4点,贵云来电,说她们南澳的几位女生要来看我。澄师94(1),毕业18年,其中的淑芹从毕业后就没再见过。听到贵云的电话,心里好生激动啊!哄着小外孙女儿玩着、等着,6点半贵云、雪云,13年没见的钰冰和18年没见的淑芹,带着她们的孩子终于来了。多年没见的师生,相见后的情景可想而知,寒暄、问候、述说……到7点半才到小区后门的铜坑果条聚餐。闲聊中谈到了95(1)的雪冰,一个电话,雪冰便和老公赶了过来。原来人家早已有约,匆匆一见后,抢着买了单,就离开了。而后,秀钿也闻讯赶来,刚刚补完了牙,陪着老同学坐了一会儿,连我家都没进,就回家休息了。大家就这么喝着茶,聊着天,互相加着微信……时间悄悄流逝,就像不经意间流逝的十几年……

2月27日晚10:20烈灏澄海赶来看老师看同学

烈灏,澄师94(1)的领头羊、班长、团支书,听说南澳老同学过来了,撂下正在聊天的朋友,从澄海赶到汕头。是啊,淑芹和钰冰与他自打毕业18年都未曾见过了,十几公里,一海之隔。如今有了大桥,宅在家里的老同学过来大陆了,能不见上一面吗?12点封桥,相见只有片刻,但,老同学终究是又见面了啊!

2月28日(初十)一次讲座教过的学生到学院看我

老话儿说:一日为师终身为父,说得是学生对老师的尊重。而我们潮汕学生的尊师,愣是把它给变成了一次课一节课为师,也终身为父了!今天,轮到我到院本部值班,一上午就有几个只听过我一次讲座的初中毕业生,借到汕头游玩的机会,专门转了三次车跑到达濠东湖学院本部来看我。三年前,应我的干儿再林的请求,我曾到潮南仙城中学,给他们的文学社开了一个讲座。一个多小时的讲座,让这些天真无邪求知若渴的初中生认识了我这个好为人师的老头儿,也使我认识了赵莉、晓雯、思玲、泽敏等小学生。如今这些当初的小姑娘,现在已经在深圳潮南工作了三年多。大老远第一次到汕头来,还来看只给她们上过一次课的我,又是在我一个人守着偌大的校园值班的当儿,我是怎样的高兴、开心啊!我开车带她们转了学校,然后带她们到礐石公园门口吃了饭,送她们到公园去游玩。我还给了她们一个建议——一边打工一边继续学习,报考电大。

宁夏的冬天

离开宁夏已经 16 年了。很少在冬天里回来。所以,很是怀念这里的冬天。

记忆中宁夏的冬天是可爱的,虽然这里是寒冷的大西北,虽然这里的冬天常常是零下 20 多度的低温,虽然这里在冬天里常常会冻烂手脚和耳朵,虽然这里的冬天没有绿树和红花。但是,这里有热炕、煤炉,屋子里总是暖烘烘的;这里有厚厚的冬装,出门只要注意点也还不至于冻死人。尤其是,这里会冻冰,这里会下雪。一九二九不出手,三九四九冰上走。滑冰的感觉,堆雪人、打雪仗的感觉,是那样的给力。这就是儿时的宁夏的冬天。

这次赶着冬天里探家,心中也还因着些许对故土冬天的眷恋。然而,不知是在南方待得太久了,已经无法容忍西北的冬天,还是因为人大了、人老了,懂得对比了,知道宁夏的冬天除了可以滑冰、玩儿雪,其实远比不上南方冬天的丰厚。

赶回宁夏的路上,虽没有下雪,却还是在火车进入固原山区后,看到了蓝天下的一大片雪。我想,之所以这些雪没有化掉,它们或许就是在等着我的到来,等着我来观赏。可是,除了蓝蓝的远天,大片大片的薄冰上厚厚的残雪,我还看到了什么呢?空旷、孤寂。

站在车窗前,眺望远处,天是那么的蓝,那么的高;近处除了大片的白雪,还有没有树叶的枯枝,和孤零零杵在山坡上的孤单的电线杆。世界的颜色单调得令人窒息!生命都到哪里去了?

火车在飞快地行驶,透过车窗,一闪而过的,除了荒山、落尽树叶的枯树枝儿,还是荒山和落尽树叶的枯树枝儿——其实,这里只有荒山和枯树枝儿!

这就是宁夏吗?这就是充满儿时浪漫和嬉戏的宁夏的冬天吗?

远处,随着车轮的碾动,由远而近的是一座高高的铁塔。看到那座铁塔了吗?在这样寒冷的季节里,在刺骨的寒风里,它僵硬着钢铁的躯干,没有鲜花绿树的陪伴,它难道不感到寂寥吗?

　　火车缓缓地驶进固原，戛然停在了站台上。眼里竟然映入五颜六色。极目远看，是高低不一的楼宇平房，红的顶、白的墙、黄的墙、蓝的脊。为了给这个单调的冬天增加点儿色调，人们发挥了一切主动性，调动了一切可能性。橘红色的、草绿色的火车车身；红的、黄的、绿的、蓝的，人们身上的冬装衣衫。可惜，这里的五颜六色缺少了生命。它不是勃勃地生长着的、盛开着的植物的躯干和花朵，仅仅是人为的可怜的装点。

　　好冷啊！我突然想大声地喊叫出来，尽管车厢里有热乎乎的暖气。看到眼前这样的景色，想必连钢筋水泥、毫无血肉的楼宇、栏杆，都感到有些瑟瑟了吧？

　　落光了树叶的树枝依然在寒风中摇曳着，掩映着远处的居民楼、近处的小山坡。没有植物的绿色，生命何在？

　　远山、近水、白雪、薄冰、蓝天、枯树——塞上宁夏的冬天，到处是这般景象。

夜上张家界

　　到张家界旅游一直以来是我的一个愿望。我是个喜欢游山玩水的人，1991年夏天第一次到长沙，老姨就曾经向我推荐过张家界，只可惜那时的我，囊中羞涩，心里想去，却只有望山兴叹的份儿。所以，这次和老伴儿到长沙来，一是还老伴儿的愿——她一直想到长沙看老姨；二呢，不用说就是冲着张家界。

　　我们从岳麓山下来的第二天上午，在买好了回广州的火车票之后，在车站售票大厅的湘辉旅行社服务点，报名参加了550元一位的张家界2日游旅游团。下午6点半，我们按照手机收到的信息，在火车站对面的凯旋大酒店门口集中。我们，尤其是我，是怀着对张家界的无限向往的心情前来集中的，然而，这个集中却着实让人心焦。

　　来到酒店大厅，"开心假期"的杏黄旗，我们一眼就看到了，可是在这位戴眼镜的、手挥杏黄旗的小邓导游的身边，竟然只有4人。看看表，离7点出发的时间只有十来分钟了。我们的邓小姐，只是简单地给我们做了登记，便一刻不停地打起电话。直到这时，我似乎才明白，我们加入的这个团，大约因为人数不够，便正在和其他旅行社的团进行拼凑。打电话就是在把不同地方的游客汇集到这里。

等待，焦急的等待。要知道从长沙到张家界大巴要走4个多小时呀。人数在抱怨声、后悔声、谩骂声中，和着浓郁的烟味缓慢地增加着。开始的我们夫妇和香港的梁先生伏小姐，不就来了大个子小崔两口子，再后来是深圳宝安的罗涵两姐妹带着她们的女儿……直到晚上快8点，我们才登上前往张家界的大巴。不，开始上了一辆，还没有坐稳，因为里面已经有一个团了坐不下，我们又下来上了另一辆车。

离开一片灯火通明的长沙市区，我们的大巴很快消失在夜幕之中。汽车进入了夜间行驶，很多人慢慢打起顿儿了。开始的一段高速路可能是距离城市近，并且在比较平阔的地段，汽车跑得比较平稳。随着山路的展开，汽车开始屈曲盘旋，人们开始东倒西歪；又由于这是旅游线路，车多且失修，路面也变得高低不平，汽车当然也就颠簸了起来。

睡意全无，我把头伸向车窗，在夜色中聚精会神地搜索着梦里的，不，应该是进入梦乡的张家界——黑黢黢的山？或者树林？连绵起伏，时隐时现在视线里，时有时无的昏黄的灯光，照在道路两旁的标志牌上：张家界158公里；张家界86公里。远处时而传来隆隆的雷声，告诉着我们，这是一个雨夜。偶尔一个闪电，把整个世界划得煞白，惊得人紧闭双眼，来不及利用者可贵的光亮看看周围的世界。就这样，我们的车开进了张家界的大山，可是，这张家界的山景，却只能在模模糊糊的揣摩和猜测中。或许这就是旅行社为什么总是选择夜间进入张家界的原因吧，多一点儿神秘色彩，多一点儿悬念。

大约是11点半左右，开始淅淅沥沥的小雨大了起来，豆大的雨点儿，密集地拍打在车顶和玻璃窗上，给原本来张家界的朦胧、神秘的感觉，又增添了些许恐惧？害怕？

车速明显地慢了下来，逐渐多起来的路灯告诉我们。车好像已经进了城。七拐八拐，停车下人，下人停车，因为我们这个旅行团的成员来自不同的旅行社，开的价格不相同，有的要住三星级，有的是二星级。就这样，汽车在不同的街道、不同的酒店前走走停停，一路下人，最后终于停在一家5层高的农家小酒店门前。剩下来的十几个人拖着一路的旅途劳顿，深夜住入张家界的民家旅社。

土司城与土家人的哭嫁

我们在张家界的最后一个景点，是参观位于市区的属于世界非物质文化遗产的国家 4A 级景点，一座古老的城堡——土司城。

刚进入土司城堡放行李，一股浓浓的发霉的气味便扑鼻而来。本来几天的跋山涉水已经精疲力竭，对什么几乎都暂时不再感兴趣的我们，对参观这样一座古旧城堡，就更加没有了多少兴致。但是，当我们拿着 120 元的昂贵门票走进城堡，看到那搭建在半山坡上的依山就势而建的，"左青龙，右白虎，前朱雀，后玄武"的像卧虎形状的陈旧的石木结构的吊脚楼，看到那高高的石柱上的土家族人的白虎形图腾，走在这古老的、民族气息极浓的"花花轿"——风雨小石桥上，看到那正在祭祀台上表演着的古老歌舞——摆手舞的欢迎仪式，我们的兴奋点受到了极大刺激，我们瞪大了眼睛。眼前的一切似乎一下子把我们带进了古老、传统、封闭、守旧的过去。

土司制度是我国元、明、清时期，统治者通过封授西南少数民族地区首领以世袭官职"土司"，来达到统治该族人民的目的的制度。所以，土司不仅是一个地方的民族首领，而且是世袭的行政长官，权力地位非常高。我们参观的这座土司城，规模宏大，建筑雄伟，集生产、生活、祭祀、表演、饲养、手工制作等于一体，应该是当时当地的地位极高、权利极大的一位土司王的住所。

在土司城里，我们首先参观了那座在当时来说十分庞大、奢华的供主人居住的三层吊脚楼，接着参观了女儿的闺房、农具房、牲畜饲养棚、榨油作坊，观看了土家族的哭嫁场面，聆听了土家老人演奏乐器木叶、表演飞刀。斑驳墙壁上的牛头骨挂饰、希普蓝卡肚兜、大量的各种各样的银饰银器、木雕石刻、九龙戏中华的木刻屏风，都说明了这家主人生活的豪华。

在土司城里，我算是出尽了风头(不是我想出的，是稀里糊涂就出了)。我们是在一位土家族姑娘的导引下进行参观的。可能是 1991、1994 年先后参加全国民族知识电视大奖赛和邀请赛时留下了一点儿民族知识底子作祟吧，(其实早忘光了,都是顺嘴而出)这位姑娘每到一处都要问一个问题,而每一次都被我一语中的。什么墙上挂的牛头骨说明什么,什么"滴水床"前为什么有半米宽的木板踏脚,什么土家织锦叫什么等等。搞的我们"混成旅"的老老少少佩服得五体投地。

这还不算,我们看完土家女儿"哭嫁"后,对了这里得说说"哭嫁"。"哭嫁"是土家姑娘的一项技艺,就是出嫁时边哭边唱"哭嫁歌"。她们从十二三岁开始学哭嫁。过去,不会哭的姑娘不准出嫁。土家女子结婚前一个月或者两三天、前一天开始哭嫁。娘家人边为她置办嫁妆,边倾诉离别之情。会哭的姑娘哭几天一个月内容都不重复。她们要哭祖先、哭爹妈、哭兄嫂、哭姐妹、哭媒人、哭自己。边哭边歌,以歌代哭,以哭伴歌。歌词有传统的,也有姑娘触景生情即兴创作的。

看完了"哭嫁"表演,导游员姑娘突然说,你们想不想看看新娘子。"我们当然想看了",大家一起喊道。"那你们谁能对三句山歌,结尾用——哦喂结束,就由他来掀开新娘的红盖头。""老大!""老大!"大家都一起冲着我喊,我也不知道什么时候我成老大了。好在我会唱歌、脸皮厚、年龄大,还可以倚老卖老。我不慌不忙走到新娘子跟前,开口用《刘三姐》的曲调(唱完了我才想起来,我是唱的壮族山歌呀)唱到:"唱山歌来,我唱山歌为哪桩来,我唱山歌为的是看看新娘小妹妹"唱完了才想到,还没有"哦喂",于是连忙加上一个。一片掌声和叫好声,我竟然蒙混过关,被批准掀开新娘的盖头,还能和新娘合影留念。啊呀,五六十岁的人了,这个风头可是出了个大呀!

就这样,我们带着疲惫和无奈(旅游线路是导游安排的)走进这座古老的城堡,却带着无尽的兴致和余味,不舍地离开了她。

走出土司城,再去取行李时,我依然闻到了那股霉味儿,然而,和先前的感觉不同,我感觉到的却是一种沉重,是一个民族深远历史和古老文化的沉重。

漫步金鞭溪

金鞭溪是张家界核心景区中位于袁家界山谷的一条长长的循着群山盘旋

而下的小溪，是世界上公认的最美丽的峡谷溪之一。金鞭溪全长约 7.5 公里，她秀美、婉转、曲折、逶迤，如果能够乘坐直升机俯瞰，她肯定像拖着长裙的新嫁娘一样柔美。当然，她的绵延的形状，更像一条曲曲弯弯的牧人用的长鞭。沿着山谷，她在两岸俊美无比的群峰掩映下，在两岸高低粗细，形状各异的，或横亘于溪上或斜躺于溪岸的树木的呵护下，绕过了大大小小不知多少山峰，转了不知多少个弯，一直流向山下。山水、山泉汇聚而成的清澈见底的溪水，在烈日炎炎的夏日里，只要人们看上她一眼，便会感觉通体凛冽，爽快至极。

我们游览金鞭溪时，正是雨过天晴的早晨，阳光透过溪边斑斑驳驳的树缝，泼洒在悠长悠长的溪水上，也照射在溪底里那大大小小、长长圆圆、千姿百态、形状各不相同的泛着些许金黄色的石头上，波光粼粼，金光闪闪，煞是好看。偶尔看到一群群金鞭鱼，在光滑的石板上，在湍急的小飞瀑下嬉戏游玩儿，搁浅在石面上的鱼儿，扑腾着尾巴，溅起一串串金色的水花。我一下子明白了这条溪叫做金鞭溪的缘由。

那是在张家界度过的第二个早上。我们拖着极度酸痛的双腿，负着昨日下山过于透支还没有缓过来精神的躯体，艰难地从旅馆里出来，草草用过早餐，便开始了漫长的金鞭溪漫步。

刚刚走进金鞭溪，我们就被溪边山上一群调皮可爱的猴子给深深地吸引了。这大概就是人们常说的猕猴儿吧，因为张家界盛产猕猴桃儿嘛。

一只大一点儿的成年猴儿，怀里抱着一只刚出生不久的小猴儿，一只手抓着树枝儿跳到地面，趁人不备，一把抢走了一个游客手中的香蕉，惊得游人又喊又叫，扰得猴儿群又跑又跳。看到猴儿们不怕人，几个好事的游客便拿出自己带的饼干、爆米花，想伸手递给猴子。这些聪明的猴子呢，以为游人想骗它们抓它们，便加强了戒备，躲到稍微远一点儿的树上。直到看看没有什么危险了，它们中的一两只猴儿便飞快地跳下地面，从游客手里拿了食物，然后又飞快地翻身上了树。又是一片笑声、叫声。

从小到大，见过的猴子不少，但都是在动物园的铁笼子里，从来没有这么近和猴儿们亲密接触。真是近在咫尺，连猴子的眼神、身上的绒毛都看得清清楚楚，简直是伸手就可以摸到它们。老伴儿开心极了，连连和小猴儿拍照留念。随着这妙不可言的猴儿趣，头一天的疲惫苦痛全忘了个精光。

在金鞭溪边漫步,我们是在山下仰观着袁家界的群山。而头天站在山顶,一览众山矮的味道没了,取而代之的则是仰视那些高不可攀的悬崖峭壁,奇峰异岭,嘴里发出"啧啧"的赞叹。头天我们下山刚回来时,张家界下了场雨,如今群峰吐翠,一片葱郁,山上山下、溪里溪外的花草树木被新雨洗过,显得那么洁净、清新。晨雾时隐时现,一会儿雾锁浓云,群山笼罩在一片烟雨之中,迷迷蒙蒙,把本来就千奇百状的山峰,掩映得婆娑迷离;一会儿云开日出,妩媚的阳光冲开树影,洒在群山之上,洒在绿水之上,又是一片天朗气清、云淡天高的景象。我们在溪边漫步,欣赏着因云雾、阳光变化而不断变化着的山峰,赞叹着大自然的鬼斧神工。

走在溪边若不戏水,那可真是暴殄天物。在溪边走着,走累了,走热了,我们便停下脚步,找一处容易下水的地方,扒光鞋袜,迫不及待地扑入水中。"哇!好凉的水哟!"清澈的溪水,清凉凛冽,沁人心脾,在烈日炎炎中到溪水嬉戏,噢,何等快活啊!

就这样,我们看着山、戏着水、谈着花草、逗着猴儿趣,15里路竟然在不知不觉中到了终点。回头看看,余兴未艾呀。

不过游金鞭溪,我也感到一点儿美中不足,什么呢?就是金鞭溪的商业气太浓,沿溪尽是卖东西的,包括吃的、喝的、纪念品。叫卖声、吆喝声,打破了静谧的气氛。在景点摆摊儿买点儿纪念品、水果,本不鲜见,但是在金鞭溪,一路上竟然有集中的像小商业街样的地摊群十好几个,虽然方便了游客,但是也破坏了金鞭溪原本应该有的幽雅、宁静。

畅游十里画廊

上上下下7000多个石阶,我们终于徒步从天子山走下来,走了近十里地,拖着疲惫不堪的身子、忍住两条似灌了铅的双腿的酸痛,来到了真真正正风景如画的十里画廊。

十里画廊是张家界旅游的精华线路,在张家界的索溪峪景区内。在长达十余里的山谷两侧,群山相伴,树木葱茏,虫鸣鸟唱,花草飘香;那一座连着一座的奇美山峰,背负着千姿百态的奇异巨石,构成了一幅绵延十数里的巨大山水画卷,如同悬挂在千韧绝壁之上,把秀美绝伦的张家界自然奇观化进了这广漠的水墨丹青中。人行走在山谷间,真是五步一景,十步一色,如同在画中游的一般。

本来我们是可以花每人30元乘观光小火车,边游览十里画廊边下山的。我们确实累了,腿脚也不听使唤了,确实需要有一种交通工具帮助我们。但是,当我们刚刚置身于十里画廊的时候,眼前令人看一眼就生爱怜的景色,使我们改变了主意。想一想,与其坐火车走马观花二三十分钟,辜负了满眼大好美景,还不如边走边歇边欣赏,更对得起这难得的景色。何况,这十来里路是顺坡而下的平坦的山路,再没有令人生畏的石头台阶了。

一进入十里画廊,我们便被这奇美无比的景色吸引住了,什么旅途劳顿,什么腰酸背痛,一切的一切都被抛到了九霄云外的爪哇国。看着云雾缭绕,迷蒙之间的千奇百状、形态各异的山峰、树木,我们忘了一切。

看呀! 那就是"寿星迎宾"。进入十里画廊几百米,一座酷似老寿星的石峰矗立眼前。在导游的指点下,我们发现这就是一个耄耋老人正向我们招手,他笑盈盈的,欢迎我们的光临呢!

接着我们看到了"采药老人"。一座山峰的顶端侧面,生出一个酷似采药老人的石峰。你看他,身背竹篓,躬身前行,目光炯炯,正寻觅着珍贵药材呢! 哇塞,这座又名老人岩、老人峰的"采药老人",造型栩栩如生,简直像神了!

经过了"采药老人",再走不到100米,前面的山峰上便又有一处美景——"仙女拜观音"。只见那山峰的形象,就像是一尊高高在上,盘腿而坐,平视前方,神态慈祥的大慈大悲、救苦救难的观音菩萨,而其下19座大大小小的山头,就像19位仙女低头不语,拱手作揖,在向菩萨祈求,求他保佑山下人丁幸福,六畜兴旺,五谷丰登。

沿着山谷继续前行,不断出现于人们眼前的,还有海螺峰、两面神、猴子坡、仙女洞与仙女桥、猛虎啸天、夫妻抱子、锦鼠观天等比较有名形象逼真的十余处景观。

其实,走在这风景如画的十里画廊上,可以说漫山遍野都是景。那些高高低低、姿态万千的山头、山峰,你觉得她像什么她就是什么,万千景致都在你我的胸中啊！

天子山贺龙铜像

　　一步三回头，我们十分不忍地离开了袁家界——这一片神奇无比、令人一顾之后便生无限回味的葱茏群峰。真想就地住在这里，好好地、仔仔细细地品味一下清晨、正午、夕阳西下的不同时段的袁家界美景，仔仔细细地、好好地品味一下细雨蒙蒙、大雨滂沱，还有雨过天晴、彩虹飞跨、云雾浓浓的袁家界，抑或，还有严冬之中、落叶之后、白雪皑皑的袁家界。无奈，我们跟着旅游团，我们除了旅游还有很多很多事情要做。

　　草草地在袁家界等车点吃了中饭——25元一人的自助餐。不，这不能叫做吃饭，是抢饭、要饭——几十上百人蜂拥而至，自己拿着盘子，在仅有的几个盛菜的菜盆中抓抢，捞到什么吃什么，抢到什么吃什么。热闹，好听了点儿；狼狈，一点儿不过分。

　　然后，是顶着骄阳排队候车。

　　说实在的，要是在平常，肯定会有很多人，当然也有我，吵闹叫骂成一片了。但是，这是袁家界，这是一块美丽无比、神圣奇妙的地方，什么不像样的饭菜呀，什么长时间的等车呀，似乎都被大家忽略了，忘却了。因为，后头还有无数的美等着我们，我们需要良好的心情。

　　我们乘上旅游区的专线巴士，大约在区区盘旋的山路上行走了半个多小时，来到了张家界的最高峰——海拔2000多米的天子山。真的是"欲穷千里目，要上天子山"呀！站在天子山的观景台上，远处高高低低、大大小小的山峰，都显得矮了许多，小了许多，而我们这些站在天子山顶的人呢，却在不知不觉中，显得高大了许多。

　　群峰环保，云雾缭绕，站在天子山顶，我们似乎距离蓝天很近很近，简直有一种一触既得的感觉。

　　我们来到了位于天子山顶的《贺龙公园》，一座高大的铜像映入眼帘。这是大胡子的贺龙元帅。他身披军大衣,右手握着从不离身的大烟斗,他的战马顺服地依偎在他的身边……

在张家界,湘西土家族居住的天子山上,居然有《贺龙公园》,还有贺龙元帅的衣冠冢,足以说明贺龙元帅与这块沃土的渊源。

高大的贺龙铜像矗立在天子山顶,俯瞰着湘山澧水,注目着改革开放中祖国前进的步伐。

袁家界风光

从张家界回来,我还一直弄不清那个令人魂牵梦绕、久不忘怀的"原家界"究竟是哪个"原"。原以为,原家界是最原始的张家界的意思的略称,拿不准,还糊里糊涂地写了好几篇空间呢。其实是袁家界,并非原家界也。

我们走出百龙天梯,眼前顿时一片豁然。"噢,这便是袁家界,神奇的袁家界!"

听当地人说,当年袁家界景区还没完全开发时,要想欣赏到眼前的一幅幅美妙壮观的奇景,必须一路爬行,漫长的山路,艰难而危险,而且要走上几个小时。如今呢,哈哈,坐上天梯,不到 2 分钟,便直达山顶,轻松赏美景了。

导游告诉我们,袁家界是张家界国家森林公园的核心景区。但从他处的位置来说,它更是武陵源风景名胜区的核心,它与世界上最美丽的峡谷金鞭溪上下辉映,一衣带水。从袁家界西望是黄石寨,北眺则是张家界最高峰天子山。

置身于这里的第一个观景台,张家界的三千奇峰悉数收入你的眼底,悬崖秀野,神态各异。我们登上袁家界时,正值雨过日出,放眼向山下望去,峡谷深处,迷迷蒙蒙的云雾之中,无数石峰石柱奇伟突立,若隐若现。峻峭山石,像神武将帅;嵯峨山峰,似威武壮士。真个是有声有色,有静有动,似画非画,虚虚实实。

我们来到天下第一桥——张家界十大绝景之一。这是一座迄今为止世界上所发现的最高的天然石桥。"天下一桥高又高,天天都被云雾包,初一桥上扔花瓣,十五还在空中飘。"当地土家人的民谣写出了这座桥的雄伟高大、气势磅礴。邓导游告诉我们,地质学家推断,天下第一桥所跨的两座大山原来应该是一体的,因为中间的石质较为脆弱,在风化、崩塌的影响下,加上日晒雨淋、山洪冲刷,久而久之便成了两座山峰,呈现出眼前的奇异景观。俯瞰桥下,只见白云缭绕,奇峰林立;不过,倒是因为这个桥的周围长满茂密的草木,走在上面惊险度远比之前刚刚路过的叫做"连心桥"的人造铁桥少了许多——那"连心桥",巨型工字钢梁加上钢管钢板,活脱脱一个钢铁巨人横跨两山。但是,由于它的脚下是令人头晕目眩的深沟险壑,走在上面,让人心惊肉跳,有一种时刻都会掉下去的感觉。

从第一桥到迷魂台,是一条近2000米的石阶山道,环绕着悬崖峭壁。这条供游人游览的山道,就像一条用土家织就的花带,一边连着第一桥,一边连着迷魂台。在导游的指点下,我们走在这条花带上,欣赏着猿人问月、神龟探天、小洞天、五女拜帅等一路绝世美景。

听着土家山歌,欣赏着一路美景,不知不觉就到了迷魂台。这是袁家界最好的天然观景台,因为人只要站在上面放眼一看,魂儿便会被眼前美景所迷失而得名。迷魂台周围那上百座石峰矗立在峡谷中,千姿百态,气势非凡。什么天狗望月、海螺出水、将军列队、一柱擎天(擎天柱)等美景,一一展现在眼前,它们有的直插云端,就像士兵列阵;有的像一个方向倾斜,又像是群贤聚会。可谓壮观至极。

对了,从袁家界景区,向南边走一点儿,还有一处隐身的景观,就是后花园。

当我们从崖间翠竹丛林中向下行走时,一面石壁挡住了去路。正当疑惑想回头时,就见峰回路转,拐弯处,有满月石门洞开。穿门而过,眼前便是数十座奇峰参差耸立于墨绿深涧之中。石峰攒簇,涧水萦回,古木参天,盖天铺地。登高俯瞰,就像一个偌大的天然盆景。

自古张家界就有"奇峰三千,秀水八百"的美誉。在这人间仙境般的袁家界,还有一处飞瀑掩映于苍松间。据说这山水是从200多米高的崖顶飘然而下,像是一条白练自天而降。只可惜我们没有看到这一绝世美景。

《阿凡达》与擎天柱

擎天柱,也有人叫它"南天一柱",是近些年新开发的张家界的核心景区原家界的一座孤身突起、耸立群山之中、满山苍松翠柏、通体草木茂盛的柱形山峰,跟我们通常印象中的任何一座山相比,它都是独具风格、别有特色。如果说它高吧,和四周围的群峰相比,它显得很矮;如果说它大吧,它的方圆面积或者直径,不过像一根很粗很粗的、浑身长满了茂盛草木的石柱;所以,它就更谈不上伟岸,更谈不上峻峭了。但是,它就是特别,在张家界这一带的群山中,就是与众不同,就是让你看上一眼永远也不会忘记。

可惜的是,据说发现擎天柱独具特色、与众不同的,却不是张家界人,而是美国人。看来美国人比中国人更具慧眼、更懂欣赏,起码是更会选取外景。据说张家界开发之初,人们并没有注意到原家界、擎天柱,是美国科幻大片《阿凡达》在拍摄外景时,摄制组来到张家界,意外地发现了这块神奇的处女地、这座不同凡响的柱形山峰。于是,美国人就以擎天柱为外景原型拍摄了《阿凡达》中的"悬浮"山,并给它取了个洋名叫哈里路亚山。我们是在看了《阿凡达》这部电影之后,发现这座哈里路亚山怎么这么像张家界的某一处风景,找来找去最后才确定在原家界的擎天柱上,于是,一个新的景区——张家界核心风景区——被开发了。

这是导游的说法。但是,无论是谁先发现的擎天柱,继而发现了原家界的风光比原先开发的景区都更有价值,都是了不起的。

沿着原家界的游览石阶放眼平视这座擎天柱,它真的很不起眼。因为,张家界树木葱郁、茂密,在远近一片苍翠的群山中,没有人指点,不经意的你我是看不出它有什么特别的,甚至会看不到它,忽略了它。但是,一旦你发现了这座和其他山峰就是不一样的擎天柱,你一定会牢牢地被他吸引住。孤高、自傲的擎天柱,就像一只行空的天马,独往独来地矗立在群峰之中。别的山峰都是山山相连,峰峰相接,唯独这座擎天柱,从下到上,直挺挺的,上下差不多一样粗细,一直向上伸展,仿佛像一把利剑,直刺云霄,和周围的任何一个山峰都没有关联。如果,你找到了一个高处,从上向下望去,寻找这擎天柱的根基,你才会真正体会到它何以叫做擎天柱!它真的就是一根擎起蓝天的石柱。它的下面是深不见底的山谷,越是向下看越是令人胆战心惊,头昏目眩。

大约就是因为擎天柱的这个特点吧,《阿凡达》才在它的身上,不,是哈利路亚山上,演绎出了震惊世界电影界的科幻大片。

游张家界乘百龙天梯

张家界的第一个早晨,是被哗哗啦啦的小溪流水声叫醒的。

虽然是住在民家小酒店,但是还蛮干净卫生,晚上有热水可以洗澡冲凉,室内还有空调。

半夜时分,大约 3 点左右,我就被窗外楼下的潺潺水声惊醒了。当时,迷迷糊糊的我以为是在下雨。临来时,小表弟小满就跟我说过,张家界夏天十天有八天雨。心想,好大的雨呀,老天真不好客,明天的张家界之游怎么办呀!早上起来,掀开窗帘往楼下一看,哈哈,哪来的雨呀。虽然天空浓云密布,但是却没有下一滴雨。一夜雨声,原来是山间小溪在作祟。

用过早餐,一天的旅游拉开了帷幕。第一站,竟然是我几分钟前等车时想要拍照的,就在离我们的驻地不到 100 米的一座依山而建的道观——紫霞观。

邓导游带我们来到道观门口,把我们交给了观里的解说员。在解说员的解说和引导下,我们知道了这座道观的历史,知道了韩国人来中国为什么首先要来张家界,知道了道家八仙在这里的故事,知道了这座道观依山而建,分为三界:下为地界,中为人界,最高处为天界。还知道了道家行礼的手势等等。一个小时的观览,就在上山、下山、许愿、抽签、解签、捐香火中过去。

其实,这只是张家界游的一个前奏,一个序幕。在我看来,它实在是微不足道。远远不如走进张家界的大山,游览张家界的奇山异景那么精彩,那么令人震撼。

我们的游览路线,是在导游的引导下,重新设定的:进张家界山门,乘坐百龙天梯,观原家界——张家界核心景区风光,然后登上天子山,游览贺龙公园……

一开始邓导游告诉我们要坐电梯上山,说一张电梯票56元,我还以为这个电梯不过是像大商场或者地铁一样的电动扶梯,或者干脆就是索道车、缆车。谁知到了百龙天梯门口,仰首向山上望去,才发现这是一个真正的名副其实的天梯,它修于石缝,冲出石缝,依山而悬挂在半空,直入云端,远远望去缥缈云间,近前仰视头昏目眩,看着它巨人般凌然,坐之令人心惊胆战。

真是闻所未闻,想都想不到。这悬崖峭壁间的石头缝隙中可以修建直上直下近400米,有近100层楼高的,每秒钟上升10余米的高速观光电梯!张家界人太伟大了,湖南人太伟大了。

乘上这个在中国独一无二的旅游观光天梯,我屏住了呼吸。开始,电梯在石缝中快速上升,外面一片漆黑,只有电梯内一点儿灯光,人们并没有多少害怕和恐惧。十几秒钟后,电梯突然冲出石缝,笔直地向天空冲去,整个电梯里的人都惊呼了起来,是开心、兴奋,也有紧张和害怕,我的心也一下子提到了嗓子眼儿。

但是,马上,我们被电梯外面飞速变化着的奇美山景牢牢地吸引住了。这里是崭新的天,崭新的山,崭新的树木花草,它们在阳光的映照下,此时此刻显得那么璀璨,前所未有的美丽。

置身梯中,人随梯动,心随梯行,那种钻天入地的刺激,惊心动魄;那种全身轻盈、飘飘欲仙的神奇感受,言语难状,沁人心脾。

百龙天梯,张家界人的创举,以它在当时是"世界上最高、运行速度最快、载重量最大的观光电梯"而被载入基尼斯世界纪录。这垂直高差300多米近400米的神奇天梯,从此被誉为"世界第一梯"。

走出百龙天梯,呼吸一口张家界山顶的空气,感觉真的美极了。远处雨后的阳光显得有些羞涩,朦朦胧胧地映照在山上,张家界的群峰显得更加缥缈、神秘。

"哈哈,张家界,我来了!"人们跳着喊着,"这就是张家界!""好美的张家界!"

五A级世界级国家森林公园,我看到了,好像也感觉到了。

游张家界之下山记

参观游览了天子山风光、贺龙公园和天子阁,我们一天的旅游线路完成了大半,接下来的景点,是要游览十里画廊。

邓导游告诉我们,从天子山顶到十里画廊,有两条路可走,一条就是花钱排队乘坐缆车,大约 28 元钱十几分钟即可搞定,但是,等着乘坐缆车,就要看运气了,运气好的话排上半个多小时的队,如果运气不好,一两个小时可能还轮不到;另一条路则是用自己的腿,沿着山路,左转右转,走大约 7000 多不到 8000 个石阶,十来里路程,经过五次下行四次上行,走到十里画廊。

经过再三选择,我们决定走路下山。倒不是舍不得每人 30 元的缆车费,关键是时间赔不起。何况我们想,坐缆车下山,一路走马观花,看不到什么景色。

但是,当我们真正开始走下山时,才发现原来这是何等艰难啊。俗话说:上山容易下山难,这谁都知道。而且,我还有过很多次上山、下山的经历。想那 1985 年夏天,我和王炳护、张耀民、信洪林、谭宁、佟静、李重平、田越英等一同参加西安解放军政治学院中共党史讲习班一起爬华山的时候才熟悉的朋友,从"自古华山一条路,一上一下 40 里"的华山东峰顶顶上走下来,20 里路,我们一路谈笑风生、采花戏水,何等欢快!还有 1991 年夏天,我带着女儿在庐山参加江西省委党校办的政治理论期刊编辑培训班,我和女儿还有在山上新结识的赵玥萍姐妹那天从五老松走到含鄱口,再到三叠泉,上下 3000 多级台阶,走了 20 多里路,我们也没有感到疲倦,一路也是聊着说着,兴致勃勃。特别是 7 岁的女儿,从三叠泉上来时,宁可手足并用,也绝不坐滑竿。

然而,我恰恰忘了,现在已经不是 1985 年,不是 1991 年,而是 2010 年。而我呢,也早已经过了 30 岁、36 岁,已经是年过半百之人。老伴儿呢,虽然腿脚不错,也经常走路锻炼,但毕竟也是 50 出头了。

从天子山下山的这一路,开始的十来分钟,我们还没有觉得怎样,还有心边走边欣赏着大山的美景,吸呋着大森林天然氧吧的新鲜空气。但是,走了不到一里路,下了不到 500 个台阶,我的膝盖、腿肚子,便开始一阵阵疼了起来。开始,我以为是因为我年龄大,腿脚本来就不灵。可是旁顾左右,我发现下山的人们,都是面带难色,满头大汗,步履艰难,甚至是一蹦一跳。

一点儿一点儿,一步一步,一个台阶一个台阶,我们咬着牙,完成了第一个下行。接着是一个上行。向上走,似乎要轻松得多,真的是上山容易呀!可是,后面还要一次次下行呢,我们就这样一鼓作气,一刻不停,生怕一休息就再也站不起来了。终于坚持到最后的一下了,邓导游说过,这一下是整个归程的一半,我的天呀!这时的我,已经不能两条腿同时下台阶了,只好侧着身子,一下一停,一跳一蹦,慢慢地往山下挪。

在我们下山的路上,坐着很多抬滑竿的轿夫在守株待兔。每每走过他们身边,都会被他们的话所威胁、所诱惑:"坐滑竿吧,100 元一位。""路还远得很呢!""小气鬼,你马上就会摔倒了!"不过,我们始终坚持着,不为所动。

就这样,我和老伴儿,你扶着我,我搀着你,一步一步走向目的地。期间的艰难劳累、腿痛腰酸自是不必言传。最可惜的是,一心一意咬牙下山,忽略了一路的美景。无暇观景呀!能走下来,我们很自豪!

南滨路上"桃"花开

连续几天感冒,没法儿坐学院的空调大巴,只好忍痛自己天天开车上下班。于是,连续好几天,被南滨路上的一派热烈景象所吸引,南滨路上的桃花盛开了!

朋友一定会问,什么?什么品种的桃树,5 月份了,这里的桃花才开?

您误会了,我这里说的桃花,不是桃李之花,而是夹竹桃花。

每天早上,驾车走在南滨路上,透过晨曦,只见公路左边,一大溜夹竹桃沿着海堤一直向前延伸,那火红的夹竹桃花,应该说粉红更确切些,一簇簇,一团团,就像一条红色的长廊,一条蜿蜒的粉红色的彩带,或者是一条粉红色的巨龙,绵延十余公里。那情景的壮观,那花开的热烈、红火,哪怕你是个从来都不喜欢养花、不喜欢赏花的人,也会不由自主地被吸引住,停车、驻足,唏嘘、感叹。

傍晚时分,驱车回家,走在南滨路上,在夕阳的映照下,右手边的那一长溜夹竹桃花,又给人另一种新的感受。沐着夕阳,那原本是粉里透红的、层层密密的夹竹桃花,披上了一层淡淡的金黄色,诱人的、温馨的、甜腻的粉红,加上辉煌的、神秘的、高贵的金黄,那一条夹竹桃组成的长龙,变得更加壮观、神奇、迷离。

夹竹桃是一种极平常的花,木本多年生,南方多长大成树,而北方呢,原先多养在家中花盆里。它叶子细长,有点儿像桃树叶子,春天开花,颜色、花形都与桃花相似。这大约就是它为什么叫夹竹桃的原因吧。

夹竹桃对生活环境要求很低,只要有泥土,无论透析性如何,浇点儿水就能活。由于夹竹桃很好家养,又容易开花,而且开的花粉里透红,簇簇锦锦,非常热烈,特别喜庆。所以,北方人,尤其是生活在干旱少雨、罕见绿色的黄土高坡上的西北人,都喜欢把他养在家中。

其实,应该说北方人因为自然环境恶劣的原因,比南方人更喜欢花草、更喜欢养花。可是由于气候、水土等诸多原因,能养活的花,无非是一些只能看青不能开花的仙人类,像仙人掌、仙人球、仙人山、仙人蛭、仙人鞭等等,长的、短的、圆的、扁的、粗的、细的,都是浑身长刺儿的。家中院落又能看青又能开花的,就莫过夹竹桃、臭绣球喽。

开始的时候,大约是上个世纪 70 年代初,中国人的生活因为政治上的原因有了一些松动,人们开始在填饱肚子之余,有了一点儿闲情逸致弄弄花草了。记得那时,几乎家家户户都养一两盆夹竹桃。平日里夹竹桃郁郁葱葱的绿叶,给寒冷单调的北方人,送上缕缕生机;春末夏至,夹竹桃绽放出簇簇团团粉红色的花朵,给人们带来红火和喜气。忽然又一日,有人说,夹竹桃有毒,花有毒、叶有毒、枝干里面的汁液也有毒。于是,一夜之间,夹竹桃从家家户户中的"座上客",一下子被弃置街头,成了流浪汉……

又是一个春天来了,人们惊奇地发现,一场细雨过后,那些原来被人们丢弃在大路两旁、街头巷尾、垃圾站边的东倒西歪的夹竹桃,竟然绿了,活了,又开出了一簇簇、一团团粉红色的,红红火火、热热烈烈的花来。

夹竹桃没有因为人们的嫌弃而自暴自弃,夹竹桃没有因为世俗的目光而畏首畏尾。夹竹桃仍旧傲然地绽放着自己、展示着自己，仍旧这么傲然地开着，全不顾世俗鄙夷的目光。

人呢？突然想到。很多时候，我们人连夹竹桃都不如。不是吗？什么舆论呀，什么看法呀，什么常理呀，人们常常囿于人家的看法而委屈地活着……

忽然又想起人人都会引用的一句话：走自己的路，管别人说什么。人人都会说这么两句，说说容易呀。瞅瞅我们的周围，有几个人又能做到"天马行空"，不管别人的看法、说法，而活出自己的精彩呢！

人们终于为夹竹桃的精神所感动，并且看到了夹竹桃美化环境的巨大作用。这不，夹竹桃在南滨路，不，何止，在汕头的大街小巷，郁郁葱葱地活着，热热闹闹地开着，装扮着我们的城市，美化着我们的生活。

老同学游汕头之余下游迹（1）

27日晨，驱车前往总兵府。途径金银岛，游之发现，此每次擦肩之去处，竟也如此迷人。古老的传说，神秘的气氛，隽秀的山石，通幽的小径。兴之所至，晓茹让贞如、晓华，摆个心形拍照。肖赛两口子旁边起哄：浪漫一下嘛！张岩也用宁夏方言喊着：浪个哈子！两个小青年左摆右摆不成心，晓华竟然问：怎么浪？弄得大家哈哈大笑。忽见一巨石斜卧，上书"观海吟涛"四大字。我一时兴起，竟然不知怎么地爬了上去，侧躺在字旁，让萧张拍照。如愿后从巨石上无法落地，战战兢兢，一身冷汗。萧赛眼尖，发现山壑之处，树与树之间竟然趴着许多黑色的大蜘蛛，不仔细看，似乎它们是悬在半空。惊喜之下，大家又是一阵猛拍。小小金银岛，竟然也牵绊着老同学，逗留了近一个半小时。

深奥总兵府，南澳游必游之地。老同学们饶有兴趣地了解了一府辖两省、郑成功招兵树等历史，便一头扎进后面新修的总兵府衙大堂，一个个轮番坐上总兵宝座，挥动手里的惊堂木威风了一把。后来张岩导演，王丽云大姐竟扮冤屈民女归于堂前，我呢！高举惊堂木，大喊：升堂——弄得游人皆侧目。接着，大家又站座两排于18般兵器架前，王大姐做佘太君，萧赛做杨继业，大家拥戴左右,扮了一回杨门女将。而后,参观陈列馆、寻找美景拍照,大家各行其是。刘晓洁、张岩等竟迷恋上"将军井"里打水,弄根井绳猫腰低头,在井里摆弄了许久,终于打上一桶凛冽之水,于是欢呼。

总兵府不远有个南山寺。度安、少旭人还没到,却先电话指引我们去那儿看看。这是个香火鼎盛的佛寺。步入其中,大家屏气息声,逐一观看了这里的各种建筑,这里的一尊尊或慈眉善目或威严肃穆的观音、罗汉。贞如、晓华则虔诚地一一膜拜。

午餐——少旭做东,在他朋友的岳父家开的海鲜酒楼,虾蟹鱼蚌海吃一顿。对了,头天看到萧赛抽烟,少旭专门挑选了海柳烟嘴送给萧赛,我也落了一个。

午餐后驱车上屏山岩,游览屏山岩寺。与山下的南山寺相比,尽管屏山岩寺的建筑规模要恢弘得多,而且前有莲池,后有小山,风水应该说也非常之好。然地处山顶,香客显然少得多。王大姐、晓洁走得累了,在下面的书画廊石凳上睡觉。我们几个则尽情游览,一路观看,一路唏嘘。最后登上了寺后的"七级浮屠"屏山岩寺塔。站在塔顶,俯瞰四周,心情为之一振。只见远处,碧海蓝天,成为一线。深奥小镇犹如袖珍,隐约于起伏山峦与茂密树丛之中;绵延的环岛公路,仿佛一条带子,悠长婉曲,自上而下,屈曲盘旋。立于塔顶,大有为群山环抱、绿树簇拥之感。一阵海风轻袭,撩起张岩、晓华的长发,也舒展了萧赛、贞如疲惫的身躯。没有感叹,因为无论如何感叹,都不可能描摹出眼前的美景,更无法言说心中的情感。我们只是拍照,一味地拍照。走出寺庙,才发现晓茹早已离群,爬到另一个小山头上的亭子里纳凉去了。

老同学游汕头之雨中畅游
"小东方",张岩圆梦

南澳的青澳湾,素有"东方夏威夷"的美称,这是很多年前已故的前广东省委书记谢飞来海岛视察时,有感于眼前景色,禁不住的感叹之语。其实,这不只是谢书记一人的感觉。凡是见过美国夏威夷的人,都说青澳湾跟夏威夷差不多。大约就是出于这个原因吧，凡是到南澳旅游的人，无论国内国外、香港台湾，青澳湾一定是停留时间最长、最尽兴、最酣畅的地方。

趋同心理作祟，也是老同学第一次来南澳，必须看看青澳湾。所以我们从雪云叔叔的车晷站出来，便一路来到了这风光旖旎的"东方夏威夷"。

盛夏午后的青澳湾真可说是人山人海。整修一新、干净整洁的偌大沙滩上，到处都是一群群的游人，不远处和太平洋相连的大海里，人头攒动、密密麻麻的尽是在海里游泳、戏水的人们。不过，我们并没有在这里久留，只匆匆看了两眼，拍了几张"到此一游"的"证明照片"便赶紧离开了。不是这里的海滩不好玩儿，也并不是这里人满为患，我们怕拥挤。是因为我们有更好的去处。

度安有一位发小——非常要好的小学同学，承包了青澳湾不远处的一片山林，自己开了一处"小东方"。在他那里可以更衣、冲凉、喝茶，还有几间客房。汽车驶离青澳湾大约200米不到，度安让我们把车停在了路的右边。"咦！大海在公路的左侧，为什么我们要到马路右面去？"我有点儿不解。度安笑着说："别急，到了你就知道了。"

顺着几节水泥阶梯，我们很快来到了这藏身于小山之下，丛林之中的雅静小巧，然而却设施齐全的"小东方"。只见两排相对洁白色的平房掩映在茂密的树丛中，这儿有三间供游人居住的客房，还有厨房、卫生间。大榕树下摆放着圆桌、长凳，专门让大家喝功夫茶。小院里种植着各种花草、盆景，墙壁上整齐地挂着游泳圈、救生衣，显示了主人懂得生活、热爱生活、珍惜生命的情趣和境界。

度安的同学不在。我们在度安、少旭的指点下，很快换好了游泳衣，一人煞有介事地穿了一件救生衣，还拿着救生圈，迫不及待地寻找前往海边的路。这时，度安神秘地走过来，带着我们向公路下面走了几十步，一个涵洞出现在我们面前，啊！原来"小东方"的主人，在公路下面修了一个专门通往海边的石洞，真是曲径通幽啊！

此刻，阴晴无常的海边的天空，阴云密布，淅淅沥沥下起了小雨。这并不能影响我们要冲向大海、畅快一游的兴奋。我们顶着小雨，三步并作两步，穿过涵洞。啊！走出涵洞，眼前是一片海天，一片并不大的海滩，一个不算大的海湾，一条竹排随风漂在海上……"啊——"张岩兴奋地用美声唱法大叫起来。于是，张岩、萧赛、刘晓洁、贞如、晓华、度安还有我，我们穿了泳衣的，迫不及待地奔跑着冲进了大海。

萧赛还真的是个游泳高手，你看他三下两下，就游到了很远的地方。度安担心我们的安全，没敢远游。其他人都不会游泳，于是就套着游泳圈，在水里尽情地扑腾，双手乱舞着，两腿瞎蹬着。

天越来越黑，雨越下越大，风越刮越猛，浪越掀越高。然而，这些一点儿也没有影响我们的兴致。张岩兴奋地冲着我大声说，冯健朗诵《海燕》。于是，我便站在大海当中，冲着乌云滚滚的海天，放声朗诵：在苍茫的大海上，狂风卷积着乌云……一只黑色的海燕，在高傲的飞翔……

没有带泳衣的丽云大姐和李晓茹，也被眼前的壮观景象和我们无比兴奋的情绪给感染了，情不自禁地卷起裤管儿跑进了大海。她们撩着水，甚至还想爬上海上漂浮的竹排。李晓茹还在水中做起了瑜伽，她和张岩忽而伸展双臂，忽而单腿站立，仿佛傲立海上的仙鹤？或者天鹅？雨越下越大，铜钱大的雨点哗哗啦啦地拍打在海面上。张岩好像再也控制不住似的，冲着黑压压的天空，大声地喊着：冯健啊，你让我的梦想都实现了……

我们终于冒着大雨，一步一回头地离开了大海。

冲凉、换衣服、听着哗哗的雨声、喝着功夫茶，回味着刚刚发生的一切。

离开的时候，主人回来了。这位年轻人其实并不简单，他在北京打过工，奥运会的水立方的建造有过他的汗水。他带着热情回到家乡，就是想用自己的智慧和双手，改变些什么。

主人在我们临别时，非常好客地带着大家参观了他自己制作的各种植物盆景，讲述着他对生活的憧憬，为我们留下了足够的赞叹唏嘘的理由。

老同学游汕头之车罾观涛

26号在海鲜大排档用过午饭后，我们入住到雪云叔叔家开的家庭旅馆午休。日子过得真快，去年此时我陪冰弟、荆妹、晓东她们来的时候，这楼才盖了一半儿，如今这里已是设备先进、干净整洁、像模像样的小酒店了。

旅游区的旅馆本来就很贵，加上正是暑假旅游旺季。像雪云叔叔这样比较像样的家庭旅馆，一个标准间怎么也要300元一天吧，雪云却让叔叔只收了100元。原本她还想给我们提供免费住宿的，是我一再要求一定要收点费的。

开着空调、电视，泡上一杯功夫茶，洗个热水澡，往洁白的席梦思床上一倒，整个上午四处游览、疲于奔命的倦怠，就都睡到了这洁白温和的床上。

下午2点半，按照雪云的安排，我们出发来到她叔叔的车缯捕鱼的地方，一个礁石错落、犬牙交错、海浪轰鸣、惊涛拍岸的很有点凶险的海湾，观看如今海岛在休渔期间是怎么捕鱼的。几间矮小结实的平房，一条用很粗很粗的钢管焊接起来、上面铺着木板的五六十米长的吊桥，直伸向远处的大海。吊桥的尽头，是一个小亭子，亭子再往前四五米，就是车缯捕鱼的作业区——一个一平方米四周用钢管焊接成栅栏、可以容纳六七个人站立的方斗。这个方斗下面四周长长的几根细钢管的顶头下面，有四根绳索，深深地伸进大海里，那下面便是一张一百多平方米巨大的渔网。捕鱼工人通过电动机把渔网放到海底，十几分钟后，再通过电动机的钢索把巨大的渔网从海里拉出来，这时候如果那些鱼虾还在渔网上面散步的话，那就毫无疑问地被网了起来。等到渔网全部露出水面，渔工就用很长很长的竹竿头儿上绑着的网兜儿，把那些带鱼呀、黄鱼呀、鳗鱼呀、鲳鱼呀还有虾、蟹、鱿鱼、墨斗等等捞上来。

车缯，是个古老的词汇。缯，就是渔网，车，大约就是人工或者用机械地把渔网的绳索卷拉起来吧！我们的老祖先几千年前，就懂得车缯捕鱼了。

我们晃晃悠悠走在几十米长的吊桥上，前往吊斗上去观看车缯捕鱼。头顶是高蓝的天空，几朵白云悠闲地漂浮着，几只海鸥尖叫着时而在头顶盘旋；脚下是白浪滔天的大海，随着一阵紧似一阵的海风，随着潮汐的变化，时而掀起几米、十几米高的巨浪，轰鸣着拍打在岸边的礁石上，激起的浪花随海风泼洒在吊桥上。走在这样的路上，我们这些男人都有些心惊胆战，更何况老同学们都是女同胞呢！大家互相拉扯着，在晃晃悠悠的吊桥上，小心翼翼地感受着眼前的一切。

终于，我们到达了捞鱼的吊斗。置身于大海深处，站在这四处无援、显得孤零零的小小栅栏里，天是那么的辽远，海是那么的阔达。我们就被这么悬在高空,看着脚下十几米处的层层叠叠的海浪,感觉着吊桥的颤颤巍巍。那种心情、心境,怕是没有亲身经历的人,永远也不会体会到。趁着渔网还没有拉起来,大家稳定了一下紧张恐惧的情绪,开始一边拍照一边欣赏起这难得的海景。无边无际的大海上,几艘远洋货轮模模糊糊地从天边驶过,一群群海鸟在辽阔的海面上嬉戏鸣叫。我们几个人,在这小小的吊斗里,在浩瀚无比的海天的大幕背景下,显得是那么的渺小,那么的微不足道。是啊!其实,人在无穷无尽的自然界里,本来就渺小得不值一提。只不过是,心气儿太盛的人们,总是以为自己很强大,很了不起,能够改变世界,能够人定胜天。结果呢,好大喜功,欲壑难填,使我们一天一天地戕害着我们赖以生存的世界!

可能是风浪太大了,或者是潮汐不对的原因,我们看了两网,只是零星地打了几条小带鱼、黄鱼和一两条鱿鱼、虾,基本没有什么大的收获。因为还要去青澳湾,我们只得恋恋不舍地离开了这里。

不过,萧赛收获不小。这家伙爱拍自然风光,如此俊美的礁石、海浪,他跑前跑后拍了不少。

老同学游汕头之宋井之恋

公元 1200 多年前,据史书记载是 1276 年吧,也就是南宋景炎元年。那年的 5 月,南宋小皇帝宋少帝,因元兵进迫,在福州即位后,就在当时任礼部侍郎的陆秀夫和大将张世忠等人救护下,退守南澳。驻扎在澳前村,修了行宫太子楼。为了解决饮水问题,在今天的云澳镇海边,开挖了供皇帝、大臣和将士兵马饮用的"龙井"、"虎井"、"马井"三口井。这便是宋井。

凡是到南澳游览的人,别处可以不去,宋井确是不能不一看。所以,我带老同学游南澳,第一站当然也是非宋井莫属了。

走进宋井游览区,高大茂密的亚热带树木,密密地耸立在前往海岛沙滩的蜿蜒小路两旁,给古老的宋井增添了几许神秘,给 30 多度的盛夏带来无限的凉意。小路两旁,像许许多多风景区一样,摆着琳琅满目的所谓当地的特产。我们的王丽云大姐看到这些地摊儿,好像一下子兴趣倍增,盯着那些叫做珍珠项链的东西,又是摸又是问,急切地马上要买。我赶紧把王大姐拉到一边儿,告诉她,千万不要在游览区买东西,第一假的多,第二贵得多。

正好走到白颈蛙池,大家的目光才从地摊儿转到这神奇的传说上:相传宋少帝下榻太子楼,盛夏之夜,裹乱之时,原本就搅得没有什么睡意。而此时周围的蛤蟆也来凑热闹,此起彼伏叫个不停。少帝十分烦恼,命陆秀夫不要让蛤蟆叫了。陆秀夫大笔一挥在白纸上写上"不许再叫",然后走出太子楼,喊了一声:不许再叫! 用手一甩,那纸缠到了一只蛤蟆的颈上。遍野的蛤蟆声顿时戛然而止。第二天,太子楼周围的蛤蟆,就都成了白脖颈了。传说总归是传说,不过云澳一带还真有白颈蛤蟆呢! 美丽的传说,让人顿生探究寻觅之心。生性热情洋溢、兴趣广泛的张岩,按不住性子,在没有人陪的情况下,按照路标指引,跑到后山太子楼寻找太子去了。萧赛最喜欢拍风景,看到白颈蛙池对面不远处的陆秀夫、宋少帝等几尊雕像,寻踪过去拍照。我呢,因为手机忘到了车里,跑回停车场拿手机,等我取回手机,就发现还没到海边,还没见宋井,我们的旅游团已经散作一团。

于是,我找到坐在白颈蛙池边纳凉的王大姐和刘晓洁,弄清楚各位的去向,扯开嗓子,面对四面八方,喊张岩、叫萧赛、吆喝李晓茹,还有贞如两口子。不一会儿,人总算到齐了,我们继续向海边目的地宋井行进。沿着后人修的石阶、石桥,我们来到了宋井边上。

宋井的奇特之处,在于它近700多年来,时而被大海吞没,时而出现在沙滩。而距离波涛滚滚的大海不到10米的古井,只要露出海面,便清泉不绝,水质清纯甘甜,久藏而不变质,所以被后人称为"神奇宋井"。可惜的是,我们现在只能看到"马井",其余两口还藏身大海,未曾出现。既然来了,就不能不喝一口宋井的水,这水呀,是1200多年前的,喝了可以穿越到南宋啊!

曾几何时,宋井已然被人承包,一瓶宋井的水卖一块钱。初次登岛,十分虔诚的贞如马上买了两瓶宋井之水,大家你一口我一口,很快喝了个精光。虽然,好像这水已经没有了一千多年前的甘甜凛冽,却也远比海水甜淡。最可称奇的是,大家喝了宋井水,后来竟然没有听说一个闹肚子的。

喝了宋井水,站在望海亭上,极目望去,碧海蓝天,海阔天空。烈日炎炎下,海风习习,使人披炽烈日光而无炙烤的感觉。人,是游着来到的人世的,所以绝大多数人见到水,都会心花怒放。我们当然不例外。除了走得有点儿累了的王大姐,和犹豫于脱鞋下了海,一会儿满脚沙子如何再穿鞋的刘晓洁,留在了望海亭,大家都迫不及待地欢呼雀跃着奔向了大海。

大家卷起裤腿往大海深处走,走着走着,就看着一波一波滚滚而来的白浪,一浪高过一浪,席卷而来,扑向我们。于是大家再赶快逃回沙滩,一次又一次,好像在跟海浪捉迷藏一样。就这么,大家叫着、笑着,踏着沙、戏着浪,摆着姿势、拍着照,仿佛都回到了小时候。你瞧,张岩面对大海张开怀抱,笑得多开怀!在海天的衬托下,那就是一个知命乐天的人物油画;再看,李晓茹摆开双臂,抬起一条腿,做出金鸡独立的样子,在浪花里飞翔,仿佛就是那一只强健的翱翔于海面的海燕;贞如小两口,打着伞卿卿我我,在浪花中奔跑嬉戏着!年轻的情侣,使人羡慕啊。赛弟和我则是捧着相机,吧唧吧唧将快门按个不停,总想把眼前的景物一一摄入相机中。

那天上午好像正是海水涨潮吧!我们一次次踏着退去的浪花往海里走,然后在一排排白浪的追逐下,往岸上跑。忘情的我们,怎么能跑得过大海,我们的裤腿儿湿了,我们的屁股湿了,我们的鞋被海水飘了起来。时间过得飞快,已经到了吃午饭的时间了,大家还没有离开的意思……最后,大家是一步一回头地,恋恋不舍离开了埋葬宋井的大海和沙滩。张岩就在离开前的那一刻,还又一次跑回大海……

老同学游汕头之南澳游
——沿海六十里,处处好风光

按照我为老同学们安排的行程,我们第一要游的,就是南澳。

26日一大早,7点钟吧,我们便驱车前往莱芜码头,为的是赶上第一班渡船。两辆车6个人肯定是很浪费的,所以,我早就通知了我的另一位干儿子贞如,让他带着媳妇晓华跟我们同行。身为潮汕人,他们从来没有到过南澳。而且,一路有本地的年轻人相伴,给老同学们讲讲潮汕风情,远比5位贵客总对着我这一张老脸舒服得多。

我们到得很早,三行排队等着登船的车队,我们排在七八辆之后。买好船票——萧赛总管受张岩总监的唆使,坚决不许我掏钱——我们走上码头。

天放亮不久,云浓浓的,看不到一丝阳光。远远望去,灰白的天接着灰白的海,缥缈无际,茫茫一片。远处几艘海轮,晃动着遥不可及的身影,近了,然后又远了。因为是码头,又是近海、旅游区,莱芜码头的海水并不净并不美。脚下黑灰的海水,泛着白色的然而绝对不纯洁的沫子,夹杂着各种垃圾,随着海浪在海边的礁石上蹭着、磨着、拍打着,仿佛说:"我都这样了,还好看吗?"

这样的早晨,这样的天气,这样的大海,这样的等待……人们似乎都不愿意说什么。就这么在码头上踱着、看着、想着……一声长长的汽笛声,打破了这种静寂。码头大堤的尽头拐弯处,出现了渡轮的身影。船来了,我们来不及审视刚刚发生在码头那一幕的寓意,便纷纷回到车里,打着了车。

很顺利,我们乘上了第一班船。渡轮轰轰隆隆地开动了。我们走出汽车登上甲板上的客舱,船渐渐驶离了码头,也将那泛着白沫的灰黑色海水逐渐抛在了身后。天随着云的淡,一点点亮了,放眼茫茫海面,心胸似乎骤然打开。面对这样的无边无沿、浩瀚博大,人算什么? 人的那点儿艰辛痛苦算得了什么? 你瞧,丽云大姐、张岩、晓洁,她们三个面对这一片海天,笑得多么坦然。突然对"退一退风平浪静,让一让海阔天空"有了新的认识。

远处,那个在我的记忆里已经历时十八九年,还没有"一桥飞架南北,大陆海岛变通途"的历经沧桑的南澳跨海大桥,像长长的一条带子,留着一个缺口,渐渐出现在我们眼前。就这样,人们谈论着这桥、这海,随意地拍着照片。不知不觉地船靠上了南澳长山尾码头。

好像老天爷也十分眷顾我们似的,当我们的汽车登上长山尾码头,那一刻,一切的阴云、一切的细雨一下子荡然无存。高蓝的天空,几朵白云飘浮,海风,清爽无比地抚摸着我们的脸颊、我们的头发。驱车走在南澳60公里环岛公路上,由不得你的心不随之飘荡,心旷神怡了。

到潮汕十八九年,与南澳有着不解之缘。登岛十几次了,每次要去的地方无非宋井、青澳湾、深澳总兵府、黄花山屏山岩寺……这环岛公路上的海景风光,还真是很少细细观赏品味。也难怪,过去登岛,都是搭乘公交、小巴,不可能想哪儿停就哪儿停,想怎么看就怎么看。虽然,有两次自己开车来的经历,可无论是和老婆来,还是带着弟妹她们来,都是当天来当天回,也无暇顾及这沿途风光啊!更不知环岛公路上有这么多的观景台,而且每个观景台都是位置绝佳的海景观赏点,每一个都能看到不同的海景风光啊!

在田仔观景台,我们都被满眼的美景给惊呆了。西边长长的海岸线,礁石林立,奇形怪状;沙滩金黄透白,细腻松软。一波一波蜿蜒悠长的雪白色浪痕,一排排挨个儿滚过来,轻轻拍打着礁石、滋润着海滩。可能不是潮汐,此时的大海是温顺的、谦和的。

回身来时的路,天高云淡,海阔天空。自下而上盘旋而至的环岛公路,掩映在苍翠茂密的花草树木之中。哦,天这般的蓝,云这般的白,树这般的婀娜葱绿,花这般的姹紫嫣红。老同学们,还有贞如两口子,急着忙着拍着照,是啊!如此美景,如不留下,岂不可惜?

瞧,萧赛和晓洁老两口儿,以海为景,以柳为幔,留下了那么和谐、那么温暖、那么开心、那么幸福的一瞬;看,张岩、晓茹,背后衬着蜿蜒曲折的漫漫长路,眼前垂柳条条飘逸蔓延,她们绽开着对人生大彻大悟后的真实笑容,留下了蓝天、白云、碧海、翠树和自己的笑颜;还有贞如和晓华,第一次到南澳的欣悦、第一次看到这么美的大海后的开怀,和着一个"美"进入照片。

丽云大姐,坐在观海台的凉亭石凳上,随手梳理着被这清爽无比的海风吹乱的头发,望着眼前的无限风景,舒展着她饱浸人生甘苦的脸颊,那道道演绎苍老的皱纹里,到处都是会心的、忘却了一切烦恼的、不顾一切的微笑。

老同学游汕头之第一日,游妈屿

25 日凌晨 3 点多才睡下,白天是一定不能出远门儿的。张岩、刘晓洁,还有方蒙的妻子晓茹都是年过半百,甚至年近六旬的半大老太太,就算是萧赛吧,这家伙身体也不很强壮。所以,她们必须调整一下。更何况还有个王丽云王大姐正在广州赶往汕头的路上,集体旅游也还不能展开。

可能是我早上习惯早起看早点,也或许是我起床的声音,惊到了这些已近知天命年龄,睡眠都轻了许多的个人吧。刚7点半多一点儿,几位老同学就相继起了床,就连半夜不睡早上不起的张岩8点刚过也起来了。是啊,到达旅游地,总不能把时间浪费在家里吧!

简单洗漱之后,不管大家习惯不习惯,爱吃不爱吃,我逼着大家一人喝了两小碗我做的杂粮八宝稀饭,吃了一个蒸鸡蛋,然后,就出了家门,开始了汕头第一天。

去哪儿呢?其实,我早就想好了。记得两年前小哥们儿许航曾经告诉过我,妈屿那个小渔村挺不错。我经常在海湾大桥上行走,也知道妈屿怎么走。干脆这汕头第一日的旅游,就从游妈屿开始吧!

7月25日上午的汕头,老天时晴时阴,一会儿蓝天白云,一会儿细雨蒙蒙。我们就是在这样的日子里,驱车海湾大桥,在大桥中间拐弯盘旋来到位于桥下的小渔村——妈屿。我也是第一次来,看到大桥下,大海边这个有着小山、礁石、不太干净的海滩的小渔村,也为她的别致、小巧惊住了。当然,京城来的客人也不例外。初次来到这天涯海角,当地人称作省尾国角的海滨小城,一切都是新鲜的。干净的海滨空气、优美的环境、蓝天白云、濛濛细雨、礁石海滩……甚至,那些因为妈屿逐渐被世人所认识,越来越多的外来人的到来,给了她们无限的商机,而潮汕大妈、大婶儿们不得不在五六十岁的时候学着说普通话,是那样潮味儿十足的似是而非的普通话。

张岩、李晓茹她们在跟那些潮汕妇女半通不通聊了几句后,惊呼着问我,冯健啊,这十八九年你是怎么过来的呀!是啊,语言不通,几乎就等于到了外国。我们在雨中漫步沙滩,我们在雨中攀爬海边的礁石山,我们在雨中摆着姿势拍着照片。

后来,我们又在那些热心妇女的指引下,沿着崎岖向上的村道山路,来到了妈屿庙,瞻仰了十几年就在这里的观音像。妈屿庙庙宇上的各种姿态各异的屋脊造型,那些五颜六色形状各异的瓷片粘贴的大公鸡小母鸡,做工精细,色彩绚烂,让这些来自北京的客人咋舌。

什么都是新鲜的。妈屿庙供奉的神像、庙外橱窗里的佛教信条、一个学生模样的小男生程序娴熟地祭拜的过程,老同学们都看在眼里,拍在照相机里。

11点多的时候,天终于晴了,大大的太阳悬挂在蓝天白云之间,刚下过小雨,空气有些潮湿,有些闷热。我们大致游览了这个精致的小渔村后,闲散地沿着海边公路,向汽车停放的方向走去。

兴致勃勃的萧赛跟我指着海湾说,这么宽我能游过去。我望一眼阳光下波光粼粼的水面,不相信地向后问刘晓洁,你们萧赛说这么宽他能游过去。晓洁笑着说,听他吹牛。不甘心的萧赛为了证明他真的能行,非常认真地给我讲起了三十五六年前他插队的时候,曾经有一次只身横渡过黄河,而且当时还经历了一个大大的漩涡,游过去后就不敢再回来,后来是坐队上的船回来的。萧赛还给我讲,他插队的时候曾经和一个小男孩儿偷着划了一条船,在黄河里划着玩儿,结果船划不回来了,那小男孩儿拼命地哭。后来是他们的船搁浅在岸边,他俩下船用绳子拉着把船拖回了队里。跟萧赛同学4年,可能不是一个组,也可能没有同宿舍,从没有听这家伙说过这么多话,更没听说过这些鲜为人知的他的往事了。

12点多,我们回到了小区,放下车直接从侧门出去,到福合呈吃牛肉炒果条和牛丸果条汤。无论怎么说,这也是我们的潮汕小吃呀!

二游万绿湖

说是二游万绿湖,其实真正进入河源的万绿湖景区,泛舟在这千里碧波之上,尽情游览眼前的无限秀色,还是第一次。

两年前,学院思政部要接受省教育厅的思政课评估,院领导想到我还是个评建办的头儿,又刚刚搞完了学院的高职院校人才培养工作评估,好像正好闲着没事儿,于是就让我带着我们评建办的全体成员,前去倾情帮忙,协助学院的思政迎评工作。

为了弄清楚省里的思政评估都评些什么,采用什么形式,在迎评准备中有哪些需要注意的问题,总之,就是为了搞清楚如何应对这个评估,知己知彼吧,我们选择了已经成功接受了评估的河源职院作为学习对象,前往学习。

那天,我和学院思政部的同仁们,跟着学院的领导,浩浩荡荡坐了一大车,一起前往河源职业技术学院学习取经。就这样,才有了第一次的所谓游万绿湖。

到河职院当天,我们是马不停蹄取经学习,倾听报告,对口交流,紧紧张张,从早到晚。取经任务完成,为了慰问辛苦的大家,当然也是在大家的一致要求下,院长答应去游万绿湖。

于是,第二天在返回汕头前,我们在毛毛细雨中,驱车前往万绿湖游览。

可惜的是,那天的游万绿湖,我们是兴冲冲而去,灰溜溜而归。那天,我们只是在细雨中蒙蒙中,短暂的在万绿湖景区门口逗留了一刻钟,在雾霭沉沉中,远远眺望了一下那烟波浩渺、充满神秘的湖光山影。

原因是每一个进湖游览的人,都要收一两百元的门票费,虽然,万绿湖门口挂着硕大的金碧辉煌的"河源职业技术学院旅游专业实训基地"的牌子,尽管我们费尽口舌告诉人家,我们刚从河职院出来,是人家的好朋友,门票还是一分都不能少。看看学院的头儿没有意思给大家出门票,自己舍得掏腰包的又零零星星,所以,我们也只好就这样,在门口望着那朦朦胧胧的烟波浩渺的万顷碧波,拍下一两张朦胧的留影,便悻悻而归了。

这一次,参加河源职院召开的广东省第七届高校教学督导工作研讨会,会议专门安排了万绿湖游览的活动,哈哈,刚好还了我上次没能进入万绿湖游览的愿呀。

二游万绿湖,依然是个细雨蒙蒙的日子。我们100多人乘坐一条大号游览船,在三名导游的带领下,驶进了这浩渺无垠、朦胧神奇、碧波万顷的万绿湖。

记得头一天从酒店到河职院开会途中,带团的导游介绍过,河源有三多:水多、摩托多、发廊多。摩托多有点儿言过其实,因为,汕头的摩托比蝗虫还多,河源和汕头比,绝对是"小巫";发廊多说的是改革开放之初河源的事儿,如今早已风光不再;而水多,一进入这万绿湖,我就彻底信服了!那是真真的多呀!!

总面积1600平方公里,水域面积370平方公里,总蓄水量经常保持在140亿立方米左右,我的妈呀!人真是厉害呀!尤其是河源人!他们竟然能因地制宜,依山蓄水,在这群山起伏之中,建造出这样一个山连山、水连水的硕大无比、秀美无比的人工湖——新丰江水库。怎能不让人心服口服、心悦诚服呀!

在这里有着 360 多个绿树簇簇、绿草茵茵的小岛,到处是亚热带原始次生常绿阔叶森林。这里的动物、植物种类非常多,环境优美异常。加上这无边无际的万顷碧波,绿色绝对是这里的主色调。叫万绿湖,当之无愧!

由于时间有限,我们的船在万绿湖中只是蜻蜓点水地游览了凤凰岛和月眉湾两处景点,不过,已经足以令人陶醉。

凤凰岛上两棵几十年树龄的大桦树和大梧桐树你缠着我,我绕着你,相依相偎,不离不弃,一同向上生长的奇景;青年人面对美好的凤求凰的传说在岛上结上的大大小小的连心锁;月眉湾建造者们别出心裁地雕刻在石经小路上的无数个不同朝代、不同历史时期、不同字体、古今的行草隶篆书法家们写的大大小小、形体各异、或认得出或根本认不得的"水"字;以及远远望去如上弦之月、美人之眉的隽秀的湖湾秀景。够了,朋友!还需要我再做描述吗?万绿湖,就像一个无比偌大的酒缸,装满醇香可口的客家酿酒一样,令人陶醉,让人流连忘返!

回家的路上,想起导游曾经说过的话,河源没有高楼,原因是经常会有地震发生。

途中,闲极无聊的我,似乎又有了别样的思考:人造的新丰江水库,把 140 亿立方的水常年压在这里,造成了地震频发。人类在改造大自然、创造新的美的同时,也有意无意地破坏着地球的平衡。

亿万年来地球在宇宙中运行,在各种星球、轨道的引力中挣扎生存,经历漫长的过程,才形成了山峰、陆地、海洋、沙漠、盆地、丘陵……靠着这些地球表面的高低凸凹,亿万年来,地球才得以在整个宇宙中相安无事、无休无止地运转着、生存着。

然而自打地球上有了人类,自打人类科学发展进入高度发达之后,就有了万里长城、埃及金字塔、爱富尔铁塔、红旗渠、三峡工程、水库、地铁、原子弹、人造卫星、无尽的矿山开采、越盖越高的楼宇。人类十分完美地展现着他们的聪明,用他们的智慧改造着大自然、改造着地球,也改变着地球原有的平衡。

于是,山崩、海啸、地震、雾霾、天坑、泥石流、沙尘暴……越来越不依不舍地追随着人们的生活。

遗憾的是,我们竟然还把这些人造的东西冠以"生态"的美称?

为着怀旧

按理，去海口开会，人家都是飞机来飞机去的，有公家报销，何乐而不为。唯独我，自打院长跟我说了，这个会让我去开始，我就打定了主意，坐火车去海口。给学院省点儿钱？没想过。对飞机心存芥蒂，有点儿。更多的，我是想看看火车是怎么通过琼州海峡的。

其实我很早就知道，如今从海安到海口，是用轮船装载火车，然后通过琼州海峡。只是没有亲历过，我想亲眼看看，亲身经历一次。

记得很小的时候，六七岁吧，我曾经跟着父母从北京到上海看望我奶奶和大爷大妈，大概是上个世纪 60 年代初，都是乘坐火车到了长江边儿上，然后等了很长时间，两三个小时吧！火车被拆成好几段，推到好大好大的轮船上，然后，由轮船拉着火车通过长江。到了南京这一边儿，又要等上好长时间，火车被从轮船上推下来，一段一段地接到一起，然后才继续前进，开往上海。可能那时我太小了，这一切的记忆，都已经斑驳、模糊了。

那是好久好久前的事儿了。后来，到了 1967 年吧？"一桥飞架南北，天堑变通途"，南京长江大桥建成了，从此，人们乘坐火车从北京到上海，时间少了 3 个多小时，火车坐轮船成为了历史。

改革开放 30 年，海南有了铁路，海南岛有了通往祖国内陆的列车，于是，火车又开始乘坐轮船了。

为着怀旧吗？兴许吧！这应该是我特别渴望坐火车去海口的原因才对！

那天下午 5 点左右吧，我们乘坐的火车缓慢地驶进海安这边的建在海边恢弘的火车码头。

一望无际的大海，一眼望不到头的沿海大堤，那么的寥廓绵长。无垠的海面上，世界显得那么辽远、缥缈。在夕阳的映照下，平静的海面上，波光粼粼，耀眼闪烁，好看极了！

我们的火车被 4 节车厢、5 节车厢一组，拆成了四段，然后由火车头一段一段地缓缓推上巨大的轮船。或许是科学进步技术发达了,又或许是渡海的轮船比渡江的轮船大? 大约只用了1个小时左右,轮船便装载好了火车车厢,徐徐开船了。

对了,忘了告诉朋友们,火车坐轮船,火车上的乘客是不许下车的。想走下火车,自由地站在船舷边尽情地领略海上风光,欣赏火车坐轮船渡海的情景,是万万不可能的事儿。不光是现在火车坐着轮船渡海不行,当年火车坐着轮船渡长江也一样。

我坐在车窗前,很想仔细看看这巨大的轮船是如何载着火车这条巨龙,横渡琼州海峡的。

可惜,这次海口之行,来回两趟,我们的车厢都刚好夹在两段车厢中间,无法直接看到大海,只能凭着耳边响起的隆隆的机器声和火车乘坐在轮船上,随着波浪破浪前进的微微颠簸,感受着我们正在波涛滚滚的大海上,缓慢地渡过琼州海峡。

记得,前往海口那晚,轮船在海上缓缓地向着海口方向行走着,天色渐渐暗下来了,开始时已经显得越来越近了的对岸逐渐清晰起来的城市楼宇的轮廓,又慢慢地变远、变模糊起来。正在惆怅之间,就在这时,好像是舞台上的多幕剧一样,前幕刚谢,后幕便打开。对面城市的各种灯光,路灯、街灯、霓虹灯、橱窗灯、居民楼住家的灯,次第亮了起来,眼前一瞬间变得光亮无比、一片辉煌。看着对岸五颜六色、色彩斑斓的灯光,我的心骤然开阔了起来,明亮了起来。我在心里呼唤着:海口,我来了!

这次海口之行,能重拾我孩提时的旧梦,还我重新感受领略乘着火车坐轮船渡江、渡海的愿望,我感觉非常的心满意足。

尽管,坐火车去海口,真的非常麻烦,汕头到广州、广州到海口,要倒两次车。路途也非常的远,前后要乘坐十六七个小时的火车。但是,我还是觉得心满意足啊! 俗话,行千里路,破万卷书;我说,行千里路,观万种景,知万种人事啊!

初识海口

2012年12月8日,学院派我参加了在海口召开的"第一届全国高校教学督导和教学质量论坛"。因为,这次论坛"嫌贫爱富"只管代买乘机来的代表的返程机票,对于我这样坐火车来还想坐火车回去的个别代表不理不睬,决定了我必须自己提前解决车票了。

那天,论坛的开幕式结束不久,担心买不到回去的车票,我9点多就从乌兰温泉大酒店的会场跑了出来,准备去火车站买票。回忆着昨晚从火车站打车到酒店时走过的路线,估算着出租车行驶的时间,总觉得我所在的位置距离海口火车站应该不算太远,而且笔直宽阔的马路沿途都是海岸线,一定很美。于是,心里盘算,干脆步行去买票,乘机饱览美丽的海口风光。

出了长怡路口,走在天宽地阔、一望无际的海滨大道上,眼前是一个崭新的,对于我完全陌生的海口。虽然,19年前,1993年年底吧,我当时应曹阳父亲邀请,到湛江帮助曹阳打理他的先利公司事务。好像有一天晚上,曹阳曾开车带我到过海口。但是,来回都是晚上,只待了一天时间,来去匆匆,对海口已经几乎没有任何印象了。

沿着宽阔的海滨大道,信步走在曲曲折折的用各色彩砖铺成的海堤公园小径上。放眼漫长的海岸线,湛蓝湛蓝的海水卷着波涛,一浪推着一浪,卷起一堆堆雪白的浪花,一望无际,波光粼粼。高远处,湛蓝湛蓝的天,就像一幅无边无际的油画,又像是用日本樱花彩卷儿拍摄的照片,夸张的蓝,蓝得不掺一丝杂质!哦!这样的海!这样的天!朋友,你能想象一下我当时的心境吗?告诉你吧!当时我的心啊!像海像天一样的澄澈透明,像海像天一样的高远开阔!

长长的海堤,到处是一片片依海岸地势而就的高高低低的青草绿地,看去,毛茸茸、翠绿绿;踩着,蓬松松、软绵绵。一簇簇、一排排翠绿挺拔的极富南国特色的椰子树,几十公里长的海堤公园,异常的整洁干净。这里的空气新鲜极了,真的!走着、看着,一呼一吸间,感觉在饮着纯纯的美酒,喝着甜甜的甘泉。

　　置身于这如画般的美景中,不拍几张照片留念,那绝对是浪费了。可是,我是一个人从会场上逃出来的,这长长的海堤公园,除了零星的锻炼身体的老年人和孩子,就是不时路过的清洁工,谁能为我拍照呢? 再说,这陌生的地方,随便找一个陌生的人帮忙,碰上个贪便宜的人,拿着相机跑了怎么办? 正琢磨呢,一群穿着运动衫的男女骑着赛车过来了。于是,我试着招呼了一声,竟然有两位小伙子应声停下车来,十分热情地帮忙给我拍照。拍完后还热心地问我要去哪里,并且告诉我,这里离火车站还有十几公里呢!

　　我只身走在海滨大道上,贪婪地、毫无顾忌地饱览着这沿途绝美的大好风光,竟然差点儿忘记了买火车票! 原以为长怡路离火车站不会太远,打算走着去的。眼下不知不觉中一个多小时过去了,我已经走得满身是汗,腿脚发软,而火车站居然还有10多公里,中午12点我还得赶回酒店吃饭呢!

　　无法再眷顾这眼前无比壮美又无限俊秀的风景了,我必须赶紧到火车站买票了。沿着海滨大道,我赶紧寻找公交车站。直到这时我才发现,海口这条恢弘的海滨路上,公交车实在不多,开往火车站的就更少,而且,是有时间的,有火车到站时,公交车才开到火车站,没有火车到站时,公交车只开到中途的假日海滩公园站。

　　可能是路太好、人太少的缘故吧,整个海滨大道,汽车都开得飞快,80公里限速,公交车也是一样。所有的十字路口都只有黄闪灯,没有红绿灯。所有的汽车都一律不停、视情况而过。而且,这里的公交停靠站,一站与一站距离很远,没人可以不停,不在停靠站想上车可以随手叫停。

　　当然,这些都是我气喘吁吁地赶到假日海滩公园站,登上了前往火车站的公交车后,才知道的。

　　海口火车站,非常安静、整洁。别致小巧的候车厅、售票厅和不大的广场,和内陆那些省会城市火车站的高大宏伟气派,形成鲜明的对照,说明了这个火车站没有多少人进出,所以也没有多少列车进出。由于此时不是客车进站或者发车的时候,车站上几乎没有多少人。这里绝对看不到内地火车站那种嘈杂、混乱、垃圾遍地、人生喧闹的情景。

　　我很快买好10号的返程车票,顺便在零落的几个游客中,请了一位似是的哥的中年男子,为我在站前拍了一张留念。

在返回乌兰温泉大酒店的公交车上,我的心情异常的激动。真的,仅仅只是海堤一面,沿堤一游,我已经被海口的这般独特的南国的美震撼了!我知道,我已经深深地喜欢上了这座城市。

游六盘山国家森林公园

六盘山下冶家村农家乐的一夜,以本人不到 4 个小时的睡眠、凌晨 4 点一刻就起来用 QQ 写了 10 来段儿"说说"和黄海他们半夜自锁门户的闹剧画上了句号。

大清早 8 点吧,睡不着早早爬起来的老同学们,在农家小院里嘻嘻哈哈,玩弄着老乡孩子的破篮球,调侃着过去,揶揄着今天,"伦敦"着草草洗漱之后,吃过了回族兄弟为我们准备的还算丰盛的——因为有煮鸡蛋——的早餐,就陆续上了车,前往这次旅游的目的地——六盘山国家森林公园。

大约不到八点半,我们离开冶家农家乐也就是 20 来分钟吧,就到了六盘山国家森林公园。这家景点,山门很气派,一个黑色的大三角形建筑,颜色有点儿像张家界的山门,迎门一个龙形石雕,不算太大,却虎虎生威。不过有点儿让人莫名,这里既无与龙有关的名讳,似乎也没有跟龙有关的历史传说,或者我们无知了? 没来得及去了解? 要么就是借了龙的传人的说法? 对了,或许是因为六盘山区有个老龙潭,虽然远在隆德和固原交界的山脉,但毕竟也是同个六盘山系嘛!

紧紧张张的一天。我们先是游览了小南川风景区,然后观看了六盘山动植物博物馆、浏览了植物园。中午吃饭前我们又用极少的时间极简单地游览了成吉思汗当年西征时,路过六盘山,曾经用来避暑的"凉殿峡"。中午在泾源县城吃过午饭后,下午又继续游览了野荷谷。

小南川景区应该说已经很美了,在西北,在黄土高坡。不过,对我们南方来的同学说来,这样的景色,太平常太司空见惯了。它就像张家界的金鞭溪,不过,小气得多;又像潮州的幽峪逸林,不过,溪边没有休息喝功夫茶的亭子。但是,这里毕竟是西北的黄土高坡,能有这样的景色,已经是绝好不过的了。

这里有茂盛的森林草木,整个峡谷都被绿色覆盖着,丰富的雨水,给了万物以生命的源泉。一条不大不小、清澈见底的小溪,自上而下,欢快地奔腾着流淌着,顺着山势,跌跌撞撞而来,碰到落差之处,便形成一个个小巧可爱的瀑布,浪花朵朵,充满灵气和生机,煞是好看。

清晨时分,太阳初生,峡谷里弥漫着浓浓的雾气,给小南川罩上了一层神秘的色彩。喜欢摄影的黄海、已经是北京某摄影家协会会员的姜静怡、刚刚弄了一台佳能 5DT 高端单反已是摄影高手的吕国安,纷纷被这迷人的西北"江南景色"迷住了。她们猫着腰、蹲着、趴着、侧着、横着,寻找着最美的构图,设计着最佳的拍摄角度,一张又一张,玩儿命地拍着,生怕错过了什么。其他老同学呢,一样被眼前之景所吸引,有的戏水,有的摆个 PS 拍照留念。我们的歌坛新秀——"国家二级歌唱家"(当然是自封的)张岩,则与万晓峰的夫人刘老师一起放开歌喉,唱起了心中的歌儿,那嘹亮的歌声冲破迷雾,在山谷里悠悠震荡,煞是好听。

或许是早饭吃得太少,爬山浪费了太多的气力,也可能唱歌用气太猛,走到半道儿上,张岩突然蹲了下来,用手捂住胸口。老同学们赶紧止步,纷纷上前询问。她告诉大家说心脏不舒服。于是,肖赛等赶紧拿出救心丸给她服用。可是过了一会儿,张岩并没见好转。她这儿蹲一下,走几步,又停下来那儿蹲一会儿,走两步。马大姐、苏惠等好几位老同学都十分担心,守在她的前后。导游也准备联系车,提前送她下山了。后来还是静怡想起了什么,她是老低糖病号了。她给了张岩一块糖,张岩吃完后觉得似乎有效,于是,又要了一块。奇迹发生了,张岩竟然像先前一样,没事儿人似的又加入了大家伙儿的队伍。

植物园、博物馆没什么好看,尽是一些动植物标本,死气沉沉,和外面大自然的勃勃生机,形成鲜明对照。

倒是凉殿峡,山势整齐雄伟,很有点儿当年征服西亚的一代天骄成吉思汗式的英雄气概。山峰很高很大,朗朗晴空下,与蓝天白云连接在了一起;宽阔平缓的一大片绿草茵茵的山坡,大约就是铁木真屯兵纳凉的地方吧。

下午游览野荷谷。这是一条长满了类似南方荷花一样的大叶子的野生植物的峡谷,这种植物的叶子大大的,很有点儿荷花味儿,但是,花呢?小小的、碎碎的小黄花儿,就不敢恭维了。由于上午已经走了十几里山路,中午饭后又没有休息。所以,体力不支的我只是坐着电瓶车到野荷谷的入口处,拍了几张照片,做个到此一游的纪念,便打道回府了。

六盘山国家森林公园,处在宁夏这个地方,的确是个很不错的避暑、旅游之地。不过,有点儿遗憾的是,六盘山之旅没有去去老龙潭,没有去当年毛泽东挥笔"清平乐六盘山"的地方看看,美中不足呀!

忘不了,我的蒙巴拉纳西

离开云南,离开西双版纳,已经快一个月了。然而,那里高蓝高蓝的天,那里美白美白的云,那里油绿油绿、千姿百态的树木,那里赤橙黄绿、姹紫嫣红的花草,那里婀娜多姿、娇媚无比的傣族、哈尼族姑娘,那里憨态可掬、敦厚忠诚的大象……那里的一切的一切,会经常出现在我的眼前,出现在我的脑海,出现在我的梦里。

学院组织中层到昆明、西双版纳考察、游览,只是短短的六天。我们也仅仅是走马观花地在普洱(思茅)、西双版纳、昆明留下了浅浅的足迹。但,当我们游览了野象谷,和大象做了亲密接触后,当我们观看了《勐巴拉娜西》(人间天堂)的演出,与热情大方的少数民族演员接触、留影,这块红土地的蓝天、白云,这热带雨林温柔湿润的空气,这世界森林公园的奇花异草,这里土生土长的傣族、哈尼族等少数民族朋友的热情美丽强悍,便深深地印在了我们的心中。

11月28日一大早,我们在从普洱驱车前往西双版纳途中,游览了弥漫着神秘气息、散发着浓郁湿气的野象谷。大象和孔雀是西双版纳傣家人最为崇拜的吉祥物,到了西双版纳而不看大象,那一定是要遗憾的。据那位口若悬河、学识渊博的彝汉混血的导游沙晓玲介绍,在方圆几百公里的野象谷,生活着一百多头野象。据说,如果能够看到野象,那将是吉祥和福气的好兆头。

在野象谷,我们乘坐着长达8公里的,距离地面最高处50多米,往返行程要一个小时二十多分钟的悠长悠长的缆车,缓缓地在浓密的山岭中徐行,每一个人都努力睁大眼睛,在浓密的原始森林中,在几乎密不透风的丛林里,寻寻觅觅,大家都想寻觅到一点儿野象的影子,哪怕是看到它的尾巴也好呀。然而,只有峡谷里时而走过的一群群叽叽喳喳的游客,丛林中忽高忽低荡漾的导游高分贝的介绍声,还有空中索道车上游客们不断发出的惊叫,那些身材高大、威武雄壮但胆子很小的野象,早已经不知逃到什么地方了!我们都无缘与野象邂逅。除了我们的院长一再说他看到了白白的象牙和树林咋颤动。

或许是为了满足我们想看到大象的心愿,或者是怕游人们说野象谷里无野象影响了旅游事业吧,沙导游领着我们观看了大象表演,我们终于有机会跟驯服的、可爱的、憨厚的、忠实的大象做了亲密接触。

在大象表演场,你只要交二十元钱,就可以随便跟大象合影留念。驯象师会让你坐在大象鼻子上,哇塞!就像坐在真皮沙发上,舒服极了,安全极了。这些庞然大物,一点儿不仗势欺人,可温柔了!你坐在大象鼻子上拍完照,驯象师一声口令,两头大象原本用长长的鼻子勾搭成的"沙发",变成了不可一世的模样——高高扬起鼻子,仿佛鼻孔朝天爱挑剔的骄傲姑娘。

在大象的身边,就是有那么一种感觉,就是让人感到十分的安全、温馨。

离开野象谷,我们又驱车走了两个多小时,便进入了西双版纳市区。哦,西双版纳,美丽迷人的边陲小城——这里的天,真蓝,蓝得没有一点杂色;这里的云,真白,白的像雪白的棉花。这里到处是绿的树红的花,这里的建筑物呢,突出的傣族风情——尖顶直插云霄、金色光芒耀眼。眼前一切的一切,都那么温暖、那么和谐、那么入镜。

这天下午,我们参观考察了西双版纳职院,被西双版纳职院极富特色的办学成就深深地吸引。这所只有200多位教职工、7000多名学生的规模并不算大的高职院校,竟然开设了老挝语、越南语等很多小语种外语专业,有亚洲近十个国家的学生在这里交流学习。而且,她们的艺体系还和中国科学院合作开发了"一河两界民族音乐研究"的国家重点课题项目的研究。新校区正在建设中,两千亩建设用地,10亿元的建设资金——令人鲜艳不已!

傍晚时分,热情的主人们,特别邀请我们在一家郊外的简朴的傣族乡村饭馆,品尝地道的傣家风情菜——傣家食物以烧烤为主,加上毫无污染的各式野菜、自家打制的年糕、各种山梨采摘的菌类，餐桌上是琳琅满目，一道一道从来没吃过、从来没见过的菜令人应接不暇，狼吞虎咽品尝之余，每个人都唏嘘赞叹不已。对了，那天我们还喝了傣家人自己酿制的米酒，简单的塑料瓶子，没有商标，然而却很纯、很香。

吃饭之余，我跑到餐厅后面去洗手，无意中突然发现，简朴、凌乱的餐馆后庭院，在暮色的映衬下，竟是那么美——温馨、平和、静谧的美。于是，我赶紧摆了个 PS，让许航拿来相机拍了下来——我想也融入这副无比美妙的画卷中。

西双版纳职院的李院长，是一位豪爽、好客、健谈、精干的哈尼族中年男子。他在盛情请我们用过晚餐后，又饶有兴致地邀请我们来到了西双版纳市区的酒吧街，参观他们学院旅游专业设在这里的校外实训基地——职院酒吧。踱步于西双版纳的酒吧街，霓虹闪烁，心旷神怡。不禁为她的规模之大，酒吧之多，档次之高，风景之美，建筑之豪华，咋舌感叹。

来到西双版纳的第二天，我们趁着晨雾，驱车游览了一个傣家村寨，这里的民居都是傣家第二代的民居建筑格式。导游告诉我们，傣家人第一代的民居是木头和茅草盖得，第二代呢，是砖木结构的。上下两层，下面不住人，用来停车、放东西、养家畜。楼上住人。到傣家民居参观，要一脱、二抱、三不看——一脱就是上楼要脱鞋；二抱是进到客厅有一根方柱，是吉祥的象征，游人们要在主人的指引下抱一下，以求祝福；三不看是不看傣家人的卧室，因为傣家人老少男女是住在一起的，象征和谐，床与床间只用布帘隔开。傣家人认为，卧室里有他们一家人的灵魂，外人看到，就会把灵魂带走。傣族是典型的母系氏族进化而来，和汉族文化中的重男轻女恰恰相反，是重女轻男。我们是嫁女儿，傣家人是娶女婿。呵呵！长了不少见识呢！

在西双版纳，我们还游览了中国科学院西双版纳国家植物园。这是一个五A级的由国家和地方联合开发管理的大型植物园。这里种植着数万种植物，粗的细的、高的低的、巨大的叶子遮天蔽日的、细小的枝叶不经意都看不着的、各种各样的绿、各种各样的红，有最毒的见血封喉树，有最高的望天树，有上千年的长寿树，有会跳舞的树，还有含羞草、"没心没肺"的男人花、"招蜂惹蝶"的女人花等等。漫步于这热带雨林的植物王国里，高蓝高蓝的天上飘着雪白雪白的云，金灿灿的太阳并不炽热地照在我们的头顶，远处波光粼粼的澜沧江汪汪一碧,各式各样彰显着现代气息的新式傣家建筑若隐若现地出现在天边,这样的情境,您不觉的惬意吗?

离开西双版纳前,我们驱车来到位于中缅边境的勐腊,游览了望天树风景区。这里到处是高耸入云的树木,最高的八九十米,抬起头来都看不到树尖。聪明的勐腊人,在高高的 12 棵望天树之间架起了一条长 500 米的天桥,桥的最高处离地面 30 多米,有 10 层楼那么高。走在这样的天桥上,虽然说不上惊心动魄,但是,也足以叫人心惊胆战,面无血色喽! 令人开心的是,在这里为我们导游的是当地的一位哈尼族小妹,叫杨海波,她的大方热情,美丽开朗,给我们留下了很深的印象。

离开云南,离开西双版纳快一个月了,我还是时时想起她。

忘不了,我的蒙巴拉纳西!

游福建鳞隐石林

到福建的第四天,我们吃过早饭,就出发前往永安,游览堪比云南石林的福建鳞隐石林。这里和先前在泰宁上清溪漂流、寨下大峡谷看到的丹霞地貌截然不同,不再是外表看似光滑坚硬,内里却是非常疏松,稍不留意就大块大块地脱落,以至出现那么多千奇百怪的坑洼和洞穴的红色圆形大山。这里的山石成铁黑色,山虽不高,但是山峰犬牙交错,石质坚硬无比,造型千姿百态。尽管规模无法和云南石林相比,但是景观之美、之紧凑、之和谐,也算是天下一绝了。

鳞隐石林不太大,却是国家重点风景名胜区。它位于福建三明永安市区西北部 13 公里处的大湖镇境内。据历史记载,这座石林景观始建于清雍正年间。因为山石表面像鱼鳞一样,当时的修建者取典故"天故隐其迹"的意思,给它取了个名,叫鳞隐。石林由鳞隐、石洞寒泉、洪云山、寿春岩四处石林风景群组成。总面积 1.21 平方公里。有鳞隐石林、洪云山石林、十八洞等 3 组景点。

其实,大多数人一般只知道云南的石林,而且,很多广告,甚至香烟盒都有云南石林的图片,却不知道福建省永安市也有一座中国四大石林之一的国家重点风景名胜区——永安石林。

这里独特的喀斯特地貌造就了这座石林公园地上有石林、地下有迷宫的奇异景观。

据地质学家考证，鳞隐石林大约发育形成于石炭——二叠纪的石灰岩里，它们高的达到 36 米，低的也有 2—3 米，形态各异，气象万千。有的耸起像孤立的柱子，有的高耸像一座座石塔，还有的形状像一个个锋利的锥子。这些石林也有的共同拥有同一个基座，像一簇簇丛生的草丛，有的则高低错落，像古人放笔的笔架。这石的林哟，有平顶的、有尖顶的，有的是光滑的柱状而顶部却是密集的锯齿状溶沟和石芽，有的灰岩裸露黑白相间，有的罩着一层藤本植物盘缠的披纱，朦朦胧胧，看不清本来面目，总之，放眼望去，美丽而壮观，拾阶而游览，则"山穷水复，柳暗花明"。

鳞隐石林这些千姿百态的石芽、石锥、石柱、石笋，拟人状物，鬼斧神工。千百年来，引发着人们的无限遐想。那惟妙惟肖的美猿寿桃，那令人泣下的霸王别姬，形象生动的令人感叹的"千年之吻"和"想你一万年"，还有逼真的"黑熊护笋""可爱的考拉"等等，虽然，都是人们的想象，虽然都是人们给它的命名，但是，我们不能不承认，这些惟妙惟肖、妙趣横生岩石、石山会给我们多少浪漫，多少遐想。难怪许多人在这里流连忘返，不忍离去呢。

鳞隐石林和许多喀斯特地貌山一样，下面还隐藏着许多溶洞，其中一个叫十八洞的非常著名，这个洞的主洞长 217 米，分为上、中、下三层。十八洞里是洞中有洞，就像是一座迷宫。可惜，导游说，因为洞里很多地方非常狭窄，怕人们进去不安全，没有组织我们进洞观赏。洞中的钟乳悬挂，五彩缤纷，内有一泓清泉，清澈见底，这些石林景观中的罕见奇景，也只是听导游说说。

我们上上下下走在这令人应接不暇的石的大千世界里，感叹着，叫喊着，挥舞着手臂指点着，爬上山崖摆着老猴望月的架势，仿佛有观不完的景，有拍不完的照片，久久地逗留其中，不肯离去。

2011 年 4 月 4 日

走进寨下大峡谷

大金湖游览归来，吃过中午饭，我们便马不停蹄地来到丹霞世界地质公园，观看4D电影，回溯几千万年前丹霞地貌的形成历史。

坐在4D影院，戴上特质的眼镜，观看那20多分钟的4D电影，真可以用骇人心脾、惊心动魄来形容。刻骨铭心，这辈子都不可能忘记那种感受。影片是动漫的，由一只千年的小海龟做主人翁，由它来介绍，几千万年以前，原本是海底世界的泰宁，如何经历了沧海桑田的巨变，隆起成为今天的大山。由于采用了听觉、视觉、感觉和触觉等多维刺激，让人绝对是亲身经历了一般。那风雨雷电、那山崩地裂都让人如临其境，置身其中。短短20来分钟，电影院里发出了一阵又一阵刺激、恐惧的惊叫声。乌龟劈头而来了、巨浪滚滚的海啸涌过来了、巨石蛇蟒怪兽直冲冲地向你冲来了，忽而山摇地动(座椅在动)，忽而狂风大作(有风扑面)，忽而暴雨倾盆(有水喷过)。我们就是在这样方式的带领下，开始了对寨下人峡谷的品味和猜想。

看完4D电影，从影院出来，导游便迫不及待地带我们去品尝蛇酒，其实就是带着我们去购物。这是每一次跟旅行社旅游都必须的，大家也没有抱怨许多。之后，我们便开始了两个半小时的寨下大峡谷之游。

寨下大峡谷，位于泰宁县城西北十五公里处的寨下村，它是由3条大峡谷首尾相连组成的，形状就像个大三角形。从空中俯瞰，就好像一条金色的苍龙蜷曲着卧在群山之中，所以，当地人又叫它金龙谷。寨下大峡谷也是泰宁当地的第一条地质科考路线，联合国专家称它为"世界地质公园的榜样景区"。寨下大峡谷这三条满目苍翠、形态各异相互连接的峡谷，在很多万年以前，并不是同一种方式形成的。据地质学家考证，认为它们分别是由海水侵蚀、重力崩塌、构造运动三种不同的地质作用形成的。据记载，联合国教科文组织专家实地考评时说：寨下大峡谷"无论从地质景观还是生态环境，都是世界级的"。寨下大峡谷是步行观赏丹霞地貌的绝佳地，沿着峡谷一路走过，你可以看到丹霞地貌中典型的赤壁、洞穴、巷谷、线谷和堰塞湖。

在导游的带领下，我们走进通天峡，映入眼帘的仿佛就是当年的"山崩地裂"，让人的心灵感到了强烈震撼。一条线谷、一道狭窄的裂谷深深切入山体，好像要把整座山劈开，而后又向地底深深地凹陷下去，黑漆漆、阴森森的，什么也看不到，像是一个无底的深渊。往前走，一座山头、一个巨大的石壁。路边的地质解说牌告诉我们：由于千万年前整个崖壁受到了垂直重力而崩塌、风化，仿佛就是被劈削过，像人工竖起的一座巨碑。

走进倚天峡的"时空隧道"，在地质学家们的解释下，人们能同时看到和触摸到两个相隔年代遥远的地质岩层，左边的是距今约 4 亿年的变质岩，而右边的却是距今 8000 万年前形成的丹霞地貌地层，一水之隔，近在咫尺，两种岩石的形成年代竟相差 3 亿多年。

整个大峡谷的两旁都是陡峭的崖壁，要么向峡谷里倾斜，好像随时会崩塌；要么壁立千仞，遮天蔽日，使大峡谷幽深得令人窒息；走入峡谷中由不得你有隔世的感觉，好象走进了世外桃源。

两个半小时的路程，我们仰着脖子，睁大惊奇的眼睛，在导游的指点下，在地质路牌的解释下，遐想着，揣度着。

看！天穹岩！导游叫了一声。这是寨下大峡谷最引人入胜的一处峭壁造型——当然是天然的。在那倒悬着的褐红色崖壁的山顶，有一个直径约二三十米的凹岩，在凹岩里，大自然鬼斧神工般雕琢出了数百个大小不一、形态各异的丹霞洞穴，有的大洞套着小洞，有的几个小洞傍着一个大洞，洞外是洞，洞中有洞，如同一个石洞的大家族。它们高悬在游客的头顶，在谷底仰观，活像是一座神圣殿堂的穹庐，高贵而又气派；又好像是夜晚的满天星斗，令人眼花缭乱，应接不暇。

在寨下大峡谷的丹崖谷底，还隐藏着一个不大的湖——雁栖湖，雁栖湖静卧在壁立千仞的悬崖下千万年了，她的周围翠竹丛生，林木环绕，湖水冰冷、清澈、静谧，就像是一位冷艳的女子，躲在深山之中。丹崖的阳刚与碧水的阴柔，构成一幅摄人心魄的绝美画卷。

走着、看着、听着、想着，十几里的脚程，在不知不觉中消尽。走出大峡谷，好像走出了一个世界，看着就要下山的夕阳，我们感叹着，回味着。

89 泛舟大金湖

　　3月26日上午，我们匆匆吃过早饭，便乘车赶往与上清溪相连的，上清溪水流的归宿地——大金湖。天有点儿阴，还不时下着一点儿小雨。

　　我们大约坐了半个多不到一个小时的车程，就来到了这个碧波万里，据说湖底蕴藏着丰富的沙金，古人曾经在这里淘过金发过财的大金湖。

　　登上"古城7号"游轮，泛舟在一望无垠、远山起伏、朦朦胧胧，在一片水汽的绿色掩映下的大金湖上，在清冷的春风细雨中，游览湖光山色，浏览泰宁风光，那浪漫的情调的确别有一番滋味。

　　大金湖是国家重点风景名胜区，它以湖水为主，以丹霞山地貌为山地特征，是国内已经开发的名胜中少有的典型丹霞地貌与碧波万顷的浩瀚湖水完美结合的风景名胜区。大金湖的景观资源非常丰富，导游告诉我们说，大金湖有72座山峰、36处岩壁、18处洞穴、5个山泉、两处瀑布。这里的人们把它们分为八大景区189个景点，49处胜景。听着导游的介绍，放眼这山这水，真正地感到她的幽静、秀丽、奇特、绝伦的独特风格，可以说大金湖是山青、水秀、石美、洞奇、峰怪啊。

　　构成大金湖无比美丽风景的两大要素，就是红色的丹山和清澈的碧水。大金湖四周的山，雄奇俊逸，大金湖的水，清丽幽雅，用阳刚与阴柔相济，豪放与婉约互补来形容大金湖的美，一点儿都不过分。真的，你看啊，碧绿幽蓝的湖泊，同绵延数十公里的红褐色山石群连成一体，丹崖时而突进湖心，劈开湖水，时而远远离开，留下轮廓；碧水呢，有时深入山腹，有时环绕四周。真个水中有山，山中有水，山水相映，熠熠生辉啊。

　　大金湖四周的山壁，由于大自然的伟力，很多都坑坑洼洼，内陷为岩穴，变化为各种各样的形状，引得古往今来的文人骚客想象驰骋，遐思无限。山上到处是山泉、山溪，雨水季节，顺着山势，溪水飞流直下形成瀑布。虽无法和黄果树、三叠泉媲美，却也无端地给大金湖增添了无穷秀色。

　　湖水映衬着山峰的奇伟,山峰倒映出湖水的深邃,加上点缀沿岸的"右鼓左钟,寺在其中"的甘露岩古寺、隐约着炊烟缕缕的湖四周的渔村山寨、参差的古墓关隘等众多人文景观,使得大金湖风景曲折多致,景象万千,充满山水灵性,成了国内少有的水上丹霞奇观。

　　特别是悬于半山之上的甘露岩寺、山水一片的一线天、岩隙天梯幽谷迷津、鬼斧神工的天然佛像、摩崖石刻等绝世奇观,令人叹为观止,难怪中国当代学者蔡尚思称这里是"天下第一湖山"。

　　泛舟在大金湖上,我们先后三次登岸游览。

　　第一站,就是崖隙天梯攀岩——沿着一条崖隙,或者说岩缝,顺着阶梯一直攀登到山顶。又黑又窄的崖隙通道,一千多节石阶,泰宁三多蛇最多,攀爬在这样的石缝里,大家可以想象是怎样的情景。

　　一开始,兴致勃勃的榕哥冲在第一,可是刚走进崖隙,发现里面漆黑一片,便马上退了回来寻找光亮。于是,我自告奋勇第一个爬了进去。凭着多年的旅游经验,开始我是信心十足。可是,爬了没有多远,就发现窄狭的阶梯两边崖壁湿漉漉的,突然想起导游的话,泰宁三多蛇最多。因为怕蛇,心里骤然紧张起来。后来,我干脆大声喊着:人来了蛇让道! 给自己壮胆。眼前是一片黑暗,石阶是又滑又陡。怎么爬好像都看不到亮光,怎么爬都好像爬不到顶。越爬越有点儿心虚害怕,越爬越觉着腿软。真的很想退回去。可是后面紧跟着洁玲,她也战战兢兢,显得很害怕,我又怕让她笑话,只好硬着头皮,手足并用地继续前行……

　　从崖隙天梯攀爬归来,我们重新登上"古城7号",又开始在大金湖上泛舟览景。外面又下起了细雨,天也有点冷了。然而,老天的变化,一点儿不影响大家的游兴,照相的、打牌的、喝酒的、侃大山的。

　　船行驶了半个多小时,便来到了"右鼓左钟,寺在其中"的著名的南甘露寺——甘露岩寺。据说,这座古刹建在半山崖上,已经有几百年历史了。上山路上细雨蒙蒙,我们三五成群,没带伞的给带伞的撑着伞借着光。

　　半路上,在导游的指点下,我们看到了一种能吃的山杜鹃花,我信手摘了一朵,放在嘴里,竟然有点儿酸甜。

　　甘露岩寺是土木建筑,建筑都是枣红色,透着历史,浸着古旧。寺不算大,在半山腰,也没办法大。但是,大小庙宇、佛堂全部都是因山势而修,体现出了我国古代人民的无穷智慧和创造力。

在甘露寺里,很多人都请了香烛,为亲人朋友祈福,我也加入了他们的行列。大家照相的照相,观览的观览,洗手的洗手,抱柱的抱柱。导游告诉我们,来到甘露岩寺,有四个动作是一定要做的,这就是:在进门的水潭里洗手,摸一摸四周围的方竹,抱一抱支撑甘露寺的立柱,最后就是接上一滴甘露。

在寺的第三层,有一处地方,从岩石上不时滴下一滴露水,人们说那就是甘露。于是,我仰起脖子,等了几分钟,脖子都有点儿酸了,一眨眼,一滴甘露从头边落下。我没有死心,继续仰着脖子,眼睛一眨不眨地盯这上面湿漉漉的岩石。一分钟又一分钟,终于又是一点甘露飞快地落下来,我赶紧把嘴对准它,哇!竟然接到了。

大金湖游览的第三个景点,是观看客家新娘招女婿——招"色狼"(客家话译音)。我因头痛,没有去看。留一点遗憾吧,下次再来。

2011 年 4 月 5 日

泰宁的早晨

离开迷人的上清溪,告别那位黑黝黝的,为我们倾心讲解了一路的客家艄公小伙子,我们驱车来到了泰宁这个有着悠久历史的古城。

清一色的青砖青瓦白墙,楼顶一律起脊的,长短高低错落的人字形屋顶——粉墙黛瓦、马头墙、小青瓦的现代徽派建筑,煞是整齐,煞是漂亮,令人眼前一亮,耳目一新。

据说,在宋朝以前泰宁叫"归化",是偏远蛮夷之地归顺的意思。到了宋朝的公元 1086 年,"归化"才改名为"泰宁"。相传那年泰宁出了一位状元叫叶祖洽,在面见宋哲宗的时候对皇帝说,他的家乡一向尊崇儒学,还有一条金溪跟曲阜的河一样的河流,风水堪比曲阜,所以,才会钟灵毓秀、人杰地灵。于是,宋哲宗就将孔子故乡曲阜阙里的府号"泰宁"赐给了叶祖洽的家乡,以示褒扬。"泰宁"这个地名就是这样来的。

"一门四进士，隔河两状元，一巷九举人"，这是对泰宁人杰地灵的最好诠释。

旅途虽然劳顿，晚饭后我们还是走上这陌生的街道，去寻觅、去触摸、去感受、去聆听——那曾经的古旧——老水车、苦水井。

或许是没有听清导游下车前的介绍，抑或忘了请教一下宾馆的服务员，我们竟没能像榕科他们那样走到泰宁古镇，提前欣赏到状元街尚书坊的古韵。

晚上，在酒店里，听着他眉飞色舞的神侃，我是真的感到遗憾。于是和镇震、张勇、烨英相约，第二天一早去。

26 日一大早，有的人还在是梦中，我们四人便悄悄地离开了酒店，在酒店保安的指引下，走向了泰宁古镇。

六点半，泰宁还在朦胧的睡梦里，大街小巷笼罩在刚刚熄灭路灯的晨雾之中。街道上已经有了一些晨练的人：他们有的一身短打扮在晨跑，有的着一身白色的灯笼衣裤，凝神屏气地打着太极。

顺着路人的指点，我们走过了一座铁桥——去年 6 月 18 日特大山洪冲毁了所有的桥梁，这是临时搭建的，便来到了当年的泰宁古镇。

状元街已经没有了过去的太多痕迹，清一色的现代徽派楼宇，一座挨着一座矗立在街道两旁。一个巨大的青铜水车，古色古香地向人们昭示着古旧的过去。红花怒放，绿树掩映，整齐的街道显现着今天泰宁的精神风貌。

古老的仿古水车左边，有一个新修建的仿古老时代的木制门楼，走进大门，便是当年的尚书第。我们踏上的是一条青石铺路的老街道。"尚书街"是泰宁最古老的一条街。它(尚书第)的主人叫李春烨，是明朝天启年间的兵部尚书。整个尚书第有五个院落组合在一起。院落之间关门后即可独立成章，开门后形成一面街道，非常的巧妙。前有马房、仪仗厅，后有花园、甬道，一应俱全的设计体现了主人雄厚的经济实力，是名副其实的古代官宦人家的深宅大院。年代沧桑，这些几百年来留下的建筑——砖木结构，参差不一的宅院、瓦房，已经古旧斑驳。而尚书街的右边，则是新修的，与之相对称的粉墙黛瓦的砖木结构的仿古建筑。

顺着泰宁古镇的导游图一路走去，我们游览了四方古井、红军街，参观了当年周恩来、朱德在第一次国内革命战争时期，转战闽赣时在泰宁居住的地方——

因为要赶回酒店吃早饭,还要开始新的旅程,我们只好草草浏览了金溪堤岸上大大小小数百个新造的寓意深刻、形态万千的青铜雕刻后,便一步三回头地离开了古镇。

三游梅州

放假刚几天,学院电教的李主任便迫不及待组织我们这些现代教育技术能力培训的主讲教师到梅洲交流旅游。也是啊,平时大家都忙,他更忙,就算想出去,也没有时间、没有机会呀。

就这样,我有了第三次游梅洲的经历。

和前两次游梅洲不同的是,前两次我们都是自由行,这次我们是跟着旅行社,在导游的带领和讲解下开始的梅洲行。所以,尽管是三次到梅洲了,我还是了解了许多原来不知道的东西。

什么金柚之乡、茶叶之乡、足球之乡!梅洲是世界客都,中国三大客都是梅洲、赣洲、龙岩,朱德是客家人,五叶神香烟占梅洲经济60%,客家人要建设生态梅洲、文化梅洲、旅游梅洲,梅洲出了240多位大学校长,出了以元帅叶剑英为首的400多位将军,出了12位院士。一个小小的虎形村有过十位将军,雁阳镇一个镇有三家上市公司,雁南飞是客家人不忘故乡的深深情意等等。这许许多多知识让我大开眼界,大长见识。

这些知识、新闻、消息都是出自两位导游:汕头的蔡壁瑜和梅洲的罗玲。最主要是梅洲的地陪小罗的细致的讲解。

我们1月28日早上八点在汕头华侨公园门前上车,对了,因为没有到过华侨公园,我还在前一天开车拉着老婆女儿专门找过。大约乘车走了三个小时我们便到了梅洲。

我们先是游览了千佛塔,吃饭后又参观了客家人博物园。1998年夏天我带着澄海师范95(1)班的十几个同学第一次来梅洲时,这里只是黄遵宪故居人境庐。而今聪明智慧的梅洲人已经把它扩大为客家人博物园,里面有达夫楼、将军馆、大学校长馆和黄遵宪故居、人境庐。下午我们到嘉应学院师范分院,与梅洲负责教育技术培训的教育局和学院领导进行了交流座谈。第二天,我们毫不例外地参观了剑英故居、纪念堂和雁南飞茶田。

这第三次的梅洲行我还感受颇多,导游的博学尽职、能说会道,叶剑英纪念堂的丰富堂皇,师范分院领导老师的好客豪爽,还有梅洲天气的好客变化:我们从汕头出来没多久,天就下起了雨,一直下到梅洲。可是我们下车几分钟,老天便雨过天晴,接下来一天多都是大晴天,可是当今天下午我们要离开梅洲时,天阴了,而且下起了小雨,奇怪吗? 好像老天有灵有情似的。

梅洲的山好水好空气好,梅洲的酒好人好环境好,梅洲的明天会更好!

噢！可爱的澄海人，不，潮汕人！

到汕头来工作的这些年，经常听到同来的或错前错后从外地来的老师们发出这样的感慨：潮汕人欺生、潮汕人瞧不起外地人、潮汕人就爱欺负外省人……甚至茶余饭后闲聊的时候，这些来自江西、湖南、贵州、陕西、东北的同事们，还列举出许多实例，证明她们的观点是正确的。"谁谁买菜总是比本地人买的贵""谁谁去饭馆吃饭说普通话人家不招呼、看不起""谁谁买衣服人家看他是外地人就不让试，态度还不好"等等，不一而足。

然而，在汕头工作生活了 15 年了，我却从来没有这种感觉。而是相反，我感觉更多的是潮汕人的可爱、可亲、可交、可信。

记得 1995 年刚刚来澄海师范工作时，一天上街买生活用品，在文词东路路口的一家杂货店碰到了一位姓周的大姐，当这位女老板知道我们是从外地来教书的老师时，她不仅以最低的价格（比明码标价低很多）卖给了我们枕头、凉席、水桶等日用品，健谈的她还滔滔不绝地为我们介绍起了澄海的风土人情、旅游景点，并且她还特别告诉我们，在潮汕生活，什么时候应该煮什么汤、什么时候应该喝什么凉茶等。总之，有关地域风俗、时令饮食什么的，都一股脑儿地讲给我们听。后来，我们两家就成了好朋友。前几年还没有调到汕头时，每逢年节或者空闲时间，周大姐，有时是她的爱人——澄海旅游局退休的蔡大哥，或者他们的小女儿——小学英语教师紫苑，就会到家里来玩儿，带来大包小包的特产、水果，还有浓浓的问候。当然，来而不往非礼也。我们呢，也会送上一点儿宁夏的枸杞、发菜聊表心意。

在澄海师范当老师时，很长一段时间就住在学校后面的家属宿舍，天天都要到学校所在地的冠山市场买菜。每次到菜市场，感到的都是浓浓的乡情。"老师，吃什么？""老师，这个好吃！""老师，这个新鲜。"认识的不认识的菜农、小商贩，操着刚刚学的几句潮味浓重的普通话，都跟我打招呼、搭讪。当然，你可以认为她们这是为了套近乎，拉你买菜。但是，每次我买的菜都比别人的便宜，真的，比本地人还便宜，这却是事实！

有一次，台风刚刮过，早上9点多我就骑车到冠山买菜，因为10点还有课，我便跑到比较熟的一个摊子跟前。"麻烦你，我一会儿还有课，先给我买吧。"我说。那位女摊主一看是我，马上热情地拿起一个很大的黑色塑料袋，连称都不称，又是苦瓜又是青菜，满满地装了一袋，顺手递给我说："给你，5块钱。""才5块钱？"我有些疑惑，当时台风刮的，菜价飞涨，苦瓜一斤要四五块，光是她给装的两个大苦瓜就不止5元。"你别算错了！"我再三对她说。"没错，都是自己家种的，赶紧拿着上课去。"我只好付了5元钱回到学校。那天，我上课时特别投入。

还有一次，我和爱人因有急事要到学校，可摩托车坏了，只好乘4路公车先到冠山。从不搭公车的我们上了车才知道，这是辆无人售票的车，到冠山每人要投币1元5角。一摸衣兜儿，只有1元零钱，下车回家去取吧，肯定要误事，一下投10元又不忍。正在犹豫要不要下车时，宁冠园右边小店的女老板，手拿两元零钱跑了过来，一下塞到我的手里。当时我有点儿蒙了，那时，我们刚搬到宁冠园不久，跟这个女老板并不熟。"快拿着，车开了。"她边往回跑边说。"这——""不要紧，有时间想起来就还给我。"这事已经过了好多年，每每想起心还是热热的。

对了，有一次，好像是说台风要正面袭击汕头，接到学校的电话，要我和爱人回校抗台风。当时风雨已经相当大，摩托车不能骑，公交车也停开了。我和爱人只好打着伞顶着风，走着去学校。还没出小区几步，衣服就湿透了。我们艰难地在文冠路上走着，这时，一辆三轮摩托从身边驶了过去。"这时要是有辆三轮车多好啊！"我这样想着。只听得身后摩托车的声音，还没等回头，那辆刚开过去的摩托车已经在我们身旁停了下来。"老师，你们要到哪里去？"司机好像没见过，他从驾驶室探出头来问。"我们要赶去学校防台风。"我大声告诉他。"那就赶快上来吧！"他说着，跳下车来，打开车门。"你不是要去城里？"我疑惑地问。"不去了，快上车。"不等我说完，他便连托带扶地把我们送上了车。顶着十级狂风和滂沱的暴雨，他艰难地开着车，一直把我们送到了学校的教学楼门前。当时，我感到非常过意不去，从口袋里掏出钱来要给他车费，他说了一声："老师呀，你太看不起我了！"便匆匆把车开走了。后来，我想了很久，也想不起来这位车老板是谁。我们澄海的百姓呀,就是这样的质朴、憨厚。

记得 2001 年的一天,我和当时澄师的教务处副主任、江西籍老师苏斌,一起到冠山买东西,像往常一样,一路上尽是店主、老板、老乡跟我打招呼的。走到一处水果摊位,那个 40 多岁的中年老板竟然开玩笑地说道:"冯老师啊,下次冠山选居委会主任,我们都选你啊。"弄得苏斌感到十分奇怪,回来的路上总是问我:"你怎么会认识这么多冠山人,他们为什么会对你这么热乎。"

为什么呢? 我也说不清。是潮汕人的热情好客? 是潮汕人懂得尊重老师? 还是潮汕人天生的憨厚、实诚? 我想可能都有吧。当然,还离不开一点,那就是你自己也必须把自己当成一个潮汕人、"自己人",融进这个文化氛围,融进这里的生活中。我是早已经认定了:我就是个说普通话的潮汕人。

来汕头 15 年了,我教出了许许多多学生,跟许许多多的当地老师一同工作,结识了 360 行中许许多多的潮汕人,甚至还有许多原来是学生后来认成了自己的干儿干女。于是我拥有了许许多多、许许多多的朋友——

我想大声对来自外地外省的朋友们说:潮汕人真的非常可爱。

噢! 可爱的潮汕人!

说"微信"

有一段时间了,总想写一篇关于"微信"的东西。这个现代科技、网络世界高速发展到今天创造的"妖魔",一经出世,便搅得整个人的世界寝食不安、昏天黑地、黑白不分、鱼龙混杂、真假难辨……

稍微留意一下你的周围吧,不论坐车的、吃饭的、听课的、开店的、卖菜的、走路的、办公的、走私的……只要是有人的地方,就会是人人低着头,自顾自弄着手机,看着微信的场景。

如今,到底有多少人在玩微信,几千万? 几个亿? 十几个亿? 已经不重要了。微信已经像人们的吃饭睡觉一样,变得不可或缺。不,吃饭不过一日三餐,睡觉也才中午、晚上,微信呢,已经深深嵌入了人们的生活,没日没夜、每时每刻,像幽灵一样,缠绕在人们的身边,渗透进人们的生命。

当初马化腾指派他的研发团队,创造这个"妖魔"的时候,或许只是看到了它的简明、快捷、小巧灵活的传播资讯的作用,又或者只是为了在高速发展的科技时代,给整日忙忙碌碌、朝九晚五、整天忙得脚打后脑勺的人们弄一个快捷、方便的交流沟通平台,所以给它取了个诱人的名字"微信",取义微小之资讯、消息吧!他始终也没有想到,这微信经过几年的折腾,越来越离经叛道,越来越"妖魔化",越来越显现出了它的名字中似乎早就有的潜在的、隐藏的,当然也或许是我自己主观臆断的意思:随着虚假消息、骗人广告、不经验证的心灵鸡汤、别有用心的中伤微贴、刻意编纂的愤青政贴、不转就要死人的咒人狠贴、毫无根据的算命、祝福、星座贴……漫天飞舞、随时刷屏,微信越来越没有了作为资讯的可信度。现在的微信,其实已经变成了只能"略微""稍微""微微"相信那么一点点的东西了。它的更大的意义,变成了"微店"的卖场、生活的点缀、激情的调味、畸形心态的发泄阵地……

粗略地分一分,如今的微信帖子的种类,除了官方微信、公众微信平台发的东西,大致可以分为:养生的、推销药的、找人的、晒自己靓照的、卖货开微店的、愤青怀旧有意无意把谣造的、恶意中伤你给他人爆料的、有意炒作其实是帮人做广告的、星座算命的、鼓吹信佛超脱把红尘看破的……当然,也有记载交流个人真实生活的、针砭时弊关心社会的、弘扬正气转达正能量的、描摹自然人文生活之美的图片视频的、引人捧腹轻松一笑的……

而微信帖子的始作俑者,在我看来,大约有这么几种人:有钱者、有闲者、有意者、有才者、有需要者……有钱者,不计场合不计流量不计内容不计形式,随时刷随时贴随时转随时看随时评随时赞,一机在手,生活全有;有闲者,有的是时间有的是功夫,只要有网络有 wifi,便随时刷屏,随时聊微,看到中意的东西,当然是照转不误;有意者,又称别有用心者,或为一己之利或为扰乱视听、制造混乱,有意造谣、恶意中伤、传播虚假,唯恐天下不乱,然后暗自窃笑,坐山观虎;有才者,摄影的、书法的、绘画的、作文的,则有感而发、有感而作,将其才能之结晶,转而微信,给人们的生活增加色彩和笑语欢声;有需要者呢,则因生活、因无聊、需添补、需排遣,卖货的、自恋的、宣泄的、炫耀的,弄些微帖,聊以自慰。

于微信这个现代"妖魔",我是又爱又恨。爱它,因它快捷、方便、灵活、多彩；恨它，鱼龙混杂、良莠不齐、耽误功夫。多希望微信里不要再有虚假和欺骗、少去恶意中伤与诅咒、微店买卖多些针对性……

说起微信，千言万语，想说的太多，写出来一看，却是东一榔头西一棒槌、乱七八糟、思维混乱，如同微信帖子一般杂乱无章。算了，说也说了，写也写了，就弄出来，弄在这块"土地"上，给朋友们茶余饭后增添一点儿会心的笑意吧。

2014 年春节日记之社会情三则

1 月 29 日（腊月二十九）

一转眼，一年就这么过去了。白驹过隙、日月如梭都无法形容我的感觉——这个快呀！想着这一年里家国天下发生的大大小小、悲悲喜喜的事儿，想着那些为了生活背井离乡跑到大城市里疲于奔波的农民工，想着那些远离父母家人在外面闯天下的儿子们，想着那些嫁给人家做媳妇儿的女儿们，想着他们在这一年里吃了多少苦，遭了多少罪，受了多少委屈，如今，终于有机会、有时间回家，回到自己的父母家人身边待几天过个年了，心中觉得暖烘烘的，鼻子酸酸的。于是，突发感慨，写下了这样一段说说："孩儿们，家，永远是你们温暖的避风港湾；门，永远为你们敞开着。逢年过节回家来，这里有你熟悉的爱和呵护！遇到困难、受了委屈回家来，这里可以疗伤，这里帮你坚强。记住：你们还有家！"

1 月 30 日（年三十）

过去一年的中国，毫无疑问是令人振奋，使人产生无穷遐想的一年。一个中华民族伟大复兴的中国梦——中华民族崛起的伟大梦想，使整个国人逐渐从不解走向欢欣鼓舞。新一届党的领导人，以前所未有的大无畏气概，举起了反腐的大旗，给了普天下老百姓以美好生活的无限希望和对美好未来的无限憧憬。作为一个老党员、老教师，我有一种冲动，很想表达点儿什么，想来想去，还是编副新春联，来表达内心的激动和感慨。于是，就有了下边的"说说"："金蛇狂舞，舞动 2013 反腐风暴风云岁月；骏马奔腾，跃出 2014 中华复兴锦绣春光。亲爱的朋友,值马年来临之际,拙作此联,权做恭贺,衷心祝福您和家人1月,马年吉祥,马到成功!”

31日(大年初一)

“蛇年已去,马年如期而至。大约留恋岁月,抑或感叹暮年?昨晚凌晨1点安寝,今晨6点醒来便不再有睡意了。回首过去的50多年,淡忘的、模糊的、不堪回首的、令人唏嘘的……竟都斑斑驳驳,展现眼前。思绪是混乱的,情感是游离的?我在想什么?我想要什么?人啊!人生啊!”

上边这段话,是我马年大年初一大清早上不到6点醒来后再也睡不着后的一点模糊的思绪、一些毫无逻辑的胡言乱语……马年初一6点钟发的微信。很真实!很缥缈!

上午我赶到父母家吃饺子。这是我们北方人过春节的习惯——大年初一吃饺子、放鞭炮。中间听大妹跟外甥说要去火车站买回程车票,笑她老土,并随手用手机给大妹买了回南京的车票。足不出户,前后用了不到10分钟。这个世界变化太快了!想一想我们那时候要买一张火车票,无论多远都必须到火车站售票厅。而且长途旅行不是分段买票就是每到一个终点站,都要中转签字。最近这些年呢,不仅有了提前预售,而且可以异地售票;而现在用电脑、手机、支付宝在家里就可以轻轻松松买票了!

下午,借着去车站取票(大妹对手机买票疑惑不定、怕上当受骗,急着拿到手放心)之际,我拉着大妹她们母子到莱芜旧地重游。印象是极差的——通往莱芜海边的路被新加的两扇大铁门挡住了。游客们只好翻墙爬山,几经周折,满身尘土才能完成这次海边游玩!据说是因为这里的土地卖给私人了——恼人的土地财政啊!

年前开通了新浪微博——原本我是非常抗拒的。在我看来博客就是文章,如果转发人家的一句话、爆出一个什么冷门新闻都算“博”的话,这算什么文章?我宁可不要。然而,随着时间推移,我的看法变了。没有微博,似乎是一种落后、落伍。于是,马年来临前,我有了自己的微博。大年初一微博上尽是吐槽马年春晚的,甚至有人还要声讨、问责冯氏小刚。心里很不以为然。愤愤不平下,接连发了两条微博:

"其实春晚已经成为中国人的一种新年俗。不要用好不好去评判,也无法用好不好来评价。从来众口难调,从来阳春白雪下里巴人无法同声。加之网络发展资讯畅达,人们的需求欲望已无止境……春晚,就是看看,热热闹闹过个年!"

"没必要对春晚这么糟蹋,哪个导演不想满足所有人的要求,然而可能吗?他们努力了,大年三十在为你开心过年服务,你不感恩,还乱吐槽!人哪,留点儿口德吧!"而且,大家发现没有,人们通常在大年三十晚上看春晚时,大多不满意,因为我们在拿已经看了好多遍的去年的春晚来比较。可是,第二天当你再看时,你会觉得这个春晚其实也不错!我很多年都是这样的感觉——春晚的魅力在于耐看——就看不厌!

"新汉奸"论

"汉奸"者,汉之奸贼也。"汉奸"一词,从来就是"卖国求荣""引狼入室""助纣为虐""毁我中华"的同义词。曾几何时,"汉奸"是那么的遭人唾骂,令人不齿。"汉奸"在过去的时代里,就如同过街老鼠,人人恨不得而啖之而后快。有点儿年纪的人,只要是一提"汉奸",人就会想起那些在晚清时期、民国初期,为了媚外和赚钱,与洋人勾结,将鸦片弄进中国,麻醉我国人、毒害我民族、涣散我民心,亲手制造了一代代东亚病夫的佞臣、奸商;只要一提起"汉奸",人们就会想到在日本鬼子的铁蹄践踏中国大地的时代,那些因为贪生怕死,抑或想仰仗日本人的势力来大捞好处、光耀门楣的"二鬼子"们。他们穿着洋布衫,歪带着日本军帽,像哈巴狗一样跟在"皇军"的屁股后面,专门打探抗日军民的消息,破坏我抗日根据地的地雷阵、地道阵,带着日本鬼子到处扫荡,烧杀掳掠的民族败类。

在那个血与火的年代里,"汉奸"就是要亡我中华,灭我民族。然而,和平时代久了,人们对"汉奸"也越来越淡忘了。除了一些描写历史的电影、电视剧里,还经常出现一些"汉奸"形象,人们几乎已经记不得"汉奸"是干什么的了。"汉奸"似乎早已远离了我们,远离了这个时代。

其实，"汉奸"并没有走远，"汉奸"就在我们身边！

新近被抓出来的杭州第一贪"许三多"、刚刚被判死缓的深圳原市长许宗衡，还有陈绍基、王华元，还有许许多多过去被抓出来的、今天被抓出来的，以及过去、今天或许将来也还没有被抓出来的大大小小的贪官污吏，他们为了自己能够占有更多的财富，想尽办法，不择手段，贪污受贿，走私贩私，倾吞国家和人民的财富，大挖社会主义国家经济的墙角，不断蚕食着我们泱泱国家。这些贪赃枉法的家伙们，动摇着民心，涣散着民族灵魂。难道他们不是汉奸？他们正在干着的，难道不是和当年汉奸们干的一样的，亡我中华、灭我民族的勾当？

更有甚者，从"三聚氰胺"婴幼儿奶粉、"苏丹红"辣椒酱、"孔雀绿"鱼饲料、"地沟油"饭菜，到"瘦肉精"，以及放进食品、药品中，能导致疾病甚至癌症产生的各种添加剂，不可胜数的丧尽天良的大小奸商们，为了不断地满足自己最大限度占有财富的贪欲，他们竟然昧着良心，昧着良知，不惜拿中华民族的生命做赌注。蚕食着中华子民的身躯，戕害者我千万同胞的身体！他们难道不是汉奸？他们干的难道不是亡我中华、灭我民族的汉奸的勾当吗？

可以想象，如果我们继续放任这些贪官污吏、大小奸商，这些"新汉奸"们肆意猖狂下去的话，要不了多久，或许10年，抑或20年、30年、50年，无需鸦片入侵，无需他国入侵，我中华民族将因为区区"三聚氰胺""瘦肉精"之类的毒害，而重新沦为东亚病夫；我泱泱大中华，将会因为民力的贫穷、国力的日渐虚空，而重新成为那些强国的精神殖民地。到那个时候，什么中华崛起，什么民族腾飞，都将成为空话！

这不是耸人听闻，我不想耸人听闻，这是不争的事实！

2011 年 5 月 10 日

观烧龙断想

来潮汕生活已经 15 年了。不止一次地观看过澄海冠山春节的游神赛会，也不止一次地观赏过这个地方正月十七、十八的赛大猪——赛大猪当日，参赛姓氏祖祠前白花花一大片用高高的木架架起的一口口大猪和逢到暖和天那大猪上空黑压压、嗡嗡盈盈的苍蝇，令人终身难忘。当然，因此我们没少吃参加过大赛的肥猪肉。至于澄海当地每年中秋节的烧塔，还有澄海盐鸿"盐灶神"每年正月 22 要拖着游的盛况——"盐灶神欠拖"嘛，虽然没有亲眼目睹，抑或通过影碟、照片，或是学生的口里也了解个大概。虎年初六，到未来亲家家走动，有幸又碰上揭阳杨美的游神赛会，再次饱了一把眼福——不，还有耳福，那鞭炮放的，真是个硝烟弥漫、遮天蔽日、雷鸣电闪、震耳欲聋呀。潮汕的年俗确实是花样繁多，令人眼花缭乱。不过想来也差不多都看过了。可没想到揭阳乔林还有个烧龙，更是让人大开眼界，久不能忘。

每年正月初十，揭阳乔林都要举行盛大的烧龙活动——过年把龙请到了凡间，年过完了，得给送回天上啊。据说乔林的烧龙还申请到了世界非物质文化遗产呢！这天，在承仲彬父亲、我的未来亲家林老兄的一再邀请下，我们驱车从汕头来到乔林，在亲家老兄的陪同下，在贵宾席上亲眼目睹、亲耳饱闻了这个盛大的烧龙晚会。

晚上 8 时许，活动主持人——一位德高望重的老族人宣布烧龙开始。顿时，原先摆在场地中间的各色高高低低的塔架上的焰火爆竹一起点燃，一下子会场被焰火放射出的光芒映照得像白昼一样。各种颜色、各种形状、各种声音的鞭炮焰火一齐燃放，轰鸣声、啸叫声、鸟雀动物的鸣叫撕咬声，和着赤橙黄绿青蓝紫绚烂无比的各色光焰，以各种姿态展现在人们面前。有的带着火光直冲云霄，有的和着鸟鸣螺旋上升，有的像瀑布飞流直泻，有的如钢水出炉溅起钢花点点。

眼前的焰火还没有结束，头顶上大型的礼花就开始炸响。原来，场地中央的小型焰火只是这场晚会的序幕。随着一声声犹如春雷般的轰鸣，真正的大幕拉开了。在我们的头顶上空，一朵朵五彩的礼花接二连三相继呈现，蘑菇云、天女散花、彩云追月、满天星，各式各样的礼花令人应接不暇，轰鸣声让人觉得那些礼花就是在人们头顶炸开的。看着、听着这节日的礼花焰火，我仿佛来到了北京天安门广场，置身于观礼台上。

　　30 年前，焰火、礼花并不是什么人在哪里都可以看到的。那时放烟花是国家的政治行为，也只有到了五一、国庆等大型节日，或者召开全国性的重大会议、活动，才可能会在北京（当然上海等少有的大城市也会）天安门广场附近燃放，而要近距离观看，除非登上天安门城楼或者观礼台。小时候，在北京我看过几次放烟火，但是，都是远远地遥看，声音很小几乎听不见，礼花也只是高高的、远远的、小小的云朵。记得最近距离的一次观看礼花焰火，是 1977 年党的十一大召开，那时我在平罗县火车站中学代课，正值暑假，回北京舅舅家看姥姥。那天晚上，还不到 7 点，东西长安街就戒严了。我带上两个表弟金栋和金明，徒步从建国门外头道街我舅舅家，走到了天安门广场。由于人特别多，我又带着两个小孩儿，怕他们挤着、丢了，尽管离放焰火的地方近了许多，还是没能好好看上几眼。

　　或许正因为那时候的老百姓无法观看焰火的缘故吧，北京卷烟厂还出品了一种香烟，叫礼花牌，烟盒上就是天安门城楼上绽放的几朵各色的礼花。时代发展，社会进步，几十年过去，原来是怎样的一种奢望的礼花焰火晚会，成了城里乡下年节时分的平常活动。感叹世界的变化真大真快呀！

　　想着，耳边的轰鸣声消失了，头顶的礼花也暂时停下来。原来烧龙第一幕烧鲤鱼开始了。只见会场中间八条扎满各式烟花爆竹已经点燃的"火"鲤鱼，在二十来个赤裸着上身的小伙子的簇拥下，沿着会场转了起来，开始烟花喷放的不快，火鲤鱼转得也不快，随着烟花越来越大，燃放速度越来越快，火鲤鱼飞快地转了起来，一直到烟花爆竹燃尽。

　　紧接着又是礼炮轰鸣、礼花绽放……"千树万树梨花开！"真的感谢我这位亲家老兄，为我们弄来了能最近距离观看烟花的贵宾票，我们能够在主席台上和揭阳市的领导一道，身临其境地享受着近在咫尺的色彩斑斓的烟火礼花。

　　一阵礼炮礼花过后，两只火凤凰出场了。这应该是烧龙的第二幕。只见两只长约五米的大火凤凰，在十来个小伙子的扛抬簇拥下，已经点燃身上扎满的的烟花爆竹,在会场里旋转了起来,一圈两圈三圈,整个会场成了烟花喷射、光焰闪耀的世界,各种各样的轰响,各种各样的光焰,映照出整个会场。这时我才发现,林氏祖祠对面这个临时搭起的不到足球场大的会场,人山人海挤了差不多两三万人,而且周围民房上,也是黑压压、里三层外三层站满了人。

烧凤之后,照例是烟火礼花,雷鸣电闪、五彩缤纷。春雷般的礼炮声,响彻了揭阳,响彻了潮汕大地,响彻了中华,给我们迎来了一个旺旺的虎年!为中华开辟着一个锦绣的前程!

最后,好戏开场了。两条长约 30 米的巨型火龙,由几十个身强力壮、赤裸着上身的年轻人扛着,分两次次第出场。每条龙身上隔一两米便扎一个绑满焰火炮竹的火炬,整个龙身由十几个火炬连接而成。随着烧龙号令,长长的巨龙顿时火焰四射,如同一条翻转于大海的蛟龙,快速地在会场中央旋转游动起来,伴随着巨型火龙的游动,礼花焰火万响齐鸣、万花争艳,人们欢呼着,会场的气氛被燃烧着的火龙点着了、沸腾了。一条火龙升天后,接着一阵礼花轰鸣,第二条火龙登场,一样的架势,一样的红火,一样的震撼人心……

龙是炎黄子孙的图腾,龙是中华民族的象征。我在想:随着这红红火火的巨龙升腾,我们国家的兴盛、民族的振兴,难道不是指日可待的吗?

有朋自远方来

为什么这么说呢? 因为,这个春节呀,除了年三十晚上女儿、女婿中午从揭阳回来了,老婆终于正经地炒了几个家常菜,炖了羊肉,做了顿午饭。趟澄海,跟我父母、弟妹及孩子等吃了顿团圆饭,一直到今天,我们都没有正经地动过锅灶。就老两口,不好做,也是犯懒,凑合凑合就是一顿。不行了就卜峰莲花一顿云南米线,要么"老北京家常菜"来盆酸菜鱼又是一顿。加上朋友、亲戚又请了两顿,还真就凑合下来了。

此刻,端着杯红酒小呷一口,再夹一口腊肉爆炒蒜薹,嗯! 真香。就是这腊肉有点儿咸。"好久没有吃腊肉了",心里想着,应该有十多年了。

吃着腊肉,不由得想起了老朋友赵燕。

腊肉是赵燕和她老公晓生先生初四上午送过来的,赵燕是湖北人,这次随老公到揭阳老家过年,专门驱车假道汕头来看我,并且带来了家乡特产腊肉和豆豉。

赵燕是我 13 年前,在省里参加广东省第三期普通话水平测试员培训班时的同学,当时她应该是清远中学的语文老师。那一次培训,我是班长,她是班员。记得当时她就住在我们隔壁。我还记得那时她的女儿才几岁,为了考测试员,她把孩子扔在家里,但是,很显然,她又很想女儿。我们经常看到她一个人待在宿舍里发呆。大家都为她的这种舍得的精神所敬佩。那次我们同学了 12 天。12 天里,我们 48 位学员一起听课、讨论,课余时间,外地住宿的学员一起训练朗读、说话,我经常被她们请去范读、范说、当老师。那次培训结业时,我们——我、现在广州大学的关山、东莞实验学校的石磊、五邑大学的郭经儒、清远的赵燕还有欧翠坚等——玩得好的同学,请来了李华东老师喝酒聊天,合影留念,最后我们成了朋友,而且一交就是十几年。

俗话说:君子之交淡如水。虽然是朋友,由于距离遥远,各自忙着自己的事情,我们的联络并不多。前些年,也不过是逢年过节送送祝福,偶尔联系一下,或为去参加国家级培训班,或为各地普通话水平测试做做交流,或为彼此教的《教师口语》课的教材、备课通一下信息。

倒是最近这几年,特别是学院评估这三年多,我是为公为私的,先后去了好几趟清远。每次去清远,我都一定会联系赵燕她们,明知道会一次次叨扰她们。在清远,赵燕她们每次都轮流请我们吃饭、喝酒、唱歌。我呢,往往是沉浸在这种毫无约束的友情之中,每一次,都会尽情豪饮,开心而归。

正是因为一次次被赵燕、翠坚她们和她们的先生们热情的招待,心里总有些欠缺似的。我也几次提出邀请,请他们有机会到汕头来,也让我尽一下地主之谊。

可是,当这次赵燕夫妇来到汕头看我时,我却没有机会尽一下朋友之情。原来,赵燕爱人晓生在汕头有很多朋友和同学,他们早已经有约在先,根本轮不上或者也不给我机会请她们。昨天上午,老朋友赵燕两口子自己开车,中午11点25分到我家,坐了20分钟,连一炮功夫茶都没喝完,就拉着我们两夫妻到达濠,参加了他朋友专门为他们准备的午宴。老友新朋畅饮一番后,晓生的朋友又带我们去了一趟中心海滨度假村,看了一下大海。然后,她们就匆匆赶回了揭阳。

说心里话,我很想留下他们吃晚饭,再好好跟他们聊聊、侃侃。可是,人家4年才回来一次过年,需要做的事情、需要看的人一定很多,话到嘴边又没有说出来。

嗨嗨!有朋自远方来,我真的十分开心。可是,没有尽到一点儿朋友之情、地主之谊,我这种欠缺的感觉呀,还得继续。

寻　找

或许因为年龄越来越大的关系,又或许是因为距离退休越来越近的寂寥心情,当然,又或许是因为这几年忙忙碌碌的学院的几件重要工作、大事情都已尘埃落定,担子卸掉后,人一下子变得松弛了下来,过于无所事事的原因吧,总之，最近时常有一种很强烈很强烈的愿望，就是想寻找到过去自己曾经的老同学、老朋友的消息，寻找到那已经变得很遥远很遥远的，已经为碌碌人生淹没的无影无踪的真挚的友谊和情感。

于是，我开始学着几年前老婆利用网络找她的老同学的办法，用"百度""搜狗"等网络搜索引擎，漫无边际地寻找起来。

1985 年夏天西安学习时与我一同爬华山的朋友，1991 年春天一同参加全国民族知识电视大奖赛的各少数民族代表队的朋友，1967 年"文化革命"时曾经一起在北京建外头道街里，和我一起扒火车、拔萝卜、逮蜻蜓、剥树皮的发小们；还有 1969 年到上海看腿，在奶奶家万航渡路的里弄里，一起和我捉过迷藏、玩过过家家的小朋友们，我都希望能找到他们。尽管，我知道，时隔这么多年，沧海桑田，变化无穷，大家彼此可能早已经谁都不认识谁、谁都不记得谁了。但是，我还是想寻找他们，想知道他们的情况，想知道他们过得好吗？他们的家庭、他们的孩子、他们一切的一切都好吗？

当然，我也更希望寻找到我的小学、初中、高中、大学的每一位失去联系很久的同学、校友，寻找到这么些年来我曾经工作过的平罗城关三小、化肥厂、火车站中学、县委宣传部、党校、石嘴山市委党校、宁夏区委党校的每个同事、朋友们，知道他们的近况；寻找到自己在过去的几十年里，曾经参加过的全国各地举办的各种培训班、讲习班、研讨会、学习会、工作会议、讲学活动中，结识过的、交往过的每位朋友、同学、老师们……

这几年，我几次回宁夏路过北京，也联系上了很多大学老同学，知道大姐马丽珠、王丽云、张崇儒、姜静宜、张岩都退休了，知道谢继圣在首都师范大学当博导，饶恒久在中国石油大学当院长带硕士。但是，我要的远远不止这些。

于是我在电脑上输进一个个曾经熟悉如今变得陌生的名字：陈福静、胡和、秦苇、李重平、古世平、佟静、莫绚丽、韦冶烈、许世荣、信洪林、白志发、刘志琪、杜宇、张鉴、张宝平、刘继宝……在许许多多相同的名字中辨认着，哪一个可能是我曾经的朋友、同学。有很多朋友的名字输进电脑，并不能找到一点相应的信息。但是，我也还是在无际的网络中，在茫茫的人海中，找到了许多我的同学，我的朋友。

佟静，现在在辽宁师范大学旅游管理学院当副教授、饭店管理教研室主任,主讲旅游心理学、餐饮管理、旅游企业人力资源管理、饭店食品营养与卫生等课程。1985 年西安解放军政治学院认识,1995 年我到了汕头就失去联系。

古世平,在重庆工商大学当教授,硕士生导师,"形势与政策"教研室副主任,主讲"毛泽东思想、邓小平理论和三个代表重要思想概论"等课程。不久前他在百忙中不经意踏入我的博客,给我留言,希望联系我,但是,这个学究,竟然忘记留下电话号码。

韦冶烈,壮族朋友莫绚丽的爱人,在广西壮文学校(广西民族中等专业学校)当班主任,勤于教书育人,深受学生的爱戴。1991 年 11 月,我到桂林学习,还专门假道广西武鸣,到她家看望过他们小两口。当时,她们专门上街买来武鸣土鸡,给我炖汤。韦冶烈是个出色的吉他手,他还专门邀我参加他伴奏的舞会,并且还特意为我这个远道而来的朋友唱了一首歌。不久,听说莫绚丽下海了。一晃 20 年过去了,一直没有再联系上。

陈福静,好像是在哈尔滨幼师附属幼儿园当副院长,到处讲学、开培训班,很忙碌的样子。自从 1991 年参加民族知识电视大奖赛认识后,我们有过很长时间的联系,一直到 1997 年吧,不知为什么她不再来信了,那时她在红霞幼儿园当老师。

在网络的世界里,我还找到了其他许多老同学、老朋友的信息。

就在我想通过电话联络他们的时候,我有些犹豫。从网络上得到他们的信息,我知道,只要是能够在网络世界留下痕迹的,他们每个人都在自己热爱的世界里忙碌着、打拼着、创造着,他们的时间似乎很宝贵。他们有时间和我这个旧友一起再叙友情吗? 这么多年没有联系,这些朋友无论从年龄到阅历,或者说整个人生都发生了很大的变化,他们还能和以前一样,跟我有说不完的话、聊不尽的天儿吗?

当寻找到这些老朋友、老同学的踪迹时, 我似乎又并不急于与他们联络了。我自己也有些不明白了,我究竟想寻找些什么? 究竟希望寻找到些什么呢?

2011-1-26 23:28

无声的逝去

壁初走了，走得那么悄然无声。

几天前到澄海实验高中给老婆领 2 月份生活补贴时听到的这个噩耗，当时我的心顿时空了、失重了，脑子里一片空白！

一个好人，一个绝对不应该在这个年龄离开的好人，一个正值壮年、刚刚脱离繁复的工作岗位本来应好好享受生活的好人，就这样离开了我们。

年前我去实验高中，也是给老婆领钱还碰到他。那天还和他一起泡了功夫茶，还跟他聊了很多过去的澄海师范、今天的实验高中，还得知他已经申请了提前退休。这才过去几天啊，如今我们已成两个世界的人。

听立显说，壁初年初七还去了学校跟大家拜年。谁会想到初十就因感冒引发肺部感染，离开了我们。

我和壁初是十几年的老同事、老朋友。1995 年澄海师范复办时，我们都是开山元老，我们都是语文老师，都在同一个教研组。后来他当政教处副主任，我给他当班主任。再后来办实验高中，我们又都是德育处副主任，坐在同一个办公室里，面对着面……我们一起备过课，一起处理过有过失的学生，一起喝过啤酒、药酒、白酒、红酒，一起陪着要毕业离校的 94(1) 班的学生掉过眼泪。

壁初比我年长两岁，我一直把他当作老兄敬重。这个身材高大，但显得清瘦的潮汕男人，是个重情重义、用心对待朋友、最乐帮助人并且视功名金钱如粪土的人。他从来不排斥外乡人，把我们这些被当地人称为"外省仔"的当成兄弟、自己人。记得澄海师范复办之初，学校来了很多外地老师，其中贵州籍老师程文琳、彭芳夫妇带着小儿子帆帆，生活中遇到很多困难和麻烦。壁初呢，把他们的事情当成自己的事情，四处奔走，给了文琳夫妇很多帮助，当然，自然而然的他们成了朋友。江西青年教师黄文继，小小年纪远离家乡来汕教书，壁初把他看成自己的兄弟、儿女来呵护，慢慢地文继把澄海看作了自己的家乡，很快学会了一口流利的潮汕话。

壁初对同事、老师、朋友有情有义,外地来澄师的老师几乎都得到过他的帮助。不仅如此,他对学生的关心爱护更是关爱有加、让人敬佩。天渠、舜生、春波,很多学生在校读书时都接受过他的帮助、培养,他带着这些学生成立了维修组,帮助学校及时维修坏了的桌椅、板凳、水龙头。这些学生因此锻炼了自己,提高了素质,提升了自己,沟通了社会。而且,在他们毕业分配工作、调动工作、找对象结婚需要帮助时,壁初都是倾心相帮,毫无保留。在这些学生心中,他就像是他们的父亲!不,他就是他们的父亲!

壁初走了。在他的提前退休的申请刚刚批准的时候。他本来应该是踏踏实实享受的时候了,几年前辛苦了半辈子的他盖了新房,一双儿女都大学毕业、有了理想的工作,前两年也抱上孙子了……

可是,就在他要享受幸福、享受天伦之乐时,他却这么走了,就这样无声地逝去了。

壁初啊,愿你九泉之下安息。

上海来电——想念学友杨建国

几天前,去广州为学院联系与广州铁路职院联合创办刊物的事情,因为是天马行空,独往独来,故而来也匆匆,去也匆匆。星期一乘坐夜车凌晨 6 点入穗,稍事歇息,9 点多钟就赶到了铁院。上午与铁院签好了联合办刊的协议,下午 3 点又马不停蹄地赶到省新闻出版社见罗处长,通报我们两学院达成协议之事,咨询有关刊号过户以及创刊申请等手续问题。一、二、三、四,甲方、乙方,城市学院、铁路学院、出版局、教育厅,点头哈腰、唯唯诺诺……辛苦忙碌整整一天,直到夜幕降临,有关事宜才算有个头绪。尽管辛苦、委屈,想到要办的事情都办成了,心中还是充满得意的喜悦。

返回汕头是第二天一大早,由于深汕高速大修,我们的商务大巴只好走沿海国道。一路上颠颠簸簸、摇摇晃晃。仅是从广州出来到汕尾鲘门,就走了 3 个半小时还多,饿着肚子,憋着尿,心里别提多窝火。昨天顺利办成协议草签工作和得到省出版局支持的喜悦，一下子荡然无存，心里只有一个念头快一点儿回到汕头，结束这趟倒霉的旅行。

就在我满肚子怨气没处发泄的时候，突然手机想起，拿起来一看，"021"是上海的电话，会是谁呢？我的手机刚刚取消了汕头市外接听免费，我是不会轻易接听来头不明的电话的。但是想到上海有我大姐一家，有平庭玉、张崇儒等老同学，我还是接通了电话。

"是冯健吗？"一个很遥远但又像是很近、很熟悉又像是很陌生的男子的声音传入我的耳朵。

"你是？"我疑惑地问道。

"你猜猜我是谁？"对方并不急于告诉我他的身份，好像有意要逗逗我。

"你是，张崇儒？——不对。我猜不着。"我告诉对方。

"我是杨建国。"杨建国？一个这么熟悉又这么陌生的名字。

"我前两天去珠海，碰到了张继业，是他告诉我你在汕头。"啊，终于想起来了，杨建国，我大学时的小兄弟，和曹阳、郭建苏还有宁大中文系80级的许多同学，都是我的要好的小师弟。已经有27年没有见过面了。

激动的我，一时不知说什么好。当杨建国得知我是在广州开往汕头的大巴上，他匆匆问候了我几句，约好到了汕头再打电话给他，便挂上了电话。

我的心却无法平静下来了。一个细高挑，戴着白边眼睛，白白净净的圆圆脸，总是满脸溢着微笑的文绉绉的男生的身影，晃动在我的眼前。我的思绪回到了27年前。

那是1980年的宁夏大学，学生不多，娱乐不多，然而，高年级和低年级同学的交往却由于宿舍的搬迁、教室的改建搞得特别亲密。特别是我和以曹阳、杨建国为首的中文系80级的同学们，可以用挚友、哥们儿等等来形容。那时候，我们一块儿吃饭，一块儿散步，一块儿吹牛，一块儿使坏，一块儿宿舍里吹拉弹唱，一块儿郊外踏青照相。杨建国他们几个，还曾经到过平罗县，去过我家呢。

1982年7月我大学毕业，随着时间的流逝，和这帮小兄弟的交往越来越少，开始曹阳、郭建苏、郑伟还跑到平罗参加了我的婚礼，我也先后参加了曹阳和郭建苏的婚礼，并且在程飞和茹燕的婚礼上见到过许多中文系80级的小师弟。可是，杨建国却自打毕业就一直没有见过。90年代初，听说他在海南建特区的时候去了海南,搞起了房地产,而且盖起了乐普生大厦,发了大财。苦于没有什么联系方式,一直没有联络。

好像是 1993 或者 1994 年的时候,我曾经从曹阳那里找到了杨建国的电话,联系过一次,记得杨建国告诉我,他已经胖的我认不得了。之后,就又没了消息。

今天,突然接到了杨建国的电话,失去联系很多年的老朋友、老同学有了消息,我怎么能不高兴,不感慨!短短的电话,勾起了我对杨建国,还有杨建国的同学们,还有我的母校宁夏大学的无比想念。

回到汕头的第二天,我迫不及待地拨通了杨建国的电话。他告诉我,早在1996 年她们一家就搬到了上海,不再做房地产,做起证券股票生意,他和廉洁生了两个女儿,本来还想生第三个孩子,因为两个女儿坚决反对,终于没有生成。如今,他们生活得非常安逸、快乐,两个女儿,一个上大一,一个读初中,四口之家,和和谐谐。

衷心祝福杨建国,衷心祝福每一个宁夏大学的校友!

怀念曹阳

一直都在寻找曹阳的消息。然而,当我真正得到他的消息时,却是个令人难以置信的噩耗!

今天中午,先是在宁波的 79 级的师弟温尚志隐约从来电中透露出一点儿信息,而后在珠海工作的曹阳的同学张继业,打来长达 45 分钟的电话,不仅证实了这个不幸的消息,而且还告诉了我许许多多这些年有关曹阳的情况,听后令我唏嘘不已,半天喘不过气来。我感到了生命的无常,命运的弄人!

自从 1999 年暑假在银川,为了我小弟与曹阳在生意上的事,我们冯氏三兄弟跟他一起在毛家湾小聚,之后便没有了联系。——因为当时没有留下他任何的联系方式,我一直都很后悔。毕竟,我和曹阳有着很深很深的交情。其后,只要一有机会,我都在寻找他。不过,碌碌生活、忙忙命道,十年里我们竟然多次擦肩,却未曾蒙面。于是,我们成了隔世之人!

曹阳是个好学的人。刚入学不久,我们就相识了。那时他大约十六七岁,一个对什么都好奇,什么都想学的年龄。开始他要跟我学圆号,有事没事就往我们宿舍跑,趁着圆号闲着的时候,抱起来"咕嘟"几声。后来,新鲜劲儿过了,抑或觉着这圆号声音又不好听,又不容易学吧,于是,把它丢到了一边儿,彻底闲置了起来。不过,虽然圆号不学了,但是,我们的友谊却建立了起来,而且,这一交就是一辈子——尽管,我们近十年音讯不通,"相知何须常相守",我却一直记挂着这位小兄弟。

曹阳是个多才多艺的人。上个世纪 80 年代初,吉他作为西方小资产阶级生活方式的标志,还远没有被大多数年轻人接受。而曹阳呢,已然能弹一手很不错的西班牙吉他了!这个四方脸、大眼睛的男孩,斜坐在床边,双手抱着吉他,铿铿锵锵、边弹边唱的样子,还是那么清晰地在我的眼前。

曹阳富于创造精神。当今天的年轻人为自编自唱的周杰伦叫好的时候,有谁知道,早在几十年前,并没有学过音律的宁大学生曹阳,早已经自己创作吉他曲,自弹自唱自己写的校园歌曲了。只遗憾那时媒体没有今天这样发达,曹阳也没有坚持自己的爱好。不然,今天走红的就不见得是周氏喽。曹阳不仅弹得一手好吉他,他还写过剧本、编导过话剧。因此,他也成为女生们青睐的人。

曹阳还是个敢想敢干、说到做到的人。记得我们大学毕业前一年,78(2)班的刘涵、宋迎几个骑自行车,蹬了一千二百多公里,去了一趟北京。这件事一下子激起了曹阳的极大兴趣。于是,他积极发起,也准备 82 年暑假,组织同学骑车去北京。开始,郭建苏、杨建国等哥儿几个也是跃跃欲试。可是,到了出发的时候,要骑车去北京的人就剩下曹阳一个人。当时,曹阳的父亲不放心,还叫我做曹阳的工作,让他放弃。但是,曹阳毅然决然地蹬着他父亲从邮电局弄来的墨绿色加重自行车上路了。为了不失去联系,我让他每到一个有邮局的地方,都给我发一张明信片。一千多公里,他只身一人骑了 14 天。在山西刘胡兰家乡参观胡兰墓地时,他被当成坏人,被当地老百姓追了几十里;在河南境内碰上了连天阴雨,他在泥泞中推车前行。那 14 天的饥餐露宿、风雨坎坷,大约成了后来曹阳事业奋斗的宝贵财富。

曹阳从来都是敢为人先的。海南建省、成立特区,曹阳毅然炒了学校,砸了教师的铁饭碗,一头扎向海南,和杨建国下海经商了。就这样,十几年的摸爬滚大、起起伏伏，他在业界有了自己像样的事业。

1993 年底 1994 年初，我曾经受曹阳之托，在湛江曹阳的先利房地产开发公司里帮过忙。当时，他得了甲肝，要住院治疗，公司里没有体己。听说我在挂职下海，就让他父亲找到我，请我过去帮忙。我在赤坎区海棠路 11 号他的公司兼宿舍里，度过了三个多月，做他的办公室主任兼公关部经理，耳濡目染了刚刚独立打拼的他励精图治的精神。当时，他买下了湛江机场路段，好像是陆堂路 17 号一块地，准备建设一栋商住楼和一栋综合楼。后来，因为资金链断了，就想把土地转让出去……经商的各种滋味，我是体会到了。后来，1994 年四五月间，我又去过一次湛江，想联系到那里教书，结果不理想就回宁夏了。

一晃十几年了，曹阳竟这样悄然地走了。他身后留下了什么，说不清。而我的心已经湿了，眼已经蒙了。

2009 年 2 月 27 日

我的小兄弟冉钟

6 月末，因参加全省普通话水平测试管理工作会议，我到了南海，有机会见到了我的小兄弟冉钟。看着他们一家三口如今在佛山生活的这样美满、快乐，打心眼儿里为他们高兴。

和冉钟认识，是非常偶然的，似乎又是必然的。

那年，大约是 1990 年下半年吧，自治区要组队参加首届全国民族知识电视大奖赛（我的记忆中，除了 1994 年 11 月在内蒙古首府呼和浩特还组织过一次全国民族知识电视邀请赛，至今再也没有搞过民族知识电视大赛了，那次比赛是首届，也是最后一届），我被莫名其妙地从石嘴山市委党校抽到自治区民委来筹备参赛。就这样，我与那时还在宁大读大三的冉钟，当然还有王少林，还有宁夏警备区的女兵王霞，认识了，组成了后来的宁夏代表队。事后才知道，我们的选出，是因为 1988 年自治区民委和地方自治办公室组织举办的"庆祝宁夏解放 39 周年暨宁夏回族自治区成立 30 周年"电视知识大奖赛，我们石嘴山代表队、宁夏大学代表队、宁夏军区代表队是团体前三名,而我们4个呢,据说当时表现突出。时隔两年多,他们还真是有心。

初见冉钟,那是一个憨厚壮实,开朗乐观,一笑起来,朗朗的使人震颤的声音足够感染的所有人的一位年轻学生,一口带着很浓的京腔,但是又被同心话、宁大话修正了不少的普通话,声音厚实圆润,很具穿透力。冉钟爽直的性格和我有很多相像之处,我一下子就喜欢上了他。

为了参加比赛,我们4个参赛队员被关进了宁夏警备区招待所——一个专门用来招待团级以上军队首长的地方,一个人一个单套间,进行为时一个月的封闭训练。自治区民委和区统战部,还为我们组成了智囊团——专家团队,抽调了宁夏大学的周教授、宁夏科学院民族所的专家,专门为我们搜集整理相关的民族知识资料。记得那时我们要看几十本厚厚的有关中国各少数民族的书、解放以来的所有民族画报、好多年的民族报。要从中找出可能出题的知识点,做成卡片。为了节省时间、方便我们,几天后专家们干脆帮助我们把可能出题的知识直接画出来,由我们抄成卡片。

那几十天,我们遨游在浩瀚无垠的中华民族知识的海洋中,没日没夜、废寝忘食。那几十天,我们知道了回族以外的54个少数民族的许许多多。知道了我国5个民族自治区之外,还有30个民族自治州、120个民族自治县;知道了《民族区域自治法》是哪一年颁布实施的、它的意义;知道了云南是民族大省,有40多个民族;知道了纳西族的东巴文、侗族的大歌、风雨桥、傣族的筒裙、苗族的七星伴月、黎族的"放寮"、壮族和许多西南少数民族的"不落夫家";知道了西藏除了藏族是世居民族,还有门巴族、珞巴族,他们有着大致相同的风俗习惯;知道了锡伯族是从东北迁到新疆的;知道了维吾尔族的"十二木卡姆";知道了古代的回鹘就是今天的维吾尔族、金人就是今天的满族;知道了拉祜族崇拜的是打虎英雄;知道了达斡尔族、鄂伦春族猎人和狗的深厚感情;知道了许多许多过去根本不知道也不可能知道的知识。

在冉钟他们几个中,我是当然的大哥大。那年我36岁,他们20左右。我分明是在向自己的记忆力挑战! 很多时候,我是今天记住明天忘记。都是靠了冉钟他们的帮助,反反复复、提示诱导。"备战"的日子很单调。虽然生活很享受,但是没有娱乐,没有电视,没有活动。记累了、背累了,我就跟几个年轻人一起疯,打水仗,搞恶作剧,吓唬小女兵王霞。那时的日子,真的令人难忘啊!

1991年2月,我们和全国26个省市自治区代表队的兄弟姐妹,一起汇聚到北京,参加了有史以来最大规模的少数民族知识竞赛。参赛的代表队除了省市,还有解放军、武警总队、国务院直属机关、各大军区,一共是39个队、260多名参赛队员。

永远也忘不了那场初赛:民族文化宫布置了可以申请吉尼斯记录的最大的考场,39个队、几百个人在一起,每队出3个队员,成纵列一字排开,前面桌上有代表队牌,每个队前后各有一名监考。那天的试卷是A3大纸,20页,拿在手里足有半斤重。题型是五花八门,极尽所有,什么填空、判断、选择、连线、视图、读谱、概念、问答、论述……什么都有。那天的考试,我们从早上8点半开始,一直到十二点半才结束。记得当时走出民族文化宫,眼睛都睁不开了。我曾经戏谑地说,这场初赛创造了好多世界之最:单一考场最大、考生人数最多、试卷最重、试题题型最多、题量最大、监考老师最多、参考的民族考生最多……

北京参赛回来,一切恢复平静。冉钟和王少林回到学校继续完成学业,王霞回到部队继续她最后的军旅生活,我呢,当然必须离开那份火热、那份年轻,回到市委党校,端起架子,拿出成熟,继续做我的办公室主任。

如果没有区党校、没有张奋翮、没有来广东,我和冉钟最多也只能是曾经一起参加过大赛的队友,有机会的话偶尔碰下面,有心的话偶尔打打电话的朋友。

1994年年末我有机会调到广东澄海。当时我正被借调到自治区党校筹备"宁夏邓小平理论研究中心",正好和冉钟的同学张奋翮同住一室。就这样,冉钟从他的同学那里有了我这个老朋友的消息,而后,又得知我要去广东,刚刚结婚不久的冉钟两口子,毅然放弃了银川13中的工作,在没有到澄海实地考察的情况下,就加入到当时已经扩大到20多人的南下队伍里,和吴惠琴、贾学斌、程伟佳、吕振海、阎永艳、闫登江、林竹青等跟我一起携家带口来到澄海。

到了澄海,冉钟和伟佳被分到莱芜中学,我被分配在澄海师范学校。虽然都在农村,莱芜的条件毕竟比我们差。当时看到这样的情况,我一直心里感到对不起他们、不踏实。或许是冉钟、伟佳压根儿就不会落草澄海,亦或是机缘所致,通过几番努力,不到一年时间,冉钟两口子就调动到了佛山。

一晃十四五年了。2002年女儿大一军训结束,我和老伴儿带着女儿曾经到过冉钟家,那时他们的女儿琳琳才三四岁。当时看到他们买了新房,生活越来越好,心里原有的那点儿不安终于没了。

这次南海开会到冉钟家,看到亭亭玉立的琳琳,参观了他们新换的大房子,在冉钟的原装马自达轿车上,听他谈教书、谈学生、谈梁启超故居、谈帮着朋友的孩子入学,感到我这位敢闯敢想的小兄弟,已经深深融入到佛山的生活中,快乐、幸福、满足正围绕着他们。作为朋友,作为老哥哥,我打心眼儿里为他们高兴啊!

怀念幼京——写在09年清明

又是一年一度的清明。又是一年一度让人魂牵梦萦的时刻。

年年清明,空气清新。年年清明,天少朗明。年年清明,细雨霏霏。年年清明,都回想到已成隔世的学友亡灵!

幼京同学,转眼你走了有26年了。你是风华正茂时走的,所以,在老同学的心里,永远都没有你老态龙钟的影像,没有你弓腰驼背、满头华发、牙齿脱落、小脚蹒跚的样子。永远没有!

你在我们的心中,永远以一个充满青春、充满诗意、充满创造、充满美的形象存在! 永恒!

26年了,相信你在那个世界一定过得很好。你的诗集一定越来越厚,而且插花图饰更加精美;你的悦耳的夏威夷吉他,一定越弹越好。那天上绝无人间仅有的《哈尔滨的早晨》,至今,还在我们的耳边回荡、回荡……

知道吗幼京,你的老同学们如今有的退休当了奶奶、爷爷、外公、外婆,有的还在各自热爱的岗位上热火朝天地充当角色,有的国里国外、省里省外、家里家外乐此不疲地四处淘金、四处漂泊,有的蜷曲一寓,过着悠哉乐哉的小国寡民般的生活。

知道吗幼京,如今我们有了"校友录",老同学可以在网络世界互相走动、互通消息,不再寂寞。对了,咱们班里的几位热心的大姐、小弟,还经常寻找机会搞搞聚会,把南来北往的老同学都召集到一起,大家一起乐乐。

可能是真的老了,总爱回想往事。你呢?

我们大家都真心希望你在天上开心、快乐!

朋友,撒落一地

——有感于一条博客留言

几天前的一个晚上,临睡前,稍稍挤了点儿空闲,登陆自己久违的博客,想浏览一下。

一段留言使我眼前为之一亮，心情骤然激动不已:"阔别，我的手机1391****863。曾在上海一大馆见过信洪林,佟静来南开进修时到过我家。"

这是我 24 年前认识的一位朋友偶然间闯入我的博客的留言。他名叫王炳护,当时是中国人民解放军天津运输工程学院的一名教师。1985 年暑假,西安解放军政治学院举办了一期"中共党史、国民党史"讲习班,来自全国各地高校和党的理论宣传单位的 200 多名老师参加了这次培训。十几天的学习,大家进进出出、上课下课、吃饭聊天,并没有在意什么,也没有结交什么。直到培训结束前,8 月 2 日会议组织我们去临潼华清池等名胜游览,返回的时候,我们宿舍的几位弟兄——和我一起同来的平罗中学历史教师谭宁、来自中共一大博物馆的信洪林,还有四川绵阳农业专科学校的古世平,一起提出要离队自己去爬华山,在争得带队领导同意,起身前往临潼火车站时,其他几个宿舍的几位男女老师也提出要和我们一起去爬华山。于是,一个临时的登山队伍组成了,大家一致推选我当队长。我们这支队伍除了我们宿舍的 4 人,还有王炳护、黑龙江党史研究所的张耀民、辽宁师范大学历史系的佟静、吉林解放军军医学院的田越英、当时还是绵阳农专现在好像在四川省委党校的李重平、宁夏长城机床厂子弟学校的张子英和云南运输工程学校的越南归国华侨林丽光。

就这样,一天一夜的爬华山的经历,一上一下 40 里的自古华山的一条天堑之路,还有百尺窗、千尺崖、老君里沟、鹞子翻身等一个个、一条条险象横生的攀援小道,把我们这群原本相识不久、相交不深的几乎如陌生人的人们,缠绕到了一起,胶合到了一起,我们自然而然地成了好朋友。爬华山回来,回到解放军政治学院,以林丽光老师为首的几位女老师专门买了大西瓜和很多水果,在宿舍里举办了一个水果茶话会,表示感谢,继续友情。直到现在,那次学习结束,朋友们在车站分手时,李重平追逐火车哭送大家的镜头,还历历在目,仿佛就发生在昨天。

西安分开后,1986 年夏天,大连市委宣传部和大连市委党校搞了一期党史学习班,林丽光老师、王炳护两口子、我还有上海海运学院的小徐(也是西安班上的,没有和我们爬华山,名字好象叫徐世荣),当然还有"地主"佟静,再一次聚到了一起。傅家庄海滨浴场、老虎滩公园、辽宁师范大学佟静的宿舍,留下了我们大海逐浪、沙滩沐浴阳光、喝啤酒海吃海鲜、深更半夜步行从辽宁师范大学走到大连市委党校的笑声、身影。

那以后很长时间,虽然我们身各一方,但却是书信往来、友情绵绵。我把两年里我们一起爬华山、游大连的照片洗印、放大,邮寄给每一位朋友。后来,我还专门编印了"华山之友"的信札集,分别寄给大家,以勾连大家,互通信息。

光阴荏苒,时过境迁。时间就像无形的磨石,总是在一点点磨掉了人们的情感,冲淡朋友间彼此的记忆和思念。就这样,随着时间的推移,我们"华山下的一群朋友"的来往越来越少,几乎成了零。

哦,何止是华山朋友。细想想,随着我的生活足迹、我的生命旅程,朋友,我早已是撒落身后、撒落一地。

孩提时北京建外头道街丙 23 号一起爬火车、一起偷炮兵司令部菜地里的萝卜的保平、继宝、大伟、山明子、春花、大金、胖子、傻龙儿、小三儿……如今你们好吗?1969 年回上海老家看腿,在曹家渡万行渡路 1163 号里弄,住在奶奶家。我们一起玩过家家、捉迷藏的坚纯、方美美、汤团儿……现在都当爷爷奶奶了吧?曾经读小学时的平罗城关一小、初中、高中时的平罗中学,还有宁夏大学时的许许多多的同学们、朋友们,他们都在干吗?都还好吗?曾经工作过的平罗城关三小、平罗化肥厂、平罗火车站中学、平罗县委宣传部、平罗县委党校、石嘴山市委党校、宁夏自治区委党校的许许多多共同战斗过的同事们、朋友们,有的应该退休了,有的应该还在为之所热爱的事业打拼着吧?还有 1988 年、

1989 年、1994 年,先后参加宁夏解放 39 周年民族知识竞赛、全国民族知识电视大奖赛、全国民族知识电视邀请赛认识、结交的全国各地的朋友们、少数民族的兄弟姐妹们:白族杨军、哈萨克族爱敏娜、维吾尔族阿孜古丽、俄罗斯族娜塔莎、壮族莫绚丽、回族达晓敏、满族福静、藏族白玛玉珍……还有几乎每年都要参加的全国各地的学习班、培训班、讲习班上认识的朋友们赵玥萍、赵玲萍姐妹、马永华、杜敏、罗福藤、傅俊臣、侯玉茹、庄守常、郁琼蕊、王晓玲……哦,大家都还好吗? 真心希望我的每一个朋友,一切都好!

人,一个喜欢交朋友的人,一辈子会有很多很多朋友。但是,由于时间的、空间的人事的种种变化,人又不能时时刻刻、永永远远拥有很多很多朋友,于是,便要撒落了。我想,我最大的心愿,就是尽量少撒落些。即便要撒落,但愿撒落的也仅仅是往来的减少、交流的淡薄,而朋友的感情、友谊当悉心收藏,铭刻在心,永不撒落!

2009 年 4 月 25 日晚

怀念海波

——几次欲言又止的心里话

忘记了是什么时候,大约是去年年末,当听到老同学师海波因患肝癌离我们而去的消息后,心头被堵,欲哭无泪的感觉便很长时间萦绕在我的心头,久久的,久久的不肯离去。好几次,我打开电脑,想写点儿悼念海波的文字,但是,每每动手敲击键盘时,头脑中竟是一片空白。我无法捕捉到海波的影子,因为,我们分别得太久太久了。27 年前毕业离校后,我再也没有见过他,这样的分别还不久吗? 而且,那一别现在竟成了生死离别!

我的印象中,仅有的是一位 20 出头、老老实实、憨憨厚厚的,爱笑的,一笑脸上就会出现酒窝;爱脸红的,只要一开口,无论跟男生还是女生说话,都要脸红的小伙子。这便是我记忆中的师海波。

一年四季,他很长时间都穿一件蓝色的中山装,显然有点儿大,两个大口袋经常装满了书本,或者其他东西,走起来摆来摆去。这在他并不算高大的身上,显得格外显眼。

对了,打从大学一入学,我第一眼看着师海波,就有一种眼熟的感觉,总觉得他像谁。后来久了,才发现他很像老电影《智取华山》或者是《董存瑞》中的一名演员,一名质朴无华的普通的战士。这种印象一直存在于我的记忆中,直到现在都无法抹去。

或许是因为没有住同一间宿舍,又或许是海波同学不太爱表达,当然,更有可能是"道不同不相与谋"吧,我和海波在大学的四年里,交往并不多。这也是我们大学毕业后再没有什么来往的原因。毕业后的他从事了什么工作、后来又变动过几次、他什么时候结的婚、他的婚姻生活是否幸福、他后来生了男孩儿还是女孩儿、孩子读书怎样、他是怎么得的病……这一切,我都无从得之……其实,我很想知道!

听到海波离去的消息,我突然想到,我应该还有一些与他的照片能够成为永远的纪念。于是我便在家里的十几本影集、几千张照片中翻开了。我应该是个生活的有心人,搬了好几次家,搬了好几千里地,我总是带着这些照片。所以,我一翻便找到了。除了我们大学毕业的合影,我还找到了我们毕业前夕,好像是五一到银川中山公园游园的照片。其中一张是我们组的同学合影,照片里有张岩、苏惠、永濂、振营、国安、继圣和我,几个人手里拿着冰棍正吃呢!非常巧合的是海波、幼京都在里面。幼京蹲在前面吃着冰棍,海波背着手微笑着站在后面……

现在,我只要想到师海波,头脑里便还是那个穿着肥大的蓝色中山装、憨憨厚厚、爱笑的、爱脸红的小伙子,"笑对人生"已经定格成我永远的记忆!

2009 年 4 月 8 日

思念我的发小

上午在岳母家和大舅子聊天,突然想起从小一块儿玩大的发小褚维华。自打上个世纪 90 年代初调出平罗县,好像就一直没见过。每次回来,都想看看他,苦于时间仓促和没有联系方式等原因,一直没能如愿。二十四五年了,这种思念之情从未断过。这次高中老同学毕业 42 年聚会,见到了曾经也和褚维华一起玩大的李忠林、李华,问及是否联络,得知维华在法院工作,十几年前做过大手术,让我不禁感慨唏嘘。思念之情更加强烈。正好上午有空,说什么也要看看他。想着我便出了家门,打的来到法院。一打听,才知道维华已经好几年不上班,在家养病。于是赶紧索要电话,结果新的通讯录里竟然没有他。后来门房的老法警看我见友心切,告诉了我他家的住址。凭着对老平罗县城的依稀印象,我终于摸到了褚维华的家。敲门,叫他的名字,门来了,一个面色黝黑、纤瘦而沧桑的小老头儿出现在眼前。他正在打电话,开门后用陌生的眼神看了我一眼,就要关门。我叫了一声:我是冯健!他把快关上的门重新打开,看着我,用不太相信的眼神盯着我说:谁? 我赶紧大声说:冯健!他审视了我片刻,终于认出了我,我们紧紧抱到了一起……而后的两个多小时,我们说了很多很多:他的身体、家庭、工作……3 年前他老母去世;给我看了他 8 岁女儿和现任夫人的照片。我也跟他简单介绍了我这几十年的生活工作家庭情况,给他看了我爹妈钻石婚的照片、女儿一家三口的照片、外孙女儿跳舞的视频,还有我发到优酷上的有他照片的视频……还教他用微信跟几位老同学语音留言。时间不知不觉的过去,妻嫂妻哥两次打来电话叫吃午饭,才恋恋不舍离开。在小区门口,恰巧碰到了他的夫人和女儿,看到他现在一家和睦,生活不错,身体也还行,由衷为他高兴! 褚维华小时候极聪明,动手能力极强,一个罐头盒铰吧铰吧,缠上漆包线,弄俩铜片做电刷,一个电动机就转了;几个火柴头,一块锡纸,砸点儿碗碴儿,弄根橡皮筋,一个发火装置就行了……那时候没有素质教育,我们都很有生活生存的素质,今天呢?褚维华一直是我讲课中的典型案例!见到他,真高兴! 祝老朋友身体健康,岁月静好!

此刻,眼前是夜幕下即将睡去的城市,和赤橙黄绿青蓝紫的斑斓灯火。几分钟前,刚刚侍奉老父亲睡下,完成了今天任务的我,并没有多少疲惫劳累的感觉。相反,有些释然有些轻松。徐徐开着车,看着眼前由远而近而远的灯火,任夜风拂面……下午四点半多,上完两节普通话培训课,我便赶紧开车赶到父母家。前天母亲扶父亲去卫生间,腿闪了一下,原本饱受类风湿病痛的腿更疼了，所以，我每天要抽空帮忙侍奉老父亲。晚饭保姆包的大饺子，我给父亲喂了六个，饺子很大，相当于 12 个一般的饺子，很有成就感。晚饭后，陪着父母看电视聊天，父亲坐在沙发上老打瞌睡，为了晚上睡得好，母亲就想方设法叫醒他。问 60 年前结婚时的人和事。说起他们结婚那天：1954 年 9 月 27 日，是毛泽东当选共和国第一任主席的当日，天安门广场放礼炮放烟花，庆祝主席当选，似乎也在祝贺父母成亲……就这么问着很多很久远的人和事，爱看不看地看着电视里广东经视频道三级连播的《大漠枪神》，时间一点一点过着。终于，9 点半了，电视剧完了，到了上床睡觉的时间。我扶起颤颤巍巍的父亲，一步一步从客厅挪到卧室，然后为他铺上两层隔尿垫，扶他躺下，帮他脱掉裤子，换掉纸尿裤，用湿纸巾擦干净下身，再换上新的。老父亲很配合很听话，所以比前两天换得快多了。侍奉父亲躺好，洗干净手套，收拾了垃圾。看着母亲往腿上擦好了药，也躺好了，再三嘱咐父母，下地上床一定要慢慢来，这才带上垃圾，关好房门，离开了父母家。

这个旅途不孤单

学院要开学，没有办法继续留在宁夏老岳父身边，再尽点儿微薄之力。只好留下老婆，一个人赶回汕头。从平罗到银川、一路上再到上车前，一直想着我的包厢里会不会只有我一个人？因为软卧这么贵，或者即便有人和我同一个卧铺包厢，又会是什么样的人呢？漫漫旅途，一个人上路，3000多公里，46个小时，对我这样一个喜欢交往、闲不住嘴、好热闹的老小孩儿来说，好孤单、好寂寞啊！

让我没想到的是，我乘坐的软卧包厢四个铺位全都有人。更没想到的是，我们四个人无论老少、不管男女，都是健谈、热情、好交往的。所以，从银川上车没有几分钟，沉不住气、耐不住寂寞的我，随便问了一下大家从哪来到哪儿去，也就是随口一聊，便打开了沉默，很快就有了老乡，很快整个软卧包厢的卧友们就混熟了，很快大家不分男女长幼，就都成了朋友。

首先认识的是11铺的同族兄弟牛老兄。别说，我和这个牛兄还真是有缘分，而且缘分不浅。因为我们过去都生活在宁夏平罗县同一个小县城，尽管他是畜牧师、我是老师，在过去的几十年里谁都不认识谁，可是这位牛兄却是我在县委宣传部、平罗中学的好几个朋友、同事像少华、肖华等的老同学、老乡。甚至更巧的是，他的亲姐姐竟然是我在石嘴山市委党校时的好同事小平。哈哈。真是无巧不成书。如果他不是去广州给女儿带她的女儿，如果春节他一直待在广州没有回来看老伴儿，如果……反正如今是在异地他乡，在咣当咣当的火车上，我们成了相知相交、一见如故的朋友。虽然老牛大我10岁，已然六十有六，但是，身体健康，酷爱旅游，豪爽热情，活跃热心，一下子就让每个年轻人，当然还有我，都很喜欢。

我的下铺是9号，这是一位30岁不到的女老师。闲聊中得知她在三门峡四中教语文，名叫晓娟。晓娟老师很健谈。她告诉我们，她正在犹豫要不要辞职，因为，他的爱人刚刚调到北京去工作了。如今老师调动很难，要花很多钱。

她很"杯具"。于是老牛和我给他出主意,教师工作得来不易,不要急于辞职,等等看。退一万步,北京有很多私立学校,可以去应聘,看看是否能把关系带过去。

老牛的上面,我的对面,是12铺,住的是宁夏贺兰的小老乡亚楠。这个二十五六岁的姑娘,很早就出来自己打拼、谋生,是个可爱,直率,充满理想和活力、敢想敢做的啤酒厂家的推销业务员。最近,她也对自己的工作不够满意。但是,明天干什么,没有目标。我和老牛还有晓娟,根据她对做生意有浓厚兴趣的特点,也给她出了很多建设性的意见。

从银川到三门峡,再到平顶山西,一天一夜的火车,我们男女老少四个一路的聊天,谈邓丽君的歌,哼唱邓丽君的《美酒加咖啡》,欣赏老牛 MP5 里小孙女的照片,很是开心。甚至因为老牛说他有个愿望想去西藏,大家也跟着一起相约。我们就好像是认识了多年的老朋友一样。

那天晚上,吃饭的时候,我这个喜欢喝两口的,买了两瓶半斤装的 42 度《沙湖春》,想请老牛一起喝。一下想到他是少数民族,没敢邀请。这时候,热情开朗的亚楠姑娘说她会喝几口。于是,我随口说了一句:那我们喝。她就主动从上铺下来陪我。我们一人喝一瓶呀;她竟然比我喝得还快。是呀! 她是啤酒厂家的推销员,"酒精"考验呀! 呵呵。牛老兄觉得我们一老一少很投缘,在牛老兄的鼓动下,后来直率、可爱的亚楠干脆认了我做干爹。哦,我真的开心得很! 我又多了一个可爱的干女儿!

火车到三门峡站和平顶山西站,晓娟、亚楠下车后,先后上来两个年轻人,在先前的氛围下,他俩也很快融入了我们这个集体。

这两个年轻人一个叫杨星,一个叫郑琦。郑琦是三门峡职院的应届毕业生,要到河源顶岗实习;杨星是现役军人、酒泉基地的技师,要到邵阳部队搞维修。

两个年轻人上来不久,我们聊了几句,就知道她们都还单着。于是,老牛和我竟然不约而同地有了想法。我俩旁敲侧击,迂回前进,讲了一大堆关于朋友、缘分的话。这两个小家伙很有缘分的样子,我和老牛都祝福他们。大家当然很快也都成了无所不谈的朋友。

列车运行的第二天,恰逢一年一度的元宵节。元宵是中国传统的团圆节日。原本想这个兔年的元宵节,自己只身在宁夏返回汕头的列车上,应该很孤单、很寂寞。可是因为有了这些新朋友、忘年交,火车上的元宵节竟然也是热热闹闹。

元宵节的晚上，我们大家一起来到餐车，喝酒聊天庆祝元宵，开心之余，合影留念，照了很多照片。

那晚，我和杨星一人喝了一小瓶 56 度的二锅头，连女学生娃娃的郑琦，竟然也开心地喝了一罐啤酒。

"世界真是很小！"老牛在两天的行程中，几次发出这样的感叹，我也有些许同感。在这小小的不足 8 平方米的包厢里，我们不仅碰到了生活在同一个县、同一个区的老乡，还碰到了老同事、老朋友的同学、弟弟，像我和牛兄、亚楠。还有教书的同行、一个学校的师生，像郑琦和晓娟老师，还有我。而就算是原来什么关系都没有的人，来到这里，一起生活在这小小的天地里几十个小时之后，也就成了朋友、亲人。从今往后，便多了一点儿思念、惦记、牵挂。

养鱼——拾趣

如今生活富裕了，就算是平日里因为没有时间侍弄不养鱼，过年了，也会弄几条鱼养养，这既能起到装点生活，令节日更多色彩、更多气氛的作用，又应了"年年有余"这个过年图吉利的传统念想。此外，据说水就是财，养几条鱼，鱼在水里游来游去，还有财源滚滚的寓意。

大约是因了这些缘由吧，好几天前我便从澄海宁冠园的老房子拉回了鱼缸，并且提前几天就用几个大水桶养上了水。这不，今天上午不到十点，我便放弃了大好的睡懒觉的机会，跑到广兴市场一家小鱼店，买来全套养鱼需要的过滤泵、纱棉、海盐、鱼食，当然还有八条漂亮的大金鱼，再一次正式地像模像样地养起鱼来。

看着鱼缸里这些雍容华贵、自由自在的游来游去的龙睛鱼，心情着实舒坦自在。瞧，那浑身通红、头上开着大红花一直盖到眼睛的狮子头，摇头摆尾，憨态可掬，就像是一个个高贵的贵妇人。看，那白色身段，头顶上戴着一顶鲜红帽子的鹤顶红，摇曳的长尾，像是拖着长长的白色婚纱，婀娜多姿，仪态万方地正在走向婚礼的殿堂。还有那条墨龙睛,通体黑乎乎的,就像一团漆黑的墨,飘逸在一湾碧水中,又像一位身着黑色晚礼服的绅士,正在盛装出行,前去参加一场盛大的晚宴。还有那一百条狮子头里才可能出现的一条黑狮子,还有那红脊白肚,头上顶着大雪球的"雪绒花"……

其实,我从小就喜欢看鱼养鱼,就像我从小就喜欢养小动物、种花养草一样。

14岁那年,大概是1969年吧,正是中国大地"文化大革命"如火如荼的时候,宁夏的武斗闹得越来越凶。父母怕我在家闲着惹事,更怕我跟着造反派参加打斗,就托平罗银行父亲的一位姓朱的同事,把我和大妹送到了北京我舅舅家。那时舅舅住在建国门外头道街丙23号,那是个住着20多户人家的大杂院儿。虽然出生在北京,但是六七年没有回来,一到北京,我就像土包子进了城,看着什么都新鲜。

院里二狗哥和蹬三轮儿的刘大爷家,在家门口用水泥砌了池子养了很多金鱼,这让我稀罕的不得了。几乎每天天一亮,我就爬起来,在这家的鱼池子旁边看看,再到那家的鱼池子旁瞧瞧。

我舅舅也是个喜欢养鱼、喂鸟儿的主儿,看到我这么喜欢看鱼,想一想,在家里养养鱼,总比跟着院里的小孩儿跑到南口火车站扒火车,跑到炮兵司令部的菜地拔萝卜,让人成天担心强得多(其实,他也想养鱼)。于是,心灵手巧的舅舅,弄来白口铁皮,剪一剪,瞧一瞧,用玻璃油泥子粘上玻璃,一个漂亮的鱼缸就做好了。然后,他又找来了一个圆柱形的座钟玻璃罩儿,倒过来一放,也成一个鱼缸。没两天,我就有了两缸鱼,舅舅做的长方形鱼缸养热带鱼,座钟罩儿呢?养了金鱼。

很快我就对观赏鱼有了一些了解。我知道了热带鱼的品种有红箭、绿箭、朱砂箭,孔雀、外文、小神仙,红绿灯、斑马、黑马里等等。热带鱼体型小,游动快,品种多,大都根据颜色、形状和身上的花纹命名。像箭鱼,就是成年公鱼尾巴下面的翅像一支又尖又长的箭,红色的叫红箭,绿色的叫绿箭,褐色的叫朱砂箭,只是黑色的不叫黑箭,而叫黑马里。孔雀鱼,公鱼的鳍和尾巴非常的长,飘逸、潇洒,就像开屏的孔雀;外文鱼就是公鱼的身上,密密麻麻画满了像是外国字的花纹;神仙鱼,又叫燕鱼,它们的身体和其他身体窄长的热带鱼不一样,长的扁而宽,形状很像展开翅膀的燕子。因为燕鱼在白天和夜晚会变颜色,人们又叫它"小神仙"。

热带鱼属于卵胎生鱼类,繁殖下一代是将鱼卵在肚子里孵化,生出来就是一条一条小鱼。热带鱼的母鱼长相平平,要么没有花纹,要么没有"箭"。每当母鱼的大肚子下面逐渐变黑的时候,它就要生产了。你看,一个小小的黑点从母鱼肚子下面落进水中,一眨眼,一个比小黑蚂蚁大不了多少的头部像个黑色三角,身后带着细小尾巴的黑色小鱼,开始在水里游动起来。母鱼生小鱼,一定要及时捞到另外的瓶子里,不然缓过劲儿来的母鱼,很快就会把小鱼吃掉。

养了鱼,就得给鱼喂食。金鱼大,一般吃线虫儿,其实就是小蚯蚓;热带鱼小,一般吃的鱼虫,像一个一个红色的小点儿,人们叫它红虫。现在人们养鱼都喂买来的现成的饵料,而我们那个年代,都是给鱼喂活食儿。

围着两缸鱼转了两天、看了两天,我就开始想着捞鱼食喂鱼让它们快点儿长大,给我下小鱼儿。我用纱布做了捞鱼虫的网,偷着跑出家去捞鱼食。开始,我还在离家近的水坑里捞,那里夏雨积水后有很多红虫。后来就越走越远,有时跑到南口护城河边儿上挖泥筛线虫儿。就这样,我回家越来越晚。

一天晚上,我提着鱼虫,一身泥水地刚进门,就被舅舅挡在门口。开始他骂我不听话,养了鱼还到处跑,还跑到河边去捞鱼虫。说着说着,气急了的他,就想揍我。可是,他又下不了手。最后,舅舅跑进屋里,一手一个鱼缸提到门口,使劲摔在地上,说:我让你再养鱼! 说完甩手回屋了。

借着屋里射出的惨淡灯光,我看到我的鱼在门口的水渍里跳着、挣扎着,心疼极了。趁着舅舅没出来,赶紧爬下身子,一口一口把几条热带鱼吸到口中,然后快步跑到刘大爷的鱼池里放进去,来回跑了好几趟。要知道,热带鱼很娇嫩,如果用手直接从地上抓,很容易弄伤它们。那一晚,我翻来覆去一直睡不着,也不知道我的鱼怎么样了。

第二天一大早,等舅舅上班一走,我便火急火燎地跑到刘大爷门前的鱼池边,还好,被我救起的几条金鱼和10多条热带鱼都活着,它们沐着清晨的阳光,在新的环境中正和新朋友们交流、嬉戏呢! 忽然听到有人叫我,回头一看,是刘大爷。这位清末的老北京爷们,跟《茶馆》里的八旗子弟常四爷一样,左手提着个鸟儿笼子,右手端着一个茶壶,站在我的身边儿。别看刘大爷现在是蹬三轮儿的,当年的风流倜傥气一点儿没改。大爷问我为什么没有上学,我告诉他,现在是停课闹革命,哪儿的学校都不上课。他停了半晌,像是跟自己说,又像是对我说:"你知道什么叫'学生'吗?'学生、学上',学生啊,就是要学着上进呀!"第一次听人这样解释学生,我莫名其妙地点了点头。我的第一次养鱼还没有1个月,就这样结束了。

到了1976年夏天,我从平罗县化肥厂借调到火车站中学当老师,身边儿有一大群比我小不了多少的学生、朋友,像新生机械厂的徐志刚、续锋、包焕军、罗朝阳、杨惠琴,地质队的柳明,车站的王大强,劳改厂子的民警李伟什么的。在他们的帮助下,我又开始养起了鱼,种起了花儿。鱼缸呢?当然是学生、朋友家里淘来的;鱼和花儿,自然也是学生家、朋友家要来的。那时候的我,自己当家作主人,虽然一边儿上课教书,还要抽空换水、捞鱼虫挺费事儿,但也乐得其所。在那个没有娱乐毫无生命气息的年代里,它们给我的生活增添了很多乐趣。

复习高考、上大学。养鱼自然没有了可能。

后来,我还养过几个阶段的鱼,为什么分阶段呢?因为,种种原因,我没能一直地养下去。一段是1986年底到1989年初,我在平罗县委党校当副校长时,曾经在我的办公桌上养过一缸热带鱼。虽然,把鱼养在办公室里的间卧室里,不够合体统。但是,每每工作之余,看着优哉游哉的鱼朋友们,倒也能从错综复杂的人际氛围中,求得一点儿安生、一点儿超脱。

后来调工作到石嘴山市委党校,我也养过两年多的鱼。那次养鱼可谓阵势大哉!我通过学生、朋友专门弄来了整根的三角钢,用电焊机焊了大小三个鱼缸架,然后比着尺寸,到街上裁来了玻璃,自己用高标号水泥粘了三个鱼缸。那一次,我不仅养了金鱼、热带鱼,我还养起了吃肉的海水鱼。我又认识了地图、东阳马刀、金钱豹、梅花鹿等大型的凶猛食肉鱼。

到广东的16年,我也养过几次鱼,不过再也没有认真养过热带鱼和海水鱼。1996年前后,我从盐鸿的一个学生家搬回来一个鱼缸,就养起了金鱼。但是,好景不长,因为班主任工作太忙,也因为总是搬家,养了一年多就不养了。

再后来2004年暑假,老婆和女儿回宁夏探亲,一个人闲在家中无所事事,于是,我到街上花钱订做了一个鱼缸,养了几条金鱼。晚上,没事干,一个人坐在鱼缸前,看着自由自在的鱼们,身心好放松呀!

说实在话,有点儿时间,弄几条鱼养养挺好的,不是吗?

淡淡的幸福

老伴儿离开家回祖籍烟台参加阔别33年的高中老同学聚会,一去就是20天。现在,满怀着见到老同学的喜悦满足的她,已经踏上了回广州的列车。于是,我也踏上前往省城的大巴,我必须去广州火车站接她,不然我不放心。身边有的亲人和朋友不太理解,干吗还要接,不能让她自己回来吗?我的回答很简单:她是我老婆呀!半夜三更、黑灯瞎火,让她一个人下了火车又上汽车的,不行!一定得接。

说这些话的时候,我的心里不自觉得有一种淡淡的幸福的感觉。是啊,几十年了,无论路长路短、路远路近,无论是火车飞机,无论是老伴儿出门还是回来,只要我能抽出身儿来,我都要送她接她,哪怕是赶夜路,坐破车,不能睡觉。是爱,是亲情,是责任?或许都不是,或许都是吧!因为有这些说不清的东西存在,人生便丰富了、幸福了。

登上开往广州的南翔商务巴士,一个人斜倚在本是两个人坐的皮座椅上,沐着窗外洒进来的斑驳阳光,看着随着汽车前行而飞快向身后逝去的青山碧海、蓝天白云,心情异常的平静。眼前突然浮现15年前,和大弟到汕头澄海面试时的情景。那漫长的近10个小时的长途汽车的颠簸,极简单的公交车,极简单的狭窄座椅,车到陆丰,因为人没有坐满,竟然被蛮横地驱赶到另一辆车上,而座位也变成了横担在两个座椅之间的过道上的薄薄木板。又想到几年前,和明明、再林、贞涛去省城为普通话证书验章,为了省钱乘坐澄海冠山的卧铺夜车。脏兮兮的车,脏兮兮的各类打工男女,充满了劣质烟草味儿和香港脚气味儿的车厢。因为中途下车拿错了鞋,我们被人家冷嘲热讽,丢尽颜面的情景就在眼前。这一切都过去了,过去的似乎没留痕迹。看着窗外,我戴上耳塞,打开手机里的音乐,情不自禁地跟着音乐哼出了声。我清楚,此刻的我,脸上一定洋溢的是满足的笑靥。

　　长长的暑假就要过去了，虽然放假的日子里，除了 12 天的湖南之旅，大都在家洗衣、弄花、买菜、做饭，似乎有些单调。可是，想一想，那些朝九晚五的打工一族，那些整日里一张报纸一杯茶，一纸公文弄半天，从早到晚有事儿没事儿都要泡在办公室里的人们，一个如此漫长安逸的暑假，对他们意味着什么？那是何等的奢望，何等的享受呀！

　　大巴中午没有在鲘门停车吃饭，而是多走了几十里，在白云仔服务区泊了下来。肚子已经咕咕作响的我走进餐厅，哇！米饭套餐 25 元，牛丸儿果条 20 元。或许是刚刚装修过吧，饭菜价钱又长了不少。不过，我并没有大惊小怪。交了钱，捧一大碗牛丸儿果条，顺手抓一两撮香菜、葱末，往碗里倒一点酱油和醋，还有辣椒酱，看一眼旁边啃着老玉米、剥着卤鸡蛋、拿着方便面到处找开水的人们，便稀里糊涂地大嚼了起来，那香甜程度，可以直接从周围人诧异的目光中感觉出来。

　　大巴如期开进了广州。原本终点站是流花车站，可不知什么原因，车到天河司机就让我们都下来了。不过，我们几个要到火车站的还没来得及叫喊，就有个面包车来送，下了大车上小车，行了，知足吧。

　　到流花车站后，第一件事情便是到农林下路一家 24 小时营业的药店，给老父亲买药。这是我每次到广州几乎都要做的工作。当我 2 号线倒 1 号线，在地上地下折腾了一个多小时，匆匆赶到药店时，营业员告诉我自从我一个多月前买走了最后 6 盒药后，这个药一直缺货。一盆冷水从头浇下，我有点儿蒙了。我分明是白跑了一趟！失望、失落的感觉骤然涌上心头。"先生，您是老客户了，给您，这是我们的电话，下次来之前先打个电话看看有没有货，就不会白跑了。"一个甜甜的年轻女营业员的声音，传入我的耳鼓，让我心脾一沁。是啊，祸兮福所倚，福兮祸所伏。虽然这次没有顺利买到药，可是有了这个电话，以后不就更方便了？于是心平了，气顺了，向营业员们道过了谢，我怀着愉快的心情离开了药店。

　　看看手表，已经 5 点多要 6 点了，又到了该吃饭的时候。突然想起这街上有个文华快餐店。算了，也走累了，就在这里吃晚饭吧，反正老伴儿的列车 8 点多才到站。感觉身子懒洋洋的，对了，晚饭应该喝一点儿。顺手在路边小店里买了一瓶 3 两装的"九龙双蒸酒",点了一个 7 块钱的快餐盒儿饭。怕菜不够就酒,加了两块钱的素炒土豆丝儿,要了一碗老火汤。就这样我的晚餐,在繁华的王府井百货旁边的小食店里开始了。

我端着飘着麯香的双蒸酒,有滋有味儿地"滋溜"一口,夹起一筷子青辣椒溜牛肉片儿,放在嘴里慢慢儿嚼着,眯缝着渐渐模糊的眼睛,看着小店外逐渐暗下来的景物和次第亮了起来的各色灯光,心中一种淡淡的满足、淡淡的幸福悠然升起。

烈日炎炎游橘洲

"独立寒秋,湘江北去,橘子洲头"。"问苍茫大地,谁主沉浮?"

只有毛泽东这样的文治武功集于一身,文才武略囊括一体,天文地理、文史哲经无所不通、无所不晓的集家、国、天下事于一心,一心一意带领中国人民翻身求解放的无私无畏的战士、伟人、大儒、领袖,才有这等的胸襟,才能写出这样的诗句,才能挥洒出这样的书法。

橘子洲,大约原来就有,或许在过去的长沙城,也是一个观景的去处。只是,那时候的它并不怎么出名。后来是因为毛主席的《沁园春,长沙》的诗句,才使得这里真正出名,当然更因为这里曾经是青年毛泽东锻炼革命意志、晨跑冬泳的所在而中外闻名。

故而人们来到长沙,游橘子洲,看橘子洲头的满洲橘树,站在橘子洲头看绵绵湘江"漫江碧透,百舸争流"的深秋景象,便万万少不得了。

从岳麓山走下来,已经是中午时分,我和老伴儿就近在湖南大学旁边的一家小饭馆简单吃了中午饭——一盆清汤炖鲫鱼,一盘手撕包菜,两碗米饭。当然,再简单,我也没忘记来上一瓶小二锅头。

登上立珊专线,恰是正午。原本打算回老姨家的,可是当车过湘江大桥,江中长长的绿色玉带勾起了我对橘子洲头的回忆。于是,我们在五一广场下了车,顶着烈日,走向了少年毛泽东最喜欢的地方——橘子洲。

　　长沙正在修地铁,五一广场似乎没有直接到橘子洲的汽车,远远看去,橘子洲就在湘江的中间,并不遥远。于是,我和老伴顶着 38 度的大太阳,步行去橘子洲。有句话叫望山跑死马,一点儿不假。看着并不是很长的湘江大桥,并不很远的就在大桥下面的橘子洲,我们一步一步,沿着湘江大桥,然后下引桥,竟足足走了快一个钟头,而且,头上是似火的骄阳,又热又渴的我们,把从老姨家带出来的一大瓶水喝了个精光。

　　来到橘子洲,原本打算继续徒步游览,可是一问保安,站在洲中段,无论走向洲头还是洲尾,都有四五公里的路程。

　　我想起了 19 年前我和女儿也去了一次橘子洲。因为大表弟没有弄清方向,我们徒步走到了相反的橘子洲尾,后来从洲尾走到洲头,走了 10 公里路。

　　算了,还是乘游览车吧。我们问清楚了"橘子洲头"标志的方向(这个很重要,因为要照相留念呀,有标志才说明你到过这里嘛,呵呵),登上了游览车。

　　20 年后的橘子洲真是翻天覆地的变化,长长的橘子洲不再是尘土飞扬的土路,而是被规划得十分科学、装扮得十分美观的绿化带所代替。游览车所到的途中音乐广场、喷泉公园、文人会所,碧绿的草坪、葱葱的绿树、高低变化的亭台楼阁比比皆是,新修的柏油路和周围都显得干净整齐。

　　长沙人真的是聪明智慧,简单的一点儿旅游因素,经过这么一打造、一渲染、一包装,变得如此诱人,如此具有了经济价值。

　　如果伟人毛泽东地下有知的话,不知会对如今的情景作何感想。

长沙旅记——游岳麓山

　　浓浓的游兴早早地把我们从酣睡中弄醒。新到一地,尽管 15 年前我来过长沙两次,对于老婆来说绝对是如此。原本又是汽车又是火车地折腾了一整天,凌晨两点半才到老姨家的我们,怎么也该先好好休息一天的,可是一大早,7 点刚过就起床了。

　　老姨似乎早就知道我们的心思,也是早早起来准备了丰盛的早饭,又是包子、烧麦,又是豆浆、绿豆稀饭,极丰富的。吃过饭,我们就迫不及待地出发了。

今天,我和老伴儿要游玩儿岳麓山。老姨怕我们不认路回不了家,还亲自陪我们走了半个多小时,送我们到火车站的公车站,好在老姨家离火车站只有两站路。

我们乘坐立珊专线,沐着长沙早上还不太炙人的阳光,来到了岳麓山脚下。顺着公路望去,首先映入我们眼帘的,是伟大领袖毛主席高大的全身塑像,令人精神为之一振。这样的毛主席像,在文革时代可以说到处可见。如今个人崇拜不让了,现代神话打破了,这样的伟人雕像变得少而又少,所以一眼看到,倍感亲切。

我们沿着山路,首先来到了岳麓书院,这是中国古代四大书院之一,曾几何时是一所中国古代的千人学府,这里出过很多大文豪、大名人,宋代理学大师,程朱理学的创始人朱熹,曾经不远千里从福建来到这里,和当时的书院院长张轼,就理学问题讨论了三天三夜,留下了千古佳话。而毛泽东则是与岳麓书院渊源颇深,也是他们其中最最杰出的伟人。

走进书院,到处是苍松翠柏、白墙绿竹、小桥流水、莲花飘香。

古旧斑驳的墙壁,沧桑无比的老树,沐着清晨的阳光,仿佛诉说着过去的辉煌。

依稀可见的碑记,随风摇曳的垂柳,拂过凉爽的夏风,好像讲述着伟人们的昨天。

简朴的书屋、破旧的书桌,让我们仿佛听到了回荡千年的书声。

一帧帧国家历届领导人前来参观的照片、一幅幅名人领袖为岳麓书院的题字,向我们昭示了这里的历史、这里的辉煌。

从岳麓书院到爱晚亭

和老婆漫步于古老的岳麓书院,看着环绕书院的一间间简朴幽静的书房,看着书院里一条条曲折婉转草木茂密的小路,看着朱熹、张轼等一个个执着的古代文人为了真理争论的面红而赤的雕像,看着满布书院的书法、字画,看着一代代名人领袖到此参观游览瞻仰的照片、题词,看着一群群络绎不绝到这里读书的湖南大学的学生(如今的岳麓书院已经成为湖南大学的一部分),我有了些许感动,我有了些许醒悟。

我明白了中国文人的脊梁为什么会这么直这么硬,我明白了中国文人的心为什么这么大这么重(事业心、为家为国为天下之心),我明白了中国文人的性格为什么这么执着这么坚定,我似乎真的明白了许多。

穿过岳麓书院的后门,我们离开了这个弥漫着历史文化气息,弥漫着古往今来有志书生的报国气味的古老书院。

顺着书院后门的山路,我们继续着岳麓山之行。应该说,我们是沿着少年毛泽东曾经锤炼革命意志、培养后天带领中华儿女推翻三座大山解放全中国劳苦大众的英雄体魄、陶冶惟幄千里挥斥方遒的雄才大略练习晨跑的山间小道,向爱晚亭出发了。

"停车坐爱枫林晚,霜叶红于二月花。"不知是因为唐代诗人杜牧的诗句,还是因为已故伟大领袖毛泽东的龙飞凤舞挥洒春秋的"爱晚亭"几个千古不朽的题字,这里成了成千上万中外游人、墨客驻足、流连、慕名、留影的地方。

我这也是第二次来爱晚亭了。第一次也是 1991 年夏天。是表弟小亮陪着我和当时 7 岁多的女儿,还有江西朋友赵玥萍。和去韶山不同,或许"爱晚亭"是在城里吧,当时的游人很多,不像韶山,游客稀少,门可罗雀。那次,我们在亭前亭后爬山嬉戏,照相留念,记忆很是深刻。

如今,年过半百,少了许多童趣,倒是多了几分煞有介事的思索。于是,我想到,这岳麓山的满山枫树,到了深秋一定会红得分外好看,不然,何以惊动大诗人杜牧,何以惊动他写下这不朽绝句? 我又想到,毛泽东年纪轻轻便胸怀大志,无论冬夏,攀援于岳麓山上下,奔跑于爱晚亭前,大约不只是岳麓书院古往今来圣哲先贤的影响,怕也还是因为爱晚亭,不,应该说是岳麓山的无限风光吧!

平静平常平安平淡平实平凡的虎年春节

（一）

虎年春节太平常了。过去说：好吃的不如饺子,舒服的不如倒着(睡觉)。就因为一年到头只有春节这几天,能吃上点儿好的,舒服地睡几天安稳觉。现如今社会进步了，人们的生活水平提高了。不要说饺子成了人们饭桌上最平常的:我和小莉、轶琳还有我的干儿子干女儿,平时一有机会就去冰城吃东北饺子。就是鸡鸭鱼肉海鲜生猛,也不再是春节才吃得到的。至于睡觉,过去的人只有到了一年一度的春节,才可能放松全部身心,踏踏实实地饱睡几天。现在不同了,地是自己的,工厂是自己的,商店门市也是自己的。平时想什么时候开什么时候开,想睡觉了,就关它几天。平常事一件。所以,这个春节里人们过着和平常没有两样的日子,这还不够平常？

至于说这个春节平淡,我想大家比我更有体会。且不说孩子们没有了穿花衣、吃好吃的、点灯笼放花炮、躲在角落数压岁钱的新鲜喜悦,就说我们这些大人吧,没了过年的压力,也就没有了盼着过年的喜庆气。加上城市里没有花炮的硝烟轰鸣,没有划旱船扭秧歌舞龙耍狮子猜灯谜的红火热闹,这年不淡才怪呢！

虎年春节是平静的。先温饱后小康逐渐富足起来的中国人,不再因他人一夜暴富而急红眼睛,不再因股票的涨跌、房价物价的飞涨而捶胸顿足。浮躁的人们终于懂得了要心平气和地看中国看世界看锅里的肉看身上衣看不断拓宽的马路看高速列车时代来临。中国人不再对一年一度的春节希寄什么,不再对一年一度的春晚希寄什么。人们懂了,懂了换位,懂了替别人想想,懂了释怀。于是人平静了，心平静了，人际关系也平静和谐了，家庭社会到处都是笑容了。虎年的春节，就是在这样的高雅平静中度过的。平静地扫尘，平静地贴春联，平静地吃着饺子，平静地喝着酒，平静地看晚春晚，平静地放着鞭炮(汕头禁燃烟花爆竹，应该说是平静的偷着放)，平静地数着四三二一迎接新的一年的到来。

(二)

漫漫旅途,形影一人。应该是写点什么才好,可是,不知是躲避高速塞车,还是高速路上的服务区放假,司机没处吃不要钱的饭,我们的车早就下了高速,走在坑洼不平的国道上。在这样的路上用手机写东西,手机晃动不停,屏幕眼花缭乱,这是怎样的煎熬哟!

如此的状况,如此的心情,我真的没有心思写博客!可是能干什么呢,车内黑乎乎的,电视放着不知放了多少遍,并且照例是没有声音的东西,车身摇摇晃晃,乘客昏昏欲睡,还有至少三个小时的路才能到广州。还是坚持着写吧!

想到了不知不觉悄然已过的虎年春节,总觉得有些与以往的春节有所不同。缕一缕,梳一梳,就理出了个:平静平常平安平淡平实平凡的虎年春节!

今天是初八。对于工作在朝九晚五的各行各业的其他人来说,都意味着春节已过,该上班、上学、开工、开门、开张了。然而对于我,我们的春节还没过完,我们的假期还没有结束呢。

但是,此刻我却坐在开往广州的大巴上,不得不提前上班了。还是为了院报的事,我要赶在明天省里的大衙门上班接受指令带回材料。看着车窗外逐渐暗下来的天色,想想原本是 12 点 50 分的车,结果因为故障差不多 ** 才开。本来现在已经坐在酒店的餐厅里享用晚餐了,可是如今还万般饥肠地颠簸在国道海丰路段。

……

我家小狗"达尔文"

我家养了一条全身一色的白毛,只有脑袋中间和两个耳朵、两个眼圈上匀称地分布着少许黑棕色毛发的小型蝴蝶犬。刚抓来的时候,胖乎乎毛茸茸,就像一个四四方方的小绒球。当时想,取个什么名字呢?想到伟大的生物进化论的创始者达尔文,想到达尔文在他的著作里经常提到狗这种灵长动物,干脆咱们也学外国人,纪念伟大的达尔文,就给小狗取名"达尔文"。

说"达尔文"是小狗,其实它已经过了随心所欲之年——据说狗的一岁相当于人的七岁,"达尔文"是 2001 年 3 月刚 40 天的时候到我家的,掐指算来已经 9 年了,可不已经是 63 岁的老狗了? 三十而立,四十不惑,五十耳顺,六十随心所欲嘛!

我家的"达尔文"可是一条名狗,凡是到过我家的,我的亲戚、朋友,做过我的学生、同事的,听过我讲课、讲座的,大约都知道我家有个"达尔文",都知道"达尔文"是一条可爱的、调皮的、通人性的小狗。他们或许被小狗抱过腿亲热过,或许被它那清脆而不可怕的"汪汪"声欢迎、欢送过,或许是在我的课堂上、讲座上,听到我用"达尔文"举例子、打比方。反正,知道我的"达尔文"的人很多,"达尔文"很出名!

当然,"达尔文"还是一条见多识广的狗狗。它坐过摩托车、乘过小轿车,到过学校受过校园生活的洗礼、进过教室听过老师们讲课,游览过电脑城、见过很多电子产品(夸张了,见过是见过,不认识)。对了,它还认识我们很多普通话测试员朋友呢! 2003 年我们汕头的普通话测试员朋友们在澄海师范学校测试完普通话,乘一辆大巴去莱芜游玩,"达尔文"也有幸跟大家去了。那天我的"达尔文"还下过大海呢! 那时,我们一次次把它扔进海水里,它一次次赶在海浪的前面拼命地往岸上逃,那情景如今就像在眼前。对了,说到这里,我还想起了一件事,因为"达尔文"的顽皮、可爱,逗起了陈磊的养狗欲望,当时,我就答应给她抓一条小狗。哦,多少年了,还欠着账呢!

记得"达尔文"小的时候我经常骑着摩托车带着它去兜风,它站在女装摩托的踏板上,总是迎风而立,抬头挺胸,一副天不怕地不怕的样子。不过,坐小轿车,它却很是胆小,一点儿也不老实。那年,大概是 2005 年夏天,我们系的老师到澄海宁冠园我的家中做客,临走的时候说要去隆都陈慈黉故居参观,秀君老师看儿子和"达尔文"依依不舍。于是,就带上它一起坐车去参观。那是"达尔文"第一次坐小轿车,而且还是丰田花冠,坐在秀君儿子的怀里,它瞪着两只大眼睛,看着窗外呼呼而过的树木房子,吓得不得了,拼命爬在车窗上,想多路逃命,结果弄了秀君满车都是狗毛。

"达尔文"真的是胆小狗。它怕猫、怕大汽车、怕音响的声音,甚至怕比它大得多点儿的狗。听到大汽车的声音,看到比它大得多点儿的狗,它都会掉头就跑,不顾一点儿面子和英雄气节!

"达尔文"是一只聪明的、通人性的家伙。我们并没有专门训练过它什么,不过是在它小的时候,随地大小便后,用毛巾擦一擦,把毛巾放到卫生间里面。没想到后来它就懂了到卫生间大小便。后来它长大了,我们就每天都带它到外面遛一次,让它在外面大小便,然后回来给它洗澡。慢慢的,它就不在家里大小便了。而且有意思的是,只要出过家门,哪怕是我们抱它出去的,回来后不给它洗澡,它就在门口等着绝不到处跑。

"达尔文"很多年来就是我的一个伴儿。前些年女儿到广州上大学,老婆管理学生内宿常常上晚班。几乎每天晚上,都是在我吃过晚饭,打开电视,坐在躺椅上后,它便从我的身后挤上躺椅,瞪着大眼睛,煞有介事地看着电视,一直陪着我到熄灯睡觉。第二天早上,六点左右,如果我还没有起床,它便会准时地爬到我的床头,一边用爪子抓床,一边发出"吱吱"的叫声。星期一到星期五,它都知道我要上班,不会带它出去遛。所以,当我出门的时候,它就会趴在沙发底下,眼睛露出企盼但又知道不可能实现的目光。而到了星期六、星期天呢!只要它今天还没有出去过,你只要有出门的动向,它便会不顾一切地叫着跳着,要你带它出去。

不知是老了还是搬家后一直没有适应过来,自从去年10月,我家从澄海宁冠园搬家到汕头市区,尽管我们依旧每天都遛它一次,它都要在家里尿上一泡、两泡,甚至还来上一泡大的。并且,不再是卫生间里,而是游击队般的,东一榔头西一棒子,没个准地方儿。

于是,越来越多的闲言碎语:养着东西呢、赶快处理了吧、讨厌的"达尔文"、"达尔文"呀你真不够意思呀等等,都冲着它来了。不过,还好,"达尔文"毕竟有些城府,你说你的,我尿我的,反正我脸上毛多,脸红了你们也看不出来!

已经俨然是家庭的一员啦,我们只能适应它。因为,如果每天没有跟它说几句它听不懂,它却依然装作什么都懂的话,没有用手抚摸到它那毛茸茸的、让人觉得温暖的、踏实的毛发,怕是我们谁也睡不好觉吧。

我家的小狗"达尔文"!

"数花"

一大早起来,就看到自己在凉台上养的随晨风摇曳的花草,在不甚光亮的晨光下,七零八落,杂乱无章,黄绿斑驳,杂草丛生。心中着实不是滋味。

瞧!原本应该是苍翠挺拔的兰花,盆中却挤满了风信子和五叶梅的枝叶;这个时候应该茂盛的开着花的吊兰,因为缺水,叶子都干枯下垂,有气无力;再看文竹、富贵竹、榕树盆景、万年青,几乎每个花盆里都是玻璃海棠的子孙、节节草的后代,而花盆的主人们呢,缺水缺肥,瘦弱不堪。

多久没有伺候这些花草了,说不准。大约是放寒假前?抑或更早?

我爱花草,我爱花草的绿色,我更珍惜花草的生命意义。因此,从小我就喜欢养花。爱花草,甚至成了我从几千公里外遥远的大西北调到南方的原因之一。

然而,一个朝六晚五的上班族,我又实在没有多少闲余的时间,天天摆弄这些花草!也或许是"有心栽花花不活"的老话根深蒂固地影响着我吧,我养了几十盆花,都只是想起来才伺候一下,浇浇水。有的时候忙了、忘了、顾不上了,十天半月都浇不上一次水。这些花儿简直就是在自生自灭!

"不行,赶紧得收拾一下了,不然这些花草可真要死掉了!"我想着,赶紧拿起了剪刀、小铲子和撒水壶,打开了窗户。

我开始用手拔掉几盆兰花里的野草。我种了素心铁骨兰、木兰和四季兰等好几种兰花,这些兰花都是 14 年前在澄海师范带 94(1)班的时候,第一次家访,去隆都樟籍后,学生许柔芬送来的。手里弄着这些花,眼前出现了当时的情景:柔芬的爸爸,一个兰花迷,如数家珍般地把他养的几十盆兰花一一做了介绍,而且讲了兰花的习性,养兰花的窍门。可能是当时我听得太认真,让他感觉到了我对花的喜爱,所以,第二天上学,他让女儿送来两盆素心铁骨兰、一盆木兰、两盆四季兰。

榕树盆景也是 94(1)的学生王琛送的。王琛是女生里少有的大个子,一米七几吧！好像比我还高。知道我喜欢养花后，给我送来了榕树盆景和仙人球。不知是盆景的盆太浅，土太少，还是什么原因，我一直都养不好，不死不活的，出了新叶，旧叶子就掉了，老是光秃秃的。不过仙人球倒是长得不错，也难怪，它不怕旱，一个月不浇水也没事儿，所以，它长得很高，现在已经不能叫球了，应该是仙人柱。

陈烈灏是97年时澄海师范的学生会主席，有一次我和学生们去他家吃甘蔗，带回了他送给我的富贵竹和花旺。虽然这些花也生满了杂草，但是，由于生命力强，长得很茂盛。而且那富贵竹，我已经一分再分，繁衍了许多后代了。陈启端送的莲花掌今年春天也长得不错。只是我不太会养，这么多年了，也还是这么小小的一簇。杜晓红送给我的银边兰，我也一直都养着，可能是花盆太小，太挤了，虽然长得茂密，但是叶子尖都是黄的。王曼云如今已经是妇女主任了。她毕业前给我的"一帆风顺"是有寓意的，我知道她希望老师我一帆风顺。这盆花我已经换了好几次盆了，现在，我干脆把它移到了凉台的绿岛里，它倒是年年开花，郁郁葱葱。

我一边逐盆摆弄着我的花草，一边想着我的学生，曾经过去很久的往事，一件件随着学生的影子，又逐渐清晰了。

凉台上、窗台上还有一些花，是我后来的学生陆续送的：这里有澄师99幼师班陈淑君给的吊兰，汕职院心理学会在我给他们做了一次讲座后送给我的竹筒含羞草盆景，人文系05（4）班陈晓君送的盆景葵树，06（3）班陈丽纯送的金钱树……

学生送我的这些花，虽然都很平常，但是，我一直都养着，保存着。它们有的已经随着我搬过好几次家，从澄海师范学生宿舍楼的"师范一条街"，到学校后面的教师宿舍楼，再到宁冠园小区，十几年了。看到它们，我就好像看到了我的学生们。这些花见证着我走过的路，也见证着我明天所要走的路。

周末海门垂钓

　　好久好久没有钓鱼了。今日澄师退休的老同事、老朋友韦老师约了我，还有年初刚退休的澄海教育局老局长，我们当时来澄海工作、落户时最早的领导、生活指导人老卢，还有卢局的儿子，老韦的老伴儿肖主任和她们的小孙子，浩浩荡荡来到海门钓鱼。

　　其实，老韦很早前就约过我去钓鱼，有一次甚至时间都订好了，结果因为这样那样的事儿，都没有成行。这次终于可以放下一切，尽情地感受一次钓鱼的快乐了。

　　中午 12:30，卢局和我在泰山路、韩江路口会合，便开着两辆车，从中山立交出发，上高速，过海湾大桥，一直开到潮阳海门。下了高速，右拐过了一架很古旧的石桥，桥的右边道路的左侧，便是汪汪一片辽阔的水域。这里到底是鱼塘还是水库，三四千亩大的水面，谁也说不清。

　　老韦不愧是经常钓鱼的老手，钓鱼设备的齐全，让我大开眼界。今日他竟然带了 6 副海竿儿——那种手轮收线，用的时候需要用力抛向远处的很高档、考究的鱼竿儿。而且，事先准备了自配的饵料。我呢，则是空着两手去，什么装备也没带——老韦不让我带，我也什么都没有，我就是这么来钓鱼的。

　　宽阔的有些让人不能不用一望无际来形容的水域，在午后的阳光下粼粼闪光，微风吹动，微波荡漾，时而有一两条大鱼跃出水面，像是鲤鱼跃龙门。在这辽阔的水域里，不知孕育了多少大大小小各色各样的鱼，使人看着心里顿生神秘之感。

　　老韦带的这些海竿儿又叫抛竿儿，不像我过去钓鱼用的直杆儿。说句大家不要笑话的，我过去钓鱼，用过能伸缩的 3 节竿、4 节竿，也用过随便一根竹竿，绑上鱼线、鱼钩儿和鱼漂儿，就那么钓鱼的。过去用的那种直竿儿、鱼漂儿是一根羽毛或者塑料空心直棍儿做的，鱼咬钩时，鱼漂儿就上下乱动，鱼上钩儿，不是把漂儿顶起来，就是一下子拖到水了。

　　今天用的海竿儿，需要抛得很远，漂子太细看不到，所以海竿的漂子是个红色的带尖的空心塑料球,有两三个乒乓球那么大。只要鱼咬钩,漂子就会被直接拖入水中。这时候收杆儿,就能钓到鱼了。

因为我们钓鱼的地方是个汕头钓鱼人都喜欢来的地方,我们又是下午才到的,这个时候,沿着水边儿能抛竿儿的地方,几乎都有人了。我们一直走到草丛密集、人们不愿放竿儿的地方,才停下来。这里有大约15米长,脚下是一米多高的草,身后是横七竖八的树。抛竿儿要从身后向前抛,大家都怕鱼钩儿钩到草上或树枝上,所以才有了这块儿空着的堤岸。卢局自带了一副竿儿,加上老韦的6副,一共7副竿,在不到20米水边,一字抛下,显得有点儿密。水面上的风吹着浮漂,向同一方向移动。如果稍稍时间长点儿,没有鱼上钩儿,相邻的两三根鱼线就要搅到一起。所以,有很多时候我们没有在钓鱼,而是在拆开搅在一起的鱼钩鱼线。

我可能真是有钓鱼的命,第一次用海竿儿,第一次自己抛,抛了没有10米远,老韦教训我的话还没落音,我的竿儿就上鱼了。哈哈。连老韦都说:你真是好运气。是啊,刚才路过很多钓鱼的,来了一天了,也没见钓上鱼。于是想起好几年前和卢礼承到汕头农业科技园游览钓鱼,我接二连三钓了六七条,卢哥儿和儿子逸文竟然一条没钓到。又想到那年跟学院的党员们去揭阳万竹园,我和余廷文、鑫耀租了鱼竿儿钓鱼,我钓了好几条,鱼竿儿到了他们手里,鱼就是不上钩儿。哈哈!是不是运气?

在老韦的指导下,我和卢局两个不能说不会钓鱼,但是绝对没有钓过多少次鱼的半生手,竟然在三个小时的时间里,钓到了20来条松鱼——那种大头鱼。大的一条有三四斤重,小的也有两斤多重。随着我们一次又一次起竿儿时的笑声叫声,左邻右舍的钓鱼者都围了过来,有的拉出我们放在水边装鱼的网篓,看我们的斩获;有的直接蹲到我们的鱼饵前,又看又问又闻,研究着我们何以能钓到这么多鱼。嘻嘻,好自豪哟!

钓鱼是一种最好的磨炼性格、锻炼耐性的活动。当然,有人说它能陶冶情操,有人说是一种闲情逸致。无论怎么说,钓鱼的感觉就是不错!沐浴着秋日午后的阳光,满目湛蓝蓝,清澈澈,一望无际的碧波,呼吸着远离尘嚣、相对纯净的空气。小风轻抚,令人心旷神怡。在这样的景色中,操一长竿,抛于水中,满心期待地,眺望远处一跳一跳随波浮动的红色浮漂,那种澄明的心境,恐怕是那些身居闹市,整日听着轰鸣的汽车声,吸着不得不吸的汽车尾气,整天为菜又涨价了、工资怎么还不涨而闹心的人们,无论如何也感觉不到。卢局在刚开始钓鱼时还曾说我、他还有肖主任都是急脾气、躁,恐怕钓不了鱼。不过,每每到了钓鱼时,我真有点儿不像我自己了。

都知道《小猫钓鱼》的故事,钓鱼绝不能三心二意。可是我们有时候也学了小猫。也许是今天钓鱼太容易了,结果有时候忙着装别的鱼竿儿或者闲聊,竟然忘了看浮子,有两次饵料被鱼拖到了水底,等到收线时,鱼钩儿已经钩到了水底的乱七八糟的东西。等到左拉右放,终于起出鱼钩,鱼早都没影儿了,鱼钩上却只钓到一片腐烂的树叶或者一个烂塑料袋儿。

差不多5点钟,卢局说收吧,钓了不少了。虽然,瘾还没有过足,也只好收兵回营了。卢海从水里拖出装鱼的网篓,20来条大大小小活蹦乱跳的松鱼,挣扎着,在阳光下闪闪发光。我提议卢海提着战利品拍照,有点儿瘦弱的卢海,竟然吃力地有点儿拉不起来。

呵呵!令人难忘的秋日垂钓!

老同学游汕头之余下游迹（2）

28日,计划中的揭阳游。我们首先驱车57公里,来到位于揭阳磐东镇侨南村我老亲家家。晓洁、张岩、晓茹有意思买玉,玉都阳美就在这儿,非亲家带领才心里踏实;恰好女儿和小外孙女儿也在婆家住。老同学们是连看我老亲家、我女儿、外孙女儿,带看玉买玉,算是一举多得了。在亲家老哥的带领下,我们游览了侨南的玉器市场和阳美的国际玉都。走进一个个紧致小巧、灯光明亮的玉器店,柜台橱窗里琳琅满目、形状各异的手镯、挂件让人眼花缭乱。老同学们一走进去,便走不动了。总是在一个柜台前逡巡、徘徊,依依不舍。这两个玉器市场何其大,大小门店何其多,这样看大约要看到明天了。好在时已正午,人家要关门吃饭,这才让我的老同学们无法贪恋久留,赶紧根据需要,找准目标,简单买了几件,悻悻而还。

中午饭是在亲家家吃的。我们的亲家母是位典型的勤劳贤惠开朗乐观的潮汕妇女,最大的特点会做菜。所以,我们毫无悬念地又是一顿饱餐,又享一次口服了。

下午返回汕头,顺路游览这几年才修建的揭阳楼、揭阳广场。老同学们在亚洲第一铜鼎前合影,漫步于揭阳广场那镌刻着漫长的揭阳历史的画卷之上,细细看着,惊叹于这曾经的荒蛮之地竟有着如此悠久的历史。王大姐一边看一边说,这条石刻画卷应该用玻璃盖上,不然很快就会磨光了。

回到汕头,我带着老同学顺便游览了汕头大学。都是读书人,对学府都情有独钟嘛!车进汕大,张岩她们竟然由衷地发出了汕头大学这么漂亮、这么大的感慨。这让我这个自感身居天涯海角、微不足道的人,顿觉脸上光芒。要知道他们都是京畿之人,能这么说我们本地的大学,你不自豪才怪?我带着老同学一头扎到汕大后湖,暮色苍茫中的湖光山色,显得那么神秘、静寂。我们漫步到那几尊似人非人的抽象艺术的雕像跟前,老同学们听着我关于这群"人像"的来历、拍照、感慨、唏嘘,尽管已是傍晚,大家已经饥肠辘辘,但面对如此宜人景色,依然是流连忘返,依依不舍。

离开汕大前,我带着大家去参观汕大图书馆——据说是亚洲第一大图书馆。那无数小人组成的巨人,和他俯视着的小人,让老同学们都费尽了琢磨。暑假期间,图书馆是关门的。我们只好借着馆外昏黄的灯光想象、拍照。张岩还专门设计了几个老同学手拉手,齐喊"我们永远是同学"的照片。

该回家了,一打火,我开的锦雄的车没油了!怎么办?于是我只好和萧赛开着现代跑出去加油、买输油管。好在离汕大不远有个加油站,本来还想找个塑料瓶灌满,回去加。结果人家加油站坚决不干!这是规定,为了安全。后来就只好加满了现代,买了 3 米塑料管,开回了汕大。

我们把两辆车的油箱尽量靠近,把输油管深深地插进现代的油箱,然后,我和萧赛蹲在地上,一口接一口地吸,他吸完了我吸,我吸完了他吸。折腾了半天,吸了一肚子汽油气,愣是一滴油没吸出来。还是晓洁和张岩她们提醒把塑料管拔出来看看,插到油箱里没有。结果拔出来一看,半米多管子,管壁上竟然一点儿汽油都没有。压根儿就没有插到油箱里!这可怎么办?有油有管儿,却没办法把油从这边儿弄到那边儿去,人家那偷油的是怎么偷的呀!这没辙呢,萧赛说,你再发动一下试试,有的时候车停一会儿,油路的油还能倒回去点儿。死马当活马医吧!一试竟然着了,于是赶紧一个人开车跑出去加油。就这样,我们终于回到了汕头,原打算在汕大门口拍一张"到此一游"的集体照,也因为天黑拉倒了。

忙碌而充实的星期天之晨

凌晨三点半,被一只早归的蚊子咬醒了。过往这些蚊子都是深秋、初冬才会出现在潮汕人的家里,今年可能天凉的早吧。就像鲁迅说的那样,这些讨厌的蚊子,不仅要吃你的血,还要"嗡嗡嗡"到处声明,"你的血应该给我吃""必须给我吃",咬了你,还非要把你吵醒。本来想凑合一下到天亮,可是被子捂头,热;打开风扇吹,凉。只好起来点蚊香。都说蚊香有毒,经常点对身体不好,这时候也顾不了那么许多了。给我的房间点上蚊香,一想,蚊子可能被赶到老婆房间,于是,也给老婆房间点上一盘送过去。

蚊子没了,觉也没了。只好躺在床上做"中国梦"——中国梦,我们的梦;中国梦,我的梦嘛!迷迷糊糊,努力做着梦、编排这好事儿,想着、躺着、翻腾着。手机一响,自动开机,已经是早上六点半。半醒半睡地,究竟想了些什么、梦了些什么,竟然全然记不得了。

起身洗豆子、兑水,用女婿给买的"美的"豆浆机做上豆浆。赶紧下楼,跑到小区的花圃里给小白兔拔草。女儿前几天带着小孙女彤彤买回一只小白兔,每天我都得给它拔草,不然小家伙儿就会饿肚皮。原先小兔儿是在女儿家养着的,昨个女婿出差回来,说兔子好臭啊!三言两语,女儿就让我把小白兔儿提回我们家了。昨天晚上,这小家伙儿就饿了,一个劲儿爬得高高地看我。

其实很容易,小区的草地里到处都长着小兔儿爱吃的"灰条"(西北叫法),一种枝干上有绒毛,叶子背面是紫灰色的植物。三把两把小兔儿一顿早餐就有了。回家喂上兔子,看着小兔儿着急的样子,看着它吃到了鲜草的那种迫不及待、不顾一切,我真的很开心!然后我给鱼缸通上电,喂了鱼。如同巴甫洛夫开灯喂食一样,我的鱼只要鱼缸通上电,点灯一亮、水泵一响,它们就一起游到我每天喂食的水面。这种默契使我每每都有见到老朋友的感觉。

快七点了,我突然想起什么,赶紧拿起剪刀,二次下楼。我要去关我家楼下的上水阀门,然后回家修理卧室坐便器进水管和厨房的卫生间淋浴器进水管漏水的问题。昨晚我已经到广兴村五金门市买了两根 20CM 的蛇皮管,停了水,换上就可以。当初刚搬到这里时,修理水管,在楼下安装了一个阀门,一些调皮的孩子经常把我的水给关了。后来我想了个办法,用密封带把阀门缠上了。所以,现在要用剪刀把密封带剪开。一切都在预料之中,我楼上楼下地跑了两趟,关阀门、换水管、开阀门、密封带缠阀门,不到十分钟,就一切搞定了。

然后是给两只乌龟换水、喂食。凉台上养的两只龟,一只大的已经在我们家生活了 13 年,从澄海搬到汕头;一只小的是今年初别人送的,来给它做伴儿的。我在凉台上放了两个大磁盘,每天必须换水,在水中投放食物让乌龟们吃。我家的龟是绝对的杂食:生肉、熟肉、人吃剩的鱼、虾,放久了的牛肉丸、吃不了的薄壳米、煮熟的玉米粒,甚至,它们还吃过海鸭的肉、鹅掌的筋。夏天,尤其是现在女儿家开灶,有时候没有现成的龟食,我就把冰箱里的鱿鱼用剪子剪成小块喂它们。于是,泡了一整天的泡过鱿鱼的水,味道很大,就像发鱿鱼的味道。不止一人说让我把它们放生。可我知道,已经习惯了人工喂养的它们,如果放生,就等于让它们自生自灭。何况,我们早已经有了感情。

我走进凉台,给乌龟换水,那只大龟便一步不离地跟在我的脚后,我走到哪儿,它跟到哪儿,还不时用它的头碰碰我的脚。好像是说,别忘了喂我们啊!给乌龟换好水,每个盘子里放上几小块昨天在楼下花 4 块六毛钱给它们买的鲜肉。只见两只龟像饿狼一样,快速、大口地吞咽着有限的食物。大龟很快吃完自己盘中的肉,拖着沉重笨拙的身子,臃肿地拱进小龟的水盘,来个口中夺食。看着,我好像看到了自然界的弱肉强食。

喂完了龟,顺便给凉台上的花浇水。我喜欢养花儿,但是由于还在上班,时间有限,不敢养什么好花儿。凉台上最多的是富贵竹、吊篮、金边狐尾兰。边浇水边看着几天前刚刚移植的几盆吊篮、狐尾兰,已经褪去黄叶长出新绿,一种看到新生的喜悦油然而生,这就是生命力啊!

忙忙叨叨,等我将一碗碗香喷喷、热气腾腾的豆浆端到饭桌上,时间已经近 8 点。我打开电脑,登上 qq,给几位老同学、好朋友回了几条昨晚没来得及回的留言。然后打开电视机,新的一天正式开始了……

其实,生命就是由这许许多多个忙碌而不起眼的一早一晚组成的。生活的美呢? 当然要靠我们用热爱之心去一点一滴地感受、咀嚼、品味。

老同学游汕头之大排档初试小鲍鱼

到汕头 18 年,跟南澳结下这不解之缘,除了海岛的自然风光令人陶醉、人文景观历史悠久,更重要的是,这里有我在澄海师范教过的很多老学生。每每老师生相见,当然更是开心的事儿了。所以,到南澳,十次有九次我是一定要麻烦我的老学生的。这次,当然也不例外,为了让老同学们吃到物美价廉的海鲜,住上舒适而又廉价的酒店,我还是惊动了 95(1)的度安、少旭,还有 94(1)的雪云。按照我的计划,雪云负责老同学的住宿,因为她叔叔刚刚开了一家家庭旅游宾馆;度安呢,就负责帮我们联系物美价廉的海鲜大排档。

照平常过去,我到南澳,知道的学生们都会来接我的。记得十五六年前,我们一家陪我长沙的姨姨、姨父到南澳游玩儿,钰冰、淑琴、雪云还弄了一辆面包车来接呢。后来,来的次数多了,我也不好意思,有的时候能不惊动人家就不惊动了。这两年都是自己开车过来,学生都是在后宅通往云澳的路口等我,然后陪我们去玩儿。

不过这次真是例外,度安、雪云上午都在后宅上课,继续教育培训。本来他们是要请假过来的, 是我告诉他们我也是南澳通了,上午吃饭前不用麻烦他们。所以这才有了我们自己的环岛风光和宋井的“自助游”。

宋井还没有游完呢,好像才 11 点过点儿吧,度安和雪云就先后打来了电话。她们已经从后宅结束了工作和学习赶了过来。度安已经在大排档为我们订好了饭菜,雪云也在叔叔的旅店给我们订好了 4 间双人间。

于是,我们提前结束了宋井之游,驱车去吃午饭。老同学来自北京、广州,对大排档大约没有什么概念, 尤其是海边的大排档。因为这里的海鲜更加鲜活,种类更多,而且比大酒店要便宜得多。在海边的海鲜大排档里吃海鲜,也算是让老同学有一种体验吧。

点菜的时候,度安过来征求我的意见。我突然有种感觉,这顿饭他不会让我买单。尽管我在几天前打电话告诉他我们要来,让他帮忙联系物美价廉的海鲜大排档,再三说了饭钱我们自己出。于是,我告诉度安,多点一些在北京吃不到的东西,那些虾呀蟹呀、海参鱿鱼的哪儿都有,华而不实。

就这样,度安为我们点了温海小带鱼(北京人只能吃到宽大的冻带鱼)、扒皮鱼、鱿鱼仔(连肚子里的墨一起沾着芥末吃),还有一条大斑鱼;点了基围虾、扇贝、海瓜子、牡蛎烙。他还专门给我们点了一种俗名"小鲍鱼"的贝类,我也是第一次吃。据说只有南澳的礁石上才有。这种"小鲍鱼"只有一半壳儿,退潮的时候吸在礁石的下面,最为奇特的是,它里面的肉竟然跟鲍鱼的肉一样,一样的形状、一样的质感、一样的鲜美,简直就是袖珍的鲍鱼。

饭桌上,老同学们认识了我们这位海岛中学朴实能干的青年教师、教导主任丁度安,并且饶有兴趣地,听着度安介绍着各种海产品,它们的生活习性、它们的营养价值、它们的做法吃法;品尝着这些完全原生态的、端上桌子之前都还是活的:鱼、虾、贝……饱着口福,长着见识。

不能不说的是,就像我感觉的那样,当我在午餐将要结束时,借口去卫生间,准备买单时,老板告诉我度安已经买了。

平生第一回

人生这辈子,从小到大,从大到老,所有的事情都是从没有到有,从不会到会。都有平生第一回,也都是一回生二回熟这么过来的。本来就没有什么可唠叨的。可是,我还是得说道说道,为什么呢? 因为我这儿要说的这平生第一回,倒也并不那么常见,很多人吧,可能到老也不会有。什么呢? 养鸟儿! 我说的是我平生第一回养鸟儿!

养鸟儿可是我这辈子一直都在想的事儿! 大约我这骨子里原本就有纨绔

子弟的基因吧！听我妈说，我姥爷曾经给河北军阀刘汝明当过副官。那时候，走马斗狗、养花儿遛鸟，就是他老人家闲着没事儿常干的事儿；到我舅舅这辈儿，有人供他读书，他就是读不进去，就喜欢养个鱼、喂个鸟儿。哪怕是横扫封、资、修的年代，我舅舅都没有忘了上班之余，自己做个鱼缸、焊个鸟儿笼，养养鱼、喂喂鸟儿。

小的时候，为了躲开那个疯狂的岁月，我妈把我送回北京，跟我姥姥、舅舅待了大半年。那时候，每天一早一晚看着我舅舅伺候鸟儿的那个劲儿，真的好羡慕呀！小巧玲珑，黄里带黑，叫起来特别好听的画眉；一身翠绿，红嘴黄耳，憨态可掬的绿鹦鹉；个大身黑，长得不怎么样，却能跟人学话的鹩哥儿……

那个时候我就想着，哪天我也弄两只鸟儿养养。可是，把这心事儿跟我舅舅一说，舅舅却说，养鸟儿可不容易，可不好伺候，要吃、要喝、要洗澡，天天得打扫，脏。后来上高中、工作、上大学、成家、养孩子，人生的陀螺不停地旋转，我还真没时间琢磨养鸟儿的事儿了。

一晃，几十年就这么过去了。过不了两年，我也该退休了。这些年，我养过鸽子、养过兔子、养过好几条狗，断断续续养过几十年鱼，养过几十年花儿，就是从来没有养过鸟儿。

没成想我这养鸟儿的夙愿，让女儿给实现了。午前女儿带着我的宝贝外孙女儿到金砂公园玩儿，发现彤宝宝很喜欢小鸟儿、小兔儿什么的。于是，那天没跟任何人商量，就花 85 元连笼子带鸟儿，买回来两只虎皮鹦鹉。哈哈，看到女儿买鸟儿回来，我好开心呀！因为，我要买，老婆绝对不会答应。女儿买，老婆没脾气！

嚯！瞧这两只小家伙儿，一只天蓝色胸脯儿，一只翠绿色胸脯儿。在笼子里蹦来蹦去，叽叽喳喳，好不欢实。

放寒假，女儿和彤彤要到女婿家住一段，把鸟儿提到我这儿养。每天早上，天一亮两只鸟儿就开始叫开了，好像是说，主人呀，天亮了，我们该出去了。于是，我得赶紧起床，不能再睡懒觉。赶紧给小鸟儿喂上食儿，换上水，把它们挂到凉台上。晚上，掌灯时节，回家第一件事儿，就是把鸟儿笼子摘回来，给它们换上纸，添上食儿。这两只小家伙儿特能吃，两三天一袋儿粟子就光了。舅舅说的没错儿，养鸟儿确实脏，凉台上、屋里放鸟儿笼的那块儿，天天得打扫，不然就是一地鸟儿屎、粟子皮、鸟儿毛。小鸟儿通人性，没养两天呢，就好像知道我是主人似的，我开鸟笼子换水、喂食儿，它们都不带怕的，飞到我的手上，用嘴叨我手里的粟子袋儿。很温暖、好温馨！

大概就是平生第一回的缘故吧！这鸟儿还没养上几天呢，一不小心，就飞了一只。春节前四五天吧，那天晚上从我妈那儿回来，天已经快黑了。一进家门我就赶紧到凉台上去摘鸟儿笼子，结果抬头一看，只见鸟笼子里就剩下一只了。再一看，鸟儿笼子的门儿是大开的。赶紧放下笼子门儿，把笼子提到屋里。蓝胸脯的公鸟儿飞了，只有绿胸脯儿的母鸟儿一直待在笼子里。看来什么东西都是公的闲不住，母的才守得住哇！

开始，我以为是猫把鸟笼子门儿打开了。后来又觉得不是，应该是那只调皮的公鸟儿用他那带钩儿的嘴，把鸟笼子门儿弄来了。晚上打电话，跟我妈说起这个事儿，还是老太太有见识，她告诉我，肯定是我早上喂食儿的时候，忘了关门儿。一定是的。

想到了教高中时讲过的那篇《虎皮鹦鹉之死》，心中对那自由了的蓝胸脯儿的公鹦鹉，产生了一丝怜悯。

第二天，要做的第一件事儿，就是赶紧再买一只公鸟儿回来，一是怕女儿回来看到鸟儿少了一只，不开心；更是怕那只母鸟儿寂寞、孤单、不好活。

今天是西方的情人节，这两只鸟儿仿佛叫得特别欢，那只蓝胸脯儿的公鸟儿，一个劲地追着那只绿色胸脯儿的母鸟儿献殷勤，叽叽喳喳，叽叽喳喳唧唧喳。好像是在说：亲爱的，今天是情人节，祝你快乐！我爱你！一生一世！哈哈！你瞧他俩，一会儿亮亮翅儿，一会儿抖抖身儿。慢慢儿的，两只鸟儿并排地落在一根棍儿上。又过了一会儿，鸟儿们嘴儿对嘴儿地咬开了，大约这是求偶成功了吧！

人要是像鸟儿这么简单那该多好呀！无所谓出身，无所谓地位，无所谓门户，无所谓有钱没钱，无所谓有房没房，不用拼爹，不用拼妈，喜欢了就直截了当地追求，两情相悦就待在一起。

好羡慕这幸福的鸟儿们！

惊悚泾源夜

　　一路欢声，一路笑语，浸满了 30 年老同学纯纯的情谊的六盘山国家森林之旅，经过了一整天十几里的徒步游览，在野荷谷嗅花香，寻觅、采摘野草莓活动后，画上了句号。

　　晚上我们下榻在泾源县城的旅游酒店。晚饭时，马大姐、王大姐、苏惠她们想到大家走了一天，都很累了，专门买了六瓶老银川白酒和两瓶红酒给大家解乏，给好酒的男人们解馋。坐桌子的时候，大家按照喝酒和不喝酒，自然地分成了三桌。我因为从楼上房间里下来得晚了一点儿，也被挤到了能喝酒的那一桌。也罢，多难得的 30 年聚会呀，喝一点儿就喝一点儿吧。

　　酒司令在未经任何选举的情况下，被我们的蒙古族兄弟曾繁荣把持了。行啊，无论酒量还是酒风，其实他都当之无愧。这家伙还真是有经验，他怕有人会推三阻四不喝酒，一上桌就要了 9 个高脚杯。对了，我们这个桌子一共 9 个人：老安、杨发、耀东、效峰、定海、刘路、国安、繁荣和我。繁荣把每个高脚杯里都倒上了大半杯酒，大约 2 两 5 左右吧，然后发话：大家必须先喝完自己面前的高脚杯里的酒，之后再来猜拳斗酒；如果谁想离开，也必须喝完高脚杯里的酒才能离开。这招真厉害，一下子两瓶多酒就分完了。过了一会儿，国安、效峰要去打乒乓球，喝完了门前酒走了，定海和刘路因为身体的原因，也勉强喝掉高脚杯的酒，先回房间了。

　　桌子上就剩下了老安、杨发、耀东、繁荣我们 5 个。斗酒一开始，我就看出了端倪——他们的矛头是杨发，他们要让逢酒必醉的杨发再醉一把，醉倒在泾源。当然，我也感到，战火随时可能燃烧到我。于是，我第一保持清醒，不让自己高兴激动到忘形；第二努力当和事佬儿，劝这个少喝，劝那个别喝，自己能少喝绝不多喝。就这样，这伙儿 30 年前没喝够，30 年后接着喝的老同学，大压小、老五魁地猜着拳，不到 8 点，4 瓶酒告罄。一看繁荣还要开剩下的两瓶，我赶紧求饶，说够了，不能再喝了，再喝都醉了。其他老同学也随声附和。于是，繁荣放弃了继续开酒。其实,这次杨发没醉,老安多了。

酒足饭饱后,我们走出餐厅。酒多了的老安大声嚷嚷着,要请我们去洗脚去唱歌。好哇!有人请客,傻子才不去。于是我们走出了酒店。

走到大街上,我们才发现,天还没有全黑的泾源县城,早已经是路断人稀,就像宵夜了一样。也难怪,泾源县一共不到 12 万人,县城人口只有 2 万多,一到晚上,街上可不就是没人了吗?

好容易看到两个小姑娘,在她们的指引下,我们知道了前面不远的路口处有一家养生洗脚店。我们几个便拉扯着、闲聊着,向那里走去。半路上,又正好碰到散步回来准备回酒店的马大姐,大家便一起拉她去洗脚。开始她死活不肯。我说了一句,只有你跟我们去了,我们才不会出问题呀,她这才跟真的似的加入了我们的行列。

这是一家由一个叔叔带着两个侄女开的家族洗脚店。泡、修、按摩一套 28 元,还真是不错。刚喝完酒,用浸了药的热水泡泡脚,然后由那两个姑娘的叔叔给修一修、刮刮老皮,然后再给做个足底按摩,绝对是不错的享受。

就这样,我们一个一个地泡着、修着、按着。这时,苏惠和王丽云为了这次旅游结账的事儿,打电话找马大姐。一听说我们在洗脚,又听说是老安请客,就二话没说,抱着 3 万多块钱也跑了过来。我们 5 个爷们儿这时候已经洗完了,马大姐看到老安、杨发都醉眼惺忪的样子,就叫我们先回酒店。于是,我们便晃晃悠悠地往回走。当时,我们是真不知道苏惠她俩包里有那么多钱。

晚上 10 点多钟,最后洗完了脚的王丽云、苏惠,和一直陪着等她们的马大姐走出了洗脚店。一出洗脚店,马丽珠的心里泛起了嘀咕。因为就在刚才,毫无警惕的苏惠竟在洗脚店这个陌生的地方,当着满屋子的陌生人,掏出了那几万块钱,要清点算账。虽然,当时就被老马给挡回去了,但是,谁知道那些人有没有看到?他们会不会打个电话叫人在半路上拦劫?马丽珠越想越怕。于是,她十分警惕地让苏惠抱着装钱的包儿走在中间,她和王丽云一边儿一个保护,就这样战战兢兢地往回走。

说来也巧了,就在她们 3 个忐忑不安地走过一个路口,走到离酒店还有100 来米的地方时,打完了乒乓球归来的黄海、邓宪生、肖赛、吕国安、万效峰、平廷玉 6 个,从她们身后不远处的路口拐弯处出现了。黑暗中,后面的男生看到了前面影影绰绰的 3 个身影,看她们走路的架势和行进的方向,再看看她们的身高体型儿,他们知道是马丽珠、王丽云几个老同学。于是,黄海玩笑地压低声音大喊了一声"站住",老邓随后追了一句"把包放下"!

突如其来的男人,突如其来的声音,吓得原本就心里打鼓的 3 个老太头也没回——不对,据后来苏惠追忆,她是回头看了一眼。真的看到有人,其实就是黄海。轮着铁锹——其实是打兵乓球衣服湿了,甩着衣服,在追她们。

听到有人喊:"站住!"马丽珠脑海里,立刻出现了苏惠在洗脚店,从包里往外掏钱的一幕,心想:坏了,真是遇见坏人了。她大喊了一声:苏惠快跑!王丽云赶紧补说了一句,你先跑我掩护。

于是两个 65 岁,一个已近 60 岁的 3 个小老太太,便一路狂跑起来。但见那六只不大不小,称不上三寸金莲的脚丫子,真个脚底生风,车轮飞转,步子不大,捯饬得飞快,一眨眼,消失在夜幕中。

老邓他们在后面,看到此情此景,竟然没有叫停她们,还以为 3 个老太在配合他们演戏呢。哈哈地笑着说:瞧! 她们真幽默。

就这样 3 个老太一口气跑到宾馆门口,看到一推门儿就能进宾馆了,觉得没事儿了,才喘着粗气,听着自己砰砰砰的心跳声,止住了脚。苏惠大胆地回头细看,嗯? 昏黄的灯光下,她好像看到了肖赛穿的胸口印着白色图案的黑色短袖衫,于是对身边的二老太说道,咦,好像是自己人呀。

……哈哈! 瞧这语言,瞧这过程,就好像哪部爱国主义电影!

一场虚惊,半夜惊悚,给我们毕业 30 年聚会增添了无穷的快乐! 马大姐说,那天晚上她一夜没有睡着,前半夜是担惊受怕,总想着这要是真碰到坏人,把大家交的钱在"天高云淡"的六盘山下被抢了,那真是……后半夜呢? 她是一次又一次地笑醒了:为苏惠跑的那叫一个快、为事情怎么这么巧、为大家怎么都跟当年打鬼子一样的说话、为……

夜宿冶家村

大学毕业30周年的纪念会结束后，刚刚荣升自治区新闻出版局局长、党组书记的老同学杨宏峰，在出版大厦附近的一家豪华酒店，宴请了全体与会的老师和同学。因为下午还要坐6个小时的汽车，因为接下来还有个诱人的六盘山之旅，所以，这顿丰盛的酒饭，大家都没敢太尽兴地大吃大喝。

下午2点钟，毕业30年大聚会的第二个节目——六盘山之旅开始了。旅游大巴离开银川，走在银川至西安的高速公路上，平坦的公路，干净卫生的旅游车，老同学们的心情是激动的、愉悦的。一路上张岩、繁荣、万夫人纷纷登台亮嗓，为老同学献上一曲曲饱浸了30年思念之情的歌曲。当然，这么热闹肯定少不了我，我也跑上去，跟他们一起唱起了京剧。整个车厢里，歌声、欢声、笑声，洋溢着浓浓的同学情。

马大姐、苏惠、丽云大姐她们想得十分周到，专门为这次旅行准备了桃子、西红柿、黄瓜。呵呵！大大的甜甜的沙沙的西红柿、润润的水水的蜜蜜的桃子、绿绿的脆脆的嫩嫩的黄瓜，为大家沿途解渴止饿，六七个小时的车程，除了下车时觉得鞋有点儿紧脚有点儿肿，一切顺利。

可是到了住宿的地方——泾源县冶家村农家乐，情形有点不乐观。6个人住一间房，又赶上回族的斋月。晚饭一上来，都是凉拌菜:凉拌苦苦菜，石花菜拌咸菜，凉拌灰藋，凉拌黄瓜。一开始觉得连肉都没有，不好不解馋！可是一吃一想，别说味道还真不错，而且还都是绿色的呢！后来还上了一个热炒芹菜，一个土豆炖鸡块，据说后面还有两个菜一个鸡蛋汤。我吃完得早，没看到。晚饭的主食有包子、米饭、荞麦饼、玉米饼。说起来都是高热低脂的粗粮，好东西，的确还算可以。

又是回族家，又在封斋期间，可以了。这么想着，心里舒服了许多。

住宿条件是差了，床铺是潮湿的，摸着躺着很不舒服。整个大院子，住了男男女女近20人，只有一个卫生间，而且脏兮兮的。怎么办？想想曾经有过的农村经历,比这还苦、还差。也罢,凑合一夜吧!

再看看黄海他们六个,有4个人还是俩人睡一个床的,知足吧!

杨发吃过晚饭回来,嘴里一直念叨着,他是对这顿没有肉、少热菜的晚餐十分不满。心情不好,所以他早早地倒在床上,不一会儿便发出了不算太响,大家都还可以忍受的鼾声。11点多,繁荣和老邓也耐不住困意,随便洗了个脸、刷个牙,也睡了。

潘忠是个奥运迷,非要拉着方蒙陪他看奥运羽毛球赛。我是只要有一点光亮或者声响就不能入睡的主儿,更何况还换了地方。所以,只能躺在床上挨着。

夜里11点半吧?隐隐约约听到有人在喊叫。因为听不清楚喊的是什么,开始我们几个都没有在意。然而,喊叫声一直没停,而且越来越大了。方蒙沉不住气了,拉开门要出去看个究竟。他刚一开门,就被我给叫住了:人家又没有叫你,小心把飞蚂蚁放进来!因为,那晚我们住的地方,只要开着灯,就会有很多硕大的带翅膀的蚂蚁飞进来,很怕人。方蒙被我一吆喝,缩了回来。

可是,就在他关门的瞬间,门外传来了清晰的叫声:"冯健!""黄海喊你呢!"方蒙说。"那就快去看看什么事儿!"我对方蒙说着,也从被窝里爬起来,只穿着一个小裤衩就跟着方蒙跑了出去。

原来是黄海他们自己把自己反锁在了房间里。老安要出去尿尿睡觉,一开门才发现的。只见黄海站在窗台上,窗户打开着,也不怕飞蚂蚁了。他喊着叫着让我和方蒙赶紧去找老乡要钥匙。屋里,老安满脸愁容,眉头紧锁,一只手捂着裆,一只手夹着根儿烟坐在凳子上。大约是门越是开不开,这尿就越感觉憋得慌吧!老安只好用抽烟来缓解压迫感,转移尿尿的紧急劲儿。

"老安呀!你真笨,你就站在窗台上尿不就得了,反正女生早都睡了,也没人看你!"我趁方蒙去敲老乡的门的当儿,半真半假地给老安出主意,"千万别憋坏了!"

"那,明天出不去咋办呢!"听老安嘟囔着这么说,我差点笑出声来!都什么时候了,还想明天!

就在这时,一股凉风袭来,我浑身一激灵。这才发现,自己是光着膀子,只穿了个小裤衩。哇塞!山里的夏天夜风这么冷!我大叫一声:冻死我了!飞快地跑回了房间,到了房间马上躺下蒙上被子,身子还一直瑟瑟发抖。真担心就这么感冒了,要知道聚会的好戏还在后头呢! 还好,老天爷给脸,只是冻了我一下儿,给个警告,没动真格的。

后来的事情,反正方蒙给解决了。

这天晚上,我是在潘忠方蒙看完比赛都睡了以后,才慢慢睡着的。几点?没看表,12 点多 1 点吧。

大约是凌晨 4 点多一点儿,一声半夜鸡叫,我就醒了。冶家村之夜就这样过了。

我和火车的故事

又一次坐上火车,开始远行。奇怪的是,我的心依然像以前许多次乘坐火车出门一样,还是那么兴奋和激动不已,并没有因为年龄老了,或者坐车的次数太多了,而减少些许。我说过,我真的和火车有缘,而且是不解之缘。这次,我是赶往宁夏银川,去和我 30 多年前的大学老同学们相见聚会,纪念毕业 30 周年的。

好多天前,老婆、女儿、女婿,还有好友们都一致劝我坐飞机过去,可是我呢,就是执意不肯。绝对不是舍不得花钱,坐飞机的钱我还是有的。其实如果提前预定机票,也并不会比坐卧铺贵多少。只是,我就是想坐火车。我跟她们说我怕高、怕坐飞机,飞机一起飞就感觉上不挨天下不着地的,心里没底。其实并非如此,是因为我有太多的火车情结,我跟火车有太多的故事。其实细想一想,大家都会同意我的看法。既然是旅行,飞机也好,火车也好,就不只是交通工具,而是旅行的重要部分。人们旅游,无非是为了了解异地的风光景色、风土人情、方言小吃、文物历史,而这些在飞机上是基本没有机会和时间得到的。火车不然,它向着你的目的地一路走去,沿途风光尽收眼底。随着火车的停靠站,沿途的地方风味、特色小吃也可不断品尝,一批乘客到达目的地下车了,新的旅客又加入了你的旅程。他们操着天南地北的方言俚语,带来了他们家乡的风俗乡情。大家在闲聊中,彼此了解了对方家乡的趣闻轶事、人文历史景观。行千里路,破万卷书,在乘坐火车中尽显。

　　隐隐约约 45 年前的那次叫人尴尬、令我终生难忘的乘车旅行变得逐渐清晰了起来,变得历历在目了。那是"十年浩劫"刚刚开始的 1967 年,也是暑假。当时武斗已经波及到各地, 宁夏也是火药味十足。父母担心我和大妹年少无知,也会参加其中,怕不安全。就托人把我俩带回北京姥姥家。当时父亲银行同事朱民官叔叔恰好回南方探亲路过北京,于是就担负起带我俩进京的重任。上个世纪 60 年代,中国的物质供应异常匮乏,不要说现在这些名目繁多、包装各异的饮料饮品,就是连干果、饼干、小零食都少得可怜,有钱都没处去买。母亲怕我们车上寂寞,怕我们会饿了肚子,一下子煮了 40 个茶叶蛋给我们带上。我那时很喜欢吃鸡蛋,但是,家里弟妹多,父母靠工资养我们,根本没机会经常吃鸡蛋,更不要说一下子吃好、吃够了。这下好了,带这么多鸡蛋坐车,我太高兴了。车开不久,坐着没事儿的我就开始剥皮吃蛋了。火车徐徐地前进着,我呢?就过一会儿吃个蛋,过一会儿剥个蛋。当时的京兰线通车还不到 10 年,还没有银川直达北京的车,我们必须在内蒙的包头站下车,然后转车去北京。差不多要到包头了,我突然觉得肚子痛,而且还恶心想吐,赶紧跑到火车的厕所里就开始上吐下泻,当时,没有带过孩子的朱民官叔叔也慌了,又是端水又是找药。包头站下车后,我们无法继续行程,就在车站旅店住了下来。连着 3 天我是什么都不想吃,什么也吃不进。整天喝水,还不停地打着奇臭无比的嗝。因为管不住自己的嘴,10 多个小时里吃下 27 个茶叶蛋,吃坏了肚子,耽误了朱民官叔叔探亲的时间。虽然那时我只有 12 岁,但是我还是知道内疚和后悔的。第三天我基本没事儿了,我们又重新踏上进京的列车。

　　火车在河北境内的青龙桥车站停了 20 多分钟,当火车拖着长长的汽笛声再次启动时,我突然发现火车在往回走?因为我坐的位子原先是看着外面的世界向后倒的,而现在呢,窗外的景物是正面出来的。怎么回事?火车怎么往回开了?我赶紧问朱民官叔叔。朱叔叔笑了笑说:"是呀,我们去不了北京了,因为你吃了太多的鸡蛋,生病耽误了时间。""啊!怎么是这样?我要去北京看我姥姥!"我几乎哭着大声喊起来。"哈哈",朱叔叔看我急了,笑了起来,连忙给我解释,火车只是在这里掉了个头,方向还是去北京的方向。原来青龙桥这里的大山挡住了进京的路, 而这个山凹是个直角,长龙样的火车也不能转直角地弯绕进去。所以，当年修铁路时，詹天佑设计了这样一进一出，通过道岔让火车掉了个头。噢！这样啊！我赶紧咽下快流出来的眼泪，似懂非懂地点点头。

又想起 1983 年大年三十，是和老婆旅行结婚在火车上度过的。那次，整节车厢只有几个人坐车，可能是为了节约能源吧，要不就是车上的人太少，没有人气吧！火车上奇冷无比，我们出门本身已经是冬装在身，依然冻得浑身发抖，上牙打下牙。不知是着凉还是吃坏了，肚子也疼了起来。于是，瑟瑟发抖的我，就地取材，几乎穷尽了列车上一切能够取暖的东西，什么窗帘、座套，全都往身上裹，也不管乘务员会不会来骂人了。就这样一点儿一点儿挨到了北京。记得当时我大舅把我们接回家的时候，我都冻得不会说话了。

对了，还有 1995 年元宵节前，和大弟到澄海面试那次旅行，也是叫人无法忘怀的。我们每人花 99 元买了银川到广州的通票。银川到兰州这段有座位，而且旅客也不太多。在兰州中转签字后，没有签到座位。39 个小时啊，怎么熬呀，赶紧提前上车想办法吧。或许真是因为上车早，或者乘务员感觉我们弟兄俩面善，或者还是苍天保佑，我们一上车，就被乘务员选为列车义务安全员，乘务员还把他的办公席让给我们哥儿俩坐。嗨，那次，我真的见识了火车的这个能装！列车越往南开，上来的人就越多，不到半天光景，车厢的走道里、椅子背上，甚至厕所里都坐满了人。坐的、站的、蹲的、躺的，千军万马闯广东啊！在火车上见了分晓。火车已经严重超员 200%，106 座的车厢已经挤进了 200 多人。可是人们还是不断从车厢两头死命挤进来！列车只见上人不见人下车。火车越往南开，天气越热，老式车厢没有空调，几个风扇拼命地转，也只能吹出一点儿热风。人们不能动，不能吃饭，不能打水，最要命的是不能上厕所！很多男同胞憋急了，就让周围的人不要看，看别处，自己找个空瓶子就地解决。真是感谢苍天、感谢好心的乘务员！对了，就在别人动都不能动时，那乘务员竟然还给我们送了一次盒儿饭呢！那次的乘车经历让我毕生难忘。

从我六七岁，父亲从北京财政部调到宁夏搞整风整社开始，我就和火车结下不解之缘。姥姥、舅舅在北京，奶奶、大爷在上海，没一两年，两三年，我们必要乘坐火车看她们。父母常说：我们家每年挣的那点儿工资，除了吃饭，都贡献给国家的铁路建设了！

参加工作后，先是宣传部，后来是县党校、市党校，经常有外出参加培训班、讲习班、研讨会的机会,宁夏本地人都是"好出门不如赖在家"的思想,不愿出门,这些机会就自然而然落在我头上。于是,乘坐火车成了我的家常便饭。借着公差,随着火车哐当哐当的车轮声,我走遍了大江南北、长城内外,足迹踏遍了祖国的山山水水。伴随着火车车轮的撞击声,我认识了南南北北的人物、风俗,了解了很难从书本上得到的地方风物、事故人情、历史现实、趣闻轶事,还学习模仿了许多方言俚语。

对了,我还发现了一个秘密,火车的车轮声能告诉你,你是从哪儿来到哪儿去。真的,不信你用心听:"银川－包头""北京－兰州""汕头－广州"……

巧吃自助餐

去吃自助餐者,无非两种人。一种生活条件优越,懒得在家做饭,经常到饭馆、餐厅打发肚子,到大酒店吃自助餐,动辄一个人一两百,她们不在乎花钱多少,在乎的是那个档次、那个氛围、那个气派;还有一种人呢,他们并不是经常游走于酒店、饭馆儿之间,偶尔吃一次半次自助餐,也多是别人请吃,或者什么原因朋友送的自助餐券,或者逢年过节一家人吃个热闹。这类人吃自助餐,面对昂贵的消费价格,心里想的就是如何尽可能多吃点儿,不要吃亏。第一种人无所谓"巧吃"云云;我这里所说的"巧吃",当然是针对第二类吃自助餐的小老百姓朋友们喽。

回想起我第一次遭遇高档自助餐的事儿。那是 2005 年暑假吧,我帮助系里一位退休的老教师的孩子辅导几次演讲,后来,这位老师就让人转送给我一本他编写的书,还在书中夹了两张金海湾大酒店的自助餐券。想还给他吧,也没有联系方式,看看日期快作废了,想一想人家也是诚心一片,于是也就接受了。那个周末,我就骑了摩托车,带着老婆,从澄海宁冠园开了 20 公里路,来到了金海湾大酒店。说实在话,这是我们第一次在这样高档的酒店吃饭。走进酒店大堂后面的自助餐消费区,我们马上被琳琅满目的各类食物、菜品弄得眼花缭乱,晕头转向了。找个地方坐下后,就近看到有炸鸡腿,就夹了两块,又拿了两桶冰淇淋,开始吃起来。没想到的是,两样东西下肚儿,其他东西就吃不进去了,后来只能随便又拿了点儿什么,吃了吃,就结束了这次豪华自助餐。走出酒店,老婆解嘲地说:一个人99块钱,就吃了一个鸡腿一杯冰淇淋,还跑了这么远,真不值。想想,也真是!

大概五六年前,我的老学生璇玉的朋友苏丹,从广州回来汕头拜祖先,顺便看我,送给我两张帝豪酒店的自助餐券。苏丹很有心,她专门在帝豪门口等着我和老婆,并且带我们进到餐厅里,告诉我们这里的自助餐应该怎么吃。有了几年前金海湾吃炸鸡腿和冰激凌的经历,加上苏丹的一路热心"导餐",这次的帝豪自助餐,虽然每位要124元,我们转来转去,弄点儿这个,尝点儿那个,也还是吃了很多东西,感觉也比上次金海湾好多了。回家的路上,老婆坐在QQ里还说,看来吃自助餐还挺有学问的!

两年前,我家搬到汕头市区不久,好像是2010年春节期间。贞如、泽丽、再林、李逸、瑜贤等干儿子干女儿来拜年,泽丽提议,明天早上去金乐福吃自助早餐,大家一致赞成。第二天一大早,我们七八个人就赶到了金乐福大酒店。嚯!人真多,差点儿没位子。28元一位的早餐,为什么会有这么多人来吃?我当时真的想不太通。平常两个包子、一杯豆浆,或者一碗果条汤三五块钱就解决的早餐,为什么28块钱,大家竟如此趋之若鹜!后来,在整个吃的过程里,我终于慢慢明白了。那天我们从早上8点多等到位子开始吃,一样儿一点儿,吃一会儿,转两圈,等着新上来的菜品、点心,继续吃,一直吃到中午时分。吃过的东西有几十种,蒸的、煮的、煎的、炸的、凉的、热的、炒的、炖的、甜的、酸的、咸的、辣的。哇塞!真的是开了眼界,更开了胃口!这样的早餐28元,太值了!

后来,吃自助餐的经历越来越多,给旅游局技能大赛当评委,在君悦大酒店吃了两次;不算上当受骗,算是机缘巧合吧,我稀里糊涂办了张金海湾的会员卡,于是,有事儿没事儿跟朋友同事去吃吃自助餐。

慢慢的,我算是明白自助餐该怎么吃了。对于菜品样式并不十分丰富的高档自助餐,像什么金海湾呀、帝豪呀、君悦呀!应该是先转一转看看再说,绝对不要急着拣自己爱吃的吃。因为道理很简单,我们这些老百姓呀,平常爱吃的都是大众菜,不值钱!应该拣点儿有营养、价格不菲、新鲜的吃。比如什么海参、虾、蟹、桂花石斑马交鱼、海螺呀等等;还有的炖品不错,别忘了来上两盅。对于金乐福这种菜品非常丰富，而且花样不断翻新的自助早餐呢，就更要沉下性子，慢慢来。不管什么都来一点儿，什么上来都尝尝。总之，吃自助餐呀，千万不要一开始就想吃饱了的事儿，一定要懂得"蚕食"，一定要懂得打持久战。那些汽水、冰淇淋、水果、甜点等等一定要放到最后，临走的时候，想吃吃一点儿，溜溜肠胃的缝儿。

其实，十几年前在西北宁夏，就吃过几次所谓的海鲜自助餐和自助火锅。记得那时是一人 38 元。那个时候我们都知道挑拣价格贵的吃、没吃过的、稀罕的吃，现在自助餐高级了，反而忘了该怎么吃了！岂不笑话！

自助餐不是小老百姓能经常吃的，所以，要吃就要"巧吃"！

含饴弄孙一日记

老伴儿利用暑假回宁夏看望年迈的老父母，帮忙带小外孙女儿的任务自然而然地落在了我的头上。其实，帮着带我那可爱的小外孙女儿彤彤，是我求之不得的事儿。因为，这不满 15 个月的小家伙儿，不仅长相可人儿，那股聪明伶俐劲儿更可人疼。现在又能扭搭扭搭走几步，还整日依依呀呀地跟大人说话，就更加惹人喜爱。只不过老婆在家的时候，我是没有多少机会的。一来没放假还得上班，更重要的是女儿嫌我脾气急、脾气大，怕跟我合不来，不愿意让我多掺和，怕我惯坏了她女儿。现在老婆回家看岳父母，我也放假了，女儿又要培训学习，帮着带小孙女儿便顺理成章了。

这不是，女儿今天继续教育培训下午上课，带彤彤自然成了我的任务。本来女儿让我中午吃饭时再过她家去，吃了饭不用回家，躺在小家伙儿身边看着她睡觉就行了。可是，上午 9 点多，女儿骑着自行车带着彤彤去买菜了，差不多快到十点时，我看到外面太阳渐毒，就提前去看看她们买菜回来没有，心想不要让太阳晒着小家伙儿。我在女儿家楼门口碰到了买了大包小包的她，一看就知道她抱着孩子，提那么多菜不行。于是我就接过了彤彤，提前开始了带彤彤的工作。

为了不让宝宝缠她妈妈,我用自行车带彤彤在小区里转悠。可是,小区里很多地方没有树阴。想到彤宝宝最喜欢坐跷跷板,于是,我看到小区儿童游乐场里还暂时没晒着太阳,就带她去坐跷跷板。但是,好景也不长,不一会儿,太阳光便无情地移了过来,我又不得不哄着彤彤离开游乐场。不知怎么了,平时很喜欢坐自行车的她,突然不坐了,哼哼唧唧的。我只好左手抱着小家伙,右手推着自行车,在小区里找那些太阳晒不着的地方,继续转悠。想起女儿送下来的胡萝卜水、桃子,我便找了个太阳晒不着,而且通风的地方,停下来喂小家伙儿喝水、吃桃子。可能是太热,也可能是环境不好吧,彤宝宝只喝了几口水,吃了一点儿桃子。感觉到天越来越热,我赶紧抱着彤彤,推着车回女儿家了。

或许是我抱得久了,小家伙儿不舒服,抑或是她看到姥爷抱她上7楼太累了,走到4楼时,我随口说了一句:"宝宝,下来自己上楼梯好吗?"她竟然使劲儿点头。就这样,我放下彤彤,牵着她的手,一个台阶一个台阶地走回了家。

女儿已经给彤彤煮好了稀饭,炒好了虾仁儿。于是,我们就用最近几天很奏效的"啊呜、啊呜"法,给宝宝喂起饭来。彤彤自打姥姥回宁夏,吃饭总是贪玩儿,不好好吃。三四天前,我和女婿一起喂她时,发现大人张大嘴,发出"啊呜、啊呜"声,宝宝会跟着学,趁她张嘴的时候,很容易喂饭。而且,她每成功吃一口饭,我们就给她拍手表扬,她会持续张大嘴吃下去。今天中午也不例外,小家伙几分钟就吃了半小碗粥。彤彤睡午觉必须吃奶,所以,不能喂得太多。

大约1点左右,吃了奶,在床上爬来爬去爬累了,小家伙儿很快就趴在妈妈肩上睡着了。趁着彤彤睡着,我们也赶紧吃了饭。本来,我吃完饭后应该躺在彤彤身边,看着她睡觉。可是,上午汕头卫校李校长来电话,说邮箱里两位老师的教案下午要报到省里去参赛,让我给再看看。没办法,只能抓住这一点儿时间了。结果女儿2点10分去上课后,我还没有弄完。小家伙儿可能感觉身边没有人吧,女儿刚走,她就醒了。本来平时身边要有大人,她翻翻身还能睡,可是我没在身旁,原本要睡两三个小时的,才睡了1个小时,就醒了。而且,再哄她睡,已经不可能。

我抱起了唧唧歪歪的小家伙儿,从这间屋到那间屋。因为没有睡够,无论我怎么哄她,小家伙儿总是哭哭啼啼,给水不喝,喂她吃瓜也不要,东敲敲、西弹弹想转移她的注意力,也不奏效。这下子我可毛了。怎么办呀!没睡好,又没有办法再让她睡,哄又哄不乖,哭哭咧咧,眼睛里都是委屈的泪。

突然,我看到了小家伙儿的洗澡盆。干脆给彤彤洗澡吧!小孩子都喜欢玩水。就这样,我一只手抱着彤彤,一只手用一个脸盆,把澡盆里昨晚洗澡的水,一盆一盆舀到水桶里。然后,在澡盆里放上热水,迅速给彤彤脱掉衣服,把小家伙儿放进澡盆。噢,终于,我们的彤宝宝不哭了,她开始在水中嬉戏。她指着用来舀水的脸盆,让我放到澡盆里。然后,欢快地用双手拍打着水,开心地笑着叫着。差不多10来分钟了,我想把彤彤抱出来。可是一抱小家伙儿就哭,她不愿意离开澡盆。于是,我就从澡盆里舀出一盆凉一点儿的水,再放进一盆新的热水,让彤彤再玩儿一会儿,然后试试抱她出来;不行,就重复着舀掉快凉的水,加上新的热水。一次一次,彤宝宝在澡盆里大约玩儿了半个多小时。看看实在哄不出来了,最后我还是硬把她从澡盆里抱了出来。原想她会大哭大闹的,结果却没有,可能是玩够了吧。

3点多一点儿吧,我给宝宝穿好衣服,给了她半杯玉米汁,小家伙儿一边玩儿,一边儿喝,自己喝一口,把杯子给我让我喝一下,不一会儿就差不多喝完了。而后我又给了她一瓶胡萝卜水,小家伙儿就躺在床上自己捧着奶瓶喝了。可能在水里玩儿的,把觉给玩没了。喝了水后,小家伙儿不再缠我,自己拿着玩具在床上玩儿起来。我呢,也就趁机躺在她的旁边打起盹儿来。

时间过得很快,差不多快四点时,在床上玩儿不耐烦的小家伙儿要出去,于是我把小家伙儿抱到客厅里,打开空调,切了哈密瓜给她吃。一块一块的,吃得满嘴满脸的。

女儿回来了。

就这样,由我一个人带彤彤的工作也基本完成了。虽然,这一天对我来说很紧张,也有点儿累。但是,姥爷我的心里还是美滋滋儿的。人们不是说,含饴弄孙,其乐融融嘛!

滴滴茶香 浓浓乡情

此刻,独自一人坐在沙发上,一边看着电视连续剧,一边摆弄着眼前茶几上的功夫茶具,似乎是漫不经心地煮着水、冲着茶、品味着:袖珍的电炉上,一只只有潮汕人才有的,只有潮汕功夫茶才需要的,轻而薄、亮而透的玻璃小壶,咕咕地滚着开水——用滚开的水先冲洗杯具,再冲洗茶叶,然后重新在茶盅儿里冲上开水,借着那飘着茶香的蒸汽,"关公巡城""韩信点兵"将色香味俱全的茶水倒进小巧精致的茶杯中,信手端起一杯,放在鼻子前闻一下,噢,沁人心脾——借着水的热劲儿,将茶缓缓吸入口中,那香、那甜,那别一种茶叶、别一种沏茶的方式、别一种喝茶的方法都没有,也不可能有的感觉——清雅、闲静、悠然自得、满足、惬意,甚至短暂抑或长久的幸福感,便油然而生了。

噢!突然发现,我,竟不知是从何时开始,已经不知不觉地,深深地爱上了功夫茶。

认识功夫茶,认识功夫茶具,认识功夫茶这种独特的特别具有文化韵味的喝法,应该是在 17 年前。那时候,我刚刚携家带口从祖国的大西北,来到这位于东南沿海边儿的汕头澄海落户。一切都是陌生的,一切又都是新鲜的。自认走南闯北、见多识广的我,深深地被眼前的一切吸引着:吃的、喝的、用的,异样的蓝天白云、不一样的碧海浪花、满眼的各色鲜花绿树、尝不过来的天上飞的地上长的树上挂的水里游的见过的从没见过的听说过的从没听说过的生猛海鲜、美味佳肴、水果蔬菜。

然而,对功夫茶,对功夫茶这种喝法,我真是不能苟同,不能适应。就像一开始认识橄榄一样:苦涩——不明白人们为什么会吃它,而且是非常喜欢吃它。

这功夫茶倒在杯子里,浓得像酱油一样,苦不堪言,怎么喝?这小小的杯子,就像北方人喝酒的酒杯一样小,这么小的一杯水,一杯一杯的,怎么能解渴?刚冲出来的茶水,茶杯都烫得端不住,怎么还能往嘴里喝?一只茶盅,三四个茶杯,你喝完了我来喝,这种喝法怎么能卫生? 总之,我是真的没看好功夫茶。

在澄海的最初的几年里,我真的没有喝过多少功夫茶。经常是课余休息的时候,教研组的老师们一起喝功夫茶,让一让,我就喝上一杯。什么凤凰茶、大红袍、乌龙茶、铁观音,到了我的嘴里,一概是又苦又涩,绝对比不上北方的茉莉花茶和西湖龙井茶。尽管我回宁夏探亲,或者到长沙看亲戚,都会带上一套功夫茶具送给他们,那也仅仅是觉得这种茶具别具一格。无论是在澄海师范住的时候,还是后来搬到宁冠园,同事、朋友、学生、家长到家里来说事儿、做客,我都是用一次性的杯子,给人家喝大碗儿茶。潮汕人讲究用功夫茶待客,这是一种对客人的尊重,是一种礼节。我却压根儿不懂,硬是给人家喝大碗茶,在潮汕,十来年。当然,朋友们、同事们,都知道我不懂,也就不会怪罪;学生们呢,哪有挑老师理的!

2009 年末,为了工作和生活的方便,我们家搬到了汕头市区。不知是什么时候、什么原因,功夫茶替代了大碗儿茶,成了我生活中的必须。哦,对了! 大约是因为我有了许多潮汕的干儿干女? 或者,因为住在汕头,同事们、朋友们经常来串门儿? 还有,年迈的老母亲住在一起的时候,每天晚饭后都会陪着我冲一泡功夫茶? 还是因为家里有一个大茶几,上面放着功夫茶具,不用,浪费?

或许都不是。如今,我深深喜欢上功夫茶,应该是因为我深深地喜欢上了这块厚重的、温情的潮汕大地,是因为我深深地爱恋这祖祖辈辈生活在潮汕平原的质朴善良勤劳好客的潮汕人。我的骨子里、血液中已经潜移默化的都是潮汕乡情,我再不仅仅是一个说普通话的潮汕人,潮汕早已经成了我的故乡。喜欢故乡的山水风物,喜欢故乡的风土人情,又怎么会不喜欢故乡的功夫茶呢!

我被青春撞腰啦

一直以来,我都被一个根本无法改变的,但是一直被华丽的假象遮掩着的事实给蒙了:经常受到同龄的同事们的艳羡和褒奖——老冯这家伙心态好年轻啊! 经常被那些青年学子们追捧、被儿女们热哄——老师有颗好年轻的心啊、老爹都跟我们一样大了！慢慢的，我真的以为自己还很年轻呢！

几十岁的了，竟然像年轻小伙子一样，敢一个人从三楼搬一台30多斤的电视机到楼下，然后再搬上另一栋楼高高的七楼。做饭的煤气没了，我连想都不想，一猫腰就把卫生间的煤气罐搬出来换上。平日里，有事没事的，就和年轻人一样疯、什么弯腰撅腚、搬东拿西、什么登爬上高、装这安那，毫不注意自己的腰板儿，完全忘记了自己早已经是年过半百的小老头儿，根本没有本钱和年轻人一样了。

终一日，一家五口老少三代去汕头美食节游戏归来，坐在饭馆里吃午饭的时候，我的"小蛮腰"，突然疼得不得了，站不住坐不下，坐下去半天起不来，起来了坐下就十分艰苦。可能是走的路多了，亦或是整个上午一直都是站着、走着，反正就是疼得很。那天，我又是买药吃又是贴膏药，勉强坚持了一个晚上，第二天起来，还是疼痛难忍。坚持不了了，到医院一查，x光、CT一拍一照，骨质增生、骨质疏松、退行性病变、腰椎间盘突出！

哈哈！我被青春撞了腰了！

其实，新陈代谢，吐故纳新，生老病死，原本就是生命万物生存、变化、发展、消亡的规律。无论你承认与否，它都实实在在存在着，而且不以人们的意志为转移地左右着你、我、他的，不，是整个生命世界的轨迹。或许，精神的东西、灵魂的东西、心灵的东西会不老、会不死、会永恒，会永远年轻，但是，作为实实在在的物质的人的肉体，和万事万物一样，一定是也必然是随着年龄的增长、岁月的流逝，一点点儿衰老，一步步走向最终的消亡。任何阻止这个生命规律实施的企图都是徒劳的。想当年秦始皇派出三千童男童女跑到今天的日本寻找长生不老之药，最终也不过是无功而返；从古到今，又有多少炼丹之人，想炼成长生不老的仙丹来长命百岁，结果也不过是竹篮打水一场空。

人都是要老的，人都是会老的，这是规律，谁也无法违背它。当然，也无法改变她。是的，我们承认，人们可以通过各种体育锻炼、肢体运动来延缓自己身体的衰老；人们还可以通过营养饮食来缓慢人体的衰退，但是，延缓只是暂时的，而衰老却是必然的。衰老迟早是会到来的！所以，亲爱的朋友啊，千万别把什么所谓心态的年轻，思想的年轻，跟生命的年轻等同起来了！千万不要像我，不然青春迟早会撞你的腰。

疗 腰

转眼，挂床住院，早出晚归在市中医院骨三科理疗我这被青春撞了的老腰，已经半个月了。面对日复一日、千篇一律、走马灯式的各种治疗,面对抽丝般一点点儿慢慢退去的病痛,闲下来的时候,免不了会回味,会体会,会感受。

生病是令人生厌的事,生病的人呢?肯定是令人同情、可怜的。而细细品味治病的过程,也会使人偶尔顿悟和有所收获吧。

每天早上八点不到,我便驱车赶到中医院治疗了。顺利的话,最好第一个项目做热敷床。因为早上热敷床的中药是新配制的,药力十足。脱光衣服,赤条条躺在下面滚动着中药、汩汩冒着蒸气、温度达到五十度的热敷床上,全身上下被浓浓的中药香味包裹着,身下热烘烘地冒着汗,四肢全都放松着、舒展着、毛孔全都放开了。那感觉很舒服。真的,这种感觉比什么桑拿、汗蒸都舒服。这样蒸熏半个小时,脑袋里想着心事,或者用手机写写 QQ 空间,时间很快就过去了。

接下来一般护士都会安排我去做土法牵引,比之热敷床,这牵引可是能跟痛苦、难受、煎熬、折磨等相提并论,同日而语了。各位,看过《红岩》这本小说吗?知道什么是渣滓洞、中美合作所的老虎凳、八斤床吧?这牵引和上刑简直没两样。做牵引时,你无奈而又无助地趴在床上,任由护士妹妹把你紧紧捆绑起来:上身以胸部为中心,下身以腰部为中心。然后在脚下面吊上大大小小十几个秤砣。一瞬间,身体前后仿佛要被扯成两段。世界随着下肢被拉动,似乎整个在向后拽、向下沉。整整半个小时,人就这样一动也不能动地趴在那儿,下肢在秤砣的作用下在向后拉,腰椎在巨大的力的作用下在被拉直,在一点点恢复原来的样子。

接下来我一般是去做针灸,因为,下午针灸室三点半才上班,如果你想在上午做完全部理疗的话,就必须在 11 点左右做完针灸。针灸是我国古老的传统中医疗法,这是很多人都望而生畏、心惊肉跳的一种治疗方法。趴在针灸床上，年轻的针灸大夫一边询问着病情，一边用手按压着腰部的各个穴位，然后以非常娴熟而又细腻精准的手法，将一根根长长的细细的银针，在不知不觉中刺进你的穴位，一阵酸、麻、胀之后，大夫给主要穴位的针上接上电，将红外线烤电灯对准腰部，在脉冲电流的作用下，腰部感受到一下一下如同被人击打一样有节奏的嘭嘭的击打，还有红外线灯带来的暖暖的烘烤感。静静地度过这样的二十分钟，尽管人不能动弹，其实很舒服的。面对针灸，你只要克服紧张和恐惧心理，针灸应该是治疗腰酸背痛的很好的方法。

在往下还有推拿疗法、电热磁疗，每天还要输甘露醇、骨瓜提取物等好几种点滴。不过这些治疗，除了液体输的时间久了，血管肿了或者淤青，偶尔进针会疼一点儿，基本不会有太大的苦痛，当然也兴不起什么波澜。

治疗半个月了，在骨三科医生、护士的精心治疗和悉心护理下，我这被青春撞了的老腰，在一点点儿康复。

说到这里，我不能不说一说我们市中医院骨三科的护士和医生。骨三科的医生都是年轻人，或许由于从业经历的原因，医术、经验还并不那么丰富，并不能算多么高超，但是，她们的服务质量、服务态度可以不夸张地说，是绝对一流、非常优秀的。真的，并不是因为她们在给我治疗、为我服务我带着某些感情才这么说，真是因为她们对每个患者的贴心服务、对每个病人的无微不至、细腻入心的关爱。

半个月的理疗，我认识并牢牢地记住了她们：老成持重、颇有耐心的、我的主治医生小郑大夫，踏实朴质、为人厚道、强壮有力的我的推拿医生阿山，以帅气修长、心灵手巧的小张大夫为代表的针灸室的一群年轻大夫们。每天都挂着微笑、跟病人说起话来柔声细语的我的主管护士慧彤，那个整天穿梭在各个病房、勤快认真、任劳任怨的妙君护士，那不苟言笑、心肠火热的护士琼娜，那不太爱说话但扎起液体来不疼不痒、一针见血的晓燕护士。那做事儿十分小心认真、对待病人细声细语的蔚超护士，经验十足、贴心服务、追求完美。那天中午，看到她和那个可爱的助理姐姐给牵引床换绳子，一次一次解了绑、绑了解的。总是不满意的老护士陈晨，还有那个戴着眼镜、文静少言但是颇多护理经验丽娜护士，是她告诉我土豆片可以消肿化淤的。还有不知名姓的一群辛勤努力、再苦再累都毫无怨言的护士们；那几位虚心上进、辛勤踏实见习护士：玉红、希环、佩伦等。当然,还有她们的护士长,那个很会为病人着想、很会为护士们着想的大姐姐。

腰椎间盘突出是没办法的事儿,有幸的是来骨三科治病,认识这么多可爱的年轻人,谁又能说这不是幸运呢!

旅游·观景

很多人出门旅游归来,总是一脸疲惫,满肚子抱怨:旅游真没有意思,坐车坐得要人命,下了车,不是爬山就是玩水,要么就是去寺庙里看人家烧香拜佛,到处是人,吃不好睡不好的,有什么好玩儿的。

也有一些人,一趟旅游远足归来,去过了许多人不曾去过的风光秀美、景色独特的地方,看到了一眼看上去便令人震撼、使人叫绝的大自然的绝妙风景,感受到了异国他乡的不一样就是不一样的淳朴的风土人情,品尝了也就只有那里的水土才能烹制出来的精美绝伦的佳酿小吃。流连忘返,满意而归后,咂嘴咋舌,长吁短叹,好长一段时间里,总是絮絮叨叨,赞不绝口,不肯忘怀。

但是,无论是前者讨厌旅游还要去旅游的人也好,还是后边到过了、看到了他认为绝对值得一去、值得一看的独特秀美的风景,感觉此行不虚、收获颇丰的人也罢。旅游归来,随着时间的推移,或迟或早,抱怨声没了,赞叹声也消失了。一切又归于原点。生活依旧,工作依旧,性情呢?当然也依旧。工作忙了累了,依旧抱怨;物价涨了、东西贵了,依旧骂娘;仕途不顺,某些情感未能达成,依旧唉声叹气,垂头沮丧。造物主曾经给过他的那些美妙绝伦的风光,那些鬼斧神工的景物,那些超然物外的弥陀箴言,那些透过风光景物可能给我们的生活的、生命的启示,全都扔到了爪哇国。

难怪十个导游都这样说:什么叫旅游呀!旅游呀,就是上车睡觉,下车尿尿,到了景点拍几张照,回家没过多久便什么都忘掉,别人问起来什么都不知道。

但是,也有这么一些人,他们不是这样。这些人,无论是近郊还是远游,无论是名山大川那些惊天地泣鬼神的无限风光，还是自家小区花园里不经意的落叶花开，无论是家门口不远处的小溪潺潺，还是远在他乡的大金湖的波光粼粼……只要看到、嗅到、听到、感觉到了其中的美——哪怕只有一点点美，都会尽心欣赏，尽收眼底，珍藏心底，永远无法忘记。他们哪怕是在杂草丛生的立交桥下、铁路两边，也能采撷到生活的美、朴质的美、原生态的美，并把它们和爱情镌刻在一起；他们哪怕是身处在废弃的煤场旁的零星地长着几簇野荷的池塘边上，也能领悟到荷花、荷叶、荷香、荷波、荷月的美，把它们撰写成永恒的篇章……

郊游也好，旅游也罢，都是以欣赏美景、观景为主要目的的。而我觉得，观景大约有三个层次：用眼睛看，用心想象，用情感受。

用眼睛观景，眼见为实，各取所需，倒也实在。但是，这景物究竟美与不美，还必须合乎观景人的审美眼光。旅游的人，大都是跟着旅行团，随大流。而旅游景点呢，都是人们早就开发好的，无论山水、无论花草、无论风光、无论古迹。旅游的人、观景的人，只能拿着自己的审美标准去看、去衡量。所以，当眼前的一切与自己的看法稍有出入，这景物便不美了，这旅游便没意思了。

用心观景，比用眼睛观景稍胜一筹。往往是把要去旅游的地方，要去观的景物事先用心想象一番，想象那里的山应该是什么样的，那里的水应该是什么样的，那里的天、那里的云、那里的花草、那里的寺庙……当然，道听途说，人云亦云肯定也会对他产生很大的影响。在这样充分的"心理准备"下，对号入座的旅游观景，结果会怎样呢？肯定是不尽如人意的多一些嘛！

用情观景，名山大川、乡间野景，美与不美，不听人说，没有标准，全凭用情领略、感悟。如果能够做到用情观景，用感情去感受远的近的、身边的、异国他乡的风光景物，你便会觉得大自然处处有风光，到处是风景。

有条件的，我们可以跋山涉水、漂洋过海去享受、去饱览国内国外的名胜古迹，迷人景色，旖旎风光——天堂拉萨、天苍苍野茫茫的大草原、三山五岳、宗教名山、五湖四海、九川十八溪。

没有条件的呢，傍晚韩江水面上的橘红色的霞光，清晨北山湾海平面上隐约的一缕缕鱼肚白；小区、庭院草坪上的小草顶着的滴滴露水；无际的大海掬起的一朵朵雪白的浪花；秋高气爽时那湛蓝湛蓝的天，那高远的天空中的白如棉桃的云;初春时节你家门口小土丘上的似隐似现的绿,南滨路上夹竹桃怒放的红……何尝不是无限风光呢!

用情观景,用情感受大自然给我们人类的无私的馈赠,你还能悟出很多道理,生活的、生命的道理。大自然赋予我们的绿的生机、红的热烈、黑的力量、黄的成熟、白的纯洁、蓝的辽阔;傲雪的松柏的品格、突兀的山丘的灵感、大海的无际与广博、小溪的温顺与柔和、垂柳在微风中的摇曳多姿、黄鹂鸣叫出的风情万种……这一切的一切,会给你的生活增添无尽的乐趣,会使你能够平和地面对生活的起伏。

用情观景,用情感悟生活!

久违了,京剧!

昨晚,我们学院迎来了建院以来最值得炫耀的一件盛事——国家京剧院一团,这个足迹走遍世界各地,用我们的国粹艺术京剧沟通了亚、非、拉美桥梁的文化艺术使者,"送高雅艺术进大学校园",来到了我们汕头职业技术学院,为我们演出了一场艺术欣赏价值极高、水平极高的珍品,传统京剧《红娘》。

说句实话,昨晚的我心情格外激动。因为我知道,即便是那些生活在首都北京的人们,要看上这样一场高档次的京剧演出,也是极不容易的。我的父母曾经在上个世纪 60 年代生活在北京,他们都非常喜欢京剧,也没有看过这样的一场戏;这次听说国家京剧院要来演《红娘》,我母亲很想过来看看,只是因为老父亲行走不便,也坐不住,只能留下遗憾。我舅舅一家是几辈子居住在北京,不是票友、不是酷爱,不去想方设法弄票,也没法子看到这样精彩的演出。

所以,应该说这是我有生以来看到的最好的京剧演出了。

按理生在北京的我,应该很早就有京剧的概念了。可事实上我接触京剧是在十二三岁的时候。因为随父母支边,来到偏远的大西北,全家人离开了北京,当然也就离开了受京剧艺术熏陶的土壤,远离了可能的京剧的熏陶。

十二三岁的时候,赶上文化大革命,赶上全国都在学唱现代京剧样板戏。

我一下子就喜欢上了这种高雅的戏剧艺术。《红灯记》《沙家浜》《智取威虎山》《海港》《龙江颂》，几乎每一个唱段，我都会唱，而且慢慢地唱得很有点味道。什么李玉和的《都有一颗红亮的心》《穷人的孩子早当家》，李永琪的《只盼着深山出太阳》，阿庆嫂和刁德一、胡传魁的《智斗》，杨子荣的《共产党员时刻听从党召唤》，数起来都没个完。直到现在，只要去 K 歌，我都会看看有没有京剧碟，有机会的话，就给大家唱上一段《早也盼，晚也盼》，在流行歌曲里掺掺沙子。

虽然对现代京剧样板戏我知道不少，可是对传统京剧，却因为"破四旧，立四新"，压根儿就没有一点儿感觉。习惯的认识就是传统的东西，咿咿呀呀、哭哭啼啼，没劲儿，不好。后来，粉碎了"四人帮"，思想解放了，我知道了传统京剧里有段《苏三起解》，后来也会随着哼哼，就是不会几句词儿。

感谢国家京剧院的艺术家们，感谢她们送来了精彩的演出，带来了有关京剧艺术的讲座。对我来说，能够看上这样一场精美绝伦的京剧，就是一种对京剧热爱的圆满了。

说了半天，该说说这出戏了。《红娘》是传统京剧里的优秀保留剧目，跟历史上的《莺莺传》《西厢记》《墙头马上》等文学作品，应该有着千丝万缕的联系。戏里说的是崔相国去世，崔老妇人携女儿莺莺和丫鬟红娘到寺里追荐亡人，秀才张君瑞赶考恰巧也住进寺庙，一日游园，爱上了莺莺。碰巧此时孙飞虎也喜欢莺莺，带着兵马攻寺抢亲，崔老妇人情急之下许下诺言：谁能够搬来救兵，解救莺莺，莺莺就许配给谁为妻。君瑞于是搬来了白马将军，解救了崔家。可是，贼兵一走，崔老妇人变了卦。……后来，在丫鬟红娘千方百计的帮助下，有情人终成眷属。

剧中扮演红娘的是优秀的国家一级京剧演员宋奕萱，不用介绍，只要上网一查，都知道她是国家京剧院一团的骨干之一。是一位花旦、青衣、小生、老旦都能演的全能演员，是一个唱、念、做、打样样精通的京剧艺术家。她曾经演过《谢瑶环》《四郎探母》《红灯记》等几十出传统的和现代的剧目，给我们塑造了各种各样的京剧艺术形象。

昨晚，在学院的舞台上，宋奕萱扮演的红娘精彩极了。你瞧，她一身喜庆的红色行头，娇小玲珑的身姿一直活跃在台上，那身段、那手型都特别得体、到位。在舞台上，她忽而调皮、活泼，忽而义愤填膺，忽而顽皮地扑蝶，忽而被小姐和君瑞的婚姻苦得满面愁云……

尤其是她的念功和唱功,可以说是达到了炉火纯青的境界。无论是旁白还是独白、对白,无论是用文白还是韵白,她都用她那甜美无比的嗓音,如吐珠玑般地款款到来,或快或慢,或急或促,表达得清清楚楚,想来,就连那些听不懂京剧的人,也一定会听得明明白白。而她的唱呢?更是举世无双、精美绝伦。那圆润的嗓子,那清晰的唱腔,她的拖腔、她的叫板,一听就知道,不知道早起了千百个早晨,吊的、叫的、练就的,才有了今天的功底。《红娘》这出戏的主角就是红娘,宋奕萱的那一举手一抬足,她一笑一颦,把个丫鬟出身的红娘塑造得惟妙惟肖,令人过目不忘啊!

当然,京剧不是一个人能演的,崔老妇人、张君瑞等其他角色,也都演得非常成功。还有那些服装,那简单的道具、过场,也是配合得天衣无缝。特别是京剧独特的乐队,一把京胡、一只中软,加上个二胡、三弦、大提琴,锣鼓家什,就把伴奏和气氛烘托得十分逼真。

一个感觉:国家京剧院就是国家京剧院,真不含糊!

漂过上清溪

25 日上午,完成了与三明职院的交流,我们在头天晚上用餐的饭店吃过午饭,便乘车前往上清去漂流。

和丰顺的漂流不同,上清溪漂流不是自己撑橡皮筏子,水流没那么急。这里的漂流是 6 个人一组,乘坐由两个艄公掌控的长长的竹排。说的确切点儿,这是一种一边欣赏两岸神奇的丹霞风光,一边休闲的极美的一种漂游。

在两个多小时的漂流中,竹筏一直行走在自上而下、百折千回的古老的溪水水路上。漂到一半时,我们在一处崖壁上看到一处斑斑驳驳、依稀可见的文字,上面大约写的是:乾隆多少年重修。我们不解,少功告诉我们,这条溪水自古就是上清地方通往县城的唯一交通,上清人住在深山老林,没有道路,祖祖辈辈就靠着这条水路与外界沟通,把这里的山货,灵芝、木耳、红蘑菇、金针菜、竹笋运出去,而后再换回来粮食、盐巴等生活必需品。清朝的时候,一次山崩地裂,把河道给堵死了,所以才有"乾隆……重修"的石刻。艄公还告诉我们,后来,山里终于有了通往山下的路,于是,这条上清溪,就逐渐被废弃了。一直到上个世纪90年代末,县里搞旅游开发,才清理了河道,有了上清溪漂流。

上清溪两岸是典型的丹霞地貌,暗红的、黑红的、褐色的石壁,不像其他的山那样有棱有角,它们看上去是比较圆润、平滑的,好像是被打磨过。当然,这看似圆润平滑的山体崖壁上,还到处是大大小小、形状各异的窟窿,于是,就有了各种各样的说法和故事。

16点5公里的水路,我们就一边在水中漂游,一边在艄公的讲解、指点下,放开自己的无限想象力,猜着、看着、指着、叫着、吵着、笑着,饱览了上清溪沿溪两岸的无限美景,独特的丹霞风光,造物主的鬼斧神工,着实让人赞叹不已,着实让人应接不暇,着实让人流连忘返。

非常庆幸的,我们碰上了一位能说会道、有文化、有知识,尤其是十分敬业的"野导",这是艄公自己说的。别看这位面色黑黝黝的三十多岁的汉子,并没有多少夺人眼球的地方,可他生在大山讲了一口流利并且也基本标准的普通话,及他对家乡的熟悉、热爱,更还有他一路上诙谐、幽默的讲解,使我们不得不对山里的人们肃然起敬。跟着艄公的讲解,我们认识了客家山民的生活,认识了稀有树种花梨木、楠木,知道了去年6月18日,上清溪经历了一场百年不遇的大洪水,山洪又一次把河道堵塞……

同行的周老师说,赵本山听了这位艄公的讲解都会羞死,我以为然。其实,民间蕴藏着无数的人才,只是他们没有机会、没有运气在人们面前展示。劳动人民才是真正的明星呀!

普宁梅塘杨梅红

又是一年一度杨梅成熟的季节。家在普宁杨梅之乡梅塘的03级外语系毕业生、如今的小老师玉娜,早早地就在qq上邀请我,要我带上老伴儿一起去摘杨梅、品杨梅。原本上周星期天要去的,只因患了感冒,一连五六天没有见好,加上如今甲流猖獗,害怕有传染之嫌,所以只能婉言谢绝了。可没承想玉娜是一心一意要邀请我们的。这不是,这个周末她再次打电话相约,实在是盛情难却,也实在是满心想去。于是这个周六,我带上老伴儿,驱车前往梅塘。

印象中汕头紧挨着揭阳,想必没有多远,经常看到去揭阳的公交车,往汕大路上跑,有两次学院组织去揭阳学院参观,也是走汕大路。于是以为,去揭阳就一定要从汕大路走。可没想到的是,流沙原来是普宁的县城所在地。我们要去的是普宁而不是揭阳。而去普宁的流沙,从潮南陈店走路更近、更好走。可怜我来到潮汕 15 年了,竟然还是这样孤陋寡闻。结果呢,我们是从澄海到山头,从汕头到揭阳,经揭阳到普宁池尾,再到梅塘。竟然走了近百公里。而且,车一出汕头,就是一路修路,到处坑坑洼洼,尘土飞扬。加上路不熟,又不知道限速多少,于是,走走停停,一路问来,60 公里速度慢慢地磨。早上 8:40 从澄海出发,到了普宁梅塘玉娜的家,已经是中午 11:20 了。掐指一算,百余公里,竟然走了近三个小时。

不过没关系,反正是周末旅游,多走点儿路,照样开心。

玉娜从梅塘街上把我们迎回家。进门没过多久,玉娜妈妈就把香喷喷的饭菜端了上来。一路颠簸,肚子早饿了。玉娜妈妈十分热情,竭尽全力来招待我们,桌子上又是萝卜糕、芋头糕,又是卤鹅,还有油炸的潮汕小吃,消暑开胃的苦瓜猪骨汤。玉娜还专门上街买了普宁特产"小米"。为了让我们玩得开心,不拘束,玉娜还专门请来了她要好的同事、朋友,一个叫柳容,一个叫晓双。

饭后,我们便迫不及待地出发了。我们一行 6 人,我和老伴儿,玉娜、柳容、晓双,还有玉娜的弟弟贵彬,我们先开车来到位于山脚下的景光村。在柳容的学生家小憩了片刻。然后就带上竹篓和摘杨梅的工具,在两位小男生的带领下上山了。

走在曲折蜿蜒的山间小道上,出没在郁郁葱葱的树丛中,呼吸着来自大自然没有污染的新鲜空气,人的心情格外欢愉。虽然山路难行,虽然路途不近,我们大家都走得精神十足。一路走着,似乎闻到了到处飘散着的杨梅的气味。

20 多分钟的山路,我们终于来到了其中一位男同学自家的杨梅林。就这样,开始了令人兴奋的、对我来说是平生第一次的摘杨梅的劳动中。突然想起两句诗来"谁知盘中餐,粒粒皆辛苦",古人说得真好啊。这摘杨梅竟然并不是什么浪漫的事情,就像种庄稼,是一件很辛苦的事情。杨梅林里树木茂密,空气闷热,站不了几分钟,我们便满头大汗。而且树林里到处是蚊子和小咬,被蚊虫叮咬便成了家常便饭。我们去的时候,杨梅已经成熟好几天了,树下面早熟的杨梅,已经在前几天摘完了,如今要摘到新鲜、硕大、美味的杨梅,就必须上树。于是,不管老的还是小的,不管男的还是女的,大家都争着往树上爬。

品尝自己亲手采摘的杨梅,那是一种什么样的享受,我想只有我们自己知道吧。反正,当我们把自己亲手采摘的杨梅放到嘴里,那个香甜哪,就别提了。

不亲手摘杨梅,不知道果农种杨梅的甘苦。先别说想让杨梅树结出硕大、鲜美的杨梅要付出多少劳动,仅仅给杨梅树施肥、剪枝、喷洒农药,仅仅就是每天从家里到山上的杨梅园跑一趟,都要付出很多的体力。杨梅熟了,又不能像割水稻那样,一把镰刀一挥,割倒一片;也不能像打红枣那样,竹竿一挥,满树的红枣都落下来了。收获杨梅要一颗一颗用手小心翼翼地摘。有的时候,摘一斤杨梅,得花上个把小时。可是一斤杨梅的市价呢?一般的乌梅,也只能卖到5元钱。

想起进村时,看到路边整筐整筐的杨梅,因为没有及时卖出去,坏了、变质了,扔在路边垃圾堆旁,心里为果农的辛勤劳作付诸东流感到心痛。

摘杨梅,我们懂了,原来杨梅也像荔枝一样,有很多品种,像"浙江红",可能是从浙江引进的吧,颜色特别鲜嫩,红红的,大大的,非常甜美;乌梅,就是我们通常看到的,颜色黑紫,个儿大,汁多;还有红梅,大约颜色比较红;还有白梅,不到季节,没有看到。

因为晚饭前还要赶回澄海。我们只在杨梅林里待了一个多小时。下午3点多钟,我们便踏上了归程。为了不让我们迷路,柳容和晓双,两位新结识的普宁小老师送了我们一程,把我们送到了高速路口。不仅如此,爽朗、活泼的柳容,还教了我一招:闯过了已经取消的公路收费站——没有缴纳本不该收的10元钱。

车上高速,归心似箭。可万没想到,到了深汕高速,却走错了方向,一直向着广州,直到离陆丰11公里时,才缓过神来。真正的南辕北辙呀。为了路好走,为了快,糊里糊涂多走了100公里,在高速路上来来回回,走了两个半小时才回到家。

不过,当我们拖着疲惫的身体走下汽车,我们感到的,还是开心,依然开心。

2009 年 5 月 25 日

生活交响曲

到汕头 15 年了,远离几千公里外的老父母无法膝绕身旁,总是心中惴惴。我从来就不是什么孝子,充其量不过是个有些许责任心的家中老大,不能多少为年迈的爹妈做点儿什么,心里总觉得过意不去。

去年春节,在宁夏小妹的动员下,我们在汕的三兄妹终于把老父母接了过来。这是他们第四次来汕,是要长住下去的。

开始,老两口住在大妹家。大妹老公去了非洲医疗援助,儿子在广州读书,一个人寂寞,正好需要个伴儿。

女儿心细,她发现尽管爷爷奶奶住在大姑家,并且请了保姆,可是她老爸我,还总是要过去帮忙,给老父亲冲凉、修白来水管、修理橱柜的门、安装浴霸、买洗衣机、买这买那。女儿心疼我啊,每天早上 6 点钟起床弄饭,6 点 40 分开车到金园,赶 7 点 20 分的校车到达濠;晚上 5 点 10 分从达濠返回金园,再驱车回澄海,上下班高峰,有时回到家已经 6 点多,已是万家灯火了。还要隔上一天半天的,就下 2 楼上 4 楼地去看爷爷奶奶。

女儿跟她妈妈商量:这样下去老爸太辛苦了!您退休了,我也在汕头工作,不如我们在市区买个大点儿的房子,把奶奶爷爷接过来一块儿住,老爸也不用跑来跑去这样辛苦了。

老婆和女儿一样,是最心疼她老公的,她很自然地接受了女儿的建议。就这样,我们在最短的时间里,在小朋友许航,还有好同事育青、少彬的帮助下,就在汕头市区买到了比较满意的房子,稍事洒扫、添置了几件必要的家什,我们便在 2009 年的国庆,把我老父母接到了一起。反正尽孝心也好,担责任也好,减少生活压力也好,我们开始了祖孙三代同居一室的生活。

开始的一个多月，家里的一切几乎都是老婆和女儿在打理，买菜、做饭、遛狗、擦地板、洗衣服……

第一次发现老婆这么细心，专门买了搪瓷大碗，为了老父母吃饭不烫手；三天两头煲鸡汤、排骨汤，汤汤水水的老人没牙好吞咽；

第一次发现女儿原来这样勤快，主意是她出的，爷爷奶奶是她主张接过来的，她要抢着炒菜、擦地板。娇惯的女儿突然长大了……

生活的乐章有时候难免会出现一点儿不和谐的声音。老母亲是老北京人，年轻的时候就能说会道，如今老了，还是爱说。不过，有的时候出于习惯或者怕我们麻烦，说的话不太中听，譬如"把你的水剩点儿给我""明天中午我们吃方便面""怎么又吃鸡呀，有激素"，如果有外人在，还以为我们虐待老人呢！但是，我觉得这才是最真实的生活，这才是最美的生活交响曲。

偶有一天，岳母从遥远的大西北打来电话，告诉我年迈的岳父近来身体不太好。是啊，宁夏还有老婆的父母、我的老岳父岳母、女儿的姥姥姥爷呢！她们的年纪比我的父母还要老迈，我猛然想到。老婆随我从几千公里外的宁夏到汕头已经 15 年了，只回去过几次，但是从来没有陪老人们过过年，况且，他们真的很老了！

应该让老婆回宁夏看看岳父岳母。在我的再三动员下，老婆终于踏上了北上的列车，我的老父母跟我们一起住，有我呢。我的岳父岳母也应该让多年在外的女儿好好陪陪了。我没有办法回宁夏伺候我的岳父岳母，就由老婆代劳了！

自打老婆回了宁夏，我才真正体会到什么叫烦琐、什么叫劳累、什么叫疲于奔命！

每天早上，天还全黑着，我便草草起床，牵着我的小狗"达尔文"下楼了。我家养了一只蝴蝶犬，小的时候看过一本生物学的书，知道达尔文是生物进化论的创始人，也知道俄国有个生物学家叫巴甫洛夫，他用狗做实验，提出了条件反射理论。于是，我们的小狗就取名"达尔文"，算是对这位大科学家的纪念。这只小狗 40 天的时候抱回来，已经养了 8 年多了，它已经是家里的一个成员。很多次忙不过来的时候想送人，但是舍不得。没法舍得呀，多少个老婆上夜班、女儿在广州读书的日子里，都是它陪着我度过漫漫长夜。

要养它，我们每天就必须遛它一次，它要大小便呀！

6 点 40 分前后,遛完了小狗,开始给它洗澡,这是习惯,为了卫生。"达尔文"也习惯了,只要是从外面回来,不给它洗澡,它就会一直蹲在门口等着。

接着是开启电饭煲,为了老父母每天中午能吃到热饭菜,老婆走后,我买了微波炉、能预约的电饭煲,稀饭是头一天晚上 10 点多睡觉前煮的,这种预约电饭煲老妈和女儿还打不开。

迅速地吃完早饭,洗了碗筷——冬天水凉,老妈和女儿都不好洗。赶在 7 点半钟冲下楼,过马路到世贸花园前乘坐校车。一天的工作就这样开始了。

下午 5 点左右下班,回到市区,第一件事情便是到市场买菜,女儿周一到周五负责做饭,我负责买菜和周末做饭。女儿每周 22 节课,三个课头,她必须在周末备课。

从我家住的春泽花园到广兴城的菜市场,一个来回 40 多分钟,当我大包小包地回到家时,女儿已经做好了饭,准备炒菜了。

吃过晚饭,女儿洗碗,我收拾桌子。往往这个时候"达尔文"会不自觉地在客厅或者走廊撒一泡尿。可能是搬了新家还不适应,也可能是老了吧,在宁冠园住的时候很少这样的。于是,我或老母亲就要一遍一遍地拖洗。接着就是我洗衣服,女儿拖地、擦地板。

等到一切都收拾停当了,时间大约晚上 8 点,我才舒展一下身休,坐到沙发上,沏一泡功夫茶,招呼老母亲一道品着茶,拉两句家常,看一会儿电视。一天的疲惫便烟消云散了。

来潮汕 15 年了,一直没有喝功夫茶的习惯,搬了新居,同事朋友来得多了,功夫茶喝得勤了,竟然成了习惯,每天晚上不泡上一泡,好象就少了什么事情没做。

两集电视剧看完,闹钟指向晚上 10 点,赶紧淘米,预约明早的稀饭,上床睡觉,一天就这样结束了。

随着时间的推移,老婆刚回家时的疲于奔命慢慢适应了,累也罢,琐碎也罢、奔波也罢,变成了充实的代名词。

人生碌碌,就像一首交响曲,时而激昂高亢,时而平缓抒情。不过如此罢了。

生活流水账

祖国生日,又时逢中秋,原本双喜临门,可以利用长假好好休息、好好休闲、好好旅游。结果呢,买房、打扫、搬家、头痛、生日、漏水、维修,加上老友网上重逢、老学生重新联系上,弄得我是澄海汕头、楼上楼下、上楼下楼、屋里屋外、唱歌喝酒、蛋糕聚会、吹蜡许愿、迎来送往、上水下水、天翻地覆、盒饭拉面,总之是昏天黑地!

10月4日喜迁新居基本告成,算是全家上下其乐也融融吧!楼下说你们的洗菜盆漏水了,刚刚舒展的眉头,一下子又皱了起来。赶紧趁遛"达尔文"的机会,买来了下水管,把洗菜盆的下水直接到卫生间。暂解危机吧。

消停了两日。这期间贞如将我搬家的消息告诉了再林、少全、贞涛、锦雄、泽丽、李逸、佳玲、晓君、丽纯还有瑜贤等我的干儿子干女儿们,于是,大家都相约着到家里来祝贺我搬新家。一时间家里变得热闹异常,少全和贞如还专门去陪老妈聊天,弄得两个老人也开心了许多。漏水的麻烦、头痛的烦恼,被抛到了九霄云外。

7日晚上,劳务学校楚龙相约唱歌,欣然前往,尽兴而归! 没想到一瓶假酒落肚(只是怀疑),次日开始有点儿头痛。

还没两天,楼下又来投诉:房子漏水严重——欢娱心情骤然暗淡。特别是突然听到老婆和老妈说,下面半天里已经找过两次,就感觉一股气冲到脑后,痛骤然厉害万分。而且,一痛就是断断续续10余天,确切地说,直到现在写这个东东,我的左侧后脑勺还有点儿抽着痛。

接着便是观察、寻找原因、雇人来维修,前前后后、地上地下、叮叮当当、石子水泥、水管弯头,又是忙忙累累、糊里糊涂,单位家里一个星期。期间还跟着院长、赵处长到省城出了几天差,谈判、走访、宴请、喝酒。积劳成疾吧,头在痛、腰在疼,班在上、课在讲……

10月13日吧,上班挂了QQ,突然一个新人加入,一问一猜,竟然是18年前庐山会议结识的老友,这些年她一直在找我,甚至去过宁夏。这一次他是在网络上找到了我的博客,贸贸然用我博客的用户名在QQ里找到了我。真是缘分哪!这么多年!犹如炎热的酷夏注入了缕缕清风,我的劳累不堪的维修工程,我的索然无味的评建工作,我的头痛腰痛的痛苦躯体,我的整个世界一下子变得轻松、色彩斑斓。我开始回忆过去,开始长久地沉浸在18年前那令人永远无法忘怀的友情之中……

没几天,我的生日快到了,我的几个爱热闹离得近的能来的干儿女贞如、少全、泽丽,还有"师之梦"的粉玲、超洁、张红、俊育,专门买了蛋糕晚上到家中为我庆祝,让我的烦躁和上火的心情,在温馨的谈笑中舒服了许多,头痛的症状一时间也减轻了许多。

前天,正在电脑前整理评建整改方案,严时芬——我的一个老学生,突然通过班级群找到了我。这是我在澄海师范带的最后一个班——97(2)班中,我最关心的一个学生。时芬一联系上我便检讨,说自己是老师最没有良心的学生,弄得我心里很不好受。得知她在肇庆,做了军嫂,并且有一个幸福和睦的小家庭和一个两岁多的孩子,由衷地为她高兴。

朋友的情、学生的谊、儿女们的关爱,当然,在老婆的操持下,上下水的逐渐完工中,我的头痛在一点点减轻。

生活啊!锅碗瓢盆炕笤帚,就是苦苦乐乐这么回事儿!

坏事变好事的哲学

(一)

面对稀烂的像开了河一样的地板和淅淅沥沥的不停地向下流水的墙壁,突然想起,对这样天气,必须紧闭门窗呀!晚了,现在再关,已经关不住这满园的春意。只好听着老妈:上当了,上当了,就不该开门窗的唠叨,看着老婆面对稀滑的地板的满脸愁容,等待着满屋的春潮自行退去。

晚饭后,湿了一天的屋子似乎没有一点儿变化,墙壁上依然大汗淋漓,地板上依旧小河潺潺。

怎么办？我顺手拿起地上一条供小狗睡觉的牛仔裤，毫无目的、漫无边际地擦起地板上的水来。

没想到这一擦便不可止了。我趴在地上，擦了里屋擦外屋，擦了客厅擦餐厅，擦了地板擦墙壁，越擦越起劲，越擦越想擦。忘了时间，忘了疲倦，一直干到深夜时分。

许是累了，第二天九点我才起床。走出卧室一看，眼前豁然一亮：地板是从未有过的光洁，墙壁是从未有过的明亮。原来我昨晚无意间对房屋进行了一次彻底的大清洗，节前大扫除。

毛主席在《矛盾论》这篇光辉的哲学著作中早就有坏事可以变好事的论述，本人也早就知晓，却从来没有这样深刻的认识过。真是千真万确！头天错误地打开窗门，弄得屋里湿成了河，这分明是坏事，烦死人的坏事！可是无意中借着满墙满地的水，我来了个全面的擦洗，这不，整个房子焕然一新，令人赏心悦目，这又怎么不是件大好事？

所以，我请亲爱的朋友们记住：坏事可以变好事。面对生活中所谓的坏事，我们应该坦然些、宽容些、轻松些。谁又敢说这坏事不能给我们带来好事呢！

工资少是坏事，于是我们有了第二职业第三职业，生活福裕了，潜能开发了，社会的竞争力增强了。

工作失误挨了批评、受了处分肯定是坏事，接受了教训，吃一堑长一智，以后在工作中进步了，升华了。

高考落榜，懊悔自己，急坏爹娘！然而，拿起锐利的笔，你或许成为小有名气的网络作家。抱起你心爱的吉他，你或许就是明天的杨臣刚。走进商海，你可能会是新一代李嘉诚、谢易初。穿上戎装，你可能就是今天的巴顿。

对于年轻朋友说来，没有比失恋更坏的事情了。深爱的人离自己而去，那是一种撕心裂肺、肝肠寸断的痛苦！那是从未有过的失落，是内心从未有过的空虚！然而，失恋又何尝不是件好事情呢？丢掉了一片树叶，你却拥有了大片树林。抛开了彼此束缚的小爱，你们却拥有了博爱和自由。人生的履历因此而丰富，交心的朋友因此而更多了。

希望我的年轻朋友们都懂一点儿坏事变好事的哲学，学会"风物长宜放眼量"，学会因势利导。

（二）

临过年的前两天，似乎老天爷也想过个暖暖和和的春节，又好像要应虎年没有春天的说法，天气一下子热了起来，热的跟夏天差不多，很多人穿起了短袖甚至背心。

措手不及的热，让我这个在潮汕生活了15年的说普通话的新汕头人，忘了如何正确应对。既然天暖和了，当然要大开门窗迎接暖暖春意喽！

结果呢？大家当然都清楚了，屋里比外面的温度低很多，门窗一开，暖气袭来，房间里凡是光滑的地方——地板、墙壁、家具等，都开始出汗了。开始是细小的露珠，而后是大汗淋漓，最后是下起雨来。

第二故乡——古城平罗漫步

宁夏回族自治区平罗县,是一座有着悠久历史的古城。从西汉开始,历代王朝都曾在这里设置府台、衙门,到了清雍正二年(即 1724 年),正式设置了平罗县,距今已经 280 多年。

平罗,可以说是我的第二故乡。1961 年,7 岁的我跟着父母,从北京——祖国的首都,乘坐着 1958 年刚通车的包兰列车,经过了两天两夜的颠簸,来到了这个荒芜一片的平罗火车站。县政府负责接待的同志,用一架马车把我们一家送进了这个当时还点着煤油灯,马路是黄土和石子儿,喝着井水的小县城。

父亲他们是到这里搞整风整社的,据说当时中央财政部、劳动部、卫生部有一万个干部到西北 5 省搞整风整社。就这样,父母带着我们在这里一住就是 30 多年。

2 月 13 日早上,借着给岳父到医院开药、充氧气的机会,我又一次在这座小小的县城里走了走,许多陈年往事涌上心头。

出了岳父的家门,走不了几步就是城关一小。我从 7 岁读书到 12 岁小学毕业、戴帽子读初中一年级,都是在这里。文化大革命,给老师写大字报、挂牌子斗老师,搞什么造反派、战斗队,也是在这里。我们拆过学校的城墙,挖过防空洞。我永远记得我的老师们:黄振华、李振祥、赵彬、冯书文、孙占祥、于连芳。

平罗县城关三小,如今已经改名叫平罗回民小学了。校门和里面的教室早已经不是过去的样子。1973 年春天我高中毕业,因为不属于上山下乡对象,经过熟人推荐,被安排在城关三小代课。在这里,我结识了靳光明、杨万银、姬淑兰、林秀芬等优秀的老教师。在这里我从小学一年级教起,什么二年级的算术、三年级的美术、四年级的常识,我都带过,还带过足球队和学校的宣传队。在这里,我学会了拉手风琴,吹笛子。

走到当年工作的县委大院,眼前哪里还有原来的一丝模样?这里建起了一个很大的居民生活小区。1982 年大学毕业后,我被分配到县委宣传部工作,就在这个大院儿里。那时候,县大院还没有盖楼,正门进去,左右两边是对称整齐的一排排青砖大瓦房。县委宣传部就在右手边的第三排。两边是两个单间的办公室,中间是一大间套一小间的大办公室。分配到宣传部的第二年春节,我在左边的单间(少华副部长的办公室)结了婚,建立了我的幸福的小家,11月我的宝贝女儿也在这里出生。

1983年底,我们的女儿出生了,我们还住在县委大院的办公室里。每天晚上洗的尿褯子,都晒在办公室门前的铁丝上。冬天里,第二天尿褯子根本干不了。我只好在对面办公室的墙上钉上钉子,拉上铁丝,把冻得硬硬的尿褯子,贴着墙晾晒,那情景就像万国旗一样。可能就是这样的景观,在县委大院里有点儿有碍观瞻吧,后来县政府很快就在银行的马路对面的新楼里,给我分配了住房。要知道,那时候有这样一套新楼是多么开心的事情呀!

对了,我家楼下的对面就是中国工商银行和中国农业银行,这一点没有改变什么,只是两家银行的门脸早已经面目全非了。那个时候我们的工资很低,老婆和我生活都非常节俭,不管怎么艰难,我们每个月总是把20元钱存在这银行里,就这样一天一天,一年一年,我们积累着属于自己的财富。

顺着我们家原来的那座楼,继续往北走一点儿,就是平罗影剧院。

平罗县很小,就只有这样一家电影院和东街上的一家剧院。小时候,每一部老片都是在这里看的。可以说,这个影剧院印记着我童年的许多往事。

玉皇阁,坐落在县城北门。这是一座明清两朝建设完成的古代楼阁,解放后成了居民休闲的场所。四清运动时,这里是四清成果展览馆。在这里我认识了银元宝和金条。不过,这座原本供现成的居民们休闲的古代楼宇,如今也成了政府赚钱的地方。你看,按照原来的建筑风格,这里修起了门牌楼,专门有人买票的窗口。我没有问门票多少钱一张,也没有进去。想来里面早已经被糟蹋得面目全非了。

来到平罗医院,"石嘴山市第三人民医院"的高楼矗立,招牌显赫。它早已经更名了。记得当时修建这所医院的时候,我们学校——应该是平罗中学吧,组织我们去参加劳动,还挖出了许多不知什么年代的墓穴,同学们见到白花花的死人头骨,吓得哇哇乱叫。当时的景象如今还历历在目。

平罗县文化馆,这个与我有着很深缘分的地方,如今已经改建成平罗县中医院。1983年平罗县开始兴跳交谊舞,文化馆的馆长张林,还有金宗伟、李万奇、王小宁,组织了一个小乐队,得知我在大学是吹圆号的,就专门给我买了圆号,请我去帮忙伴奏。那时候每周吹两次,每次可以挣9元钱。一直到1990年,我调到石嘴山党校后,每逢周末,我还赶回平罗给舞会伴奏呢!

从医院回来的路上,途径百货大楼,老婆在调到石嘴山市委党校前,从清真商店就调到这里当会计,当时就在这个三楼办公。在这里,她一边带女儿,一边参加学习,完成了她的会计中专学业。

哦,这不是原来的清真食品商店吗?我停下脚步。如今这里早已经变成了一个大药店。对了我第一次见到我老婆,就是在这里。那时我穿着老旧的中山装在介绍人的引导下,来到这个商店,远远地看了老婆一眼,就决定这辈子一定要厮守了。呵呵!

看着十字大街正中高高耸立的钟鼓楼,仿佛看到了这座城市久远的过去。什么都变了,什么都在变,唯独这座古楼,作为平罗古城的标志或者名片,巍然地在冬日的霞光中追溯着过去,展望着明天,熠熠生辉。

千里省亲记

初七一大早就接到小姨子从宁夏打来的电话,说老岳父情况不好,要叫她姐姐(我老婆)赶紧回去。放下电话就觉得头有点儿懵。岳父年岁大了,最近总是一阵明白一阵糊涂的,这个月连床也下不了了。我好几次跟我老婆说,想寒假回宁夏看望他老人家。人老了嘛,看一眼就少一眼了。再说十六年前我带着老婆女儿远离宁夏,一直也没有在老人身边好好地尽尽孝。可是,老婆总是用一句你去了顶什么事呀,不让我回去。现在,突然接到家里的电话,心中怎不紧张。

也没有跟老婆商量什么,我便手忙脚乱地翻出去广州的各个汽车公司的卡片。要知道初七正是节后上班返回广州深圳的高峰,深汕公路一定是人满为患,最难买票的时候。可是要想赶回宁夏,首先得先到广州啊!还好,仅仅打电话联系了南翔和东厦两家客运公司,就定到了10点30分的车票(后来才知道是加班车)。

　　本来想先到广州再去火车站售票处碰去银川的火车票,一看表离汽车开车还有一段时间。于是抱着试试看的念头,开车到汕头火车站。一到车站,就看到几行长长的已经排到了售票大厅门外的买票队伍,我的心一下提到嗓子眼。心想:本来在这个时候来买当天的车票,还要买卧铺票,就是近乎傻瓜的行为,现在看来,退一万步,就算是侥幸有票,这长蛇一样的买票队伍,驴年马月才能轮到我,我们十点多就要上车去广州。

　　可是人已经来了,总得进去碰碰运气。这么想着,走进售票大厅。不知是真的兔年我的运气好,还是老天保佑或者是我们感动了谁,没想到汕头火车站今年春运专门开设了联网预售窗口,而且,这个窗口只排了几个人。心中一阵高兴:阿弥陀佛,一定要有票呀。还真是天公保佑,原本我打定主意,没有硬卧就买软卧的,却原来北上的火车这么松快,硬卧票都可以上、中、下铺自由选择。不到十分钟,我就买到了两张下午七点十六分广州开银川的卧铺票。看来今天会很顺利,这么想着,我开着快车赶回家中。

　　回到家老婆已经打点好了行李,准备好一切上路的物品。十点二十五分,接到东厦汽车站的电话,我们在自己的小区门口,登上了接我们的面包车。一切的确如我计划的一样顺当。

　　但是,接下来的几个小时却让人十分的焦急、紧张,饱受了神经高度紧绷的煎熬。首先,我如此顺利地预定到的汽车票竟是加班车票,车票上写的是十点半开车,可实际上到了差不多十一点才开车。而且,一贯准时的、服务不错的东厦商务车,今天开得慢慢腾腾,从汽车的倒后镜中看那位方脸的中年司机,竟然是不知昨晚有没有睡觉,还是打麻将、唱歌彻夜不归,反正是疲倦不堪,一会儿打哈欠,一会儿揉眼睛、伸懒腰,一会儿竟然眼皮下垂,手握方向盘,打起盹儿来。看来春运高峰,真格是司机太缺了。这明显是疲劳驾驶嘛!看着司机如此的窘态,感受着汽车一会儿前进,一会儿突然刹车的"杯具",我和其他旅客徒生被捉弄、被忽视的感觉。

　　但是,无论我们如何紧张、着急,在公交车上,乘客总是弱势的。就这样,这位司机大佬,把平时两个半小时的路程:从汕头到鲘门,开成了四个半小时。尽管鲘门换了司机一路紧赶,还是花了 7 个小时才进广州。本来车进广州,一口气总算放下了。没想到广州市区堵车，汽车距离天河客运站只有几十米远，就是进不了站。看着手表的时针一点一点靠近6点，心里这个着急呀。于是，我从车后面走到司机旁边，希望他让我们下车。要知道早一分钟下车，我们就早一分钟坐上地铁，早一分钟赶到火车站呀。可是司机非常原则，一问我们在行李箱里还有物品，就死活不让下车。后来，我急了，干脆说："行李不要了，你们给拉回汕头保管。"我们必须赶上火车去看老人，况且，两张火车票一千多块钱呢！在我和妻子的央求和激将下，司机终于在距离停车点30米的地方，放我们下了车。

下了汽车，我和老婆背着、拉着行李，一路小跑到了地铁站，买票、上电梯、下电梯、三号线、五号线，可能是又急又累，老婆在地铁里差点儿虚脱了。一路上我的心里一直在一点一点地算着距离，一分一秒算着时间，想着到了广州火车站，究竟从哪个地铁口上去离检票口最近，要知道广州火车站的地铁站出口，多得像迷宫一样呀！

值得庆幸的是，出地铁站时，我们问了一下地铁工作人员，按照她的指引，我们走了B出口；更值得庆幸的是，平时铁门紧闭的这个直接与候车大厅连着的地铁口春运期间是开着的。就这样我们出了地铁，进了候车大厅；进了候车大厅，一眼就看到：广州开往银川的1296次正在检票……

当我和老婆气喘吁吁地拖着行李走进自己的卧铺车时，车站广播室正在播出"停止检票"的命令。车厢里暖气烧得热烘烘的，几乎30度的温度，加上一路上的奔波，我们的衣裤全都湿了。

撒气、缓解、鸣笛，北上的列车终于缓缓启动，我们的千里省亲才开始……

祝福短信随想

又是一年一度的春节。这几年，信息手段发达了，对我来说，收获最多的，莫过于祝福的短信了。今年春节更是如此。

好像从腊月二十九一大早开始，一些耐不住性子的，或者想拔头筹的朋友、亲戚、学生,新的老的,远的近的,就开始了祝福短信对我的"进攻",而且这种"进攻"是随着兔年越来越近的脚步,越来越给力。到了大年三十晚上,短信"进攻"成了集团军的轮番作战,手机铃声一响,就是几条,甚至十几条。我呢,每收到一条短信,心里便有一股幸福、激动的感觉。当然也不能被动地让人家进攻,我是一面主动"进攻",先挖空心思,编出一条和兔子有关,和过年有关,和朋友情况有关的都是吉祥话的短信,然后从手机通讯录里找出一些工作、生活、性别等情况大致相当的朋友的号码,一下子全部发出去;但是更多的一面,我是被动的"还击",收到一条,编一条,回一条。有来有往,是我的原则嘛。

开始,进攻的规模还不算密集,我还能一一对应地给送来祝福的朋友、学生们回复我自己编的短信。但是,到后来,铃声不断,短信不停,一条还没有编出来,新的短信又进来了,弄得我是顾了编发顾不上看,顾了看新短信,忘了刚编了一半的短信。没办法,最后我只能简单地来一条就回一句"祝福你和家人,兔年吉祥如意"了。

从年三十下午到大年初一的凌晨一点半,我除了吃年夜饭,几乎手、眼都没有离开过手机,一条条地看,看得我眼睛都模糊;一条一条地发,扣得我的手指头都发疼。不知是手机不够给力,还是网络都是"浮云",那一晚上手机还一次又一次地在短信集团军的进攻下瘫痪——死机。于是,我便一次次地关机、开机,开机、关机。

终于,扛不住短信的进攻和阵阵袭来的困意,我在《难忘今宵》的歌声中关了机,睡觉。

……

大年初一一开机,在一下子涌进 26 条短信后,我收到了移动的短信通知"您的手机已经欠费,请及时充值"。这时我才发现,就这两天,我已经发出去近600 条信息。天哪!

现在,兔年春节已经初五,短信进攻早已偃旗息鼓。回过神来,重新翻看收到的祝福短信,突然发现,在我收到的几百条祝福短信中,有很多条的内容是一样的。有的短信,明明是朋友张三发的,但是,落款确是并不认识的李四。很多短信,编得很精彩,上口、押韵,甚至很有趣味性,但是,就是觉得不够亲近、亲切,好像不是在跟自己说。

　　时代进步了，过年大家都习惯了用短信送上自己的节日祝福，这种方式既省时、省事，又便捷、节俭。但是，或许是因为要发的信息太多，或者是因为有了更简而易行的群发、转发的手段，或者又因为觉得人家的短信写得更有趣、更有水平，比自己水平高，于是很多朋友采用了群发或者转发别人的信息的方式来送短信祝福。

　　对于漫天传送的华丽、有趣、内容相同的祝福短信，我并不觉得有什么不好。如果，偶尔收到那么一两条，在这喜庆的节日里，我依然能够感到一阵阵激动，眼前一样会出现发信息人近的、远的、生动的影像。

　　但是，我还是觉得祝福短信应该具有针对性，能针对不同年龄、性别、熟悉程度、工作性质、家庭情况等等，来给不同的朋友、同学、亲人编发信息，哪怕就是简单的几个字，也会达到祝福的目的，也会引起收信息人的感觉。当然，如果真的觉得人家的短信比你编的好，并且，也能够代表你的心意送出你的祝福，我们也可以转发。不过，最好是稍加改造、改编，有所针对性更好。特别注意，不要看都没有完全看完，便不顾一切地原文转发，结果，把原来发信息人的名字都发出去了。呵呵！

　　最后啊，我改编几条祝福短信给朋友们：

　　给师长——岁月流逝让您有了道道皱纹，而我心中，您永远年轻。远方的我祝福您，我的老师，春节快乐，身体健康，万事如意！

　　给父母——岁月的摺子，装饰了您的棱角，您的脾气也慈祥了不少；当然偶尔还会"跳跳脚"，那是您青春不老！亲爱的爸爸妈妈，愿您越活越开心，春节快乐年年好！

　　给朋友——岁月可以褪去记忆，却褪不去我们曾经的欢声笑语。亲爱的老朋友，祝你新春快乐，岁岁安怡！

我努力达到的人生境界

　　近代大诗人王国维曾经讲过人生的三种境界：第一种境界是："昨夜西风

凋碧树。独上高楼，望尽天涯路。"说的是人无论碰到多么恶劣的环境，也要耐住孤独寂寞，努力坚持自己的志向。第二种境界是："衣带渐宽终不悔，为伊消得人憔悴。"说的是人要有追求，而且有不达目的誓不罢休的执着。第三种境界是"众里寻他千百度，蓦然回首，那人却在灯火阑珊处。"说的是人经历了不断的磨炼、努力，终于到达了自己的目的地，有了自己的建树、创造。不过，王国维的三种境界，是说给古今"成大事业""大学问"的圣贤之人的。

我们是凡人，芸芸众生中的一员，达不到，也无需达到王老先生的人生境界。不过，凡人也有凡人做人的方式方法，或者也叫作境界吧。譬如我吧，我就有自己这个平凡人的人生境界，很巧合的是，随着年龄和阅历的增长、变化，我的所谓的人生境界，竟然也从低到高的有三种。

1985年的时候，我30岁。那年国家第一次搞干部队伍年轻化、知识化、专业化。身在县委宣传部刚从大学出来两年多的我，看看周围的人，比比他们的学历、专业，自我感觉这一次怎么也可以弄个副部长，目标明确，跃跃欲试，志在必得。结果提干的名单出来，两个中专毕业的老干事都提了干，偏偏我这个学历最高、最年轻、专业最对口的人，依然是大头干事。心气儿一下子跌落千丈，很长一段时间干什么都没有精神。

偶有一日，在书里看到一副对子，"处事以不即不离之决，居心在有意无意之间"，觉得心头一亮。我知道这是孔孟的中庸之道。琢磨着滋味，觉着说得太有道理了。人嘛，应该有理想、有目标、有追求，但是，不是不着边际、好高骛远，大可不必太刻意、太执着，不即不离，有意无意，该争取时就争取，该努力时就努力。这样，目的达到了、成功了不会大喜过望，乐极生悲；目的达不到，失败了呢？也能拿得起放得下，释然一笑，随他去了，不会一蹶不振，从此萎靡。于是，我赶紧找来笔墨，抄将下来，压在办公桌的玻璃板下，作为我的座右铭。

在以后的很多年里，我都是努力地按照这两句话去做，去努力。不过，年轻气盛的我，无论是后来做了县委党校的副校长，还是再后来到市委党校做办公室主任、当学报副主编，我一直没办法完全让自己"不即不离""有意无意"，我经常还是会很执着很刻意于某个目的、某个工作任务。所幸的是，我没有放弃这样做，我努力躬行于此。所以，我没有过得意忘形，也没有过一落千丈。

差不多50岁的时候，一次惯例体检，一个令人警觉的结论，让我在医院里躺了 5 天。在病床上，打着吊针，海阔天空的胡思乱想，竟然在自己原来的中庸之道的人生境界基础上，修正提炼出了"一个中心，两个一点，三种快乐"的我辈中年人或者壮年人的活法——人生境界。

所谓一个中心，就是以健康为中心；人生到了 50 岁，执着也好，随意也罢，为了党国该做的事情也都做了，几十年的打拼，身体本钱也已经耗费得差不多了。这时的我们，应该把家国天下大事，移交给我们的后辈，然后好好对待自己，好好对待身体了。

怎么才能做到"以健康为中心"呢？很简单，必须做到两点：在是非面前糊涂一点儿，在名利面前潇洒一点儿。其实，这就是"不即不离""有意无意"的翻版。想想，都着把年纪了，争什么谁是谁非，"千秋功罪，自有后人评说"嘛！干吗较真儿？至于名利，原本都是些身外之物，如今争了半辈子，还争个什么劲儿！

要真正做到"以健康为中心"，还得做到"三乐"：一是助人为乐，这是快乐之本。你自己回想一下，什么时候人是最快乐的？肯定是你帮助了别人，别人因你的帮助度过了难关，这时你的感觉是最快乐的。所以，记住随时随地，能帮人时且帮人呀！二是知足常乐，这是快乐之源。人的欲望无穷无尽，攀比之心是罪魁祸首。所以，要学会知足，懂得知足。不跟住别墅豪宅的人比，自己的一室一厅何其温暖？不看那些宝马、奔驰，自己的 QQ 难道不也是四个轮子，遮风挡雨吗？这可不是阿 Q 的精神胜利法，只是实事求是。当然，还有第三乐——自得其乐，这是快乐之泉。人要保持健康愉快的心情，总是沉浸在快乐之中，就得干一些使人快乐的事情。唱歌儿跳舞、瑜伽健美、养鱼种花、聊 Q 种菜、垂钓打猎、琴棋书画、品茶呒酒、扑克麻将、侃大山摆龙门阵，能让人修身养性的事情多了去了，选一二有兴趣的，沉浸其中，自得其乐。

这几年，一边儿工作，一边照着我的人生境界做，虽然，不能完全做到。比如，工作一忙起来，身体就得放到一边了。至于自得其乐，时间不允许，只能忙里偷闲。但是，我努力地在践行，也是受益匪浅呀。

最近一年里，完成了学院交给我的两件大事情。担子放下了，想得也多了一点儿，于是，我的人生境界，在经历了摔打磨砺之后，精简成了 8 个字：感恩，知足，放下，舍得。人必须懂得感恩。人生在世，爹妈养育、老师教导、同学呵护、爱人体贴、朋友两肋插刀，可以说给过我们关心、爱护、帮助的人太多太多，要记得他们,只要能办到,不管什么方式,也都要感激人家、感谢人家。

知足已经说得太多了。至于放下,都快退休了,不仅不需要执着于什么,该放下的老老实实、痛痛快快放下吧! 舍得呢,是放下的更高境界,努力去做吧!

又一次的放下

随着省评估回访专家组乘坐的飞机轰鸣着起飞,历时 3 年零两个月的汕头职业技术学院人才培养工作评估建设回访,终于算是画上了一个句号。但是,作为直接当事人——学院评建办主任的我,心头依旧是重重的,情绪依然忐忑。因为,谁也说不清,谁也不知道,我们这次所接受的回访,结果会怎么样,到底能不能通过。这毕竟是关乎学院未来的发展甚至是生死存亡的大事。

或许是太累了,抑或真的是心事太重,放不下,第二天我就像泄了气的皮球,有点儿坚持不住了,嗓子疼,鼻涕眼泪的。

好在只过了两天,就收到了院长的短信:内部消息,我院的评估回访通过了。当时,为了解脱什么,我正开着车在路上,我是拉着育青夫壁波家玩儿。看到短信,我的心一下子空了、轻了,就像一块大石头终于落了地。眼眶子有点酸酸的,想放声地哭一场,但是,和年轻朋友在一块儿,怕他们笑话,眼泪没好意思流出来。

三年零两个月,记得我是 2007 年 11 月 17 日调到学院评建办的。想一想,时间真够长的。一个人一辈子工作 30 年的话,我竟用了十分之一还多,就干了这么件事情。

这三年多,经历的太多了。先后到过多少所兄弟院校学习、参观、取经,已经数不过来了。反正从到汕尾职院开始,三年多来,到过广东机电职业学院、工贸职院、城市职院、铁路职院、民航职院、外语艺术职院、东莞南博职院、深职院、珠海科技职院、交通职院、食品药品职院、河源、揭阳、江门、清远等职院。有的学院我是一去再去。

这期间开了多少次会,记不得了。反正省里的会、学院的会、大会、小会、当主持、重点发言、传达经验、布置工作，什么样的角色我都在扮演、我都扮演过。记得第一次和嘉授去清远回来，我给学院的中层干部介绍了 40 分钟清远的做法经验，会议结束一出门，就碰到不支持、不理解的几个主任，竟然质问我为什么要去清远，干吗要介绍他们的经验。当时，兴冲冲的我，心头好委屈、好堵。不过，没有多久我就习惯了。做工作、干活，少不了挨骂。只要该干的干了，想骂就骂两句，不理解就慢慢理解吧！不是还有好几次，院领导也骂过咱吗？由他了。

当然，经过这三年多的评建工作，我也确实学到了很多东西，认识了很多名人、专家，聆听了诸如杨应松、姜大原之类中国高职教育顶级人物的讲座。从办学基本条件的核查到预评估，从正式的评估到这次的评估回访，我拜访、接送了很多省内的高职教育专家，像黄玉宁、方建壮、白淑毅、宋志军、林红、康思琪、温希东，在与他们的交谈和闲聊中，我对 16 号文件精神的实质，对高职院校的路究竟应该怎么走，真正有了认识。

三年里，坐过多少车，走了多少路，醉过多少次酒，多少个夜晚想着评建的事无法入眠，多少次梦到评估受阻从梦中惊醒，一切的一切，随着 2011 年 1 月 11 日的过去，都成为了过去。无论怎么说，汕头职院的领导老师们，正面遭遇了评估，又勇敢地闯过了评估这一关，学院成熟了，领导成熟了，老师成熟了。而我呢，终于完成了一件大事，又一次放下了。

尘埃落定之后

几天前，赵兄突然来到办公室对我说，我们的刊物出版署批了。"是吗？这真应该叫院长好好庆祝一下。"说这话时，我显得十分平静，甚至脸上都没有起码的笑容。这样的反应，连我自己都觉得奇怪。

是啊，为了这个正式的学报刊号，我和老赵，不，应该说，我追随赵兄，两年多来，风里雨里，付出了太多心血和汗水。如今尘埃落定，大功告成了，我怎么能不激动、不高兴、不开心？我怎么能不兴奋地大喊人叫？甚至又唱又跳都不过分呢！然而，这个过程拖得太久了，这个结果来得太迟了，人已经木讷的不懂得喜形于色了。

老赵离开后,我坐在办公桌前发起呆来。两年多来,为了这个刊号奔波劳碌的一幕幕,开始像放电影一样,从眼前闪过,然而,两年多里发生过的,曾经是那样令人刻骨铭心的东西,都不完整、不清晰了。一切过程都变得扑朔迷离、模糊不清了。

在这两年多里,先后起草修改过多少次协议、合约,记不清了;先后到过哪些相关的高校、管理机关记不住了;先后多少次与这个刊物的原主管、主办单位领导,还有后来要联合办刊的兄弟院校领导协商、座谈,也数不过来了;先后多少次为了盖一个主管单位的公章,焦急徘徊在相关领导的办公室门前,已经忘记了。

只记得两年多里先后跑过六七十趟广州,有时甚至是一个星期跑两次。汕头到广州、广州到汕头的车——东厦、金园、南翔、中旅、广园、天河、省汽车总站,宽座的、窄座的、商务的、普通的、白天的、夜里的,都坐遍了。深汕、广惠高速路上的各个服务区:鲘门、汝湖、白云仔等等的劣质高价饭菜、粿条也都吃遍了;这期间,我们发过烧、拉过稀、饿过肚子、淋过雨;这期间,我们不止一次坐在空调过低的汽车里当“团长”,不止一次因为时间紧迫连续两天不洗澡、不换衣;为了寻找一家商标查询服务公司,我们曾经到处打听徒步走过十几里路;为了一次次办事情碰到官僚不顺利,我们不止一次地骂过大街。

现在好了,我们的刊号从省里到国家都批了,我们的这个历史使命也完成了,一块沉重的大石头终于落地了。从此,我们的学院有了自己的正式刊物;从此,我们的老师有了公开发表自己科研成果的园地;从此,我们的学院跟许许多多高等学府在有无公开出版的学报上没有了距离;从此,我们的年轻老师们不再为晋升职称没处发表论文发愁了。

两年前接受这个任务时,院长对我和老赵说:“这件事情办成了,你们就是学院的功臣,学院的老师们都会感激你们的。”前两天,有老师听说刊号批下来了,也对我说,你们为学院明天的发展立了大功,大家不会忘记你们的。

我想,我和老赵都不想做什么功臣,谈不上!我们也不想让大家都总记着我们,不够格!但是,学院终于有了自己的正式刊号、有了自己的公开出版的刊物,我和老赵为此付出了,收获了。我们打心里开心,骄傲!

看着省里批准我们刊号的红头文件，突然想起今年 6 月份去北京国家新闻出版总署办事时，曾经和老同学在一起吃饭，首都师范大学的博导，我们班最最出息的小谢说过的一句，申请刊号很难的，我们学院申请了 5 年，还没有拿到。哈哈！我们没用 5 年！

又想起了陶行知先生的那句话：人生为一件大事而来，为一件大事而去。我和赵兄做的这件事情算不算件大事呢？

张家界混成旅

这是我给我们这个临时拼凑的张家界两日游的旅游团队取的名字。意思是临时拼凑混合而成的旅游团，虽然是临时拼凑，但是在两天多的旅途和游览中，大家互相关心、互相帮助，很和谐，很友好，很有凝聚力，还真是有点儿像军旅一样呢。

我是这支混成旅的当然老大。因为，在这老老少少 24 个人的旅游团里，我最年长。旅游团里还有最小的三位小姑娘，一个 8 岁，两个 10 岁，我和老伴儿都是爷爷奶奶辈儿了。不过，这个老大不是在旅游一开始就有的，而是在两天多的旅游结束前，要去参观张家界土司城的时候，邓导游在车上问大家时，大家一致认可的，可以说是经过实践检验的。呵呵！

我们的混成旅成分可是复杂，有来自香港的梁先生和他的女友伏小姐。这个自称是"双失中年"的身体略微有点儿臃肿的香港先生，其实只有 43 岁。所谓双失，用他的话说，是失业失败又加上失业。不过，他很乐观，我们看不出一点儿遭到"双失"打击的味道。两天多的游玩儿，他们两个玩得很开心、很尽兴。尽管从天子山顶走下来时，梁先生一瘸一拐的，并且第二天就发誓，从此不再爬山。这位胖乎乎、乐呵呵的梁先生，还在山上糊里糊涂地被那些卖药的给骗了，在山下商店八九十元钱可以买到的阴阳仔，他竟然花了一千元，哪里像个"双失中年"啊！

来自澳门的温志文警官倒真是个不显山不露水的"独行侠"。这个中等身材,有着一头略带黄色的短发,身着短衫短裤,一双拖鞋,身背双肩挎包,走起路来风风火火,决不旁顾左右,一副勇往直前的架势的警官。第一天的旅游结束都没有人注意到他,是第二天大家一起吃早饭,在饭桌上分享他和朋友在庐山的照片,大家聊天时,他问我们他有几岁,是干什么的。我们猜不出来,他让我们看了他的澳门警官证才知道,这个看来30多的像是个南方体育老师的他,竟然已经47岁了,而且是有着20多年警龄的老警官。

我们的混成旅里有两个大个子,各自带着自己的老婆和女友。一个是东北大汉崔革生,一位是福建小伙林城。这个大崔呀,操着和赵本山一样纯正的东北二人转的腔调,一路上说笑话,讲故事,逗乐子,比赵本山的小品还好听。看来东北人是不是都这么能说会道会搞笑呀! 林城话不多,但是对自己的女友很是呵护,一路上小翁到处留影照相,林城跑前忙后,乐此不疲! 革生46岁,他的爱人不太说话,可能都被大崔说了吧,一副小鸟依人的样子。小翁呢,很爱玩儿,也很会玩儿。从天子山顶走下来,又走了十里画廊,大家都累得要死要活,她好像没事儿,依然到处摆着pose,让林城给她拍照。

混成旅里姓罗的最多。罗凌旻最年轻。这个大眼睛,长得很帅气的小伙子,是从河北过来长沙看女友的,顺便带着女友一起游张家界。他对女友的照顾啊,比林城还要到位。好几次看到他的女友腿疼走不动了,都是他抱着背着,看了真让人羡慕死了! 对了,这个人见人爱的小伙子,在第二天游金鞭溪的时候,竟然在女友上卫生间时,被4个身着土家族服装的女孩子围住,一定要和他照相留念,结果,相片洗出来,一张就要50元。据说和一个土家妹子照相是10元,4个妹子40元,还有照相的成本10元。不过小罗还是聪明,他只给了20元,说你们再闹我就报警了,土家妹拿他没辙只好作罢。

罗涵姐妹俩来自东莞,她们各自带着自己的女儿来旅游。别看她们是大大小小4个女子,无论是从天子山顶走7000多个台阶下山,还是金鞭溪7.5公里的漫步,她们都是走在前面,很有一点儿巾帼不让须眉的味道!

罗好明夫妇来自江西。老罗46岁,很干练,也很有人情味儿。第一天旅游下来,邓导游带大家到一处免费沐足的地方洗脚,其实就是拉我们来买他们洗脚的药材。罗好明夫妇让沐足工人洗了脚、按了摩,人家推销沐足药材,他们俩抹不开情面,明知道这里卖得很贵,还是花了三四百元,买了他们的药。用老罗的话说,人家付出劳动了嘛,就让人家赚一点儿吧!

石博文一家三口在两天多的旅游中基本没有说多少话,因为他们本身就是一个小型的战斗集体罢。不过,旅游结束,大家要分手的时候,他还是把手机号码给了大家,希望有机会多多联系。

我们这个团队里还有4位来自北京青年政治学院的大一学生,这一男三女四个小青年,活泼可爱,充满青春活力,为我们这个团队增添了不少年轻的血液。最遗憾的是,我没有弄清楚他们姓甚名谁,甚至也没有他们的联系方式。大约,对于他们,我们都只是匆匆过客了。

张家界二日游随着时间的推移,已经渐渐地淡出了我们彼此的生活,但是这些新朋友的音容笑貌,我会长久地记在心上的!我曾经在和大家分手时说过,我现在还要重申:朋友们,欢迎你们来汕头做客、旅游!

二游韶山

东方红太阳升,中国出了个毛泽东,若问伟人生何方,湘潭县里韶山冲。

毛主席带领亿万人民前仆后继、浴血奋战,经过了30年的艰苦卓绝的斗争,历经第一二次土地革命战争、八年抗战和解放战争,终于推翻了三座大山,粉碎了美帝国主义的侵略,在伟大的东方,牢牢地树立起社会主义的大旗!有句话永远是真理:没有他就没有新中国,没有他就没有中国共产党。

人民永远牢记着毛主席的丰功伟绩,来到长沙都会自然而然来到韶山,来到毛主席故居,瞻仰伟人诞生的地方,缅怀毛主席的伟大功德。

韶山我前后来过两次,第一次是1991年夏天,我和当时的石嘴山市委党校好朋友陈文坚、石沛文夫妇到庐山参加全国党校系统政治理论期刊编辑会议,从山上下来时,在山上新结识的朋友赵玥萍,和我一起到长沙玩儿,就这样我们一起到了韶山,瞻仰了伟人的故居。

时隔近20年,韶山毛主席故居没大改变。只是在主席诞辰100周年的时候,这里有了毛泽东铜像广场,有了毛主席纪念馆、韶山村办的怀念馆,有了许许多多关于毛主席的传说——运载毛泽东铜像的大卡车经过井冈山时无故抛锚停留了一夜,第二天没有修理又恢复正常,据说是主席要最后一次会会在这里牺牲的战友;毛主席铜像揭幕的时候天上同时出现了太阳和月亮——出现了少见的日月同辉现象;还有,那一天满山的杜鹃花提前 3 个月盛开了;等等。

然而,韶山最大的变化,莫过是人的变化。记得我们 19 年前到这里来的时候,中午在地摊上吃米粉,老乡们非常质朴,非常好客,坚决不收我们的钱。还说,自从文革后,这里很少人来,你们来了我们很开心,区区一碗米粉就当我们欢迎客人的心了。而今天,整个韶山冲大街小巷最多的就是打着各式"毛某某"招牌的土菜馆(菜馆中的菜十分昂贵,一份红烧肉 58 元,一盘青菜 12 元),还有大大小小、琳琅满目但并不很像的毛主席像章、铜像。

我深深地感到,这里的许多人,都想靠着伟人"发财"。

释 怀

好久好久好久没有光顾我的博客,当然更谈不卜写点儿什么了。原因呢,一个字,"忙";两个字,"瞎忙"。绝对不是不想写,就是因为太忙。忙得顾不得想,忙得顾不上整理头绪,忙得顾不得回头看看。公事、私事,国事、家事……反正是忙!

开始还是评建那点事儿,评估是结束了,可是人家一年以后还要回访——叫作回头看,就是看看你们是不是按照专家的意见,进行了必要的,不,是必须的整改。于是乎,我突然变成了评建办的主任(原先只是副的之一),于是乎,学院的整改和迎接评估回访就成了我的事情,于是乎,我不得不全力以赴做好学院的整改方案、系部的整改方案、日程表整改、精品课程建设,还有清远、珠海学习取经和评建整改动员会……着实忙活了一番。

其实,我在忙着履行评建办主任职责的时候,我还一直忙着另一件学院的大事——学报刊号的申请。我是在校就弄评建,出了汕头就是刊号的申请。广州是被我跑烂了,几乎一个月有 10 天在广州,不是长住,是两头跑。这不是,就是 6 月末,我跑了北京国家新闻出版总署 8 天,刚回来一天,就又跑了广州一趟。有人羡慕我到了极点,只有我自己知道个中滋味。

就在评建整改和学报申办交织进行的当儿,由于评估专家的意见——高职院校必须有强有力的教学质量监控体系,必须建立院长直接领导的独立的教学督导室,我又一次糊里糊涂、云里雾里地被任命为学院教学督导室的临时负责人——因为正式的处级单位编制还没有下来。于是乎,我不得不在弄着评建整改、忙跑着学报刊号的缝隙里,抽出一点空余时间,忙一忙教学督导室的事情——开会、小结、给二级督导发证、制作印章……

其实,我又何止仅仅忙活着这一点儿。我还是人文社科系的党总支副书记,还是系里的学生科长,一些会议、一些常规的事情,还要找到我,还要我帮着忙活……

我还是学院师范生专业技能培训工作小组的组长,学生考普通话、培训普通话,我必须做,还必须不要出差错,必须做好!

我还带了经管系 3 个班,不,是 5 个班的两门课——《应用文写作》《普通话语音训练》……

我忙不忙?现在各位看客该知道我有多忙了吧!

对了,我差点儿忘了!就在我已经忙得不可开交的时候,四月底却又冷不丁横空出世了一个新的工作——迎接广东省思想政治理论课建设评估。院领导开始只是临时抱佛脚,让我们评建办帮忙做一下迎评工作方案、最后冲刺阶段日程表和现场接待方案。可是,随着"涉足"的加深,后来,院领导干脆异口同声地喊起"大评估领导小评估"的口号,思政评估变成了我们的本职。于是乎,又是开会研究方案、材料,又是河源学习取经,又是预评估,又是建立校外实践基地。仅仅是飞机场冒着大雨接专家,就是一趟、两趟、三趟,当然还有陪吃陪住了——这只是公事,国事。我还得忙家事、私事呀!

女儿的婚事在这个阶段,紧锣密鼓地展开、进行——定亲、下聘、举办仪式,这些忙的都是男方家长,姑且不说。女儿要嫁人了,我得跟我的亲朋好友招呼一声吧!按照常理,办几桌酒席,把在汕头 15 年里经营的朋友同事请来见证一下,跟我一起高兴一下总是必要的吧,于是乎,电话打招呼,定酒席,写请柬,发请帖,也是忙得开心,忙得高兴,忙得不亦乐乎!

还有老父母住在家中,平常的饮食起居,我也必须与老婆、女儿分担,不能说一点儿都不忙吧？忙！

终于好了！女儿出嫁了，我和老婆完成了一桩心愿。课停了试考了学校就要放假了，我终于可以休息休息了。可是，心却久久放不下来，什么事情？原来是久久、久久、久久没有写博客了，不能释怀！

于是乎，我写了上面的乱七八糟！

敬畏生命

这几天屋里屋外地洒扫，每晚总是春觉沉沉。

今早一睁眼，已经过了七点，顺手开了手机，在床上舒展腿脚，伸了起床前的最后一个懒腰，准备起身做早饭。

手机一响，一条信息跃然眼前。

这么早，谁呀？想着，顺手翻看。是一位毕业不到一年的女生发来的：老师，您帮帮我吧，今晚我突然对人生的意义产生了怀疑。我想到了人最终会死，我感到了前所未有的恐惧，我不知道人为什么活着。

我想起了我的青少年时代。大约是十八九吧，我也曾经对人生、对生命的意义困惑过。我也对死亡莫名地恐惧过很长时间。其实，我相信这样的想法，这样的心态，这样的阶段，是绝大多数人都有过、都经历过的。

随着年岁的增加、阅历的丰富、知识的增长，我逐渐明白了，人的生命其实和世界上的所有事物一样，不过是一个过程，一个发生、发展、消亡的过程。生命对于每个人都只有一次，过去了就完结了。所以，人活着就一定要珍惜这唯一的一次生命，敬畏她，热爱她，丰富她，充实她。用有限的生命，为人类、为社会、为他人，也为自己做尽可能多的有意义的事情！

每个生命的存在都是一个偶然，一个极端的偶然，一个极其的偶然！有人曾经这样形容地球上的生命的发生，说就像是一场巨大无比的飓风，或者是一颗原子弹爆炸形成的气浪，将一堆垃圾吹到了一起，吹成了一座房子一样的偶然。我相信！既然我们来到这个世界是如此如此的不容易，既然上帝也好，造物主也罢，已经把我们带到了这个世界上，我们又怎么能因为这是个不归的过程，便看轻她、敷衍了事地对待她，或者不负责任地早早给她画上句号？正确的人生态度应该是：珍惜她、珍爱她，该出手时就出手，潇潇洒洒活一把。

我们还可以更大气一点儿，因为我们有辩证法，我们知道物质不灭，就算此生已去，我们还会以其他什么生命形式、其他物质形态，存在于这个世界，这样想想，也便可以哈哈哈了。

亲爱的年轻朋友，让我们一起来敬畏生命，善待生命。用我们的青春谱写最美的青春之歌、生命之歌！

放 下

今年的八月于我来说，是个让人伤感、令人无奈、使人烦恼、叫人浮躁的月份。

正值盛年，前程似锦，充满活力，活泛能干的院办主管工作的副主任李少鹏的英年早逝，着实让人万万没有想到。7月24日下午还在金园会议室里，参加由张副院长主持召开的专业调整调研工作的布置会，还是那样精神矍铄，谈笑风生。8月7日清晨，却在西藏首府拉萨，旅游途中陨落了。虽然与少鹏算不上挚交好友，不过是近两年的学院的评建工作，才使我渐渐地了解了他、熟悉了他。但是，于他的去世，感情上无论如何都是难以接受的。惋惜、痛心、伤感，就像三月的黄梅雨，淅淅沥沥，萦绕在心头，久久地久久地不能散去……

去年教师节，汪洋说要给广东省成千上万的代课老师转正，于是，整个中小学教育界便嗡嗡嘤嘤。今年的教师资格认定工作提前到了8月，于是，又是普通话水平测试的头痛事。面对许许多多说了半辈子方言，拿着五六百块钱，代了几年十几年甚至几十年课的这些淳朴的乡村教师们那一双双无助的、渴望的眼睛，我的心颤抖着，我为自己无法帮助他们每一个人，而感到由衷的无奈。

更加令人烦恼的是，有一些本来通过自身的刻苦努力，普通话是可以有所提高，在政策的倾斜下，也有可能拿到合格成绩的人，却一心只想投机取巧，圈儿套圈儿地找各种关系。不是在考试前还有更多时间的时候，找人帮他们辅导、训练,而是到了考试的当儿,到处找人打电话、递纸条说情。为此,我的手机在潮南、潮阳测试的前一天就"坏了",即打不进电话,也发不进信息。但是,就是这样,还有人似乎非要挖地三尺,找到我们不可。看着这些苍老的脸,听着她们说的你永远都听不懂的"普通话",烦恼的呀,让人天天晚上睡不着觉!

还有啊,今年的8月,天气出奇的炎热,似乎连台风都懒得光顾汕头。整日里无风无雨,天朗日红,就像到了火焰山。这样的天气本来就让人浮躁不安,可还有更加让人浮躁不安的事情:大妹两口子去南京养伤,留下老父母,急须找保姆,弄得我又是电话又是中介紧忙活;我的二干儿少全一声不响,离家学佛,杳无音讯,弄得深圳、惠来、汕头,凡是跟他亲近的人,都为他捏着一把汗,担着一份心;小干儿贞涛不知什么原因又辞了工作,准备云游,也让我心中惴惴,总是不安;还有干女儿李逸代课转正的事情遥遥无期,令我心中耿耿于怀,她可是我的这些孩子们中唯一还没有正式工作的一个!

感伤、无奈、烦恼、浮躁,搅和在8月,让人无端的心情糟、脾气暴。特别是这些天来,无论大事小事,无论是跟家人、同事,总是想吵,想喊,仿佛心里压着块大石头,必须搬掉,必须释放!

然而,夜静更深时,躺在床上细想一下,为什么我会有这么多的伤感、无奈、烦恼和浮躁情绪,说到底,是因为放不下。

毛泽东曾经写过一篇文章,叫做《放下包袱,开动机器》;曹雪芹在他的《红楼梦》里也有一首"好了歌"。这些大概都是在告诉我们,生活在这个世界上,要想活得有滋有味儿,洒脱自然,就要学会放下,就要懂得放下。

放下了悲痛伤感,我们会倍加珍惜眼前;放下了矛盾摩擦,我们会更多朋友伙伴;放下了过去的辉煌,我们可以消除故步自封,夜郎自大而轻装上阵;放下了曾经的错误,我们可以从此充满自信,肯定自我而勇敢向前。

放下,放下昨天的一切!在放下中,我们会从此没有了无奈,没有了烦恼。而生活的乐章呢,将更加幸福绵长。

乱七八糟的七月

诗经云:七月流火,九月授衣。大约在古人的眼中,七月就是个不让人喜欢的时间段。这不是,已经是八月过半了,每每回想起七月,回想一下七月都干了些什么,心绪总是稀里糊涂,理不出个头绪。于是,我只好说,今年的七月啊,就是个乱七八糟的七月。

本来,对于我们这些教师来说,七月是放暑假的时候,是个游山玩水、修身养息、调整心态、放松自我的好时机。可是今年的七月对于我,却是"大事小事皆纷纭,家里外面忙不停"。

七一党的生日,我们学院终于忙过了评估,原本可以大松一口气了,可学院领导因为我对评估专家熟悉,派我送他们回省城。于是,在一个六月几乎全部奔波于省城、深圳、珠海之后,我在七月的第一天,又拖着刚刚在评估中扭伤的脚,昏昏沉沉地踏上了去省城的征程。其实,我绝对不是不愿意去省城,接专家时住广东宾馆,送专家又住广东宾馆,那住那吃,一辈子也没有几次,谁不愿意享受! 只是,太累了,这半年来,特别是最近的一个多月。

从省城回来,学院还没有放假,想休息还不行。昏头昏脑地早出晚归,奔波于澄海达濠之间。还没有缓过劲儿来,电教李主任一个电话:7月6日参加"教育技术中级助学导师培训"班,这个小老弟啊,可能是前年偶然发现我在教育技术省级主讲教师培训班上的"杰出"表现,现在想继续"培养"我。就这样,带着个并不清醒的大脑,稀里糊涂地参加了培训。要知道这是个以计算机技术作为支撑的学科教学技术、教学策略的学习,要知道我可是一个年过半百、对计算机技术只是一知半解的老家伙,挑战、刺激自不必说了。两天紧张的集体培训后,是18天的网络培训,5个模块的学习任务,27个讨论,5个作品、5个培训反思,5次网上测试,一路下来,我是东南西北摸不找方向,特别是那个主题学习单元的教学网站的制作,差点儿让我半路脱出。

还在迷迷糊糊地进行着网络学习,家里的事情也接连不断:要给老父母找保姆、看保姆倒车时碰上点儿麻烦；大妹胳膊摔断了要送一家人到医院看望；老母亲摔了一跤，腰受了伤要到医院拍片；还想帮着女儿的同学静敏、亚婷打听工作……我是糊里糊涂、半梦半醒！

一切远没有完呢！成教部姚主打来电话，广教本科函授《语言学基础理论》要我去代4天课、劳务学校打来电话华师本科函授有门《课堂教学艺术》有两天课要我上、市团委组织部长心耿打来电话，要我开半天讲座，给团干部讲讲《青年干部的表达和动员技巧》，一连串的课、讲座，都发生在这个乱七八糟的7月。于是，我不得不一边儿网上学习助学导师，一边同时准备《语言学基础理论》《课堂教学艺术》和团委的讲座。

一切都在懵懵懂懂中进行着。7月21日清晨，还在睡梦中的我，被一阵急促的手机铃声震醒，原来是电教李主，临时决定这天上午让我到澄海职教中心，给教育技术初级培训班上课，简直是开国际玩笑。之前一点儿没有跟我透露点儿风声，我是一点儿准备都没有，就这样两个小时后，就要开讲？可是，李主说了，没人。还能说什么，赶着鸭子上架吧！

就这样，21日—23日上了3天教育技术；24日—27日讲了4天《语言学》；28、29日两天上了《新课程教学方略》；30日上午给市团委开了讲座。就像机器一样，我备着课、讲着课，头昏脑涨地熬过了这个乱七八糟的7月。

老同学游汕头之"已经落地，等待出仓"

张岩她们所订航班先后改了3次。之前大约是7月20日吧，张岩来电话，问我揭阳机场离我家多远，半夜落地能不能接机。得到我的确切回答后，她告诉我，订的机票是24日半夜或25日凌晨到揭阳，到时候就辛苦我半夜接了。而后，过了一天，她又发来短信，说不用我那么辛苦了，航班改在24日下午5点半到揭阳机场。为此，我在向我干儿锦雄借车时告诉了他，他还专门定了24日晚上的接风宴代我为老同学们接风。

可是，如今最说不准的就是空运了。记得7月初我和老婆乘飞机由揭阳到银川时,无论是在揭阳机场还是在比她大得多的西安机场,广播里播来播去的不是航班取消就是航班延误,几乎没有准点起飞准点降落的事儿。这不是,张岩告诉我她们从北京过来到揭阳是下午 5 点半的消息,还没有过上一天。萧赛和张岩又先后发来了短信和 QQ 群留言:原订航班取消,仍改乘 24 日晚 10 点多从北京起飞的航班。

其实,早点儿晚点儿也没什么,无非下午接还是半夜接嘛!但是,航班改了,干儿锦雄送车和请客的时间就也得变了,在番禺女儿家常住的老同学王丽云大姐来汕头的时间,也得变了。于是,我赶紧打了几个电话,让雄儿把送车和接风宴的时间改在 25 日晚上,让王大姐由原本 24 日早上乘坐大巴过来,改为 25 日早上过来。

25 日,从下午开始,我就一直惦记着去机场接老同学的事儿,坐卧不宁。吃过晚饭,早早洗了澡,我想还是先睡一会儿,等到 12 点再出发去揭阳机场。可是,心哪里静得下来,觉怎么会睡得着呀!满脑子是去年老同学毕业 30 年聚会的情景,满脑子都在设想这一年,大家彼此又会有些什么变化。想着在床上翻腾着,时间竟然也过得飞快。不经意一看表,竟然已经 11 点 40 了。突然想到,12 点前出小区,我的车可以少交 5 元停车费,大家不要笑话我小气啊,这叫能节省时须节省。我赶紧简单洗漱,下楼开车,在 25 日到来之前的一两分钟,开着车驶出小区,驶向揭阳机场方向。

开始,我想走高速的,可是想到这个时间可能国道也会很通畅,而且国道上车来车往比较安全。我选择了走国道。大约比平常快一点儿吧,我是差 10 分钟 1 点停好了车,进入揭阳机场候客大厅。非常巧的是,刚刚从我们学院调到机场开大巴的阿伟,正好是夜班。老同事深夜异地见面,倒也使我少了些许寂寞。

看了一下机场的飞机降落预告牌,跟阿伟聊了几句家长里短,25 日凌晨 1:05,手机短信提醒响了一声,打开手机一看,"已经落地,等待出仓",是张岩发来的。顷刻间,一切疲倦一扫而光。我开始瞪大眼睛,从陆续从出口出来取行李的人群中,寻找张岩、萧赛还有刘晓洁她们的身影。

接下来的事情当然是顺理成章了。老同学大箱小箱从机场出口出来,简单寒暄几句,便跟我上了汽车,一路高速行驶,大家好像兴致勃勃,毫无倦意。是呀,老同学见面,又是踏上一块陌生的土地。那晚,我们大约是 2 点半到的家,聊天、喝茶、梳洗，凌晨 3 点 37 分，四位来自京城的老同学，分别在我家——家庭旅馆睡下了。我预约了早饭——杂粮八宝粥，也躺到了床上。

我们也曾高考过

又是高考季，原本经历的多了，本没有多大感觉。不过，这几天，每天都自己开车上下班，车里的收音机，888 波段，中国国际广播电台一个劲儿地鼓噪今年的高考，弄得我倒有点儿怀念起我们那时的高考了。

我是上个世纪，中国粉碎"四人帮"后，第一个享受到恢复高考的那群青年人中间的一个。不过，因为第一次的 1978 年春季高考，是各省市自治区组织统考、体检，而我又是对高考一无所知，结果，虽然榜上有名，却最终因为体检不合格而错失机会。1978 年的 6 月底，县教育局长，也是我高中时的校长，专门给我复印了全国统一考试的体检标准，一再给我打气的情况下，我才终于再次参加高考，圆了凤愿，走进了大学殿堂的。

那个年代的高考，绝对没有今天这些高中生这么幸运——从高二就开始分科教学，教师们严阵以待，一切为了学生们的高考。单元测试、模拟考试一个接一个，解题训练、应试训练一波接一波。书店呢! 各种高考学习资料满天飞，各科各年的高考试卷到处是。还有多得数也数不过来的大学、学院，高校林立，等着迎接我们的学子们。高考录取率呢? 70%、80%、90%，至少三个考生有两个半会被录取。而我们那时的高考，绝对是完全依靠自己，自生自灭。

就像我吧! 说起来也是高中毕业。可是，赶上那个年代，高中的两年主要都学农、学工、学军了。我们那时候没有物理课、没有生物课、没有化学课、没有历史课。我们上的是工业基础、农业基础。工业基础课里有一点电学、无线电学、力学、光学的知识;农业基础课里，讲到了浅显的无机、有机的化学知识，还牵扯了一些简单的生物遗传、条件反射。外语课呢，开了停停了开，最终学了一点儿诸如"毛主席万岁""工人阶级是领导阶级""我们的党，是伟大的党，光荣的党，正确的党"的标语口号，最多不过是把英语"丈夫"这个单词，注成"黑漆板凳",把"明灯"注成"黑肉一克"念出来而已。就是这样的程度,我们要和"文革十年"累积下来的"老三届""新三届"的成千上万的高中生、初中生,还有相当的自学成才、同等学力者,一起在高考考场上进行血拼。记得 1978 年秋季的高考,我们那儿的文科是 28 名考生录取 1 人,理科是 26 名考生录取 1 人。残酷程度略见一斑!

就是在这样的情形下,我跻身于这场厮杀。跟大家一样,没有复习资料,就到处找书、借书;没有考试大纲,就自己凭着感觉琢磨。为了应付历史考试,我从代课的火车站中学的图书馆——算不得馆,了不起算个大图书架,借了《中国通史简编》《外国通史》,按照史学书中的线索,绘制了两张大大的历史编年线索图,贴在床头边儿的墙上;地理呢? 干脆从书店里买了《中国地图》和《世界地图》也一起贴在墙上天天看。

说来,我还是很幸运的。从 1975 年到 1978 年三年多,我从化肥厂被借到火车站中学代课,高中生教中学,胆子够大吧! 那时候,什么语文呀、政治呀,初中的、高中的,现学现卖,糊里糊涂带了几年的课,还真是积累了不少知识。

就这么样,1978 年秋季的高考,从报名到考试,我总共突击复习了 26 天,在没有任何目标的情况下,完全靠着感觉,恶补了一点儿地理和历史的知识。

记得临近考试的最后十来天,我处理了学校自己带的班里的事儿,提前请假回家复习。我家当时住在县政府旁边,人家叫县委家属院。当得知大院的县委通讯员唐建国和县委书记的儿子小王征,也要参加高考,我就找到了他俩,三个人凑在一起复习。深夜里,我们待在小王爸爸的办公室里,那儿灯亮,而且不停电。就这样时而自己背自己的,有时候一问一答,互相提问。政治的、历史的概念、时间、事件,就这么一点儿一点儿地啃,一点儿一点儿地记。累了、困了,就直接躺在铺着黄色军毛毯的会议桌上眯一会儿。那时候,真的是没白没夜,真的是拼了命了。

上高中时,我们就没有学多少数学,加上毕业快 5 年了,学过的一点儿东西也忘光了。想着 1978 年春季的高考,费了那么大劲儿,也没有多大提高,知道再怎么下功夫都没办法了! 我就干脆背了 30 多个数学公式,以备不时之需,总不能一点儿不复习呀!

记得临高考的头天晚上,我们三个在县委书记的小会议室里背了半晚上的政治,那时候高考,第一门都是考政治,还是政治第一嘛。后半夜困了,想攒点精神第二天考试,想睡一会儿,结果呢,紧张、兴奋,想睡也睡不着了。于是,大家就坐在会议桌上,缩成一团,各自依着个墙角,闭上眼睛坐到了天明。

记得那年高考,我被分在离县城一公里多的二闸中学考场。考数学,刚发了草稿纸,我就开始往上面提前写公式,都是死记硬背下来的,怕发了卷子就忘了。结果弄得监考老师一直盯着我,一紧张,还忘了好几个公式。那场考试,我就求证了一道求弦切角的题,其他的题没什么把握,也不感兴趣,半小时刚过就交卷了。

还清楚地记得,那次考历史,有一道名词解释题"孟良崮战役"。因为平时爱看小说,特别是"文革"时,母校平中的图书馆因"破四旧"被炒,我去捡了一麻袋人家不要的书刊,其中恰好有本《红日》,我看过好几遍。于是,就连蒙带糊地把文学里的故事,写进了历史考卷。地理考试呢,咳!还真得感谢老爸把我们从北京带到了宁夏,那些年包兰线、京沪线,往返于北京、上海、宁夏之间,沿途的铁路线、各地的风土人情、特产矿藏,还是让我把地理考试给混及格了!

那年的高考,政治、语文、数学、历史、地理五门课,500分的卷子,我考了312分,数学考了13分。呵呵! 就这么我考进了大学。

盐灶神原来是这样"拖"的

自打18年前落户潮汕,好像没多久就知道了"盐灶神欠拖"的典故。

澄海的盐鸿镇有个盐灶乡,盐灶乡供着盐灶神。盐灶神跟其他地方的神一样,每年过年都要举行浩大的游神赛会。与其他地方的神不同的是,人家的都是抬着游,风风光光,浩浩荡荡,旌旗烈烈,吹吹打打,文文雅雅。可盐灶神呢,是抬着跑的,追着拖的。

据说,很久很久以前,盐灶这地方住着一对老夫妻,他们一辈子以打鱼为生。有一年,不知怎么了,一连几天,老夫妇天天空手而归。大概是到了第5天吧,那天早上,老渔夫跟平常一样来到海边,怀着不甘心和试试运气的念头撒下渔网。一网下去,嗯?觉得手里的网沉甸甸的,心中以为打到了大鱼,好开心。可是,当他小心翼翼地拉网上来一看,竟然是一尊木头神像。失望到了极点的老渔夫,抱起这吃不能吃烧不能烧的神像,一使劲扔到了海里。可是,当他撒下第2网、第3网,竟然捞上来的都只有这尊神像。无可奈何的老渔夫想着反正也没有打到鱼,把这尊神像带回家,晒干了还可以劈了当柴烧。于是,老渔夫就用渔网拖着那又湿又沉的神像回了家。老渔夫的老婆看到老头子拖回家的神像,马上诚惶诚恐地抱起来,放到桌子上,拿来仅有的香火,供了起来。说也奇怪,老渔夫从第二天开始打鱼就是天天满载而归。老夫妇都觉得是这尊神在保佑他们,所以天天上供,香火不断。然而,到了第二年的这个时候,老渔夫又连续好多天打不到鱼了。气不打一处来的老渔夫,气愤地把神像从桌子上拖到地下,又踢又打,嘴里还不停地骂道:什么神仙,天天供着你,也不能保佑我们打到鱼! 老太婆买菜回来,看到老头子正在拖着打神像,马上扑上前去,一边骂老头子,一边抱起神像重新放到桌上,点上香火,一个劲儿赔不是。说来也怪,第二天老渔夫去打鱼又是满载而归了,而且,以后天天如此。于是,老两口明白了:这盐灶神,就是"欠拖",每年到了正月22都要从神位上弄下来,拖一拖……

这些年,因为担负了普通话水平测试的工作,常年给老师学生们培训普通话,经常要给那些考生范说"家乡的风俗"这个话题,所以这"盐灶神欠拖"的故事,就像"冠山赛大猪"一样,被我无数遍地作为潮汕最有特色的风俗习惯,津津乐道,讲来讲去。只是非常遗憾的是,因为种种原因,我在澄海工作的9年中,竟然从来没有一次亲眼目睹盐灶神被拖着游的情景。

不过,这个遗憾,今天终于得到了弥补。

家住盐灶上社的淑君,是老婆和我在师范工作时关系很好的学生。昨晚,她们qq聊天,淑君告诉老婆,明天是正月22,邀请我们过去看游神。

本来女儿女婿都说好了,今天要去配眼镜,也要顺便给老婆重配一副,所以并没有打算去盐鸿看游神。可是,临到今天上午要出门了,老婆又说自己的眼镜还好着呢,还能戴,不配了。这不是,就改主意来到了盐鸿。

我们开着车,不到12点,就到了盐灶上社淑君家。

很多年前就知道,盐灶的游神,看热闹的人特别多,所以一到淑君家,我就琢磨着,怎么才能看得清楚、看个痛快。快吃饭的时候,我终于记起来,15年前我带的澄海师范94（1）班，有个学生就在上社，而且，记得当年家访的时候，她说过站在她家看游神最好了。她叫什么来着？我这个自认记学生名字记得最牢的人，竟然无论如何都想不起她的名字！我嘴里一个劲儿地跟淑君和老婆念叨着：她爸爸是个医生、她们家就在天主教堂附近的一个路口、当年我还骑着自行车把她爸爸不用的一个鱼缸托回家呢！但是，就是想不起她的名字。于是，我满怀希望打电话问跟她同班的同学晓云，没想到晓云不仅记不起她，甚至连她是盐鸿人都忘记了。也难怪呀！毕业整整15年了，大家没有相聚过、来往过，时过境迁呀！后来，我交给了晓云任务，第一找同学问出她的姓名，第二想办法找到她的联系方式。

功夫不负有心人，15分钟后，晓云找到了少丹，弄清楚了她叫林雁玲，并且少丹还给了我雁玲的电话。就这样，在这样的特定的时间特定的场景，我和雁玲通了电话。她当时十分开心，必然的。听说我就在上社，听说我是去看游神，她不无遗憾地说她早上刚回樟林。不过她马上热情地邀请我去她家观看。她告诉我，她爸爸妈妈有时还会念叨我，她们一定认识我。

就这样，我们两点过一点儿就穿过已经是密密麻麻的围在游神场上的人群，来到了雁玲家门口。通过电话联系，门开了一条缝，我和老婆、淑君挤了进去。站在雁玲家二楼凉台上，我才真真见识了这个游神赛会场面之大、人之多。大约七八个篮球场大的街面上，里三层外三层挤了成千上万看热闹的人。听雁玲父亲说，盐灶神老爷要4点钟才下凡，也就是说游神要4点钟才能开始。原以为要等的时间很长，会很无聊，没想到看着楼下搬凳子、搭架子、爬屋顶、登窗沿儿的各色人等，吵吵闹闹、熙熙攘攘，时间竟过得飞快！特别是一阵一阵的成捆成捆地放鞭炮、清场子，那一阵高过一阵的震耳欲聋的鞭炮声，那一次又一次腾起的乌黑的蘑菇云，那不断地从天空中飘落下来弄得人们满身满头的鞭炮碎屑，那一次强似一次的刺鼻的硝烟味儿，让时间不经意间一闪而过。

大约4点吧，被人们层层围着的雁玲家右边头儿上的街角，人们开始欢呼起来。游神开始了，盐灶神老爷来了。二三十个身穿印着"一甲"汗衫的小伙子，保护着四个大汉，抬着插满香火的老爷乘坐的木轿子，从游神的入口处飞快地跑进了人群。看热闹的人们前拥后挤，纷纷扑上去，要亲手摸一摸老爷，或者真想把老爷弄到地上拖一拖。轿子上站着的小伙子，拼命叫着喊着，用点燃的成把的香火扔向人群,努力驱散人们的阻挡。接着,分别身穿"二乙"、"三甲"——真有点儿像普通话水平的等级,呵呵!还有"六甲吉祥"等白色、灰色汗衫的另外三四群小伙子,分别抬着其他几位盐灶神老爷,也相继冲了出来,他们迎着一群群扑过来的人群,喊着叫着,挥舞着手臂,努力地向出口处冲去。整个过程大约持续了十来分钟,第一轮游神就结束了。听淑君介绍,盐灶神的游神一共是这样的三轮。

大约又等了一袋烟的功夫,第二轮游神开始了。然而,这一轮游神很不顺利。第一个冲出入口的盐灶神,还没有跑出 10 米,就被不顾一切地要拖神的小伙子们给团团围住了。轿子上护神的小伙子被揪到地上,盐灶神被踩到了脚下。护神的和拖神的人们拥着、推搡着,打成了一团……第二尊神出来了、第三尊神出来了。由于人们的注意力都被第一尊神吸引住了。抬着第二尊神的小伙子们,乘机喊叫着冲到了出口。可是,第三尊神却没有那么幸运。醒过神来的人们,很快像拖住第一尊神一样,把第三尊神团团围住、拖住。

时间在护神队小伙子与要拖神的人们拼命苦战中一分一秒地过去。站在雁玲家的二楼凉台上,远远看去,黑压压一大片密密麻麻的人头,中间有两个旋涡,一会旋到这边,一会儿旋到那边。人们叫着、喊着、鼓着掌。那些老人组、红袖章、保安服,面对这样的场景,显得一点儿办法都没有。高音喇叭里,有气无力地用潮汕话说着,要文明,要注意安全。后来,干脆莫名其妙地播起"大河向东流……"的《好汉歌》和成龙的《中国功夫》。是啊!这些憋屈了一整年的精力过剩的小伙子们,难得有一年一度的游神赛会可以毫无顾忌地宣泄一下,他们的确需要一个这样的发泄。只不过千万不要伤了身体!这样想着。

看来,要看完整个游神是不可能了。看到很多人面对这种胶着状态,无可奈何地开始往回走。我也和老婆谢过雁玲父母,踏上了归途。

难言之隐陪伴 30 年

最近一段时间,不知是鞋穿的不对,还是路走得太多,还是我脚上的老茧太硬了，无论我穿哪双鞋出行，都走不出几步，就脚疼难忍。女儿从网上给买的气垫皮鞋、女婿仲彬出差时专门从上海买给我的皮鞋二厂出的远足皮鞋、干儿建鸿去年送给我的他们自己做的鹿皮鞋，还有评估那年在广州买的翻毛皮棉鞋。去年冬天穿起来都还不错，脚都不会疼的鞋，最近不知为什么，都变得不合脚、不舒服，甚至一穿起来就脚疼。就连我夏天穿着去宁夏爬过六盘山的、往返半个月一直没离脚的红色匹克旅游鞋，现在穿在脚上一样走不了多远。

那天下午为了买点儿什么来着，我从金砂东路顺着凯德花园方向，走到已经倒闭的华富明珠夜总会，再从旁边的小巷子穿过来，沿着广兴村那条街往回走，就这么一圈儿，我走得是十分艰难。走走停停，不断调整着脚在鞋中的位置。有好几次，我恨不得坐在地上不走了！疼，钻心的疼！原本腿脚就不好，现在脚疼得我是越想走得端正一点儿好一点儿，就更加是一拐一拐的！

当时，我只想到了一句老话：鞋合适不合适，只有自己的脚知道！真是，脚疼不疼，怎么个疼法，疼到什么程度，更是只有自己知道呀！

1975年吧！20岁的我，在高中同学邢琳的父亲，当时是县委书记的邢伯伯好心推荐下，我的腿脚做了矫形手术。大约卧床4个月，等我再一次脚踏实地时，或许是康复治疗做得不好，或者是脚长时间不着地，或者是术后脚的着力点发生了变化，反正从那个时候起，我的脚对穿什么样的鞋，变得特别挑剔。

记得当时穿着最合脚的，就是北京的白塑料底儿懒鞋，又轻巧、又跟脚，鞋底子还不硬。那时候，只要回北京，或者有人去北京，都会带两双懒鞋。但是，懒鞋只能春秋穿，夏天有凉鞋穿着也还行。可是到了冬天，麻烦了，很少能够找到穿着即舒服又暖和的棉鞋。无论是布底的灯芯绒棉鞋还是翻毛皮棉鞋还是工厂发的劳保皮鞋，穿在脚上，走不了几步，脚就疼。那时候，一到冬天，穿什么鞋就成了我的第一难事儿。10天半月就要用刮胡子的刀片儿，将脚底下的老茧削掉。刮掉了老茧，就能脚疼得轻一点儿，走得舒服点儿。

最让我怀念的就是1976年1977年两个冬天，那时，我在火车站中学当老师。我的新生机械厂的朋友李伟，还有父亲在机械厂的学生志刚，知道我的脚到了冬天就疼，专门把他们管教干部穿的棉皮靴给我穿，又厚又软的皮鞋底，暖和跟脚，尤其是高高的鞋桶，油黑锃亮，穿起来走路，通、通、通的好不神气。

后来，我上了大学，后来我再次参加了工作。脚疼一直陪伴着我。我忍着脚疼读书、上体育课、参加晨练、参加舞会、谈恋爱、上台表演。坚持着、忍着，偶尔碰到一双合适的鞋，我的脚便解放一段时间，舒服一段时间。

这些年，我一直都在寻求办法医治脚疾，然而，就像是老天的恩赐，它好像注定要陪伴我一辈子。1989 年 7 月，我参加中央党校县处级企事业单位办公室主任讲习班，会议组织我们到石景山游览时，我曾经花了 100 多元，在地摊儿上让一个江湖郎中给我挖鸡眼，挖出一个根儿 3 元，他竟然给我挑出了 30 多个根儿。可惜好景不长，大约不到一个月，我的脚又死灰复燃般的疼起来。

1995 年我到了澄海师范，南方的气候和生活习惯，让我的脚舒服了许多。夏天凉鞋、拖鞋，一穿就是半年多，这一段时间，我几乎都要忘记了我的脚疼的毛病。然而，天凉了，还是要穿皮鞋，于是，脚疼又来找我。记得 94（1）班我的学生韩芸，还专门给我送来土方药，让我敷在脚底，待老皮软了后，再去掉。可惜我嫌麻烦，也没有信心，没有照办。

如今，又是一个冬天，对于我又是一个挑鞋的时刻，又是一个脚疼的痛苦季节。我必须少走路、勤削脚、多泡脚、穿对鞋，才能减少脚疼，展出笑脸，保持良好的心情！

朋友们，你们该不会讥笑我这老头儿吧？干吗要把自己那点儿小痛苦显摆在这儿，让大家跟着不舒服呢！你们该不会也有这样的问题吧？应当不会！但是，我在想呀，哪个人这一辈子，会没有自己的故事、自己难言的疼、难说的苦呢？

久违的感觉

又一次躺在了中医院的中药热敷床上。

大概人都是这样吧，身体有病痛的时候，往往是精神萎靡，情绪低落。如果痛苦再重一些，便更觉得前途暗淡，天要塌了。于是，就会暗地里想，这次要是好了，一定要如何如何善待自己、善待身体。然而当病痛逝去，身体逐渐康复，没几日便又会好了伤疤忘了疼。就如我，去年因腰椎病突发，腰疼得难忍，住院治疗了月余，出院后，随着症状的一点点消失，没过多久，我就逐渐忘记了自己是个有腰椎间盘突出毛病的人了。

去年11月末去云南，又是爬山，又是过天梯，全然像个好人；今年8月，大学老同学聚会回宁夏，跟着大伙儿一块儿爬六盘山，带着护腰，也没有系过；中秋、国庆拉着弟妹们开车一日游南澳，一开就是一整天，双手基本没怎么没离开过方向盘，就跟腰腿没病的人没有两样。平日里拖拖地板，抱抱可爱的小孙女儿，办公室搬家也忘不了帮把手。一切似乎顺理成章，自然而然，好人一个。

没成想，老腰还是不干了，开始撂挑子闹意见了。这不是，国庆长假还没有过完呢，它就时不时地想罢工，一会儿右边儿酸，一会儿左边疼，到了节后重新上班，感觉就越来越不舒服。不得已呀，这不我又来到了中医院骨伤科。

其实，这不是去年出院后第一次回来。大约6月还是5月份啊，老伴儿颈椎增生，我曾陪她到这里治疗了10来天。说心里话，这次再回到这儿，我压根儿就没有到医院的那种紧张、压抑的感觉，好像是回老家，又像是看朋友。

说起来，我是前天，也就是星期六就来治疗过。那天上午，一到5楼，护士长就看到了我。还没等我说来干什么，她马上关心地说，不用说，冯老师啊，一看你的脸色、状态，就知道你的腰病犯了。接着，她询问了我的大致情况，然后跟我说，阿山大夫在，请他给你推拿一下，再做个中药热敷床缓解一下症状就会舒服些。当时的感觉，就像是碰到了相知多年的老朋友，又像是一位老妹子在关心老哥，还像是乖女儿在呵护老爸，让我的心里暖暖的。

时隔一年，此刻又一次躺在这中药热敷床上，是晓谚护士主动过来为我做护理。她悉心地为我擦洗了热敷床，调好了时间、温度，而且怕我热敷的时候出汗多口会渴，还专门用纸杯给我送来了开水。

熟悉的中药药香味儿，随着逐渐升高的温度，伴着袅袅的蒸汽，开始弥漫在我的身下、我的周围，炙烤着我这不太争气的老腰。睁着迷离的眼睛，看着中药蒸汽房中熟悉的一切：还是那时的窗帘，还是那时的热敷床，还有似曾相识的床单、桌凳、器皿。眼前自然而然地又出现了小郑、阿山、小张、小陈等那几位推拿、针灸医生的熟悉而忙碌的身影；我又看到了护士长正在不厌其烦地跟一个患者讲解着什么，看到了晓谚、慧彤、琼娜她们那群年轻充满活力的、每天脸上都挂着温暖笑容的或熟悉或陌生的护士们在为病人输液、做电磁疗、捆绑着牵引的腰带……一种久违了的感觉，从心底里一点一点油然而生。

　　医院原本是人们比较忌讳或者不愿意去的地方。医院的医生、护士们，也是不愿意看到自己的病人从这里出去了还会回来。然而在这里中医院骨伤科，我竟然没有一丝的不情愿、无可奈何，就像是走亲戚、看朋友，我轻轻松松地来到这里，在医生、护士们的关心、呵护下做治疗，大有一种宾至如归的感觉。

　　于是，我又突然想到，为什么如今总是会有那么多的医患纠纷？其实这些医院的医生、护士们，整天真的很忙、很累、很难。作为患者、病人，如果能够多一些理解、换位思考，大家彼此都相互宽容、互相谅解，还会有这些纠纷吗？

变　化

　　8月3日一大早，我在妻嫂和内侄的陪伴下，跑到土特产批发市场，给同事、朋友买了30斤枸杞，然后，一口气送到北门邮局邮寄了。本来不用这么着急的，因为老同学张岩一个电话接着一个电话催我，要我早点儿赶回银川去练习30年聚会的主持词，我和她是聚会的主持人嘛。

　　从邮局寄完了枸杞，回来的时候，我和成成没有打的。

　　因为昨天下午，我在大舅子哥的陪同下，专门到所谓的平罗县西区（新区）游览了一番，对这个人口仅有30万的塞外小县城的行政区，做了一次实地考察。昨天下午的游览，让我吃惊，令我咋舌。因为，我怎么也想不到，也不敢想，这个我曾经生活了30多年的淳朴厚道的农业小县，竟会有这么大的气魄，这么大的手笔。县政府、县委、人大、政协不仅都有自己独立的有气派、有排场的办公大楼，而且这四大班子的办公大楼前，都有自己气势恢弘、建筑各异的广场，甚至平罗县政府办公大楼前面的广场上，还修起了被百姓称作金水桥、银水河样的很像是北京天安门前的护城河、小石桥一样的建筑。什么圆形的巨型的金融大厦，什么清真寺造型的气势非凡的文化艺术展览中心等等。纵横交错，四通八达的笔直、宽阔的双向6车道的柏油马路。我真为这个养育我长大的小县城有这样天翻地覆的变化感叹！就连发达的广东东莞、中山，年国民收入几百上千亿，也只能自叹不如了。

有了昨天的见识,我很想在我生活过的老县城走走,看看她有什么变化。

老县城也的确有了很多很大的变化,毕竟快20年了嘛。马路上安上了红绿灯、钟鼓楼被垫高了、玉皇阁圈起来成了公园、门口立起了菩萨像、衙门都搬走了、建起了很多居民小区、老电影院门口弄了个广场、街头出现了许多巨大的假仙人山仙人球……人世沧桑啊,老马的哲学早就告诉了我们:世界上的万物无时无刻不在变化着。

路上,碰到了两个老熟人,两个40年前我在平罗城关三小代课时教过的学生,其中一个后来还是我平罗党校的同事。这两个人的变化之大,让我大吃一惊!第一个碰上的是荣秋燕,好像是在县医院路口吧。她和她老公正在街上走着,迎面看到我时,她停了下来,一个劲儿地盯着我看。开始,我并没有在意,只当是一对儿老年夫妇在散步。但当她驻足很久,不停地盯着看我时,感觉告诉我,这大概是个曾经认识的人。于是,我也认真地看她。终于我认出了她——荣秋燕,我曾经的邻居、我的老乡,17岁我高中毕业在城关三小代课时,她还是我的学生。虽然,那时的她额头上有一块红色的胎记,但,无论如何她都跟她的姐姐荣小燕、她的妹妹荣冬梅一样,是非常美丽的小姑娘。哦!几十年过去,岁月已经把她打磨成了一个真正的小老太了,尽管,她的衣着、举止还依然有着上海人的气质、风度。可无情的岁月在她的脸上,深深地刻下的皱纹,早已经蚀尽了她当年的美貌、风韵。"不得不感叹岁月的无情呀!"我心里念着。"你还是那么年轻。"她这样说我。"怎么可能?人都是要老的!如果不老,就是雕像了。"我调侃的回答她。

和荣秋燕夫妇分别后,我的心里一直都是当年在老县委家属院这条街上,我们一群玩伴嬉戏、追逐的影子,模模糊糊,太久太远了。

因为想把邮单复印一下,把原件留给妻嫂做查询用。已经到了岳母家门口,我又往前走了几步,找打印复印的商店。在一家小店的门口,我看到了蒋灵仙——我曾经的学生,平罗党校曾经的同事,如今已然是一个黑黑的、瘦瘦的,满嘴的牙齿已经残缺不齐、黑黄参差着的老太太。乍一看,她都有70岁了!我当然、绝对是认不出她来了!当我走过她的身边时,她用她那多少还保留着一点儿年轻时的痕迹的美丽的大眼睛平静而温柔地看着我,像是自言自语地,又像是在对我说,只是声音小了很多。她说:"你回来了?这么多年,你没有怎么变。"我停住脚，望着她，努力从我认识的人中搜索着。突然想起老婆这次从宁夏回汕头，曾经告诉我她见过蒋灵仙。"蒋灵仙？你是蒋灵仙？"我恍然问道。她平静地带着病态抑或是老态点点头，然后便平静地向远处看去。我多想跟她聊上几句，但她已经没有理我的意思了。

我着实被吓了一跳，岁月和疾病完全使蒋灵仙变成了另外一个人。当年那个梳着两条黑而粗的大辫子，丰润的瓜子脸，一双楚楚动人的大眼睛，性格文静而温柔的蒋灵仙，而今，不是风韵犹存的半老徐娘，而是一个风烛残年的黑瘦老太！她才五十二三岁呀！她的生命却已经被疾病、被时光吞噬殆尽了！什么是变化呀！命运弄人呀！

记忆变迁

中午时分，懒散地躺在女儿家客厅里靠着晒台的沙发上，随意地划动着手机屏幕，浏览着手机早晚报。身后的落地风扇，静静地摆着头，不知疲倦、毫无怨言地播撒着温柔的清风。潮汕的盛夏、小暑季节、33度的正午，别人家一定是要开空调的。不过女儿家的晒台是在阴面，而且开着大大的落地推拉门，通风很好。加上我对空调浪费电的不感冒，我宁愿整天开着低碳的风扇。

风从我的右肩轻轻拂过，吹过我的头，洒向我的前胸、全身，吹过我的左肩，然后洒向房间的其他角落。嚯，好舒服、好享受呀！不自觉的一种从来没有过的惬意油然而生。脑海里浮现出许多和眼下感觉相类似的模模糊糊的印象。是什么时候有过这样的感觉，我努力在曾经的几十年已经是斑斑驳驳的记忆中寻觅着、搜索着……

是上个世纪60年代中期吧，对了就是那场史无前例的"文化大革命"刚刚开始的某一天，我到我家隔壁的同学刘丽茹家玩儿，当时正在停课闹革命，正在读小学5年级实验班就要毕业的我，天天都待在家里，翻看着红卫兵"小将"们"破四旧"时从县城中学图书馆里捡来的各式各样的破旧书刊。那天，我在刘丽茹家看到了非常惬意、非常令人难忘的一幕：刘丽茹的哥哥刘大伟斜躺在单人床的被垛上，脚奓拉在床头上，嘴上叼着一支烟，手上捧着一本书在全神贯注地看着。盛夏的塞上江南宁夏，天气很热，他不时拿起身边的芭蕉扇扇着，信手从嘴上拿起香烟弹一下烟灰……哦，好享受、好惬意的感觉。我一下子被震撼了！这眼前景，后来竟成了我羡慕、向往和追求的目标。当然，相信看到这里，大家都会觉得我有点儿莫名其妙。这在今天算什么呀！有什么好羡慕呀！然而，这在那个物质极度匮乏，人人都只能讲奉献的时代，的确是奢侈了！

后来，还有一次，应该是 1977 年夏天吧。当时借调到中学教书的我，利用暑假到北京看我姥姥和大舅。她们从北京解放开始就一直住在建国门外头道街 54 号一个世代住着 20 多户贫民的大杂院儿里。那天，天气异常闷热。那时的老百姓家，不要说没有空调，就是连电风扇都很少见到。热了，男的就光起膀子，穿着大裤衩子，拼命地喝水；女人没办法，就拼命挥着大扇子，驱逐着无情的酷暑。外面的大太阳，像火炉子一样，好像要把大地上的生灵都烤干。院儿里早已没有了孩子们的嬉戏声，知了待在树上，没完没了地吵着"知了、知了"。舅舅和舅妈上班了，我和姥姥还有几个表弟、表妹们待在屋子里，空气闷热的仿佛凝固了一般，大家躺在床上、坐在凳子上，拼命地喝水、打扇子，连话都懒得说。就在人们几乎要被窒息的时候，忽然一阵大风刮过，接着是雷鸣电闪，一场倾盆大雨仿佛是救苦救难的一样，骤然而至。哇！几乎是同时，院子了传出了欢呼声，人们大开着门窗，任风雨吹进屋里。顿时，凉爽、沁人心脾的凉爽，渲染着每一个烦躁到了极限的人们。我躺在床上，放下先前为了减少闷热出汗，用来静心解暑的小说——人们常说"心静自然凉"嘛！翻身望着窗外，豆大的雨点儿，织出了无数粗大的雨帘，毫无顾忌地拍打着玻璃窗，听着外面的世界"哗啦哗啦"的雨声，看着玻璃窗上晶莹剔透的雨水瀑布，我感觉到了一种前所未有的舒适。我深深地伸了一下懒腰，借着昏暗的光线，重新拿起了小说。我感到了极度的享受。尽管，房间是那么小、那么旧，没有席梦思，大板床还是用几块木板拼起来的。

1993 年—1994 年，曾经因为职称评审指标的事儿，我跟党校的领导达成协议，下过 9 个月的"海"。大约是 1994 年的 5 月份吧，我再一次到广东湛江找正在搞房地产生意的师弟曹阳联系调动工作，1993 年底，我曾经在他那里帮过他 2 个月。我想自己先是在广州、惠州碰碰运气。记得，在惠州我住在长途汽车站旁边的一个叫作"小天鹅"的旅馆里。因为房间紧张,也是因为没有钱,我被安排在楼顶的铁皮房间里。5月的广东,白天的气温都在30度以上,铁皮房间就像烤箱一样。好在白天我都是在惠州的区县教育局、中小学校间游走,寻找着调动的可能,无意中躲避了烤箱的炙烤。可是到了晚上,闷热,令人无法忍受的闷热,便包围着我。广东的昼夜温差很小,即便是夜晚,气温也有二十六七度,简陋的小旅馆里没有空调,吊在铁皮屋顶上的大吊扇,吹出来的风都是热的。难耐的高温煎熬着人,让人久久地、久久地无法睡去。那晚,奔走了一整天的我,疲惫不堪,却又因为天气太热而无法入眠。突发奇想的我,想到了借酒入眠。于是,我到楼下的小卖部里买了一瓶56度的二锅头和一袋花生米。坐在硬板床上,吹着热风扇,就着花生米,喝着二锅头,热辣的酒液喝到嘴里,流进肠胃里。几口酒下肚儿,那股热辣劲儿,从内而外,通体就像着了火似的。身体开始出汗,渐渐地变成了淋漓大汗,不久整个人都像从水里捞出来的一样。酷暑、燥热,伴随着酣畅淋漓的汗液,欢畅地流了出来、宣泄了出来。突然吊扇吹出来的风,变得凉爽了;平日里刺眼的白炽灯变得柔和了许多。喝着酒,就着花生米,我感到了到广东来从未有过的欢畅。酷热,一扫而光;一种惬意的享受的满足感充满了我的感官。就这样我进入了美妙的梦乡。

后来,一无所获的我还是来到湛江找曹阳,住到了赤坎区海棠路11号。天气依然是那么热,温度依旧是那么高。但是,因为有了空调,我已经没有了什么感觉。没有了热的感觉,却也没有了凉爽所带来的享受和惬意的感觉。

时间过得飞快,一晃这些都已经是几十年前、十几年前的记忆了。那时的人有的去了,有的老了,有的已不知下落;那时的住所,有的拆了,有的搬了,有的变了。唯独那份曾经独有的感觉,那种朴素的近乎简陋的享受的、惬意的感觉,牢牢地烙印在了我的记忆的深处。

南澳情愫

龙年初三,我和老婆再一次走马观花地游览了海岛南澳。这次是自己开车去的,之前没有任何计划。只是女儿女婿带着小彤彤回家过年,临起身时,一再叮嘱我们,要趁着这几天放假,好好休息休息、浪漫浪漫,所以我们才没有憋在家中。

那天,我们开着车,漫无边际地在公路上走着,没有想好要去哪里。结果稀里糊涂就上了金鸿公路,稀里糊涂就到了莱芜码头。当看到"天似穹庐,笼盖四野"的阴云笼罩下的无边无际的大海时,我终于知道我将要去哪儿了。

在等船的车龙里排好了车,买好了往返的船票,我借着等船的空闲,信步走到了海边码头。阴沉沉的天,低低地压在广漠的海面上,灰蒙蒙地、无边无涯。深灰色的海水,不时推着一排排浪花,泛起雪白的但似乎并不美的泡沫。这里,全然没有如歌词里、诗文里所唱所写的"蓝色""湛蓝色"。兴许是天不作美,光线太暗使然?亦或是人们常常念叨的污染?远远的、凭着肉眼能看得见的地方,零星着几艘轮船,孤单地在冰冷的海水中,那么无助。

这是第几次到南澳去了?我努力地在脑海里数着,终于数不清楚了。反正有十一二次了吧!因为任教于澄海师范、因为当班主任、因为中师生要大专化……因为普通话水平培训测试、因为孩子亲友过来旅游……

上一次来南澳好像是2005年,市语委办借着给南澳100多教师测试的机会,集中了几乎所有的测试员,在钱澳湾度假村举办了新大纲培训班。那两天里,我们四五十个来自全市大中小学的测试员老师们,第一次济济一堂。在完成了测试和培训任务后,我们一起攀登粤东第一峰,一起参观风力电场,一起在海边烧烤,晚上一起面对着大海放烟花礼炮。一晃,已经7年过去了?一晃,我已经7年没有再踏上这块热土了?

7年过去,曾经在16年前我就认识的、那时就已经出水的20来个南澳跨海大桥的桥墩不见了。不过,令人欣喜的是,在海岛和大陆之间,一条蜿蜒十几公里的细细的、长长的带子将澄海和南澳即将连在一起,除了凤屿要修一个过往万吨轮船的拱桥还没有合拢,新的南澳跨海大桥就要建成了。

记得,第一次来南澳是1995年12月31日。元旦学校放假,班上的生活委员、南澳的蔡贵云、许丽君、丁钰冰、蔡淑芹、张雪云、李辉梅等几个同学要回海岛过节,特别邀请我去她们家里进行家访。就这样,我第一次踏上了这个正面对着太平洋,三面环南海,远离大陆的神秘的海岛。当天晚上,是在贵云家吃的晚饭。海岛的渔民非常热情好客,尤其是对老师。贵云的母亲是倾其所有,让我品尝到了真正美味的海鲜。晚上,躺在贵云舅舅家新开的小旅馆里,蜷曲在崭新的被褥中,整整一夜,我枕着无休无止、汹涌澎湃的大海的涛声,辗转反侧彻夜未眠,一直到淑芹的爸爸6点多钟骑着摩托车来拉我去吃早饭。整晚上我都在想一个问题:是什么原因、是什么力量,使我鬼使神差地从几千公里外的大西北,来到了这里,来到了这个茫茫于大海之中的海岛?

那天吃过早饭,贵云、淑芹、钰冰、雪云、辉梅几个陪我游览了云澳的宋井,我第一次知道了,原来晚唐的最后一个皇帝一直逃到了这里。知道了这里原来有过三口井,官井、人井、马井,如今只剩下马井没有被大海吞没。知道了这里神奇的井水,竟然是凛冽甘甜的。

元旦之夜是在后宅丽君家度过的。丽君的父亲是搞建筑的,人非常豪气。他知道我是北方来的,会喝点儿酒。于是,拿来了自己珍藏的用一斤多海马浸泡了3年的老酒,还有用黑豆、黑米、黑枣等5中黑色植物浸泡的五黑酒请我。平生第一次,我喝了自家浸泡的,然而却十分珍贵的好酒。

那天晚饭后, 好客的丽君父亲, 还专门邀请我去一位好像是南澳烟草局的,他的一位北方朋友家去唱歌。晕乎乎的,我第一次在别人的家中见识到了一摞摞的大影碟,还有和跟电影院一样立体轰鸣的音响。借着酒劲儿,我毫不客气地唱了一首又一首。

对了,那晚还有个插曲。我们唱歌儿唱到11点多吧,突然接到了一个电话,是澄海师范教务处林树光主任打来的,找我的。他告诉我说,今天晚上澄海市教育局卢楚德局长,带了一箱子XO来师范,专门请我们这些外地老师一起过元旦。还说,因外没有看见我,卢局让他到处打电话找我。那时候手机还非常非常少,他竟用有线电话,一个一个地找,还能找到丽君父亲的朋友家,找到我。真是让人不可思议。树光主任还告诉我,当晚,很多人都喝醉了。王礼湘、詹萍如两口子,邹银标、苏斌、黄文继,还有程文林、彭芳两口子都醉了、吐了、哭了。是呀,我们这些外地老师,第一次远离家园、亲人,跑到了这被当地人称作国角省尾的地方工作、生活、过节,怎么会不想家?怎么会不醉?怎么会不哭呢……

思绪随着渡轮在海上一起一伏翻滚着。很快我们停靠在了长山尾码头。开车下船，行驶在通往后宅的环岛公路上，尽管老天还是阴沉沉的不开眼，我却有一种阔别多年，仿佛又重归故里的欣悦。平坦的环岛公路，增加了许多设施，交通标志牌、斑马线、电子眼、公路护栏……特别是一路上靠海边修建的一个个观景台，为前来游玩的人们提供了看海的极大方便。几年光景，远离大陆的海岛并没有停滞，她在悄悄地蜕变、进步。

我的 95 级(1)班的老学生、当年的班长，如今已经是云澳中学主任的丁度安，还有后来跟同班同学吴旭霞结为夫妻的杨少旭，早就在后宅的红灯路口等着接我们了。

带 95 级这班学生是他们三年级那一年。因为家访还有教育实习，我到过两三次南澳。还记得少旭的母亲也是老师，家访时我们两个年纪相仿的老教师，聊得很投机；还记得余佳婉的家是住在山上的，为了去她家家访，我们先到了深澳，游览了总兵府，观览了郑成功招兵树，然后爬了 999 节台阶，登上了屏山岩，走了很长很长的山路才到了她家的。只可惜，只有她不会讲普通话的奶奶在家。后来，1998 年 5 月份吧，我和 95(2)班的杨晓勇、(3)班的阎永艳两位老师，到南澳了解 95 级学生教育实习的情况。我又一次来到南澳，除了我自己班上的学生，我也借机会走访了(2)(3)班的南澳生的家。记得那次，我住在(2)班蔡伟强还是志浩的家里？一大堆人睡在地板上。那大晚上我们是不是一起骑自行车上了黄花山？记忆已不太清楚了。我还到了(3)班吴永才的家中做了家访。永才这个学生不太爱说话，却酷爱写作，如今勤于笔耕的他，已经在报纸、杂志上发表过 10 多篇文章，是潮汕小有名气的青年散文作家了。

96 级师范生毕业时，刚好赶上中师大专化。应该是 99 年吧，为了做学生的思想工作，劝说大家在中师毕业后继续读大专。我又一次登上南澳，游走于后宅、深澳和云澳的每个学生的家。好像当时是住在后宅的吴汉民的家里。他的父母是做饼的，非常热情，非常乐于交谈。在后宅家访之余，我和刘镇贵、林永茂、黄婵端、陈玉丝、玉侨等一大群后宅的学生，跑到郊外的红薯地里挖红薯烧着吃。天那么蓝、水那么清、云那么美、红薯那么香……那一天，我一下子年轻了好多岁，仿佛回到了少年时代一样。

嗯，那次南澳之行，还再一次印证了我的一个发现，并且找到了答案：南澳四五十岁的妇女，普通话说的远远比澄海汕头这边的好。在和一开口就会爽朗大笑的性格豪爽的吴朝云的母亲、陈玉丝的母亲交谈后,我才明白。是在与南澳的海岛部队的长期交往中,打开了她们的见识,改变了她们的性格,提高了她们的普通话水平。记得在吴玉文的家中,她的父亲跟我聊起了灯谜,滔滔不绝的谈吐中,让我对谜语(北方人都这么叫)有了很多了解,对潮汕人的灯谜文化,有了更深的了解。离开玉文的家时,她父亲还专门送给我一本他编印的灯谜著作,这本薄薄的书我还一直收藏着呢!

97(1)班的南澳生不多,主要集中在云澳和深澳,林婵珍、颜时芬、陈春迎还有一个姓吴的男生,她姐姐是94级美术班的,叫吴丽玲吧?还有一个是叫刘如君?教的学生太多,长时间没有什么来往,记性也差了。那次我们在吴同学家,第一次吃到了从海里面捞出来的活蹦乱跳的海鱼,是他父亲从自己的渔排上打捞的,那次还顺便到94(1)班的谢志刚工作的学校看了一下。很多次去南澳都没有见到志刚,那次见到了。

1996年的十一国庆节,我们一家三口,老婆、女儿和我,受钰冰、雪云几个学生的邀请,一起到南澳过节。那次我们住在钰冰家里,淑芹的爸爸当时是青澳湾管委会的领导,他找来了一辆面包车,陪着我们游遍了南澳的各个景点。还在青澳湾的海鲜大排档,又一次让我们品尝了海鲜。

1997年的春节,我在长沙的姨姨、姨夫和小表弟,来澄海玩儿。在游览了汕头、澄海的有数的几个景区后,我和我大弟弟一家,陪着姨姨、姨夫和小满来到南澳。那一次,我还是麻烦淑芹爸爸给找的车,是钰冰、淑芹俩陪着我们玩儿了一整天,什么金银岛、吴夫人峰、忠魂纪念群墓都走遍了。

还有一次到南澳是05年暑假。女儿的几位大学同学到家里来玩儿,我当时脚扭伤了,可还是陪着他们到南澳游玩了两天。那一次,我们晚上是在青澳湾的海边度过的。前半夜我们坐在海边沙滩上听涛声数星星,后来管理人员来清场了,我们只好在海滨浴场外面的水泥路上坐着、躺着等待天亮。那一夜或许对谁都是难忘的。开始的酷热、闷热,而后的蚊子的狂轰滥炸,凌晨的湿漉漉的露水……不过,第二天的黎明却非常美,因为我们看到了海面上那喷薄欲出的红日,看到了它如何一点一点地从大海中涌出来,然后仿佛向上奋力一跳,瞬间升腾的壮观景象。

记得为了什么事情,我还有一次专门到过南澳。到底是什么事情、具体时间却真记不得了。那次,我是在云澳逗留了两日。记得那天晚上,我和雪云、辉梅还有辉梅的未婚夫,还有95(1)班的张馥娜和她的爱人小朱,开着摩托车来到青澳湾的沙滩上观海。我们在茫茫的夜幕中,聆听大海的涛声,聊着澄海师范的过去,聊着澄师学子们毕业后的今天和明天。那次,我又到了一下馥娜的家,再一次品尝了她爸爸妈妈亲手酿制的米酒。我还到了96(1)班王清和的家……

　　故地重游,思绪万千。就这样,龙年初三这天,在度安、少旭的陪同下,我们在云澳的台湾街吃了中饭,再次游览了云澳的宋井、深澳的总兵府,在青澳湾观看了正在涨潮的来自太平洋的海浪。又一次目睹了什么是无际、什么是博大、什么是惊心动魄,什么是"卷起千堆雪"……来到潮汕生活了17年,虽然到过南澳十多次了,但是,我从没有多的感觉,一有机会还是想来海岛看看。而且,每次来都有新鲜的感觉。尤其是这一次,在阴沉沉的冬天里,自己驱车到南澳:60公里环岛公路修缮得更加漂亮、规范;沿途许多观海亭、观海台,为游人提供了极大的方便;宋井得到了全面开发;青澳湾海滩长廊更加人性化;总兵府里又建起了新东东……总之,虽然回来的时候因为走错了方向,在长山尾码头等了3个小时的渡轮,但是,我还是觉得美好!

我想我的 QQ

　　年前,和老婆、女儿,还有我可爱的外孙女儿到易初莲花买东西,突然想起,易初莲花的会员卡还放在 QQ 车里没拿。于是,连忙打电话给 QQ 的新主人——福和奇瑞的小陈经理。还好,会员卡还乖乖地在汽车右手的抽屉里。为了取回会员卡,我们从商场一出来,家也没回,便驱车来到了福和奇瑞。

　　就这样,在一个月后,我再一次看到了我的 QQ。

　　我是一眼就从芸芸众 QQ 车中看到了我的,不,已经不是我的,是小陈的 QQ。尽管,新主人把它冲洗得干干净净,还更换了大灯;尽管车牌已经不再是原来的粤 DV1690。但是,凭着5年多朝夕相处,陪伴我风里雨里、日夜兼程在漫长的4万8千公里的旅途上培养起来的深深的感情,我似乎是听到了它?闻到了它？冥冥之中感觉到了它！

我停好了车，径直地转到它的身后：没错！是我的QQ！那年澄师95(1)班在饶平南国生态园聚会，我与牧勋促膝沉聊，倒车中碰的那个坑、那个后来专门找我的美术班的学生徐裕的哥哥处理过的裂痕斑斑的坑，还在！仿佛是怕它的老主人不认识他了一样，它还留着它的伤疤，就像3年多前碰了它，我却一直留着它一样……

从福和奇瑞回来，有好几个晚上，我的QQ都出现在我的梦里：

新车刚买回来一个星期，是2006年10月末吧？周末我开着它到教育学院搞普通话测试，晚上回到小区的时候，不知是太疲劳了，还是压根儿我还是个生手，技术有限。在停车的时候，明明要撞到墙角了，我还是踩着油门，勇往直前。结果汽车的右鼻子，连同大灯都撞碎了。当时我的那个心疼呀，就好像被割了一刀，又好像是家里的传世宝贝丢了一样！那一晚，我没有合眼。第二天，没上班，就把车送进了4S店。

当我的QQ从4S店里再次走出来的时候，它依然灿烂如新，让我知道了：原来，汽车是可以修理的——可以修理的跟原来一样！

好像时隔不久。一天早上，我开着车，冒着倾盆大雨，赶往学院上课。车开到324国道连接天山路的地方时，我想把车从摩托车道向左打回到主车道，透过瀑布般的雨水泼洒过的左侧的后视镜，我仿佛看到一辆大货车就在我后面，好像还有一段距离。于是，我向左打了方向盘。就在这时，就听到"嚓嚓嚓"的几声骤响，随后车身像是被巨大的力量，向右推了一把。我连忙把车停到路旁，大货车也在距离我前方10米的地方停下来……滂沱大雨中，我的QQ左侧后门中间一块碗大的伤疤赫然眼前。好在有了上次的"伤而不残""灿烂依旧"，我的心好像没有那么疼了。不过，这次的教训教会了我：观察后面来车，一定不能只看左右两边的后视镜，而必须要看车里的倒后镜！

让我刻骨铭心，永远无法忘怀的是2008年末的那次3车连环相撞，我的QQ做了夹心饼干！那天是学院搞评估加班，晚上9点钟，我才从汕头开车回澄海。车开到文冠路口的红绿灯处，还有6秒钟绿灯变红灯，前面一辆日产白色骐达准备左转。于是，我也稍加油门，准备趁着绿灯和黄灯的时间，迅速左转到文冠路上。可没成想，白色骐达前轮过线，却突然刹车。好在我有所准备，加上车小,重量轻,我的车在距离骐达 1 米处刹住了。我刚想暗自庆幸虚惊一场,可还没等我庆幸呢,就听"嗵"的一声巨响,我的身子完全失重向后一仰,脚离开了刹车,我的车猛烈地向前冲去——然后又是"嗵嗵"的两声巨响,我的车就像坐摇篮一样,在前后两辆车的撞击下,前碰后撞了 3 次才停了下来。原来,我的后面还有一辆没上牌的崭新的现代 SUV,驾车的小伙子想闯红灯,根本没有来得及刹车!当时的感觉,真可以用惊心动魄形容。从车上下来,我的脑子里一片空白,好像从死神那里走了一遭回来一般。前后两车的驾驶员都在打电话找人。于是,我也赶紧找我澄海公安局的朋友,按照他们的提醒,打电话报警。陈海来了(我的公安小朋友)、交警来了,他们看了看三辆车的损毁程度,竟然异口同声地说:哇! 小 QQ 车还真结实——骐达的行李箱被我的 QQ 撞进去六七十公分;现代 SUV 前保险杠中间在重创我的 QQ 后箱后灰溜溜地凹了进去——弯了。而我的 QQ 呢? 前面水箱的塑料散热碎了,引擎盖向后挪了了两公分、后面行李箱的门被撞瘪进去十公分。朋友们说,幸亏你的 QQ 硬,不然人肯定受伤了! ……

那以后,开车的历史久了、经验多了、胆子小了,也就慢慢地没有了这方面的关于 QQ 的记忆了。

自从有了 QQ,我再也不怕风吹、日晒、雨淋;自从有了 QQ,我再也没有骑摩托车上班时,时不时而来的没来由的恐惧;自从有了 QQ,我再也无需为运载重物、路途遥远担忧——对了,别看我的 QQ 小,前年,我们家从澄海搬到汕头,还多亏了它,一趟一趟的,竟然不用搬家公司也搬了家! 自从有了 QQ,我们终于可以随心所欲地到处走走、看看、游游了!

有了 QQ,我圆了我的梦想,实现了我的人生的最平凡、最平淡的理想:记得我在上个世纪 80 年代初,刚刚结婚的时候,曾经对妻子说过,这辈子能有自己的房子、自己的车,就知足了。

所以,自打有了 QQ 车,我知足了!

如今,我的 QQ 车已经不再是我的了,可是,它的娇小憨厚,经常是脏兮兮(这是我最对不起它的,我很少洗车)的形象,与它朝夕相处 6 年的记忆,却永远地留在了我的心中。

圆号情思

周末早上擦地板时,不经意间看到桌子底下尘封已久的圆号箱,便顺手抹了一下上面的灰尘。这时,突然有一种想看看"老朋友"的感觉,于是,就打开了箱子。就在箱子打开的刹那,就在我又一次看到它——我心爱的圆号时,我的心倏地震颤了一下,有关它的故事一下子全涌了出来,挤开了我记忆的闸门。

认识圆号,是在大学一年级。当时我在大学合唱队当队长。一天,学长那守弟跟大家说,我们要组建个校乐队,大家会什么乐器,就报个名。听说我在平罗化肥厂跟刘文柱学吹过小号时,他顺手就把一把圆号递给了我。从来没学过,甚至见都没有见过圆号的我,接过那沉甸甸、金灿灿、大大、圆圆的新鲜家伙,顿时傻了眼,心里想:干吗要逞能呢。

既然接过来了,硬着头皮,学!没有老师教,同学也没有人会。怎么办?自己摸索呗。我吹过几次小号,吹响圆号没有多大问题,小号是 3 个键,圆号也是 3 个键,虽然按键的手相反,但是,西洋乐器应该是相通的吧,琢磨着、试着用小号的指法吹吹,没想到没两天竟然就吹出了调儿来。当然开始是不知道右手应该怎么放的。

就这样,从那时起,只要闲着没事儿,就拿起圆号来"咕嘟"几声,不然就和班里的同学肖赛,他是学校的小号手,相约着到简易教室后面的湖边儿练习,这里空旷,不会影响同学们。

没过多久,2 班的班长吴耕,便经常背着手风琴,找我俩一起演奏。还有数学系 77 级的余斌,这小子吹一手好笛子,跟当年我在化肥厂的刘文柱一样,也能演奏小号,他也是有事没事儿就过来凑凑份子。

因为吹圆号,我认识了曹阳,那个比我低两级的聪明睿智、敢闯敢干的大眼睛、四方脸的东北小伙子……

圆号没练多久,我们的乐队就开始了频繁的排练、演出,学校每学期的联欢晚会都是由我们来演奏、伴奏,舞蹈、合唱、独唱。我们还参加了全国大学生文艺汇演,李宁的女声独唱《我爱你中国》,被评选为 2 等奖,也都是我们的乐队伴奏的。

四年的大学生活,因为有了圆号,真的是增添了无穷的生活乐趣。高兴时吹,吹的是《中国人民解放军进行曲》;伤感时吹,吹的是《我爱五指山,我爱万泉河》;恋爱了吹,吹的是《月亮代表我的心》;失恋了也吹,吹的是《三套车》……

毕业时,交还圆号时,我的心中有许多不舍,就仿佛跟多年相伴的老朋友分手。

后来,1984 年,平罗县文化馆开始办舞会,组织了一个小乐队,乐队指挥王兆伏听说我曾经是大学里的圆号手,就二话没说,花 488 元专门为我买了一把圆号——当时我在县委宣传部,文化馆归我们管。在这个乐队里,我吹圆号、金宗伟吹长笛、李万琪吹萨克斯、王小宁吹小号、何勇打架子鼓、王兆伏弹电子琴。要知道,在那个年代里,一个小小县城的文化馆,有这样的乐队现场伴奏舞会,那是多么牛的事情呀。

给文化馆伴舞会,每周一次,2 个小时,能挣 9 块钱,赶上春节和交流会,就连天办,吹圆号,伴舞会,大大改善我的家庭生活,增加了收入。要知道,那时候,一个大学毕业生的月工资才 70 元!

后来,1986 年 7 月,县委调我到县党校当副校长。有一次,县委常委刘天贵去跳舞,看到我在哪儿吹圆号,还调侃地说:"哈哈,县委党校的校长吹号办舞会啊!"当时,我也回答的巧妙:"常委每个月要能给我加 50 块钱,我才不吹这玩意儿呢!"

其实呢,我才舍不得不吹呢!我喜欢圆号的声音,圆润、悠远、空旷,像蓝色的大海,像一望无际的草原。圆舞曲之王约翰·施特劳斯的每一首圆舞曲,都是用圆号做引子。革命现代京剧《智取威虎山》中的《打虎上山》,开场也是圆号。

1989 年 1 月,我调到市委党校,20 公里,每周末还赶回平罗伴奏,一直到 1991 年 11 月,工作太忙了,加上家也早就搬到了大武口,才脱离了那个让人魂牵梦绕的小乐队,离开了我的圆号。

1995 年,我来到了汕头澄海,心里总觉着有样东西落在了宁夏,我知道,我是在想我的圆号。1996 年回平罗探亲,听说文化馆不再用乐队伴奏舞会,突然想到我曾经用过的圆号,于是找到了当时的馆长,原先的县团委副书记,恳求再三,终于用100元钱将圆号买了下来,带回广东。

澄海师范学校1998年开始搞铜管乐队,宁夏籍教师郭宏旭负责组织,一有时间我会去跟学生凑凑热闹,跟95(1)班的丁度安、林叙鹏、卢牧勋等一起登台演出,和班里的同学到冠山、澄海搞禁毒宣传。

再后来,好像是2001年吧,澄海区搞机关大合唱比赛,教育局组织了代表队,我和韩玉彭、陈宁旭等被抽去伴奏,记得当时他们唱的是《走进新时代》。那是我最后一次登台吹圆号伴奏了。日子过得好快,一晃已经10年过去了。

看着铜锈斑驳,已经没有了曾经的灿烂的圆号,突然觉得它好孤独、好落寞。离开了乐队,离开了舞台,圆号肯定是孤独、落寞的。那么人呢? 离开了人群、离开了火热的生活,人会怎么样呢?

梦里三明

有机会与学院外语系的老师们一起到三明职业技术学院交流学习,到三明市旅游,的确是件令人愉快开心的事儿。

早在三十年前,就知道福建有个山清水秀的好地方,就是三明。三明那时是国家的重工业基地。当年为了进行三线建设,三明建成了全国有名的几个大型国有企业,“三钢”“三纺”“三化”“三农”都曾经在计划经济的中国,做出过重要贡献。那时国家正在搞五讲四美三热爱的教育,三明由于城市整洁卫生,市民文明礼貌,成为全国第一个文明城市。我那时在宁夏平罗县委宣传部当干事,当时曾经有机会到三明参加一个全国的五四三建设现场会,可惜,后来忘记是什么原因,没有去成。然而,三明从此深深刻在了我的心里。

改革开放开始,沙县小吃遍及各地大街小巷。这种小吃店以它们独特且廉价的风味蒸饺、麻油拌面和童叟无欺的诚信经营,赢得了许许多多平民百姓的欢迎。经常到沙县小吃用餐,聊天中得知原来沙县,就是三明市下辖的一个县。难怪,沙县小吃如此讲究文明经商,如此注重信誉。三明于是在我心中更加受到敬重,我更加想有一天能够到三明去看看、瞧瞧。

　　3月24日下午1点多，我们的车从达濠出发，沿着汕梅高速，辗转福银高速，历时6个多小时，行程将近500公里，终于在晚上8点多钟，到达了三明，我梦中的文明城市三明。

　　暮色中的三明市，显得很寂静。街道上很少新盖的楼宇，斑驳的墙壁、脱落的墙灰，说明了这座城市的历史。

　　街道上非常干净、整齐。见不到废纸、果皮和饮料罐，晚上九点钟，街道上依然有清洁工随时清理着垃圾箱里的垃圾，清扫着偶尔弄脏的界面。尽管五讲四美三热爱运动已经过去了30年，三明依然保持着她的"清高"——两个区、600多平方公里、20多万人口。人们平静地生活在这里，社会治安稳定，交通秩序井然。随着计划经济的解体，大工业的离去，这里的空气质量越来越好，到处充满了负离子。高达70%以上的绿化面积，也使三明成为新的全国第一。

　　入住宾馆后，我们趁着暮色，踱步于三明街头，看着街上稀疏的人们，吸着沁人心脾的略带湿润的空气，心里有一种说不出来的愉悦。

老来难

　　"老来难，老来难，劝人莫把老人嫌。当初只嫌别人老，如今轮到我头前。千般苦，万样难，听我从头说一番。……"记得好多年前，就读过这首相传是唐代大诗人杜牧所做的《老来难》，或许是年少无知，也可能是没有亲历，无法感同身受吧，那时也仅仅是读一读，空发一点儿"少年说愁，爱上层楼"的感叹而已，对老来究竟有多难，并无多少深刻的认识。

　　前年的时候，年迈的老父母从宁夏迁来，和我们一家共同生活了一年，面对老人饮食起居诸方面的种种困难，我开始多少对老来难有了一些直接的感受。

　　今年春节，年已耄耋的老岳父，身体状况不好，我和老伴儿急急赶回宁夏，想尽一点儿儿女的心意。在宁夏短短几天的时间里，我的灵魂深处，开始真正读懂了杜牧的"老来难"。

　　回到宁夏老岳父家的那天下午，走进家门，一眼看到躺在床上，已经瘦的只剩下苍老的干皮和骨头的老人，心里一股热浪翻涌，如果不是怕老人跟着一起难受，我真想大哭一场。这就是我那职业军人出身的岳父吗？这就是我的那个一直以来我引以为骄傲的，参加过解放战争打过老蒋，跨过鸭绿江，打过美国鬼子的高大魁伟、英俊神武的岳父吗？

真是岁月弄人哪！曾几何时，还是在家中说一不二的一户之主的老岳父，现在，只能躺在床上，连坐起身来都必须别人帮助，吃饭、穿衣、洗脸、解手……一切的一切，都需要别人来伺候、打理。

再看看我的老岳母，因为日夜操劳，伺候岳父的饮食起居，严重缺乏休息，已经越来越显得苍老，已是满身满脸的疲惫不堪。岳母身边，还有这几年一直在帮助伺候岳父的小姨子，自从退休后，她就经常守在岳父母家，特别是这一年多，岳父的年纪越来越大，身体也越来越差，小姨子几乎是放下了她的老公和家，全心地投入到照顾岳父母的工作中。

我的岳母和小姨子伺候我的岳父，已经尽心尽力了。然而，现在老岳父已经不怎么吃饭，拒绝看病吃药，就连吸烟、喝酒这两样伴随他一生的嗜好，好像都没有任何兴趣了。

第二天早上，我把岳父从床上扶着坐起来，用热毛巾给他老人家擦洗了一下脸。然后，我问他，要不要抽口烟，我从广东给你带来了好烟？老岳父点了一下头。于是，我赶紧给他老人家点燃一支蓝色芙蓉王，看着一口口薄烟从老人的口中慢慢吐出缓缓上升，看着老人脸上那一点点满足的样子，我知道我的岳父还有着很强的生之意识。

因为学院开学，我在宁夏只待了五六天。那几天里，我们曾把岳父劝到医院做检查，并且开了消炎药，买来了氧气袋。老岳父开始听话，吃药、吃饭、抽几口烟，甚至中午吃饭时，还会喝上半杯白酒。其实，我的岳父有着很强的生命力！

还有一件事，让我感到老年人的真"难"。

在宁夏的第三天凌晨5点，夜里不停地被岳父的呻吟吵醒，不定时要叫醒老人小便，起来好几次，刚刚睡着的我，突然被一阵猛烈的敲门声吵醒。起身一问，竟是岳父家对门的孤身老人，原县法院领导的遗孀，70多岁的老阿姨。老伴儿打开门，这位老阿姨哆哆嗦嗦地挤了进来。原来，这个春节她在她的妹妹家过年，头天晚上才回来。家里虽然生了火，但是很冷。水管也冻了，没有水。她是冻得不行了,才过来敲门取暖的。这位老阿姨有三个儿子,都有自己的家,因为家庭矛盾,加上她的脾气和儿媳妇闹不到一起,现在谁都不愿意管她。

看着老阿姨一头闯进客厅,很快躺在有暖气的长沙发上,拉了我岳母的皮袄就往身上盖。蜷缩着的身子,还在不断的发抖的情景,我好像看到了很多很多年迈无依的老人,他们瞪大期盼的眼睛,伸着苍老的双手,好像求着什么。

父母年纪大了,老了,病了,确实需要晚辈们来伺候、尽孝道。可是,年轻人也有年轻人的事,他们有他们的家、他们的工作、他们的儿女。这些也都需要照顾、打理呀。自古"久病床前无孝子",其实,何止呢!就连相伴一辈子的老伴儿,有时也会因为太难了而无可奈何,甚至不耐烦、发牢骚呢!

如今,中国已经进入老龄化社会,据说60岁以上的老人已经有三亿多。要从根本上解决老来难,不能仅仅靠传统道德的孝道来维系,不能靠牺牲儿女、老伴儿的事业、健康、生活质量来搪塞。中国必须迅速地建立起强大的社会养老体系,必须建立起高质量的——清洁卫生、环境幽雅、配备专职医务人员和专职护理人员、医疗设施完善、娱乐设备健全的,数量足够的养老院、敬老院,才能从根本上解决老来难。

我们真诚地期待着:老来难变成老来不再难!

我的摄影史

近日看到我的小朋友许航接二连三地在他的空间里发表旅游摄影新作,感慨不禁油然而生。

蓦地想起了我年少的时候与摄影的许多故事。

那是1972年末,我第一次接触照相机,应该是16岁吧。那时我们高中即将毕业,我的同班同学、好朋友利民,把家里的上海产海鸥201(还是DF?)照相机带到了学校。我们那个县很穷,不是因为他爸爸是县委书记,家里是不可能有这个东西的!记着那是一台机械单反镜头的、专门拍摄135胶卷儿的相机。那次,就在帮着给同学们拍照留念的过程中,我知道了哪是快门儿、哪是光圈儿、什么是速度、什么是景深、如何调焦、光圈和快门儿的关系为什么是反比关系等等。

高中毕业后,因为身体不符合上山下乡的条件,我和利民都闲待在家里。有一天,利民跑到我家对我说:我们到文化馆学洗相片吧! 县城文化馆里,有一位姓韩的美术老师,是利民家的山东老乡。"好哇!"我一蹦三个高。反正在家里也没事儿,学什么我都乐意。

从那天起,我和利民,还有他妹妹,也是我高中的同班同学琳琳,三天两头往文化馆跑。我们首先认识了暗房——用黑色和红色双层布帘,遮挡得黑糊糊的房间。冲交卷儿和洗照片的暗房还不完全一样:洗照片的暗房可以开着一盏红色的灯泡;冲洗胶卷的,是完全在黑暗中摸索进行,只是感觉差不多的时候,打开一个放在盒子里的红灯,透过小孔,查看胶卷儿的显影情况。我们知道了什么是曝光箱、放大机、上光机、显影粉、定影粉,以及如何操作这些大大小小的机器和各种各样的药液。慢慢的,我们学会了自己冲胶卷、洗照片儿、放大照片儿。我们还学会了在洗印照片儿的过程中,用人为的方法,给照片加上虚光、茶色等色彩。

在文化馆跟着韩老师学习摄影的日子里,我还认识了立式的、从照相机上方取景的、专门拍照 120 胶卷的海鸥相机。我懂得了胶卷的定数,懂得了不同的拍摄需要,选用胶卷的定数不同,比如拍摄高速动态、运动的照片,就要选用400 定的胶卷。我还懂得了什么是灯光型胶卷、什么是日光型胶卷等等。

就是从那时候起,我喜欢上了照相,喜欢上了暗房,喜欢上了从取景、构图到暗房加工的摄影艺术。可惜,那时候我家里生活条件一般,姊妹又多,没有可能买一台 200 多的属于自己的照相机。

不过,好像我和摄影有缘吧,我 17 岁到城关三小代课,后来招工到化肥厂当工人,再后来借到火车站中学教书,这些学校、工厂都有照相机,而且真懂会用的人不多,一有机会我便成了这方面的专家,那照相机呢,当然也主要由我掌握使用喽。

1978 年我上了大学,要好的同学刘涵有一台带着长长短短、薄薄厚厚的,广角镜头啊、望远镜头啊、分光镜、星光镜等等配件的高级的海鸥照相机,于是,大学 4 年,我又从刘涵那儿学到了不少摄影技术。

　　大学毕业,我被分到了县委宣传部。老宣传干事吴赞国用的是一台用了几十年的破旧的德国蔡司立式相机,它可是让我开了眼界。不久我加入了自治区新闻摄影工作者协会,参加了好几次培训班、年会,系统地学习了黄金构图、"金三角"等摄影知识,并且对新闻摄影的作用有了更加深刻的认识。后来我调到了县委党校、市委党校,先后玩过雅西卡、富士卡、尼康等好几种日产高档相机。

　　1984年,我们县里要搞一次大型展览,宣传部派我和县文化馆的张林到北京购买办展览的各种材料,我第一次知道了,原来除了黑白胶卷、照片,还有彩色胶卷,还能拍摄彩色照片儿。我知道了日本的樱花卷儿,拍摄出来的景物色彩特别鲜艳;日本的柯达卷儿,色彩还原非常好,景物照出来特别逼真;我们国产的乐凯彩卷儿呢? 粒子粗、还原效果差。

　　后来,随着生活、工作的日益丰富,我对摄影的热爱慢慢淡了许多。

　　不过说起来,我在学习摄影的过程中,还是有心得的。我创造了最简陋的冲胶卷儿、洗照片儿的方法——两个带盖儿的茶缸子,一个装显影水,一个装定影水。摸黑儿把拍完的胶卷儿从相机中取出、打开,用清水过一遍,防止粘在一起。然后先放进显影水,四五分钟吧,估计显影差不多了,点上一支烟,从盖着的缸子里拿出胶片儿,透过烟头儿看一下。觉着行了,摸黑儿用清水一摆,再放到定影水缸子里,过上10分钟就好了。洗照片呢? 更简单,用两块玻璃,把摸黑儿撕好的3号或者2号相纸和要洗的底片落在一起,夹好,拿到卫生间里,冲着灯泡,开灯,心里数上5下儿,关灯,把曝了光的相纸放在显影缸子里,估计显影差不多了,捞到定影水里就行了。那个时候,办什么证件需要一寸照片儿,家里没有曝光箱,只要有相纸和显影粉、定影粉,没问题,就用上边的方法搞定。

　　调到广东以后,基本上没有冲洗过胶卷和照片,也没有在拍什么艺术照片。平时和朋友们亲戚们拍个合影、留念什么的,用的是汤姆800——傻瓜机。而且都是彩卷,街上冲洗又便宜,谁还劳那份心思呀。

　　倒是1998年7月,98(1)毕业的时候,学生林展听说我会冲洗胶卷照片,要跟我学。于是,林展按照我的吩咐,从汕头照相器材门市,买了黑白胶卷、3号相纸、显影粉定影粉,专门把我请到了盐鸿他家,在他家住了两个晚上,我又一次把藏了多年的技术，给林展抖落了一番。这家伙比我小时候聪明，两个晚上，就学会了冲洗胶卷、照片。

年轻真好啊，赶上这样高科技发展的时代真好啊！现在我的小朋友许航用的是几千元、上万元的数码双反相机。用这样的相机拍照，既没有了老式相机拍照的冲洗胶卷、照片的烦恼，也并非是一般数码傻瓜机，拿起来谁都能照那么没有品位。他们用的相机呀，是用来拍艺术的！手动光圈快门加上电脑参考，给这些年轻的摄影爱好者带来了无法数数的方便和快捷。真好！

载历史的结婚证书

因为要为老父母办理售房的委托公证，公证机关需要提供老父母的结婚证。在这样一个十分偶然的机缘下，我，在我来到这个世界已经 56 个年头之际，第一次见到了我父母珍藏了半个多世纪见证着他们始终不渝的婚姻的古旧的结婚证书，还有他们举行结婚仪式时，前来参加婚礼祝贺的人们亲笔签名的一块粉红色的签名字用的绸子。

1954 年 9 月 25 日，我的父母在当时中央财政部和财政部印刷厂的许许多多叔叔、阿姨、伯伯、婶婶的祝福和见证下，走入了婚姻的殿堂。当时，父亲在中央财政部预算司供职，母亲在财政部印刷厂工作。

那天上午，我的父母一大早就到北京市前门区（现在早已经没有这个区名了）人民政府，领取了印着"北京市前门区人民政府"大印的结婚证书，当时的区长魏彬的亲笔签名赫然于证书之上。

据母亲说，我父母选择这一天领取结婚证，并在同一天举行简单的结婚仪式，是因为我们伟大的毛泽东主席，正是在这一天——1954 年 9 月 25 日，当选为第一任中华人民共和国中央人民政府主席。那个年代的人们，即便是结婚这样的看似个人的、家庭的小事，都会选择一个值得纪念、值得记忆的伟大日子！于是，他们的婚姻也因此而充满了意义，熠熠生辉了。

那个时代的婚礼，没有送红包、送礼物的，有的只是革命同志、战友的祝福:一块粉红色的绸子,烫金的"建设祖国"的徽印,印在正中央,正中上方是"革命伴侣"四个大字。一看就是当时盛行的格式:这块绸子是事先印制好的。绸子的右上角是父母的名字,还有"结婚纪念"字样,左下角是"敬贺"两个字,中间则布满了大大小小或端庄或狂草的前来参加婚礼的战友、同事们的签名。

吴培均、孟宪章、王德成、王禹、蔡文源、候秉谦……前来祝贺的人们,有司长、副部长、通讯员、炊事员。很多名字似曾相识,仔细想一想,似乎在过去的书籍里、影视作品里见过、听过。一定的!因为,这些人都是这个共和国的奠基者和建设者,他们一定会在历史的征途上留下他们的足迹。

那时的婚姻,才是真正意义上的"裸婚"。没有自己的房子、车子,没有属于自己的家具、没有婚纱、没有宴席、没有结婚旅行、没有任何金银饰品。两幅铺盖合在一起,办公室做新房,单位的几件简单家具,一盘向日葵籽儿,一斤水果糖。这便是我的父母的婚姻。从那一天起,他们牵手走来,尽管是磕磕绊绊,免不了吵吵闹闹,一走就走了半个多世纪。如今,他们的 5 个儿女都有了自己的儿女,甚至我这个老大都有了自己的孙女儿。当然,他们也已经是耄耋老人,人生近"黄昏"了。

然而,我觉得这样的婚姻才是人生最"豪华"的婚礼,那么多的领导和革命同志、战友前来真情道喜,大家一起欢乐、一起分享。这样的婚礼,才有浓浓的情谊,才会令人永生永世不忘,不能不敢忘记。不然,58 年过去了,从北京到宁夏、到广东,经历了"文化大革命"等多少次政治运动,多少东西都遗失了,唯独这婚姻的见证……

手捧着老父母这简单朴实的古旧结婚证,突然看到了它的神圣、庄重。今天的结婚证我们见得多了,记得我和爱人的结婚证,大红的封面,烫金的喜字,贴着两个人的合影;女儿他们的结婚证,印制的更加讲究,是两本证书。但是,好像没有哪个结婚证,把《婚姻法》印在上面。而老父母他们结婚时的结婚证,背面(封底)印着《中华人民共和国婚姻法》的全文,虽然,字迹很小,但是,一下子显出了婚姻的伟大与神圣。或许真的只有这样才能真正体现婚姻的庄严、神圣、不可侵犯吧。

古旧的结婚证书,见证了老父母的婚姻,见证了中国婚姻的发展历史,纪念着一对极普通的中国公民的婚礼过程,更纪念着中华人民共和国第一任人民政府主席——我们伟大的毛主席的当选。

我还从这结婚证里，第一次知道，新中国成立之初，北京曾经有过一个"前门区"。

等 待

也不知道是什么时候，我喜欢上了韩磊的这首歌儿——《等待》。之前好像是在哪一部电视剧里听到过，对了，是电视连续剧《汉武大帝》，因为没连着看，就并没有过多留意。

好几年前吧，一个晚上，我的小朋友，原先劳务学校的副校长、年轻有为的楚龙，约我一起去唱歌儿。那晚，我俩先到，其他人还没到。楚龙大约是为了使KTV包厢里的我不致寂寞，抑或平日里唱歌儿，人一到，他就得紧着别人先唱，自己没机会唱吧，就先点唱了这首歌。只听着他惟妙惟肖地模仿着韩磊，他那稍许沙哑，却又充满阳刚之气，让人感到极其开阔、宏伟的"帝王"声音，把这首歌儿唱得十分悲壮、苍凉、雄浑而又不乏高亢。于是，一下子我的神经、我的注意全被吸引了：真好听的一首歌儿！我甚至有一种感觉，她就是为我写的，因为这曲调、这感觉特别中我的意！尤其是歌儿的最后一句，——共同期待一个永恒的春天！听着，仿佛重锤一样，击打我的心房，热血顿时充满心扉……

于是，我开始跟着学唱。

说起唱歌儿、玩乐器，不是自吹自擂，我可是算得上野路子出身的半个"行家里手"。不是因为我有多么圆润美妙的歌喉，也不是我跟什么名流拜过师，学过什么练气发声共鸣。我是真心地喜欢音乐，而且还有那么点儿天赋。很小的时候，我曾经在书里看到前苏联作家高尔基的一句话，他说：不会唱歌的人不会生活。或许是希望自己更会生活吧，我由衷地喜欢上了音乐、唱歌儿。读初中、高中时上音乐课，我就特别认真积极，为此，经常受到我的音乐老师王兰芝的表扬。不然，我那已经60有7的大学老同学马大姐，拜师学歌儿，拜到了快80岁的王兰芝老师门下，王老师一听马大姐和我是大学同学，便如数家珍般讲起了我呢！十多年前，在澄海师范工作，有一天音乐老师向阳珍买了一台新钢琴，我们都凑过去看新鲜。兴之所至，我就用我对钢琴的理解弹起了《我爱你中国》，向老师一听就跟着唱起来。就这样，一个全然不懂钢琴，只会多少拉拉手风琴、弹过几下脚踏琴的我，竟然为科班出身的音乐老师伴起奏来。事后，小向还夸我说，啊呀冯老师，您的乐感好极了(我当然敢肯定其中大半是夸大)。还有一次，是我们汕头职院的几位老师陪院领导去唱K，期间我也唱了几首，我们艺体系的大师级人物陆教授也是不停地伸大拇指夸我，说我对音乐的感觉真的很好！

从那次跟楚龙学唱过《等待》以后，每次有学生、朋友、同事一起相约去唱K，无论去多长时间，待多久，哪怕是半个小时呢，只要有机会，我都会唱一遍《等待》。唱着唱着，不仅熟悉了她的曲调，这首歌儿的歌词，也越来越深地刻写进我的心里，每每打动着我。

> 我为什么还在等待
>
> 我们不知道为何能这样痴情
>
> 明知辉煌
>
> 过后是黯淡
>
> 人们期待着把一切从头来过
>
> 我们既然曾经拥有
>
> 我的爱就不想停顿
>
> 每个梦里都有你的梦
>
> 共同期待一个永恒的春天
>
> 春天

这首歌儿是汉武大帝在述说，更是我们每一个普通人在述说。她仿佛告诉我们人生有起有落，事业有盛有衰，爱情有失有得，不要紧，只要我们还有梦想，我们就可以等待，我们就能够期待……一个永恒的春天——人生的、事业的、爱情的，永恒的春天，就会到来！

慢慢的，《等待》成了我的KTV首选，而且是永久保留的歌曲。平时并没有太多机会去唱歌儿,倒也不是因为忙,只是平日里上班,晚上就不愿出门儿。周末呢?晚上往往又有事儿。再加上唱歌儿原本是年轻人的事儿。随着岁月流逝,年轻人成家立业生孩子,各有各的事情,连他们都很少出去唱歌儿了,我去唱歌儿的机会也就不那么多了,一年里也就是六七次。但是,每次唱歌儿,必唱《等待》,连小朋友楚龙、大朋友邹小华,老学生林展、牧勋、少斌等,都知道了。每次只要我到场,他们都会不用我打招呼给我点这首歌儿。

听着《等待》那独特的带着某些蛊惑情绪的前奏响起,我便忘记了自己已经是要一个甲子的人了。脱了鞋,站在沙发上,凝神静气,不顾一切,全情投入,用尽全身的气力——唱出我的感觉、我的倾诉、我的心境……等待、期盼、永恒的春天……

最近的两年多里,不知怎么地,或许因为某种我也说不出的原因?我是越来越喜欢这首《等待》,每每唱起她,就仿佛看到了希望。

等待,是期待、是盼望,是因为我们还有梦想,还有希望——爱的、事业的、生命的永恒的春天?

拔牙启示录

大前天,我拔了我平生第一颗牙。拔牙?多大点儿事儿啊!您听了肯定是这种反应。可是,人体发肤,受之父母。好端端自己身上的一个物件儿,就这么给弄掉了,以后也就没了,心里总是有点儿不落忍。

大概是那天下午4点多钟开始拔牙。先是打麻药、等待,20多分钟后,拔牙:用钩子从牙根上钩,用钳子从上面拔。又酸又疼!原来我对麻药的过敏反应非常慢,加上大夫注射麻药时看到点儿回血,就没注射完。结果,我又打了第二次麻药。这回大半个脸都没了知觉。就在这不知不觉中,左边下面最里头的槽牙,给拔了下来。原来不知什么时候,在这颗槽牙旁边又长出了一颗智牙,可它不好好长,顶在了槽牙上,把槽牙侧面顶了个坑。所以,这两个月我是饱受折磨呀。槽牙上面早已蛀空,经常塞了东西弄不出来,这下好了,从此没有剔牙(这颗槽牙)之苦喽。

年轻的时候学吹号,人家就说,吹号的人牙掉得早。而且,那时候天天用牙开啤酒瓶,想着这牙应该掉得早。庆幸的是,很多同龄人都缺牙少齿的,甚至很多年轻人都早早拔了牙安了假牙,我还等到了快60才拔牙。知足吧!

牙拔了,躺在牙床上冥想了半晌,竟然凭空生出许多启示:首先想到了事物的相克相生。你说槽牙是牙,智牙也是牙。原本都是牙,为何你顶它,顶得我天天苦这个脸,最后还得拔? 人呢? 动物呢? 想通了! 然后想到的就是,万事万物发生发展灭亡,到了时候,自然而然,想躲也躲不掉,不如笑看天下,顺其自然,倒也乐得其所。

躺在牙床上这一个小时,竟让我想起了许多陈年往事:上个世纪的1965年,我扁桃体发炎,正好六二六医疗队进驻平罗县,当时10岁的我竟然在没有大人的带领下,跑到医疗队,交了6.25元把扁桃腺割了。清楚地记得解放军叔叔给我嘴里喷了药,然后用一个弹簧样的东西,把我的嘴绷得老大,打上麻药20分钟吧,就把我嗓子眼的那块肉挖掉了。记得我爸下班来接我,问我疼不疼,不能说话,我就用手在土地上写了个:不。

还想起1975年我在宁夏农五师医院给腿做矫形手术。进了手术室,打了麻药,20多分钟大夫用针扎我的脚趾还感到疼,他们说我麻药潜伏期真长。当时在腿上喇第一刀的时候,我从挡在我眼前的白布下面的缝隙看到了:刀子过后,像犁在犁地一样,肉翻开了,血流出来了……可能是护士发现我紧张了,后来在吊瓶里注射了什么,我便浑然睡去,醒来已经4个半小时过去,大夫正在往我腿上打石膏绷带……拔牙让我从新经历了一回人生。

拔了牙这两日我还有个启示:那就是适应。没有拔牙的时候,偶尔牙疼钻心,疼过之后,便也释然。日子久了,找到吃东西避免牙难受的窍门了,也觉得牙疼不是什么大问题。原因:适应! 而今,咬牙跺脚牙拔了,陡然间嘴里多了个大窟窿,真不舒服,吃东西,喝水,吃药……啥原因:不适应! 所以呀,人生来就是从不适应到适应这么个过程!

瞧瞧,我这牙拔的!

以真情回首点滴往事，
以文字记录平凡人生

——读《三凡集》所思所感

冯老师的文章给我最直观的感受就是——返璞归真。所写的内容，没有丰富的想象力萦绕着，没有华丽的词藻修饰，也没有绚丽的浪漫主义色彩贯穿行文。字里行间，更多的是一些琐碎的事情，写的都是最平凡的故事。

冯老师的文章素材，大多来源于自己的生活。用最真实的材料，最朴实的语言去写出自己的人生感悟。给人的感觉就是真实，富有哲理。细心品读文章内容，会学到很多人生的哲理。这里面包含了一位最平凡的大学老师的人生经历、人生感悟。对于我这样的年轻人来说，给我很大的帮助。年轻人，缺少的就是这样的人生经验。阅读他人的人生经验，有助于自己的发展。谁的青春不迷茫？在迷茫的时候，不妨读一读冯老师的文章，它能够给我一些启迪，激励我继续坚持下去，继续朝着我的目标前行。

文学作品，源于生活，却高于生活。冯老师的《三凡集》很好地体现了这一点。用最平凡的生活小事做素材，写出了自己的人生体验、人生感悟。在字里行间里，我看到了的是一个老教师一生对教育事业的奉献与执着，看到了的是一个教师对教育事业的忠诚与热爱。几十年来的坚持，坚持在三尺讲台上，用粉笔在黑板上书写着自己的人生。平平淡淡才是真，甘于奉献才是美。用最真的事，不加以过多的修饰，每一篇文章都充满着人生感悟，充满着哲理，这是老师文章给我最大的感受。

也许别人的经验不一定适合自己，但是，看看别人的人生路怎么走，听听长者的人生感悟，有助于开拓自己的视野，提升自己思想的境界。我们为什么要学习，因为只有不断地学习，感悟生活，付诸实践，才能不断地成长、成熟。对于年轻人来说，更需多点读一读《三凡集》这样的文章。

汕头职业技术学院金园校区 人文社科系

师之梦学子 邓桂林（2012级中文3班）

2015.5.28

装帧设计：中联华文

ISBN 978-7-5190-1644-9

9 787519 016449

文联社官微

定价：95.00元